世界の終わりの最後の殺人

スチュアート・タートン

三角和代 訳

THE LAST MURDER
AT THE END OF THE WORLD
STUART TURTON

文藝春秋

レサへ

ほかの誰よりも二倍大きなハートを持っていることに感謝。きみの機嫌が悪いときだって愉快でいてくれることにも。話を聞いてくれることに。大切にしてくれることに。たくさんのお茶にも。僕が部屋にやってくるとにっこりしてくれることに。きみが太陽のように照らしてくれる人生に。楽じゃないときにも僕といてくれることに。きみは親友であり、世界で誰よりも愛している人だ。今度、僕に見られていると気づいて、なにを考えているのか訊きたくなったら、それが答えだよ。いつもそれが答えだ。

装幀　城井文平
DTP制作　言語社

世界の終わりの最後の殺人

頼まれた通り、あなたの計画を成功させるために、
その生か死が必要となる人たちのリストをまとめました。
しっかり確認してください。
全員が今後起こることに役割を持っています。

探偵

エモリー

クララ　エモリーの娘

その家族

マティス　エモリーの祖父

セト　エモリーの父

ジャック　エモリーの夫、故人

ユディト　エモリーの母、故人

科学者

ニエマ・マンドリピリャス

ヘファイストス・マンドリピリャス

テイアー・シンクレア

主な村人

ヒュイ　クララの親友

マグダレーネ　エモリーの親友

ベン　村の新入り

アーディル　マグダレーネの祖父

プロローグ

「ほかの方法はないの?」おそれおののくニエマ・マンドリピリャスは、誰もいない部屋で声に出して訊く。

　オリーヴ色の肌の小さな鼻にはインクのシミ。白髪は肩の長さで、瞳は抜けるような青に緑の斑点が散らばっている。五十歳ほどに見えるが、この四十年というものずっとそうだ。机の前で背を丸め、一本だけのロウソクに照らされている。震える手にはペンが握られ、その下には書き終えるのに一時間かかっている懺悔(ざんげ)の言葉。

「考えつくかぎり、なにもありません」わたしは彼女の脳内で答える。「この計画を成功させるには、死ななければならない人がいます」

　息苦しくなったニエマは出し抜けに椅子をきしませて立ちあがり、急いで部屋を横切ると、形ばかりのドアがわりとした使い古しのシーツを横に押しやり、蒸し暑い夜に足を踏みだす。

　外は真っ暗で月に嵐雲が群れている。ぐるりと石壁にかこまれた村を雨がしたたかに打ち、濡れた土と糸杉のにおいが彼女の鼻孔を満たす。銀色の月明かりに縁取られた石壁のてっぺんがかろうじて見える。暗闇のどこからか、機械のきしむ音と同調するドラムビートのような足音が響く。

　彼女は温かな雨で髪と服が濡れてもかまわずに立ち尽くす。「犠牲が出るのはわかっていたけれど」感情が麻痺した声だ。「これほど大きなものになるとは気づいていなかった」

「この計画を取りやめにする時間はまだありますよ」わたしは声をかける。「あなたの秘密を隠したままにして、みんなにはこれまで通りに生活を送らせるのです。誰も死ぬ必要はない」

「そうするとなにも変わりはしないでしょう」彼女は怒って言い返す。「わたしは九十年間にわたって、人間性というものから身勝手さ、強欲、それに暴力への衝動を取り除こうとしてきた。ついにそれを成し遂げる方法を見つけたというのに」

心を静めようと、首にかけた傷だらけの十字架に触れる。「この計画がうまくいけば、苦しみのない世界を作ることができる。わたしたちの歴史で初めて、完全な平等が生まれるの。必要なことをこなす勇気がないからと、そんな世界に背を向けることはできない」

ニエマは彼女の夢が進んで網にかかろうとしてくれる魚であるように話す。だが、水は濁っていて想像よりはるかに危険だ。

彼女の頭——そしてこの島の全員の頭——にあるわたしの観点からは、かなり的確にこれから先を予測できる。確率と心理学を合わせたもので、全員の思考にアクセスできれば導きだすのは簡単だ。

この瞬間から、未来は何十通りに分岐しえて、それぞれがランダムな出来事、いいかげんな言い回し、誤った伝達、立ち聞きされた会話によって現実に召喚されようと待ち構えている。

ヴァイオリンがミスひとつなく演奏されないと、ナイフがニエマの胸に刺さるだろう。悪い人物が長く閉ざされていたドアに足を踏み入れれば、がっしりして傷のある男はすべての記憶を空っぽにされ、ちっとも若くはない若い女がみずから死に向かって突き進む。こうしたことが起きなければ、地上最後の島は霧に覆われ、なにもかもが薄闇のなかで息絶える。

「用心すれば、思いがけない危険は避けられるはず」ニエマは空を切り裂く稲妻に目を凝らす。「あなたには用心する時間がありません」わたしは言う。「あなたがこの計画を実行したとたん、秘密はあきらかになって、むかしの恨みがよみがえり、あなたの愛する人たちはあなたの裏切りがどれほどのものだったか気づくでしょう。こうしたことのどれかひとつが計画を妨げただけで、人類は百七時間で絶滅します」

ニエマの心臓はどくんと揺れ、脈が速まる。思考がぐらつき、傲慢さが手綱を握ってようやくふたたび定まる。

「最大の成果には最大のリスクがついてまわるものでしょう」かたくなに言い、暗闇でぎくしゃくと歩く人影の列を見つめる。「カウントダウンを始めて、エービイ。四日後には、世界を変えているか、挑戦の末に死ぬかどちらかよ」

人類絶滅まで百七時間

1

世界の終わりで、二艘の手こぎ舟がピンと張ったロープにつながれて浮かぶ。どちらにも子供が三人、ノートと鉛筆を手に、授業をおこなうニエマに耳を傾けている。

彼女は舳先の右側にいて、海面から空へ一マイルも立ちのぼる壁のような黒い霧を指さす。煤めいた暗闇越しに夕陽が拡散し、水の上で炎が燃えているようなまぼろしを生んでいた。

そのなかでは無数の虫が渦を巻き、ほのかに光っている。

「……あれを押しとどめるのが二十三個の発生装置が作ったバリアです。島の外周をぐるりとかこんで設置されたもので……」

ニエマの授業はセトの耳には入っていない。二艘の舟で注意を払っていないただひとりの人物だ。八歳から十二歳の子供たちと違い、セトは四十九歳で、顔にはしわが刻まれ、目は落ちくぼんでいる。ニエマと生徒たちをここまで運び、授業が終われば連れもどす船頭が仕事だ。

彼は舟べり越しに目を凝らし、水に指先を浸す。海は温かく澄んでいるが、長くは続くまい。いまは十月、気まぐれな月だ。輝くばかりの日射しが突然の嵐へと変わるや、あっという間に勢いが尽きて詫びるように急いで去り、まぶしい青空をあとに残すのだ。

「発生装置は何百年でも動くように設計されました。ただし……」ニエマは続きが出てこず、口ごもる。

セトが舳先を見やると彼女は宙を見つめている。セトが少年だった頃から彼女は毎年この同じ授業をおこなってきて、言葉に詰まるなど初めてだった。

なにか気になることがあるのだ。今日の彼女はずっとこんな調子で、視線は人を素通りし、会話は話半分にしか聞いていない。彼女らしくなかった。

死んだ魚が波でセトの手元に漂ってくる。その身体は切り刻まれ、白目をむいている。魚がさらに流れてきて、ドンドンと舟を打つ。何十匹といて、同じように引きちぎられ、黒い霧から流れてくる。冷たいウロコが肌をかすめ、彼はさっと手を舟にもどす。

「見ての通り、霧は触れたものをすべて殺してしまいます」ニエマは生徒たちに語りかけ、魚を指さす。「残念なことに、これが地球全体を覆っていて、わたしたちの島とその半径半マイルの海だけが例外なんですよ」

2

マグダレーネはきらきらと光る入江に突きでたコンクリートの長い埠頭の突端で、あぐらをかいている。ねじれた束になった赤毛を不器用にまとめるのは、黄色のリネンのきれはしだ。彼女はガリオン船から落ちたいにしえの船首像のようだった。

夕方の早い時間、入江は泳ぎを楽しむ者たちでいっぱいだ。一周する者、あるいは左手の岩場から飛びこむ者もいて、その笑い声が海へと本人たちを追っていく。

彼女は子供たちを乗せた遠くの手こぎ舟に目を凝らす。膝に置いたスケッチブックに木炭を二度走らせ、それを描きたす。壁のような黒い霧を背にとても小さく見える。

身体を震わす。

十一歳の息子であるシェルコがあの舟に乗っている。彼女はニエマがこの授業のため、子供たちを世界の終わりまで連れだすことにこだわる理由が理解できなかった。わざわざあんな遠くまで行かなくても、歴史について学べるはずなのに。

少女だった頃、あそこに行って同じ教師から同じ授業を聞いたことを覚えている。道中ずっと泣いて、錨が下ろされたときは泳いで帰ろうと、海に飛びこみそうになった。

「ニエマと一緒なら子供たちは安全ですよ」わたしは安心させる。

マグダレーネはびくりとする。この瞬間をスケッチすれば不安を紛らわせることができると思ったが、もう見ていられない。息子を三年前にあたえられたばかりで、いまだに彼が弱いと思い込んでしまう。

「いま何時なの、エービイ？」

「午後五時四十三分です」

彼女は片隅の日付の横に時間を記し、紙の上にさっと歴史を刻む。

木炭の粉を吹き飛ばしてから、立ちあがると村を振り返る。もとは海軍基地で、ここから見ると実際よりずいぶんと住みづらそうだ。内部の建物を高い石壁が守り、それはとても古い落書きに覆われ、長いひびからは雑草が突きでている有様だ。石壁のてっぺんからは丸屋根がいくつか覗き、雨樋はだらりとぶらさがり、ソーラーパネルはまぶしい日射しを受けてきらめく鏡になっている。

マグダレーネは錆びた鉄門を抜けて舗装された道を進む。監視塔はどれもびっしりと草に覆われ、生垣のようだ。

目の前に兵舎がそびえ立つ。n字型に配置された四階建てで、ガタつくコンクリートブロック造り、外壁に隅々までジャングルや花、鳥や下草を歩きまわる動物が描かれている。それは空想の土地、乾いた大地と不毛な岩にかこまれて育った者たちの楽園だ。

ぐらつく階段と錆びたバルコニーから内部の寮に入ることができ、寮の部屋はどれも枠にはまったドアも窓もない。少数の村人たちが手すりに洗濯物を干し、あるいは階段に腰を下ろして石壁をかろうじて這いのぼってくる風に少しでも当たろうとしている。友人たちが元気よくマグダレーネに声をかけてくるが、あまりに不安で返事ができない。

「エモリーはどこ?」彼女はそう訊ね、目の前にいる人々の顔にそわそわと視線を走らせる。

「キッチンの近く、おじいさんと一緒よ」

マグダレーネは兵舎の左右の棟にはさまれたスペースに向かい、親友を探す。ここは軍の運動場として使われていたが、三世代の村人たちによって徐々に公園のような中庭へと変えられた。

壁沿いの長い花壇には花が植えられ、倒れた古いパラボラアンテナは修繕され、いまでは鳥(バード)の水浴び場(バス)だ。錆びついたジープ四台はハーブのプランターとして使われ、転がる薬莢のなかからレモンとオレンジの木が生えている。ミュージカルを演じるための屋根つきのステージや、みんなで食事をするための長テーブルを六つ備えた野外キッチンもある。毎晩、全員ここで食事をするのだ。

村で暮らすのは百二十二人、そのほとんどが今この中庭にいる。各種ゲームを楽しみ、楽器を演奏し、詩を書く。ステージではリハーサル中。食料が調理され、あたらしい料理に挑戦しようとしている。

たくさんの笑い声。

一瞬、この平和さにマグダレーネの不安はゆるむ。付近に視線を走らせてエモリーを探す。見つけるのはむずかしくなかった。村人のほとんどはずんぐりして肩幅が広いのに、エモリーはもっとほっそりして小柄、アーモンド型の目とカールしたとても豊かな茶色の髪をしている。彼女はかつて自分のことを、めずらしい種類のタンポポみたいだと表現したことがある。

「じっとしなさい」マティスがエモリーをモデルに制作中の彫像の奥から顔を覗かせる。「もうすぐ仕上がるから」

マティスは六十歳になるところ、つまり村で最年長となる。太い腕、白髪の頬ひげ、ふさふさの眉。

「かゆいところがあるのよ」エモリーはふくれて、なんとか背中の一点に手を伸ばそうとしている。

「三十分前に休憩をあげたじゃないか」

「たったの十五分じゃない！　このくだらないリンゴを持って六時間も突っ立っているのに」

「芸術に代償はつきものだよ」マティスは高尚なことを言う。

エモリーは舌を突きだしてみせると、ふたたびポーズを取り、きらめくリンゴを宙に掲げる。

ぶつくさ言いながらマティスは仕事を再開し、彫像のあごからささくれを削る。かなり顔を近づけていて、鼻が石材に触れそうだ。視力がこの十年でだいぶ弱ったのだが、わたしたちにできることはない。できたとしても意味がない。彼は明日、死ぬ。

3

エモリーはマグダレーネが近づく姿に目をとめる。スケッチブックを抱え、不安そうに額にしわを寄せて脇目も振らずに歩いてくる。

どうしたのかと訊ねる必要はない。マグダレーネが息子シェルコを心配するのは強迫観念になっている。どの草むらにもヘビを、どんな穏やかな川にも急流を見いだす。どのささくれも敗血症をもたらし、どの病気も命取り。マグダレーネに言わせると、この島には千もの鉤爪のある手があって、そのどれもが彼女の子供を狙っているのだった。

ポーズを取るのをやめ、エモリーは友人に腕をまわす。

「心配しないで、マグダレーネ。シェルコは大丈夫」慰めの声をかける。

マグダレーネはエモリーの肩に顔を埋め、くぐもった声を出す。

「ひとつ高波がくるだけで――」

「舟は錨を下ろしてるでしょう」エモリーは言う。「ニエマはわたしたちが生まれる前から、子供たちを世界の終わりに連れだしている。誰ひとり傷ついていない」

「だからって、今日そんなことが起きないという意味にはならないわ」

エモリーは青空をながめる。太陽は村の背後にぬっと突きだす火山の裏に沈み、月がすでに輪郭を浮かびあがらせている。一時間もすれば、あたりは影に染まる。

「子供たちはすぐに帰ってくるから」エモリーは優しく語りかける。「さあ、葬儀のテーブルの準備を手伝いましょう。それできっと気が晴れる」

彼女はうしろめたさにマティスにさっと視線を向ける。最後の数時間は祖父とすごすべきなのだが、祖父は行きなさいとくちびるを動かし、無言で送りだす。

四十分後、六人の生徒たちが門から駆けこみ、村は歓声をあげて迎える。マグダレーネはシェルコを固く抱きしめ、息子は身をよじりながらはしゃいで笑う。ほかの生徒たちも大人たちから次々にハグされ、キスされ、ついに親のもとにたどり着き、頭をくしゃくしゃになでられて笑い声をあげる。

人々は温かく声をかけながら、道を開けてニエマを通す。村には三人の長老がいてみんな崇められているが、愛されているのはニエマだけだ。村人たちは通りすぎる彼女の腕に触れ、敬愛の念で顔を輝かせる。

ニエマはお返しとしてひとりひとりに笑みを見せ、手を握りしめる。ほかのふたりの長老であるヘファイストスとテイアーは人づきあいを避けているが、ニエマは毎晩、村人たちと食事をする。バンドの音楽に合わせて踊り、コーラスでは高らかに歌う。

ニエマは安心させるようにマグダレーネの肩に手を置いてから、指先をあごにあてて顔をあげさせる。ニエマはほとんどの村人より頭ひとつ背が高く、マグダレーネは目を合わせるには首を伸ばすしかない。

「あなたが心配していたことはわかっているけれど、この子供たちの誰にも危害はくわえさせませんからね」低くしゃがれた声だ。「わたしたちに残された人数はごくわずか。全員の無事を守らなくては」

マグダレーネの目から涙があふれそうになり、畏怖の念に打たれた感謝の表情になる。エモリーとは違って、彼女はニエマの声にひっかかりが、かすかなためらいがあることに気づかなかった。

ニエマは心を晴らす言葉をさらにもう少しかけてから、人混みから離れ、優雅にエモリーと腕を組み、兵舎へもどる。

「あれで数日は彼女の気持ちも落ち着くはずね」人に聞かれない場所まで来ると、ニエマは言う。

「今度彼女が動揺したら、わたしを呼びにきて。彼女が泳いで舟まで来ないかひやひやしましたよ」

「わたしは一時間近く落ち着かせようとしていたのに」エモリーはマグダレーネの喜びに満ちた表情をちらりと見やる。「どうやったら、あなたみたいにできるんですか?」

「ただの年の功」ニエマはほがらかに答える。「しわは若い人には賢さに見えるのよ」共犯者めいて声を落とし、エモリーの手をポンとたたく。「おいでなさい、あなたのためにまた本を持ってきたの」

エモリーの心は興奮してはずむ。

腕を組んでふたりは打ちとけた様子で歩く。黄昏時となって湿気をふくむ空にはホタルが飛びかっている。一日のなかでエモリーの好きな時間だった。空はピンクと紫で、石壁を赤っぽく染めている。過酷な暑さが心地よい温かさへと落ち着き、誰もが村のなかへと戻り、彼らの楽しさが空っぽの空間に注がれるのだ。

「大工の仕事は順調ですか?」ニエマは訊ねる。

村人は十五歳で学校を卒業し、共同体のためになればどんな職業でも自由に選べるのだが、エモリーは十年以上も次々に仕事を替え、どの仕事でも腕をあげるのに苦労してきた。

「あきらめました」彼女は打ち明ける。

「あら、どうして？」

「ヨハネスに辞めてくれと頼まれて」エモリーはばつが悪そうに答える。「わたしは木をノコギリで切ったり、梁にかんなをかけたり、継手を作ったりするのはあまり得意じゃないとわかって、指を一本うしなってまでゆがんだ収納戸棚を作る価値はないと彼は考えたんです」

ニエマは笑う。「料理のほうは？　そちらはどうなったの？」

「カティアには、タマネギのみじん切りはキッチンでの目標じゃなくて、手始めでしかないと言われました」エモリーは元気なく答える。「その前にはダニエルからこう言われたんです。わたしがギターをどっち側から抱えようが関係ない、全部同じ音になるだろうからって。マグダレーネは絵の具を半日貸してくれたんですけど、それから一週間、笑いっぱなしでした。わたしはなにをしても役立たずだとわかるんです」

「あなたは観察力がとても鋭いでしょう」ニエマは優しく言う。

「どちらにしてもわたしたちの行動はエービイがすべて見ているのに、そんなの、どう役に立つんですか」エモリーの口調は暗い。「村のためになりたいのに、どうすればいいか全然わからなくて」

「じつは、わたしと一緒に学校で働いてくれないかと思っていたんですよ」ニエマがためらいがちに言う。「いずれひきついでくれる人が必要になるし、あなたはわたしの後任として優秀だと思うの」

こう提案されて、一瞬、エモリーは顔をしかめることしかできない。ニエマは思いだせるかぎり前から、村でただひとりの教師だったのだ。

「辞めるつもりですか?」エモリーは驚いて訊ねる。「どうして?」

「年齢よ」ニエマは返事をして、がたつく階段を寮の部屋へとあがる。「教えるのは魂にとってすばらしいことだけれど、かわいそうな腰にとっては拷問でね。わたしは長い人生を送ってきたでしょう、エモリー。でも、いちばんしあわせな記憶は教室で起こったことばかり。子供たちがようやくむずかしい概念を理解したとき、顔に浮かべる生き生きとした表情を目にすると、それはそれは晴れやかな気持ちになる」階段をあがる足をとめ、振り返る。「あなたは教えるのがきっと上手よ」

エモリーは嘘を見極めるのがとてもうまいが、ニエマの声の調子が変わったことで、いまのは特にらくらくと見抜ける嘘になっていた。

彼女は疑い深く目を細める。「わたしの特にどんな資質が向いていると思うんですか?」

ニエマの反応はとてもすばやく、リハーサルでもしたかのようにきびきびと返事がある。「あなたは賢く、好奇心があり、人なつっこい」

「ええ、みんなわたしのことを少しうるさいと思っているんですよね」エモリーは応える。「ひょっとして父と話をしましたか?」

ニエマは口ごもり、ためらいが口調に現れる。

「あなたがまた職を替えそうだという話は聞いたかしらね。でも、適任だと思わなければ教職に誘いは——」

「父に、わたしは芝居の脚本を書いていると伝えてください!」

ニエマは彼女を横目でちらりと見る。「あなたは一年前から脚本を書いているわね」

「急ぎたくないんです」

「それも別に悪いことではなさそうだけれど」ニエマはつぶやきながら、部屋のドアがわりの使い古しのシーツを押しわける。

このシーツはむかしからの彼女の妙なこだわりだった。村人は誰ひとりとしてドアなどなくても気にしない。プライバシーというのは、頭のなかに自分の思考を聞ける声を持って生まれると、まったくもって価値のない概念だ。

長い歳月をかけ、村人は最善を尽くして寮の修理をしてきたが、これほど古い建物に対してできることはかぎられている。コンクリート壁はひびや穴だらけ。灰色のフロアタイルは砕けている。屋根を支える梁は腐っていた。空気はカビくさい。

このままだと気が滅入るから、村人は色と生命力で少しでもよくしようとしている。ニエマは大きなラグを敷き、窓台に切り立ての花を生けた花瓶を置いていた。壁は村で仕事をしてきた芸術家みんなによる絵で埋め尽くされている。そのほとんどは特に出来のいいものではなく、ニエマがどうしてそんな絵を保存しているのかとエモリーはふしぎに思った。多くの場合、むきだしのコンクリートのほうがましになりそうだ。

鎧戸（よろいど）は虫が入らないよう閉めたままなので、ニエマはぐらつく書き物机の小さなロウソクに火を灯す。ちらつく明かりが書きかけの手紙を照らし、彼女は急いでそれを抽斗（ひきだし）に入れる。

「その脚本は実際、どのくらい書けているの？」彼女は質問し、ロウソクの火を手で覆って鉄製ベッドの隣にあるぎっしり詰まった書棚へと運ぶ。

「四ページ」エモリーは打ち明ける。

「いい出来映え？」

「いいえ」エモリーはうろたえる。「わかったのは、靴作りや、大工仕事や、㽷作り以上に脚本を書くのがうまくないということです。わたしのただひとつの特技は、人が気づきたくないことに気づき、人が答えたがらない質問をすることみたいで」

「まあ、わたしは心配などしていませんよ」ニエマは本の背表紙に指を走らせ、目当てのものを探しながら言う。「自分がなんのためにいるのか生まれながらにわかっている人もいれば、それを見つけだすのに少し時間がかかる人もいるの。わたしは百七十三歳だけれど、教えはじめたのは八十歳を過ぎてからで、それからはほかのことなどしたくなくなった。あなたも教えてさえみれば、同じかもしれないわ」

エモリーはニエマを崇拝しているが、彼女が自分の年齢をたいしたことだと考えずに話すのは、侮辱に感じられることがたびたびある。村人は誰もそれほど長く生きることはできず、ニエマがひっきりなしに長寿についてほのめかすのは残酷に思えた。今日は特につらい。祖父がもうすぐ死ぬのだから。

「あった」ニエマは声をあげ、よれよれの古いペイパーバックを中段から取りだす。「これは『サミュエル・ピップスと悲鳴の尖塔事件』という本。ヘファイストスが数週間前に放置された列車車両で見つけたの」

それをエモリーの手に押しつけ、がっかりした表情に気づく。

「ホームズのほうが好きなのはわかっていますがね」けばけばしい表紙を指先で突く。「でも、この本にチャンスをあげて。きっと気に入るから。一冊に殺人が三つも出てくるの！」

彼女は声をひそめていた。わたしが村で人々が殺人について話すのも、その言葉をおおっぴらに使うのさえも好きではないと知っているのだ。最後の殺人が起きたのは九十年前。世界が終わる直前だ。ナイロビで友人同士が昇進について階段で口論になった。嫉妬に燃えたほうが相手を突き飛ばし、相手は階段から落ちて首の骨を折った。人殺しは逮捕されず逃れられるだろうかと一瞬考えたところで、霧が地面から流れでた。彼はあっという間に息絶えた。彼が知る全員と、彼が知らない者のほとんどと一緒に。それ以来、殺人事件は起こっていない。わたしがそうさせてきた。

村のほかの者はこの手の本を読むことを許されていないが、わたしはエモリーだけ例外にした。短いあいだであっても、こうした謎解きだけが彼女の飽くなき好奇心を満足させるからだ。

「忘れないで、誰にもその本を見せてはだめですよ」部屋をあとにしてバルコニーに出ると、ニエマは言う。「みんなを怯えさせるだけだから」

エモリーは禁じられた本をしっかりと腹に押しつける。「ありがとうございます、ニエマ」

「お返しに、明日は学校に来てね」

エモリーがいまにも異議を唱えそうになるのを見て、彼女は慌てて言いたす。「あなたのお父さんがそう望んでいるからじゃないの。わたしのために。教師が気に入らなかったら、脚本を書かない生活にもどればいいんです」

ニエマの視線がふとエモリーからそれ、エモリーは振り返って視線の先を追う。ニエマの息子のヘファイストスが門から荒々しい足取りでやってくる。剃りあげた頭でうつむき、特大の肩を前へ前へと突きだしている。まるで空が肩を押さえつけているようだ。

ヘファイストスはなにか修理や建造が必要なときだけ姿を現す。たいていは荒れ地でひとり暮らしをしている。エモリーにとって、それはあまりにも異質な生きかたで、そんなことを話題に出すだけでも居心地が悪くてたまらなくなる。

「彼はここで、なにをしているんでしょう？」声に出してふしぎがってしまう。

「わたしを探しにきたのよ」ニエマがぼんやりと答える。

エモリーはニエマの顔に視線をもどす。この教師の気分はどんなものでもそれと分かると思っていたが、見たことのない表情が浮かんでいた。不安か、それとも恐怖かもしれない。

「大丈夫ですか？」エモリーは訊く。

ニエマはエモリーと目を合わせるが、まだ息子のことで頭がいっぱいなのはあきらかだ。

「明日の夜、わたしは実験をする。これまで挑戦するたびに失敗してきたものよ」手探りするように言葉をしぼりだす。「でも、今度も失敗したら……」最後まで言わず、そわそわと両手で腹のあたりを探る。

「どうなると？」エモリーはうながす。

「わたしは許されないことをしなければならなくなる」ニエマはそう言い、キッチンの裏手へ姿を消すへファイストスを見つめる。「そしていまだに、その勇気があるのか自信がない」

4

アーディルは双眼鏡でエモリーとニエマが兵舎の外のバルコニーで話す様子を観察している。鼓動が速い。

彼は火山の中腹にいる。このあたりにいくつも口を開いた溶岩洞を通って、ここに抜ける道を見つけたのだ。地面は灰が積もり、岩は黒くてカミソリのように端が鋭い。まるで彼の考えが身体からまき散らかされ、土地を焼き焦がしたかのようだ。

村から三十マイル離れているが、石壁越しに全体をさえぎらずに見られるのでこの眺望のきく場所を選んだ。

エモリーがニエマを慰め、愛情を込めて腕に手を置くのが見える。その一秒ごとが燃え、彼の血管に毒をしたたらせる。

そんな彼に、〝親切第一で〟などとわたしが助言するようなことはない。無意味だ。この五年間、彼は復讐だけを考えている。わたしは食事をしなさいと注意せねばならず、すると彼は土から野菜をねじり抜いたり、木からフルーツを一抱え摘んだりして、もどかしそうに食べる。

彼は五十八歳だが、十歳老けて見える。肉が軟骨や骨からたるみ、顔は痩せ衰え、黒髪は白くなり、茶色の目はよく見えなくなった。皮膚はシミだらけで色が悪く、咳をすると胸がゴロゴロと鳴り、病気がひそんでいると分かる。通常のわたしならば、村に帰って治療を受けるか、せめて最期の日々に人とまじわるよう命じただろう。

残念ながら、それは不可能だ。彼はこの島でただひとりの犯罪者であり、罰は追放だ。

「彼女はニエマが友人だと思っている」彼は声に出してつぶやく。村から追いだされて以来の癖だ。「ニエマが彼女からなにを奪っているか、わかっていない」

エモリーが本をきつく抱きしめて急ぎ足で去ると、ニエマは火山をちらりと見あげる。この距離では彼女からアーディルは見えないが、そこにいるのは承知ずみだ。わたしは一時間おきに彼の動きを報告する。島にいるごくわずかな危険人物のひとりなのだ。彼女はいつでも彼の居場所を知っておきたい。

アーディルは震えるように息を吸い、ナイフを見つめてそれを彼女の腹に刺すところを想像する。彼女が白目をむいて命の光が消えるところを見たい。これほど強く願ったことはない。

「復讐をしてどんないいことがあるでしょうか?」わたしは訊ねる。「それについて考えたことはありますか? 人を殺したあと、人生がどんなものになるかじっくり考えてみたことは? あなたはどんなふうに感じるでしょうか?」

「仕事を半分終えたと感じるだろうね」彼は答える。「ニエマはあいつらのなかで最悪だが、テイアーとヘファイストスを焼却炉に入れるまで、わたしは復讐をやめない。あいつらが生きているかぎり、わたしたちは絶対に自由になれないんだ」

「無謀ですね。たとえあなたがどんな計画を立てても、わたしが彼らに警告します。あなたは彼らに近づくこともできないでしょう」

あんたはわたしを永遠に見張ることはできないさ、と彼は考える。

まちがっている。彼が生まれたときからわたしは思考のなかにいて、彼が死ぬときも同じだ。わたしは彼の先祖たちを見張った。そして子孫たちも見張る。残された人類はあまりに少なく、彼らを守らねばならず、この村はそのための鍵だ。どんな犠牲を払っても村を保護しなければならない。

5

黄昏時、三日月が紺色の空に切れ目を刻む。

村はロウソクの明かりで輝き、笑い声と音楽が鳴り響く。バンドが演奏し、ニエマを含むほとんどの人がステージの前で踊っている。マティスの葬儀は終わった。悲しみに暮れる必要はない。いまとなっては。

長テーブルには夕食がまだたくさん残っており、それを照らすのは揺れるロウソクの火と頭上につるした追悼のランタンだ。着色したわら紙で作り、兵舎の左右の棟に渡したロープにさげたもの。村の全員ぶんのランタンがあり、それぞれにマティスがしてくれた親切なことをひとつ書いた紙切れが収められている。

これが死者を尊ぶ彼らのやりかただ。自分が世界のために差しだしたのはなにか、そして自分にはやれずにほかのみんなが補ってくれたのがなにか、覚えているということ。この場に祈る者はひとりもいなくて、あの世という考えかたもない。よき人生の褒美はそれを生きることだ。

マティスは長テーブルの中心に座り、いちばんつきあいの長い友人たちにかこまれている。彼らは笑って思い出話にふけり、自分たちの人生ももうじき終わることは承知だ。健康かどうかにかかわらず、全員が六十回目の誕生日に死ぬ。自分の葬儀を楽しんでから、いつものように眠りにつく。夜のどこかの時点で、心臓が動かなくなる。生涯にわたって奉仕したのち、自分のベッドで痛みもなく死ぬのは、わたしが彼らにあたえることのできるせめてものことだ。

エモリーは村をかこむ高い石壁の鉄門から外に出て、葬儀のにぎやかな音から離れ、コンクリート造りの埠頭に立つ。

涙がぽろぽろと頬を伝うが、身勝手な自分を誰にも見られたくない。あの世代の多くと異なり、祖父は本当に六十歳になれた。村のために奉仕する生活を毎日送ってきて、後悔することもなく息を引き取るだろう。

死ぬとわかっているから、時間をかけて別れを告げるという贅沢がマティスにはできた。先週は会いたい人全員に会った。祖父が大切にしている人はみな、彼にどう思われているか知り、彼のほうはその人たちの愛に包まれている。言わずじまいになったものはなにもない。

エモリーもそのように満ち足りて最期を迎えたいとは思うが、胸が深い悲しみに押しつぶされ、張り裂けそうになる。

十二歳のとき母親が熱を出して死に、父親はエモリーによそよそしくなっていった。祖母はとうのむかしに死んでいたから、マティスが夜に本の読み聞かせをして、昼には手伝える仕事をあたえた。頭を使わず、どうということもない雑用で、家族をうしなった痛みをくよくよ考えないですむためだけのものだった。

いまでも彫刻用のノミが石材にあたるカツンという音を聞くとほっとできて、その音を二度と聞くことはできないと思うと耐えられない。

左の小石の入江からリズミカルにハンマーを打つ音が聞こえる。暗すぎて何事なのか見えないが、彼女にはおおよその見当がつく。

足元に気をつけながら移動し、引き揚げられた四艘の舟を迂回して音をたどると、父セトが小さなランタンの明かりを頼りにブロード・ボトム号（十九世紀のブロード・ボトム内閣をカロンの渡し舟に乗せたジェイムズ・ギルレイの絵画より）」を修理している。満潮で、波が彼のかかとにじゃれつく。小石を踏みしめる音に注意を引かれ、彼はいらだった視線をさっと彼女によこす。

重たげな額の下に曲がった鼻、さらには食事をするとガチガチと鳴る四角いあごの持ち主だ。広い肩の下は二本の太い腕で、渦を巻く黒い毛にびっしり覆われ、所々、油もついている。かつては力強かったが、筋肉は柔らかくなり、中身の詰まっていない肉がたるみはじめていた。

村のほかの人にくらべると、セトには初めて作られた人間のような雰囲気がある。まるで、自然が粘土に親指でふたつの目を開け、出来が悪いからと、放り捨てたかのようだ。

「仕事をしていたの？」エモリーは驚く。

自分と同じ深い悲しみからここまでわざわざやってきたのだろうと想像していたが、大バカだったと彼女は気づく。すべての村人の命は奉仕のためにある。みんな自分自身のことよりも人を大切にし、エモリーの父親はその理念に心酔している。父はすべての道の穴ぼこを埋め、すべての屋根の漏れをふさぎ、すべての野菜を収穫し、自分の父親を火葬する焼却炉に火を入れるまで、泣きはしない。彼の考えでは、悲しみは軽蔑するどころか哀れむべき身勝手だった。

「こいつに穴が開いてな」彼はそう言い、ふたたびハンマーを使う。

「マティスに会いたくないの？」

「今朝、話した」彼はぶっきらぼうに言う。

「父さんの父親なのよ」

「だから、今朝、話した」同じことを繰り返し、次の釘を並べる。

エモリーはおなじみの徒労感に襲われ、くちびるを噛む。父親と会話するたびにこうなる。彼は坂を上へと転がしつづけなければならない巨岩だった。

「今日、ニエマから仕事に誘われたの」

「話は聞いた」セトは返事をして、木材に釘を打ちこむ。「引き受けるべきだ。大変な名誉だし、おまえはほかのことをすべて試したあとだ。まともに村に奉仕する方法を見つけていい時期だぞ」

彼女はその非難を黙って受けいれ、岸辺の小石を打って泡立つ水を見つめる。この時間の海は真っ黒で、入江はすっかり闇に溶けこんでいる。なんだか泳ぎたくなったが、消灯が近い。波へと数歩入るだけにして、サンダル履きの足を洗った。一日の終わりにはいつも汚れてしまうのだ。

「ニエマはなにか心配しているみたい」彼女は話題を変えようとする。「何をやるつもりか知ってる？　実験があると話してはいたけれど、くわしいことはなにも聞きだせなかったの。重要そうだった」

「さっぱりわからん」彼は答え、また釘を並べる。「彼女がなにかで頭がいっぱいなのは気づいたが、なにも言わずにおいた」

「どうしたのかと訊ねなかったの？」

「おれはそんな立場にない」

「わたしたちで彼女の助けになりたいのに」

「そいつは、一日、太陽の重荷を引き受けてやりたいと願うようなもんだ」次の釘が木材に打ちこまれる。「ニエマの心配事にはおれたちじゃ役立たずだ。彼女に助けが必要なら、長老のひとりに頼むさ。おれたちは自分でやりこなせることに集中しておかんとな」

彼は意味深に口をつぐんでから、ずっと気に病んでいた話題を出す。「クララはどうしてる？」

エモリーの娘は先日テイアーの弟子のひとりに選ばれ、訓練の一環としてこの三週間は島を探索している。これは大いなる名誉だ。テストに合格したのはふたりだけで、そのひとりなのだから。彼女はいま、数学、工学、生物学、化学の高等教育を受けているところで、ほとんどの村人の理解のはるかに及ばない事柄を学んでいる。

「エービイを通じてメッセージをいくつか送ったけれど、あの子はそのどれにも返事をしなかった」エモリーは暗い海をじっと見つめながら言う。「本当に怒っているみたい」

セトのハンマーが宙で揺らいでから、ゴンと釘を打つ。父は緊張していて、首の筋がふくらんでいる。

「全部吐きだせば」エモリーは彼がどんな気分なのか感じとり、そっけなく言う。

「なんでもない」彼はうめく。

「話せばいいのに」彼女は譲らない。「少し叫べばすっきりするでしょう」

「テイアーの弟子になるのはすべての子供の夢だ」彼は顔をこわばらせて話す。「クララのために喜んでやれないのか？　せめて喜ぶふりはできないか？　出発祝いの夕食会にも来なかったじゃないか」

「絶対あの子にさせたくなかったことを祝えなかった」エモリーは前腕の海水を拭う。

あたらしい弟子たちの訓練が終わればすぐ、テイアーは彼女たちをラボで実験させ、有望なテクノロジーを回収するために島を探索させる。生涯にわたる職だが、弟子のほとんどは十年後には生きていない。危険な仕事で、エモリーはすでに弟子の修業で夫と母親をうしなっている。娘に応募させないようありとあらゆることを試し、セトから大いに嫌われた。

「あの夕食会はクララの人生でいちばんのしあわせなときだったんだぞ」セトの口調がきつくなりはじめた。「父親が死んでから、あの子があれほどの笑顔を見せたことはなかった。母親にも一緒に祝ってほしかったのに、おまえはむくれて欠席した」

「むくれてなんかいない」

「だったら、どういうことだったんだ？　弟子になる機会を断ったことがあるのはおまえだけだ。クララが同じようにすると期待してはならん」

「わたしは断ってない」エモリーは以前から擦りきれるほど繰り返してきた言い分を持ちだす。「試してみて気に入らなかったの。どんな生活かわかっているでしょう。島中を歩きまわって、廃墟をつつきまわし、さっぱり理解できない古い機械をいじって。テイアーの弟子の何人が怪我をした？　何人がまだ生きている？」

「つまり臆病のせいか」彼は苦々しく吐きだす。

「分別よ」彼女は言い返す。「機械が爆発するとき、その隣に立っているのは弟子で、絶対にテイアーじゃないと気づいたの」

「おまえが話題にしているのは長老だぞ」彼は叫び、怒ってハンマーを小石の浜に投げる。「少しは敬意を見せろ」

エモリーは彼をにらむ。頭にきて話すこともできない。

「長老たちは旧世界との最後のつながりなんだぞ」セトは話を続け、なんとか平静を取りもどそうとする。「彼らの知識があればこそ、おれたちは数百年ぶんを取り返せるんだ。長老がいなければ、またゼロから始めないとならん。おれたちの命と、長老たちの命が対等だと本気で思ってるのか？」

エモリーはこの話を嫌になるほど聞いていたから、父親の抑揚までそっくりまねして、そらんじることができるくらいだった。九十年前、巨大な陥没穴がすべての大陸に現れ、各都市を丸ごと呑みこんだ。続いて奇妙な黒い霧が穴から流れだしたのだ。そこには燐光を放つ虫が大量におり、触れるものすべてを切り裂いた。世界の各国がなにを試みても、霧は広がりつづけた。

霧が地上を覆いつくすまでに一年かかり、社会はすぐに内部抗争と蛮行で崩壊し、ついには完全に破壊された。ただひとつの希望ののろしは、ニエマからの放送だった。すべての生存者はギリシャの小さな島へ来るよう呼びかけたのだ。

彼女はブラックヒース機関と呼ばれる巨大研究所の主任科学者で、このラボは霧を押しもどせるバリアをどうにか作りあげていた。彼女は現地まで無事にたどり着けた者に安全を約束した。

結局、どうにか旅を成功させたのはボロボロの身なりの数百人だけだったが、島にたどり着くことは試練の始まりでしかないとわかった。この避難民たちは食べ物が棚で見つかり、薬が店で買え、サバイバルは技能ではなく財力にかかっている世界で育った者たちだった。必要な情報はどれも画面から借りてきたもので、そうした画面が消え失せたときに頼れる知恵は彼らに残ってはいなかった。作物を育てる方法も、食べられるものを探す方法も、シェルターとして頼る荒れた建物を修理する方法も知らなかった。

つらい歳月がいつまでも続き、避難民の数がじりじりと減っていった。ほぼ毎月、誰かが崩れてきた石積み壁に押しつぶされたり、不慮の火事で焼け死んだりした。錆びた釘で引っ掻き傷を作り、大汗をかきながら悲鳴をあげて死んだ。毒キノコを食べられるものとまちがえ、クラゲとサメばかりの時期に泳ぎにいった。

生き延びるのはむずかしく死はあまりにも簡単で、多くはみずからの意志で戦いを放棄した。人類にとってありがたいことに、彼らは子供を残し、村人はこの遺伝子プールを先祖に持つ。

三人の長老は最初に霧が現れたとき、ブラックヒース機関にいた百十七人の科学者の生き残りで、彼らの血液は世界が終わる前には一般的だったワクチン、改良、テクノロジーで満たされていた。老化が遅く、けっして病気にならず、村の誰もが彼らを本能的に敬意を払って扱う。ただし、エモリーに言わせればそれにふさわしいのはニエマだけだ。

「どうしておまえは人と……」セトは船体のざらざらした木材にぐっと額を押しつける。考えていたことを口にしない程度に彼は優しいが、ほめかすのをやめるほどは優しくない。

「人と違うのかって？」彼女は挑むように言う。

セトは門から流れる笑い声と音楽へ、いらいらと腕を突きだしてみせる。「ほかのみんなはしあわせだぞ、エモリー。ただしあわせなんだ。なにも複雑なことはない。自分たちが手にしているものをわかっていて、それに感謝している。どうしておまえは、すべてに疑問を抱くんだ？」

「わたしたちが手にしているものってなんなの、父さん？」エモリーは静かな声で訊く。「廃墟にある村よ。そして、許可がなければ歩きまわることもできない島」

「危険だからだ！」彼はとっさに口をはさむ。

「だったら、どうしてみんな学校でサバイバル術を教わらないの？　わたしはニエマを愛しているけれど、テイアーやヘファイストスがじゅうぶんに村に貢献しているって正直に言える？　わたしたち村人が従っている規則から、あのふたりが免除されて当然だと思う？　あの人たちがわたしたちみたいに六十歳で死なないのは平等と言えるの？　どうしてあの人たちは作物を育てたり、調理当番を務めたり、掃除の手伝いをしないで――」

「彼らは知恵で貢献してるだろ！」

エモリーは怒鳴られて、ロウソクの火に追いやられる闇のように身を縮める。この言い争いは意味がなく、彼女にはそれがわかっていた。父親は長老たちに疑念を抱くことも、なぜ彼女が疑念を抱いているか理解することもない。彼女が主張すればするほど父親は彼女を嫌うし、もう満潮に達する時間だ。

「村にもどる」彼女は打ちひしがれて言う。「マティスに伝えてほしいことはある？」

「今朝、話した」彼はそう答え、かがんでハンマーを拾う。

6

暗くなり、消灯の鐘が村に鳴り響いている。村人は十五分後には眠るという意味だ。ほとんどの者はすでに兵舎にもどり、歯磨きをして、蚊避けにレモングラスを燃やしている。窓辺ではロウソクの火が元気に躍り、暗がりに明かりを垂れながす。

それぞれの寮の部屋は八人まで寝泊まりでき、かつてここに駐留していた兵士たちと同じ鉄のベッドで眠る。マットレスには干し草を、枕には羽毛をいっぱいに詰めてある。上掛けは必要ない。冬であっても、暑すぎるぐらいだ。

掃除当番の村人たちだけがまだ中庭にいる。シルパがテーブルのロウソクの火を消し、レベッカ、アッバース、ヨハネス、ヨヴェルが洗った皿の最後の残りを野外キッチンの棚に置き終えるところだ。

マグダレーネら数人の親たちは子供たちに呼びかけるが、子供たちはテーブルの下に隠れている。この二十分というもの、暗がりから暗がりへと子供たちを追いかけていた。

隠れた子供たちはうっかり、くすくすと笑い声を漏らす。

エモリーが門から入ってくると、身をよじらせる子供たちが、親かどうかは関係なしに、すばやく捕まえた大人によってベッドへと運ばれていく。どの子にも親はいるが、それは感情的な結びつきの肩書きであって、子育てという実務における肩書きではない。子供たちは村全体によって育てられている。この仕事をこなすには、そうするしかない。

「誰がいちばんいたずらか、わからんねえ」暗闇で声がする。

エモリーがあたりを見まわすと、マティスが暗がりのベンチに腰を下ろし、塩を振ったオリーヴ油にフォカッチャを一切れ、浸している。首に下げているのは紐につけたきれいな緑色の宝石だ。

急死しないかぎり、すべての村人は死ぬ前に記憶を遺言としてわたしに残す。いまわの際に、わたしは彼らのそれまでの経験すべてを、本人が覚えていないものまで含めてカタログにし、こうした宝石に容量無制限で保存し、ほかの者が望めばいつでも再現できるようにする。あいにくと、村人がこの記憶珠(きおくだま)を身につけるのは葬儀のときだけで、迫る死を意識させるものとなっている。

ニエマが親しげにマティスの手を握っている。彼女の青い目は泣いたばかりで赤い。

「また考えなしに、つまみ食いして」エモリーが父親と言い争ったことでまだいらだちながら言葉を返す。

「優しくしてくれよ、わしはもうじき死ぬんだからね」彼はフォカッチャをひとかけら口に放りこむ。

エモリーは祖父が不安を感じているはずだと顔色を窺うが、いつものように陽気にもぐもぐと口を動かしている。こんなのは絶対におかしいと、彼女は身勝手にも考える。祖父は健康そのものだ。彼が長老ならば、明日もいつものように目覚めてくれるのに。

　彼女はもっと時間がほしい。

　祖父にはこれまで通り、彼女の人生の中心にどっしりといてほしい。一緒に朝食をとり、あの太い指でキーウィの種を不器用にえぐるところを見たい。中庭の向こう側から響く笑い声を聞きたい。こんなに善良で、生命力と才能にあふれた男が、彼の生まれるはるか前に作られた規則に合わせて死ななければならない理由が知りたい。

「わたしは失礼するから、ふたりで話すといいわ」ニエマが立ちあがり、愛情を込めてマティスの肩に手を置く。

　ニエマは彼を見つめてから身をかがめ、耳元になにかささやいてから、頬にキスして去って行く。

「なんて言われたの？」エモリーが訊ねる。

「5の5」彼はフォカッチャを食べながら言う。

「どういう意味？」

「さっぱりわからんよ」彼は肩をすくめる。「彼女は長年、わしがおろおろしたり、ちょっとばかり落ちこんだりするとそう言いつづけてきたんだ。どんな意味かと訊いたことがあって、そうしたら彼女は『それが未来への地図だ』と答えたんだが、それ以上なにも説明しようとしなくてな」

「くわしく知りたいと思わないの？」エモリーは腹を立てて訊く。

「もちろん知りたいが、教えたければ、彼女はとっくに話しているさ」

手についたオリーヴ油とパン屑を拭い、彼は大儀そうに立ちあがるとエモリーと腕を組む。「父さんとの喧嘩はどうだったね？」話題を変える。「悲しみは紛れたかい？　そのために、ここを離れたんだろう？」

エモリーは入江のランタンの明かりをちらりと振り返ってから、ほんのりと笑う。否定しても無駄だとわかっているのだ。

「そうね、ほんの少しだけ気分はましになった」彼女は認める。

「たぶんおまえの父さんも同じだよ。おまえは彼にそっくりだ。おまえは自分を怯えさせるものに駆けよって、愛するものから遠ざかる」困ったものだ、とでも言いたげだ。「来なさい。彫像を完成させたんだ。見せたい」

彼らはマティスが一週間ずっと作業していた中庭の一角へと歩く。エモリーの彫像がつま先立ちになり、頭上の本物のリンゴの木の枝から石のリンゴを摘んだばかりの様子が表現されている。

「気に入ったかね？」マティスが訊ね、エモリーは祖父の肩にあごを乗せる。

「いいえ」彼女は正直に言う。

「なんでだね？」

彼は好奇心から訊いているのであって、侮辱されたとは思っていない。芸術は村において神聖なものではない。俗悪で人騒がせな活動だ。詩は朗読の途中であっても審議されるし、バンドは音をはずせば曲の途中で演奏家が入れかえられる。役者が劇の途中で言葉につかえたら、観客たちが大声でセリフを口にして、即興でもっとうまくいくのもめずらしくなかった。ときには、観客がすっかりその役を乗っ取ってしまうこともある。エモリーは上演中に、第一幕全体が委員会によって書き換えられたのを見たことがある。

「この彫像はなにも見ていないし、なにも訊ねないし、ここにいてしあわせそのものだから。村でこれに似ていないたったひとりの人間はわたしよ」

マティスは鼻を鳴らし、ぴしゃりと太腿を打つ。「そんな返事を寄こすのは、おまえのほかに誰もおらんな」楽しそうに言う。

エモリーは兵舎のロウソクに照らされた窓を見あげ、シルエットが部屋のなかで動きまわり、髪にブラシをかけ、寝る支度をするのを見つめる。

「わたしは村を愛しているの、本当に」静かに語る。「ただ、わたしは……わたしには納得できないことがあるのに、みんなは決められた通りに、納得できなくても、どうでもいいように行動している」

エモリーの思いは子供の頃へと馳せられ、長老たちは消灯をすぎても起きていられるのだと初めて知ったときをよみがえらせる。子供心にそんなのは不公平だとわかったが、ほかの誰も気にしていないようだった。

村人は長老より長い休息が必要なのだとわたしは説明したが、その答えに彼女は満足しなかった。目覚めると、眠ったときにはなかったささくれがかかとに刺さっていたのを見つけてからは、なおさらだった。数週間後、彼女は太腿にあたらしい引っ掻き傷を、続いて腕に複数の痣を見つけた。どうやってついたのか身に覚えのないものだ。

わたしは彼女の勘違いだと説得しようとしたが、エモリーの観察力はあまりに鋭く、見え透いた嘘を信じるはずがなかった。彼女は父親に自分たちが寝てからなにが起きるのかと訊ねたが、父親はそんな質問を冒瀆そのものとして扱った。彼女は母親にも訊ねたが、忙しすぎてそんな質問には答えられないと撥ねつけられた。彼女はマティスにも質問したところ、彼は笑い声をあげて孫の頭をくしゃくしゃとなでた。ついに彼女は授業中に手をあげてニエマに質問し、放課後に残された。

「消灯後、たまにあなたたちを起こすことがあるんですよ」ニエマは質問をした勇気を讃えてから、少女のエモリーに打ち明けた。

「どうしてですか？」

「わたしたちの仕事を手伝ってもらうため」

「どんな仕事ですか？」

「それは教えられません」

「どうしてわたしたちは覚えてないんですか？」

「覚えていないほうがいいからですよ」ニエマは少しうしろめたそうに言った。

教室をあとにしてから、エモリーは村の全員にわかったことを話した。同時に彼女は、質問するということの力に畏怖し、答えが制限されていることに失望してもいた。自分が暴露したことに村人たちがびっくり仰天すると思ったが、友人のほとんどは肩をすくめるか、エモリーがあまりにぶしつけであることに当惑するだけだった。

それ以来、同じことの繰り返しだ。

輝く日射しに照らされた生活は影で汚されているというのに、彼女以外の誰もその暗闇に隠されたものを気にしていない。夕食の席で友人たちをながめ、長老たちと同じくらい友人たちにも距離を感じてしまうことがある。

「どうして誰もなにも質問しないの？」彼女はふたたび祖父に視線をもどし、訊ねる。

「しあわせでいるのが好きだからさ」彼はあっさり言う。

「わたしはそれを変えようとはしていない」

「そうは言っても、答えというのはたいてい物事を変えてしまうものさ」彼はそう切り返し、蚊を手で追い払う。暗くなると、蚊が群れとなって容赦なく襲ってくる。

「今夜はわしの人生最後の夜だ」彼は冷静な口調で告げる。「だから、いつも言いたかったことを少しばかり話そう。まずはこれだな。明日の朝、おまえが目覚めると友人がひとり減っているが、そもそも、おまえは友人たちと重荷を背負ってきたとは言えない。おまえのせいじゃない部分もあるが、いくらかはおまえにも非がある。おまえは賢い子だよ、エム。だが、世界をおまえと同じように見ていない者たちへの寛容さがまったくない。これまでは問題じゃなかった。ただし、いまはクララがそうした者のひとりになってるな」

「クララはテイアーを選んだ」エモリーは淡々と言う。

「そしておまえはテイアーが好きじゃない」

「彼女はジャックを殺したのよ」夫の名を口にすると声がひび割れる。

「ジャックが死んだのは突風のなかで舟を出し、溺れたからだろう」マティスが指摘する。

「テイアーの命令でね」彼女は言い返す。「あの舟に乗っていたジャックとほかの弟子はみんな死んだ。物事をありのままに見ず、質問もしないで命じられた通りのことをしたから。ジャックたちが初めてではなかったし、最後にもならない。テイアーを選んだ人たちは死ぬから、クララにはそうなってほしくないのよ」

マティスは両手で彼女の手を握りしめ、彼女の怒りを和らげる。

「それだけ人を愛しても、おまえと同じ部屋にいるのも耐えられないとみんなに思われたら、なんにもならんだろう？　クララはすでに父親をうしなっている。母親までうしなうことはできんじゃないか。このままでは、おまえは十年後、どうしてもう娘と口をきいてないのかと考えこむことになるよ」

エモリーはできるかぎり祖父の視線を受けとめていたが、ついにうつむく。「おじいちゃんがいないと寂しくなる」

「あまり長いこと、とらわれんようにな。むかしを振り返るほどに、自分のまわりが見えなくなっていく。それがおまえの父親のあやまちだった」

彼はざらざらしてゆがんだ親指でエモリーの涙を拭う。

「ところで、わしのそのふがいない息子はどこに？」

「入江にいる。怒りながら舟を修理してた」

「あいつは悲しみかたを学ぶことがなかった」マティスが答え、ため息を漏らす。

彼女の手を握りしめてから、門を振り返る。一瞬、エモリーは前かがみになった人影が門の外の暗がりに見えた気がしたものの、まばたきする間に見えなくなった。

「わたしも行く」エモリーはこれが一緒にすごせる最後のひとときだと気づく。

「あいつだけに伝えたい言葉があるんだ」マティスはきっぱりと言う。「わしたちの誰かが、それを言ってやる頃合いさ」振り返って孫娘を見やる。「おまえの父親はいつもおまえにきびしすぎたな、エモリー。だが、本当におまえを愛しているんだよ」

「それを信じたいものだけど」

「そんなふうに思わずにすめばよかったんだがな」

エモリーは最後の姿を目に焼きつけるように、村をあとにする祖父を見つめ、わたしはその場から動くようそっと彼女をうながす。

「消灯まで六分です。部屋に行かないと、外で眠ることになります」

エモリーはサンダルで土の地面を蹴って駆けていくが、ニエマとヘファイストスが寮の部屋に通じる金属の階段の前で言い争っているのを見てぴたりと足をとめる。

「そういう実験は終わったとおれに約束しただろ」ヘファイストスがしゃがれた声で叫ぶ。

その声に込められた怒りにエモリーは暗闇へ一歩下がる。ヘファイストスは村の誰よりも一フィート上背があり、身体の幅は二倍ある。髪は無造作に剃りあげてかさぶたが見え、顔の右側にはくっきりと傷跡が走っている。手は特大だ。腕、脚、胸板も同じだった。マティスは以前、ヘファイストスの彫像を作るただひとつの方法は、村の裏手の火山を彫りはじめることだと冗談めかして言っていた。

「この話、消灯後まで待てないの？」ニエマが低く鋭い声で言い、息子を見あげる。彼の影でとても小さく見える。まるで小枝と撚った糸で作られて、髪は干し草の人形だ。

「おれたちは彼らを守ることになっているじゃないか」彼は請うように訴える。

「彼ら自身からね」ニエマはこの会話をやめさせられないと気づいて答える。「それには犠牲が必要なの」

「犠牲というのは、本人たちが選んでなるものだ。おれたちがやろうとしているのは人殺しだよ」

エモリーは息を呑む。本がないところで、このおそろしい言葉がこれほどさり気なく放たれるのを聞くのはショックだ。

「成功すれば、人殺しではないわ」ニエマが反論する。

「いままで成功したことなんかないだろ。現時点では、死刑宣告でしかない」

「わたしたちが悪いことをしているのはわかっているんですよ、ヘファイストス」言いくるめようとする口調だ。「処置を調整したの。今度は成功するはず」

息子の疑念が変わらないため、ニエマは彼の重い両手をとって手のひらを上に向け、傷跡や火傷の跡を調べる。

「この実験を始めたきっかけはあなただった」彼女は悲しそうに話す。「あなたが島に打ちあげられた日のことは忘れない。死にかけて、人相の見分けもつかないくらいひどい目にあっていた。霧に捕まったのだと思ったけれど、あなたからギャングと、捕まっていたキャンプの話を聞いたのよ」

彼女は手を伸ばし、息子の頬の傷に触れる。

「わたしは二度と誰もそんな目にあわせないと誓った」彼女の声は険しくなる。怒りを核にして石になったかのようだ。「たしかに、わたしたちは罪のない人の命を危険にさらしているけれど、実験が成功したときの見返りを考えて。この世代以降はすべての世代が平和に暮らし、戦争、犯罪、暴力を起こさずにすむ。人間が別の人間を傷つけることがなくなる。人々がこの島を自由に歩きまわることを許可できるようになるのよ、そんな自由を与えたら彼らがどんなことをするか心配しなくてもいい。そこを秤にかけて考えて、わたしの可愛い息子よ。たったひとつの行動でわたしたちにどれだけのすばらしいことができるか、考えて」

ヘファイストスはためらいながら母親を見つめる。彼の体の巨大さは目の錯覚のように思えてきた。背を丸め、肩を彼女のほうに突きだし、剃りあげた頭を垂れて、彼女の押し殺した声を聞こうとしている。まるでニエマの重力の下でつぶれかけているようだ。

「今度は成功する自信があるんだな?」彼は訊く。

「ええ」彼女はきっぱりと答える。

なんの話かさっぱりわからなくても、エモリーはニエマが口で言っているほど自信がないとわかる。彼女はあまりに自分のことをわかりすぎていて、あまりにほがらかで、絶対の自信があると言う人物にしてはあまりにもろそうだ。

ヘファイストスもそれがわかっている、とエモリーは思う。彼が表情を変える様からそれが感じ取れる。彼は嘘を信じることを選びかけている。そうやって安心することを自分に許そうとしているのだ。大きな安心感を得て、その陰に隠れられるように。エモリーにとって、それ以上の怯懦の行動はない。

ヘファイストスは両手を見つめる。不格好に癒えた傷跡と火傷の跡に覆われている。どれも崩壊した文明から逃げていたときを思いださせる。「いつ椅子に座らせたいんだ？」彼はついに訊く。

「今夜」

「おれにはせめて二十四時間が必要だよ」彼は反対する。「それはわかってるだろう」

「これは緊急なのよ、ヘファイストス。あなたが走査（スキャン）をはしょってくれれば――」

「だめだね」彼は断固として口をはさむ。「そんなことをすれば、処置中の死の原因となる隠れた疾患を見逃す可能性がある。おれに手伝ってほしければ、近道はなしだ。生存の可能性がもっとも高い被験者を選ぶために二十四時間が必要だからな。明日の夜まで待ってもらう」

ニエマはふくれっ面をしていらだちを呑みこみ、彼の反論は子供の屁理屈であるかのようにほほえむ。

エモリーはいままでこのようなニエマを見たことがなかった。物心ついたときからずっと、彼女は愉快な老女で、笑い声と同情に満ち、村人たちに最善の自分を引きだすよう導いてきた。エモリーは彼女がこれほど人を操ることができるとも、人命をこれほど軽んじるとも想像したことがなかった。彼女はテイアーがやりそうな行動を取っている。

「あなたの望み通りに」ニエマは寛大なところを見せて両腕を広げる。「どちらにしても、今夜は別の用事もあるから」

　ヘファイストスはひと声うめいてこの小さな勝利を受けいれ、無言で立ち去ろうとして、様子を窺っていたエモリーとあやうくぶつかりかける。ふたりのあいだには大きな一歩の距離はあるものの、それでもエモリーは彼の体臭で喉が詰まりそうになる。汗、腐敗、土の匂いで、まるで彼が洗っていない服のポケットに死んだキツネを入れて持ち運んでもいるようだ。

　彼は軽蔑しきった表情となり、仰天するエモリーと目を合わせてから、肩越しに後ろを振り返る。「ちびのひとり（クラム）が盗み聞きしていたぞ」そう呼びかける。

「その呼びかたは好きではないわ」ニエマが重々しく言うが、ヘファイストスはすでに歩き去っている。

　エモリーは彼の後ろ姿を見つめる。そして振り返ると、ニエマが目の前にいる。

「どのくらい話を聞いたの？」彼女は訊く。

「あなたが誰かを殺すかもしれない実験を計画していることを」エモリーは震える声で答える。

「それはふたつの悪いことでましなほうなのよ、本当に」ニエマはその程度のリスクを気にするなと手を振る。「わたしたちは長いこと、よりよい世界を作るチャンスのために、一度しかない人生を賭けてきたの。それを実現させるためなら、自分自身の命もあきらめる。あなたもそうするでしょう？」

「対象になる人は選ぶ機会をあたえられそうにないですけど」

「あたえられないわね」ニエマが認める。「自己犠牲の気高さがあると思われるほうがいいでしょう。それが欠けていると失望されるよりは」

「そんなのまちがっています」エモリーは反論する。「わたしたちはどんな理由があっても、人を傷つけたりしません」

「もちろん、あなたはそう言うわね」ニエマはかすかにほほえむ。忠告するときの癖だ。「でも、あなたたちのそうした理想的なモラルが試されることのないようにするのが、わたしの仕事なの」

消灯の鐘が鳴りやむ。

エモリーはどういうことか気づいて目を見ひらくが、なにもできないまま、肩からどさりと地面に倒れる。

彼女はなにも感じない。

ぐっすり眠っている。ほかの村人たちと同じに。

人類絶滅まで七十四時間

7

毎朝するように、わたしは午前七時きっかりに消灯明けとする。暗闇はいきなりぎょっとするような日光に満たされる。

寮では村人たちが錆びたベッドであくびをし、伸びをすると、彼らの最初の思考がわたしの意識をトタン屋根を打つ雨のようにトントンと鳴らしだす。彼らはベッドからさっと脚を下ろし、両手で頭を抱え、いかに疲れを感じるか、いかに筋肉が痛むかに驚く。昨夜はなかった油のシミが腕に残っている。拳の山は火傷している。サンダルは脱ぎ捨てたはずの場所にない。

三世代の村人たちがこの兵舎で暮らしてきて、このベッドで眠り、目覚めるたびに同じ謎を経験してきた。エモリーの質問好きな性格のおかげで、長老たちが消灯後に寝ている彼らを起こせるのだと知った最初の世代が今の村民だが、その理由は知らず、むやみに訊ねることもないだろう。けれども、秘密が求められているというのはふしぎなものだ。静かな思考において、彼らはそれが少なくともわかっている。なんと言っても、彼らは頼まれたら喜んでやらないことなどない。奉仕したがっているのだ。

彼らは不安を振り払い、急いで着替えると鎧戸を開け、朝のすがすがしい空気に触れ、夜間のふしぎな出来事を忘れる。すぐに、新鮮なフルーツ、ジュース、パン、リコッタ、ハチミツの朝食が中庭の長テーブルに並べられる。一時間かけて食事をしてから、道具を手にして農園に向かう時間となる。朝には生活のための仕事、昼には個人での奉仕、夜には宴が彼らのルーティーンだ。日課はあまりにもなじみになってしまい、彼らの誰ひとりとして自分たちがどれだけきつくしばられているか、解放されるのがどれだけ不可能なのか、気づくことができない。

8

エモリーが目を開けると、昨夜倒れたそのままの場所に横たわっていて、白いリネンのワンピースは中庭の錆色の土で汚れている。リンゴの木漏れ日の下、マティスが作った彼女の彫像から遠くない場所だ。青と黄のブッポウソウが石でできた頭に乗って楽しそうにさえずっている。起きあがると肩にズキッと痛みが走る。見ると、地面にぶつかった箇所が広く紫に腫れていた。腕を伸ばし、首をまわし、手脚の凝りをマッサージしようとして初めて、服にメモがピンでとめてあるとわかる。

あなたを動かせませんでした。身体があまりこわばっていませんように。

N

エモリーは表情を硬くする。昨夜立ち聞きしたニエマの実験のこと、その結果として誰かが死ぬことについて思いだした。友人に誰かを傷つけさせることなんかできない。ニエマがどれだけ目的は正しいと信じていても。

彼女は慌てて立ちあがり、ニエマを見つけてやめるよう説得しようと決めるが、わたしの声を聞いてぴたりと足をとめる。

「今回だけは、ニエマがあなたたちのためを考えて最善の行動をしているのだと信じてください」わたしはきっぱりと言う。

「誰かが死ぬかもしれない」

「誰かが死ぬでしょう」わたしは訂正する。「多くの人が死にます。さまざまなことが進行中で、そうなることは避けられません。ニエマはうしなわれる命を最小限にしようとしているのです。けれど、あなたが無駄な質問で引きとめれば、彼女が失敗する可能性を大きくするだけです。彼女のことはわかるでしょう。その行動はすべて村のためを思ってのことです。その理屈があなたに理解できなくても」

「人がたくさん死ぬの⁉」エモリーはあちらこちらに視線を投げる。花壇でもがき苦しむ人でもいるのではないかと思っているようだ。「誰が？　警告しなくちゃ」

「閉じられた社会では、心理的な駆け引きが運命を決定づけます。あなたが警告しても訪れる危険そのものをとめることはできず、傷つく人が変わるだけです。ニエマはそこをあなたよりしっかりと理解していますよ」

生まれたときから誰かの頭のなかにいることの大いなる恩恵は、わたしの声が彼ら自身のものと容易に混同されることだ。長年かけて、わたしはエモリーの良心と鋭い感覚を隅に追いやってきた。無条件に信頼されている。わたしがどれだけ異質なのか、彼女にはわからないからだ。

「さあ、行きましょう」わたしはさらに優しい声で言う。「朝食の準備ができていますし、あなたは学校に行くことになっています」

「行かない」

「ニエマと約束したでしょう」

「それは彼女の計画を聞く前のことよ」エモリーが言う。「あの人がなにをするつもりかわかっていながら、顔なんか合わせられない。どういうことなのか理解できるまでは」

「今夜すべてが説明されるでしょう」わたしはそのくらいは譲歩する。「彼女にはあなたが明日は来ると伝えますね」

まだすっきりしない気持ちで、エモリーはがたつく階段を寮の部屋へと重い足取りであがる。部屋は驚くほど湿度が高い。夜、鎧戸を閉めなかったから、火をつけたままのロウソクに群がってきた蛾がびっしりと壁紙に貼りついている。

部屋を横切ってナイトテーブルに近づく。ニエマに貸してもらったミステリの本を置いたままだ。いつもなら読むのが楽しみでたまらないのだが、昨夜のことがあってまだ居心地が悪い。友人が本当に人を殺そうと考えているとき、架空の殺人はそれほどおもしろそうに思えない。

小さな抽斗を開け、ノートと短くなった鉛筆を取りだす。質問で埋まったノートをめくり、空白のスペースを見つけて「ニエマの実験とはなに？」その下に「〝5の5〟とはどういう意味？」と書く。

〝実験〟という言葉に下線を数回引くと、ノートを閉じて鉛筆ともども抽斗にもどす。

彼女はこうしたノートをベッドの下に十四冊置いていた。すべてのページが答えてもらったことのない質問でぎっしりだ。物心ついたときから、質問を書き留めてきた。わずかながら線で消したものもあり、それは自分で答えを見つけだしたからだが、リストは日々、増えている。これはうんざりするほどの数の無知の集まりだ。

「あなたが知るべきは、しあわせであることだけだとわかっているでしょう」わたしは彼女とのあいだでマントラのようになったフレーズを繰り返す。

「でも、わたしはしあわせじゃない」彼女は指摘する。

「あなたは不満なのですよ」わたしは反論する。「あなたは不幸がどんなものか、まったくわかっていません。これからもわかることがないよう祈っています」

彼女はポケットを裏返し、ニエマが服に留めていったメモを取りだす。ほかのものと一緒に抽斗に突っこもうとしたところで、紙にかすかな跡があると気づく。この上にあった紙に書かれた文字の跡だ。昨日、ニエマが慌てて抽斗に隠した手紙のものだろうか？

エモリーは目を凝らし、日射しが降り注ぐあかるい窓にメモを掲げたが、どの跡もはっきりとは読み取れない。

読んだことのあるミステリのトリックを思いだして、メモの上を鉛筆で軽く塗りつぶすと、不可解な言葉がきれぎれに現れる。

わたしがもっと……コントロールできなければ……封じ込め……エービイの希望は……殺すことはできなかった

エモリーは鉛筆の芯の粉を吹き飛ばして文字をもっとくわしく読み取ろうとするが、この島のすべてと同じようにはっきりしない。このメモからもう少し情報を引きだそうとしたが、とうとうあきらめてメモを抽斗に入れる。

衣装戸棚から薄黄色のワンピースと下着を取りだし、フックにかけた麦わら帽子をどうするか考えたが、まだ時間が早いから不要だろうと思う。首にあたる朝日を感じたい。

空っぽの寮の部屋を見つめる。以前はこの空間にジャックやクララと暮らしていたのだが、ジャックは死に、娘はヒュイのところに引っ越した。娘は、背後から母親に覗きこまれることもなく、弟子になるのなんてやめておけとしつこく言われることもなく、試験の勉強をしたがったのだ。

エモリーは突然、ひどい孤独を感じる。

使われていない娘の枕に手をあて、クララが幼い少女だったときを思いだす。消灯の前に一緒になってベッドでお話を作ったものだった。あの頃は愛とは単純なものだった。仲良くできたのはあれが最後だ。ジャックが死んでから、彼女たちをつないでいたものはぷつんと切れてしまった。それ以来、ふたりはゆっくりと疎遠になっていった。

「あの子は元気?」彼女は訊ねる。

「今日の午後、帰ってきますよ」

「あの子がいなくて寂しいと伝えてもらえる?」

「もちろん」わたしは答える。

エモリーは着替えを古いシャワー室に運ぶ。兵舎でいちばんみすぼらしいのはここだ。タイルの目地はカビだらけ、ギザギザに折れた配管が壁から突きだし、シャワーヘッドはすっかり腐食している。

彼女はバケツに水を入れ、ケルヴィンが作ったジャスミンの石鹸で昨日の服を手早く洗う。マティスのことを考え、途方に暮れて涙を流す。

髪の水分をしぼり、服を着て中庭に向かう。新鮮なフルーツ、オレンジジュース、湯気があがる焼きたてのパンを入れたバスケットがテーブルにずらりと並べられるところだ。ハチミツ、ジャム、レモンカードのボウルはハエがよらないよう目の粗いモスリンがかけてある。

バードバスから遠くない場所で、マティスの遺体が無造作に二輪の荷車に横たえてあった。それを見たショックで息がとまるが、なにかの反応を見せるのは彼女だけだ。ほかのみんなは笑いながらおしゃべりをして、見向きもせずに遺体の隣を歩いて長テーブルに向かう。

マティスがまだ楽しめるあいだ、昨夜のうちに葬儀はおこなった。これはたんなる肉体、無用のものでしかない。古い診療所の地下に焼却炉があり、そこに薪が詰めこんである。じゅうぶんに炉が熱くなればすぐ、遺体を焼却する。

父セトが近くに立っている。悲しみに打ちひしがれた顔をして、その目は思い出を見ている。

「最後は一緒にいたの?」彼女は優しく訊く。

「おれたちは話をしながら眠った」彼はどうにか悲しみに蓋をしようと、もがきながら言う。しかし、近づくエモリーに気づくとどの感情も消える。

「いま、運んできたところだ」

「マティスはそれでうれしかったと思う」彼女は額にしわをよせる。「ゆうべ、あそこで誰か見かけなかった? 門の近くに誰かがいたと思ったの。マティスと話をしようと待っていたみたいに見えたけれど」

「おれは入江にいた」と、セト。「声はしたが、誰かは見えなかった。ただ、どんな話をしたにしろ、親父を動揺させていたな」

「ちょっとやそっとでは、おじいちゃんは動揺しなかったのに」エモリーは驚く。「どんな話だったか見当はつかないの？」

「まったくな」セトはサンダルのストラップをいじり、小石を取り除こうとする。質問をやめさせたくて仕方がないのだ。

「記憶珠に残っているはずね」エモリーは突然、荷車に身を乗りだしてマティスの首を調べたが、宝石はなくなっている。「どこにあるの、エービイ？」

「紐がゆるんでいたのです」わたしは言う。「昨夜、彼の記憶珠は海に落ちました」

エモリーは目を見ひらく。セトは絶望して嘆きの声をあげる。父親の死に対しては踏ん張れたが、その父親が世界から完全に消し去られたことには耐えられない。

エモリーはセトの肩にそっと手を置くが、肩はたちどころにこわばり、彼女は手をどけるしかなくなる。

彼女は表情を硬くして考える。「ゆうべ、おじいちゃんは実際どのくらい海の近くにいたの？」

「そんなことが重要か？」父親は怒って訊く。

「これまでに記憶珠をなくした人なんて聞いたことがある？」彼女はきっぱりと言い返す。「首にかけていたのに自然と結び目がゆるんで、そのうえ海に落ち、最期に誰と話をしたか知るただひとつの方法がなくなるなんて、変だと思わない？」

セトは赤くなった目で娘をにらみつける。「おまえは絶対にやめないんだな？」信じがたい口調だ。「どうやってやめればいいのかも、おまえはわからない。いつもあれこれほじくり返し、それがどれだけ人を傷つけるかお構いなしだ」

「だって変なことがあって――」

「いいや」彼は指を振ってみせる。「マティスからおまえに辛抱しろと言われたが、もう限界だ。辛抱できない」

「父さん――」

「聞きたくない」彼はエモリーから一歩下がる。「おれの親父が死んだのに、おまえは自分の哀れな好奇心を満たすために、親父の遺体を蹴りまわすことしか頭にない。もうごめんだ、エモリー。おれに近づくな」

荷車の握りをつかみ、セトは父親の遺体を診療所の焼却炉へ運び、エモリーを土埃のなかにひとり取り残す。

9

わたしたちの画家であるマグダレーネは学校の支度で息子シェルコに服を着せている。ペプロス（ギリシャの一枚布の服）が大きすぎて、身体に合うよう少し縫い詰めようとしている一方、息子は身をよじり、変な声をあげ、落ち着きがない。ほぼ四分間もじっと立っていたのだ――幼い少年にとっては永遠だ。

彼女はいらだちを嚙み殺そうとしているが、綿の布の端っこを嚙んでいればそれは簡単なことである。朝っぱらから出だしがよくなかった。ジグザグにドアへと続く汚れた足跡を見つけたのだ。シェルコが昨夜帰ったとき、サンダルの底を拭くことを忘れていたのはあきらかだが、彼はどうしてもそれを認めようとしなかった。

これが初めてではないけれど、マグダレーネは母親になることは正しい選択だったのかと考えてしまう。

村では誰でも親になる申し込みができる。わたしに頼みさえすればよく、その時点でわたしは性格と適応性から考えて結論を出す。親というのは善意に任せるにはあまりに重要な仕事だから、わたしはほとんどの申し込みを断り、合格した候補者に正しい訓練を受けさせる。たいていは、これで子育てがやれるという誇りと自信を親にあたえることができる。今朝、マグダレーネはその自信をなかなか見いだせないでいた。

「ママ」シェルコは子供があらたに不満をいくつもぶつけるときの声で言う。

「はい」彼女は針の先を慎重に綿生地へ刺しながら答える。

「なんで絵を全部まっすぐにしたの？」

「わたしはしてないけれど」彼女の注意はそれる。

寮の部屋の壁は彼女の絵で覆われている。サイズと画材はどれも違っていて、油彩、水彩、デッサン、布絵と様々だった。共通するただひとつの特徴は、どれも歪んだ角度で壁に掛けられていることだ。信頼できない壁、曲がった釘、危なっかしいカナヅチ捌きが合わさってそうなるのだと彼女は言う。

「ううん、ママがやったんだよ」息子は正しいことを指摘できてわくわくしている。「ほら、みんなまっすぐだ」

彼女は視線をさっと壁に向ける。息子の言う通り、すべてまっすぐだ。振り返って、うしろも確認する。ひとつ残らず水平だ。

心臓がとまりそうだ。こうなったのは初めてではない。息子は何カ月もこのいたずらを続けている。

「もしかしてアーディルがやったのかも」息子は推理する。

マグダレーネは身体をこわばらせる。その名が口にされるのを聞き慣れていない。アーディルは彼女の祖父で、毎晩休む前に絵をまっすぐにしたものだった。絵がゆがんでいると悪夢を見そうだというのだ。

「アーディルは村にもどることを許されてない」彼女はきつい口調で言う。「それはわかっているわね。まだ生きているのかどうかも、わからないのよ」

「どうして追いだされたの？」

「あの人は……」恥を声に出せず、言葉は尻すぼみになる。

アーディルはテイアーの弟子で、エモリーの夫が亡くなった難破事故のただひとりの生き残りだった。事故の一週間後に荒れ地をさまよっているところを発見されたものの、彼はどんな経緯だったのかまったく思いだせなかった。

なにかがおかしいと、すぐさまあきらかになった。

アーディルはもはや消灯の影響を受けず、行動も制限されなかった。つまり、いつでも好きなときに島のどこにでも行けるということだ。ひどい頭痛に悩まされ、明晰な思考が訪れては消えた。それまでのように友人たちと冗談を言いあっていたかと思えば、次の瞬間、巨大なミミズがいるとか、ガラスに顔を押しつけて覗いている奴がいるとか叫んだ。マグダレーネが朝、目覚めると、祖父が夜通し壁に妙な地図を描き、亡くなった弟子たちの名の果てしないリストを書いているのを見つけたものだった。

テイアーが彼を診察したが、症状の原因は見つからなかった。事故の一カ月後、アーディルはニエマの教室に押し入り、彼女が埋めたものを掘りだせと要求し、手術用のメスで襲った。

幸運なことに、ヘファイストスがそばにいた。

彼がどうにかニエマを助けたが、アーディルは村から逃げてもどらなかった。与えられた罰は追放だった。

それが五年前で、マグダレーネはいまだに祖父が受けた扱いに怒っている。

友人たちをうしなう前、祖父は学者肌で好奇心旺盛、あらゆる面において礼儀を重んじていた。美を賞賛し、芸術に関心を抱くマグダレーネを励ました。ニエマを襲うことにつながる激情などみじんもなかったし、そんな行動を考えたことさえなかった。

あきらかに祖父はあの難破事故で変わった。ふさわしいのは温情と治療であって、罰と非難ではない。襲った相手が長老ではなく村人だったならば、きっと然るべき処遇になったはずだと彼女は信じている。

「アーディルはもうすぐもどってくるの?」シェルコは母親の苦悩をまったく気にせず、しつこく訊く。

マグダレーネは周囲のまっすぐにされた絵に視線をふたたび向けてから、考えこんで首を振る。

「長いこと会っていないのよ。たとえまだ生きているとしても、彼だと見分けられるかさえわからないわ」

10

村の東にある列車の車両内で、クララは親友ヒュイの隣で目覚める。ヒュイはヴァイオリンであたらしい協奏曲を練習しているところだ。

わたしは今夜、村人の前でそれを演奏するようヒュイに頼んだ。今夜の演奏はニエマが求めるユートピアを実現させるため、起こらねばならない多くの決定的な瞬間のひとつだ。音がひとつ外れれば、未来はあたらしい軌跡をガタガタと進むだろう。

「ヒュイってば」クララは友人に向かって眠そうに手脚をばたつかせて懇願する。まだ目をつぶったままだ。「あたしはやっと寝たところだったのに」

昨夜ヒュイはこのカンツォネッタを自分たちのために演奏した。それがとても美しかったので、クララはこれまでに聴いたなかでいちばんすばらしいものだと信じて眠りについた。一音ごとに自分のかけらが運ばれ、自分の原子が風、太陽、海にばらまかれるようだった。今朝は――長い夜を終えて長い昼が待つ――同じ音楽がまったく異なる感情を生んでいる。

「ヒュイ」クララはまた訴え、しぶしぶ片目だけ開ける。

弟子は探索中、消灯を免除される。三週間前に村を出発してクララがなによりも興奮したことのひとつだった。毎晩、彼女たちは鮮やかな月明かりとキャンプファイアに照らされて腰を下ろし、テイアーが彼女たちと対等であるかのように話す言葉に耳を傾ける。ただし次第に、早起きしなければならないつらさが、夜更かしできる楽しみの代償としては高すぎるように思えてきていた。

　クララは肘を突いてヒュイに顔をしかめてみせる。ヒュイはきびきびと演奏し、目を閉じて自身の創造性を形にすることに夢中だ。ヒュイは小柄で黒髪、シャープな頬に、先端がカーブした長い鼻をしている。垢に厚く覆われ、かきむしった顔の汚れに流れる汗がくっきりと跡を刻む。

　彼女たちが風呂に入ってから三日が過ぎているものの、どちらにしても長いこと清潔を保てるわけではない。テイアーは島の廃墟をいかに安全に探索するか、回収できるテクノロジーをいかに特定するか教えてきた。最新の授業では、生い茂る森を抜ける鈍い銀色の線路をたどらねばならなかった。その結果、浮きつづける動力をうしなって無様につぶれたこの車両に行き着いた。

　雨を心配しながら彼女たちは火をおこして野菜の煮込みを作り、テイアーは毎晩するようにむかし話をした。こうした列車が、かつては宙に浮いて、島を横断し、ものの数分で科学者や物資を目的地に運んでいたと。

「ブラックヒース機関は島全体を所有していたの」彼女は惜しむように言う。「わたしたちのラボは地下の古い核シェルターに作られたけれど、自由時間のほとんどは地上で過ごし、ハイキングや水泳を楽しんだものよ。世界が終わる前、何千人もがニエマの下で働いていたのだけどね、霧がやってきてほぼ全員が故郷に帰ってしまった」

「ブラックヒースになにが起きたんですか？」クララが訊ねる。

　なんらかの理由で研究所がうしなわれたことは知っているが、それ以上の情報はあたえられていない。

「まだここにある」テイアーは説明し、片足で床を踏みつける。「ラボの地下道が東海岸のほとんどに張りめぐらされているけれど、岩盤にある亀裂から霧が入りこんでしまったわけ。わたしたちは深夜にブラックヒースから撤退し、扉を封鎖するしかなくなった。さもなければ、霧は島中にはびこったでしょうね。それからというもの誰も帰っていないけれど、ラボは警報が鳴った瞬間に完全に密封されたはずなの。機器がそのまま残って、わたしたちを待っている。わたしたちの実験も。わたしに必要なのは、霧を破壊してこの島から逃げだすことだけなのに、どうしてもそれができない」

どれだけ切望しているかが声に出たと気づき、とまどったテイアーは急いで口実を作り、もう寝るとその場を去ったのだった。

車両ではヴァイオリンがますます音を張りあげ、クララは耳をふさぎ、声を届けるには叫ぶしかない。

「ヒュイ！」

弦がビーンと弾け、音楽がふいにやむ。ヒュイのなめらかな顔に浮かんでいた集中はあっというう間にくしゃりとゆがんで不安に姿を変え、未来は黙ってレールの分岐器を切り替える。

「起こしちゃった」彼女は詫びる。

「ヴァイオリンに起こされたの」クララがはっきりさせる。「でも、あんたも絶対にかかわっていたけど」

「本当にごめんね。今夜演奏するというのに、練習の時間がなかったから」

「それは心配しないで、あんたは練習する必要ない」クララがあくびをしながら切り返す。

「必要あるの」

「ないよ」クララは伸びをする。「毎晩、音をひとつも外さずに演奏してきたじゃない」

「今回は話が違う。この協奏曲を村人みんなの前で披露するのは初めてなんだから」ヒュイは声を落とす。「エービイから長老全員が来るって言われたの」

「なにも違わないよ」クララは答える。「みんな、あんたのことを愛してるもの。いつもそう。あんたがどんな演奏をしても関係ない」

自然と嫉妬心が口調に出て、クララは急いでごまかす。

「あんたは立派に演奏するよ」弱々しくそう締めくくる。

ヒュイは言われたことを受けとめ、クララのほうはとても念入りに隠している本心をこれほどあっさり暴露した自分をきびしく非難する。

わたしはクララを弁護するためにこう言おう——ヒュイはかならずしも簡単に愛せる相手ではない。その才能はあまりにもまぶしく輝き、ほかのことをすべて色あせて見せるから、恨めしく思わないのはむずかしいことだと。

もっと悪いことに、ヒュイは才能にあぐらをかいて、やるべきことをさぼるのがとても上手になっていた。わたしが断固として許さないからいいものの、そうでなければ彼女は人に自分の作物の世話をさせ、洗濯をさせ、使い走りをさせ、彼女が落としたものを拾わせていただろう。わたしは人間が才能の前にひれ伏したがることをまったく理解しないが、これはどの世代でも起きることだ。

「あなたの言う通りね」ヒュイがほっとして言う。「もちろん、あなたは正しい。いつもそうよ。ありがとう、クララ。あなたがいなければ、わたしはどうなるだろうね？」

「変わらないよ。もう少しのんびり生きて」クララはそう言いながら、姿勢を変えて自分の体臭に気づく。「どうしてもお風呂に入りたい」そうぼやく。

「それはあなただけじゃない」ヒュイも賛成し、コルクの蓋をした水差しを差しだす。「ほら」

クララは蓋を外し、怪しみながらにおいを嗅ぐ。この三週間というもの茹でた野菜とスープの食事を続けているから、胃は彼女から去ってもっとバリエーションのある食事をする人のもとへ行こうかと考えている。

「オレンジジュースだ!」クララは叫ぶ。「どこで見つけた?」

「テイアーがここから遠くない場所で何本か木を見つけたの。今朝、実をしぼったのよ」

「テイアーがここにいた?」

「ふたりで楽しくおしゃべりしたの」

「あたし、いびきをかいてた?」

「それによだれを垂らしてた」ヒュイがほがらかに言う。

クララはうめき、両手で顔を覆う。

五年間あたらしい弟子をまったく取らなかったテイアーが、三月にまた弟子を募集すると急に宣言したのだった。四十三人が申しこみ、ニエマがそれから半年をかけて数学、物理学、生物学、工学を教えた。応募者のほとんどは授業のむずかしさについていけず、ふるい捨てられ、十月に試験を受けることができたのはわずか十九人だった。

試験は二日にわたり、彼らは旧世界の機械をあたえられて分解と修理をおこない、いくつもの問題を解き、化合物を作った。

テイアーがエモリーと険悪な仲であることを考えると、クララが応募したことに誰もが驚いたし、試験に合格したときはびっくり仰天した。彼女とヒュイのふたりだけが選ばれたのだ。さらに注目すべきは、彼女たちが近年で最年少の候補者であったことだ。

テイアーがクララに、彼女の母親は足を引っ張る汚点だと思わせるような言動はいっさい見せなかったが、それでもクララはすべてにおいて完璧でないとだめだと感じている。たとえ寝ているあいだでも。

「冗談だってば」ヒュイが大喜びで手をたたく。「今朝、用を足した帰りにテイアーからオレンジジュースをもらったの。彼女がここに来ていても、なにも心配しなくていい。あなたはとても可愛らしく眠ってたよ」

クララは顔を赤らめ、ばつの悪さをごまかそうとジュースをがぶ飲みし、周囲をじろじろとながめる。

「どんなふうに思っているか、彼女に伝えるべきですよ」わたしは言う。

クララはいつものようにわたしを無視する。残念なことだ。少しの勇気を発揮できれば、彼女はヒュイとしあわせになれただろう。わたしは未来を見立てなくてもそれがわかる。愛とは人がなにを必要としているか、なにが欠けているかという単純な問題だ。ふたつの壊れたものがしばらくのあいだ、ぴたりと合わさるということだ。

だがあいにく、クララは黙りこみ、おそらく次のチャンスは訪れない。明朝にはヒュイが死んでいそうだから、クララは自分が言わなかったことを思い、言っていればどうなっていたのかを考えて生涯をすごすだろう。

この歴史の分かれ道に気づかず、クララはあごのオレンジジュースを拭いながら、自分たちが寝ていた列車を調べる。大きくて奥行きがあり、折れた手すりにへこんだ金属の座席。クララの身体の幅ほどもある奇妙なツルが床から突きでて、ガラスのない窓にからみつき、その威力で窓はゆがんでいるくらいだ。ツルの内側では光が脈打つようにまたたき、彼女がこれまでに目にしたどんな植物とも違っている。ツルの表面には縦横無尽にえぐれた跡が走り、誰かが斧でも振るったかのようだ。それが誰だったにしても、あまり深くまでは切り込めていなかった。

ジュースを飲み終え、クララは車内で所持品を探す。持参が許されるのはバックパックに収まるだけの量だが、彼女は物を散らかす才能がある。ナイフは雑草の下にあるし、予備の服はいたるところに投げだされ、ノートは車両のいちばん奥へと移動してしまっている。

「名前を見た?」クララが彫刻に使っている小さな木切れを探して這いまわっていると、ヒュイが訊く。

「どの名前?」

「座席の下の金属に刻んである」ヒュイが愛用のヴァイオリンをウール張りのケースに入れる。

「テイアーの以前の弟子たちの名前よ。あなたのお父さんの名前もある」

クララはぞくぞくしながら、指さされた先を見る。

「アーサー、エモリー、タスミン、キコ、レイコ、ジャック」彼女は声に出して読みあげ、父親の名を口にする声は温かい。

〝ジャック〟のギザギザの縁を人差し指でなで、彼がこの文字を刻みながら、仕事中はいつもそうしていたように鼻歌を歌っているところを想像する。

「これを書いたとき、彼は十七歳でした」わたしは言う。「いまのあなたと同い年。テイアーはいつも、試験に合格したあたらしい弟子たちをここに連れてくるのです。彼が外泊で村を離れたのはあれが初めてでした。とても興奮していたので、テイアーは彼にところ構わず走りまわらないよう注意しないとならなかったくらいです。あなたのお母さんは、とてもとまどっていましたよ」

クララは母親の名前に優しく触れる。弟子になった話を子供の頃たくさん聞かせてくれた父親と違い、エモリーは人生のその時期についてほぼ話さなかった。

「エモリーはこれを書いてから六週間しか続かず、弟子を辞めました」わたしは説明する。「もっと早く辞めてもおかしくなかったのですが、お父さんが取りなしていたので」

いかにもありそうだ、とクララは考える。短気な母親と違い、父親は声を荒げたことも、焦って話したこともない。ほとんどいつもほほえんでいて、仮にそうしていなければ、なにかとてもよくないことがあるとわかった。

彼は五年前の嵐で溺死した。ここに名前の刻まれた弟子たちと一緒に。クララはいまでも父親のことを毎日考えている。

名前の下、背の高い雑草にさえぎられ、さらに連なる言葉の初めの部分が見える。雑草を押し分けると、別のメッセージを見つける。

　これを読んでいたら、いますぐに引き返せ。ニエマはわたしたちを埋めた。彼女はあなたたちも埋めるだろう。

クララの脈が速くなる。「これはどういう意味？」彼女は不安になって訊く。

「古い落書きですよ」わたしは答える。「心配しないでいいです」

「ニエマは誰を埋めたの？」

「心配しないでいいと言いましたよ」

わたしの言い逃れでは彼女の不安をたいして和らげないが、彼女は外から呼びかけるテイアーの声で注意がそれる。

「クララ、ヒュイ、出発よ！」

「準備はできたの？」そう訊ねるヒュイはバックパックをかつぐ。「鳥をひとつ残すのを忘れないでね」

クララはポケットを探り、ちっぽけな木彫りのスズメを取りだす。彼女は考え事をするときに上の空でこうしたものを彫るから、ポケットでは十数個がぶつかりあって音をたてている。自分たちが通った場所の目印としてこれを残すのがならわしになっていた。

ひとつを座席に置いてから、クララは頭をかがめてまぶしい日射しの外に出る。ウサギの群れが散り散りに逃げて背の高い草地へと跳ね、バッタの邪魔をして、トンボが空に舞う。死火山が目の前にそびえたち、その山頂は霞がかかっている。

足元の土は乾燥し、埃っぽい松の雑木林がごくわずかな日陰を作っていた。崩れた古代の石壁は、ここで耕作されていたオリーヴとイチジクの果樹園の境界線だ。いまでは荒れ放題となり、腐ったフルーツが地面のあちらこちらに積み重なり、動物たちが好きに食べることができるようになっている。

クララは自分たちの居場所をわたしに訊ねようかと思っているが、テイアーは彼女たちがこの先、自分で道がわかるよう、つねに頭のなかで地図を描けるようにさせたがっている。

彼女は学校時代を振り返る。ニエマがカビくさい茶色のシートを宙に掲げ、これが自分たちの島を上空から見たときの形と色だと説明したときだ。火山がまさに中央にあり、島を奥まで進もうとすればするほど急勾配で岩がちな地形に遭遇するということである。

海岸沿いに北から南へ歩くのに二日、東から西へ横断するのもほぼ同じ日数がかかる。それをやるには脚を骨折せずにすむルートを見つけなければならないからだ。幸いにも島には古いヤギ道が多く、どこで見つかるか知っていれば旅程をかなり短縮できる。

「太陽が火山の左にある」クララはひとりごとをつぶやく。「あたしたちはキャンプを火山の南面でおこなったわけね」

心臓がどくんという。村は島の南西だ。おそらく直線距離ならばほんの二時間ほどだが、この地形だとまず通り抜けられない。別の迂回路を見つけなければならないということだ。

クララはすばやくテイアーに視線を走らせ、彼女がどんな意向なのか推し量ろうとする。長老は火山の頂を見つめ、まびさしを作っている。彼女は周囲の松の木と同じように細く、同じくらい上背もあるように見える。黒髪は短く切られ、青い目は鋭く、青白い顔は高い頬骨と尖った鼻にピンと皮膚を引っ張られたように見え、しわの一本もない。彼女の美しさは威圧的だ。人が賞賛するより頭を垂れるたぐいのものだ。

テイアーは百十歳近いが、エモリーよりたいして年上に見えないことにクララはいまだに心から驚いてしまう。

「ヤギ道をたどれば火山を登れる」テイアーは空中にルートを指先で走り書きする。「カルデラに向かうわよ。昨夜マティスが亡くなったから」――彼女は同情しているのでも、可哀想に思っているのでもない、値踏みする視線をクララに投げる――「あなたはひいおじいさんのことを嘆くそれなりの時間はあったの？」

「ありました」クララはそれしか答えとして受けいれられないとわかっている。

ヒュイは支えになろうとクララの手を握りしめるが、それは必要ない。父のジャックはクララが十二歳のときに溺死し、彼女は一年間、泣きつづけた。それだけの涙は彼女からなにかを洗い流してしまった。以前より少しよそよそしくなり、死を受けいれもした。

「わたしたちのならわしとして、子供がひとり死者の場所をひきつぐことになる」テイアーが話を続ける。「今日の午後はその子供を回収して、村に届けるのがわたしたちの任務よ」

ぞくぞくするような興奮がクララとヒュイの全身に走る。あたらしい子供が届くのは、村の生活でもっとも刺激のある日に数えられるが、テイアーはいつもひとりでそれをおこなう。子供がどこからやってくるのか、誰も見たことがなかったし、子供自身も覚えていなかった。

「任務はおよそ六時間かかるから、歩きながら化学の相互作用についてあなたたちをテストする」テイアーはめずらしく熱意を見せて両手をすりあわせる。「どちらが先にやりたい？」

テイアーが歩きだし、それにヒュイが続いたが、クララの足取りは重く、離れていくテイアーの後ろ姿を見つめる。車両内で見つけたあの警告で頭がいっぱいだ。

「ニエマはわたしたちを埋めた。彼女はあなたたちも埋めるだろう」クララはつぶやき、背筋に冷たいものが走る。

誰があんなひどいことを書いたのか？

11

セトは兵舎の東棟と村をかこむ高い石壁のあいだの人目につかない小道をどしどしと歩く。ピンクと白のブーゲンビリアが石壁のひびからこぼれるように咲き乱れ、進むには花を押しわけないとならず、花びらにとまっていたチョウがあちらこちらに逃げていく。

「先ほどはエモリーに薄情でしたよ」わたしは声をかける。

「わかってるんだ」彼は冷静になって打ち明ける。「あいつにはカッとなってしまう。子供だった頃から変わらない。誰も答えられない質問ばかりして。本人もよくないとわかっているというのに、探りつづけるんだ」

「なぜあなたはそれほど神経を逆なでされるのですか?」

「なぜって……」彼は初めて深く考えてみて、言葉は途切れる。それは……いつもいい質問だからだ、と認める。エモリーは小石を詰めるようにして脳の奥にそうした質問を押しこんでくるから、頭が休まることがない。娘に友人がとても少ないのはそれが理由だと彼は考える。それで人は彼女について神経質になる。

だから彼も彼女について神経質になる。彼が見たくないものはたくさんあるのだ。

兵舎の裏庭に足を踏み入れる。一日のこの時間には誰もいない。ここには倉庫と古い事務室がいくつもあって修理され、必要なときに誰でも使える工房となっている。これらの建物で村人は石鹸、紙、ペンキを作り、大量のスイセンやターメリックを碾いて着色料を生みだす。布を織り、靴を作り、古い鉄や農園近くの森で育った木材であたらしい工具を作る。

数時間して誰もがもどってくると、これらの建物は蒸し暑くなり、裏庭は化学薬品、茹でた草、蠟、糊の刺激臭で満たされる。

セトは骨組みだけのレーダー塔の陰を通りすぎ、アーチ型屋根と、ヘファイストスの手入れのお陰でまだ時を刻んでいる機械仕掛けの時計のある赤煉瓦の小屋の外にやってくる。

ひらいたドアから顔を突っ込むと、一瞬おいて視界が暗闇になじむ。六人の子供が机に向かい、ニエマがビニール製の世界地図を棒で指す様を見ている。

彼女がここに学校を作ってからまず壁にかけたのがその地図だった。なにがうしなわれたのか痛いほど思いださせるもの。彼女はこの島以外の場所すべてを線で消し、島のまわりに完璧な円を描いて、自分たちと世界の終わりのあいだの安全なエリアを示している。

「誰がこのようにひどい兵器を作ったのか、なぜそれが使われたのか、わかることはないでしょうが、霧がわたしたちを完全に不意打ちでとらえたことはわかっています」彼女はおなじみのしゃがれ声で言う。「この規模の厄災に備えた計画などありませんでした。特別に裕福でないかぎり、霧から隠れられるシェルターも備蓄品もありません。あの頃の子供たちは学校で基本的なサバイバル術さえも学んでいなかったのです」

そこでいらいらと時計を見つめ、セトを驚かせる。ニエマは教室ですごすのが大好きだ。ここまで気が散るほどの重要なことが起ころうとしているに違いない。

彼女は子供たちに注意を向けなおし、聞き入るいくつもの顔に視線を漂わせる。

「あれほど準備不足だったことが、いまでは奇妙に思えます」ようやくまた話しだす。「人類は終わりが実際に訪れる前のほぼ一世紀、崖っぷちに立たされていたのに。大地を掘り尽くして資源は枯渇し、気候変動で大勢が移住を強いられ、耕作に適した土地と生活圏を破壊していました。とうとう、自然がするより先に自分たちで自身の社会を破壊したのです。もっとも、僅差でしたが」

セトは強烈なノスタルジアに襲われて息を吸いこむ。自分が子供だった頃にこの授業を受けたことを覚えている。ニエマの激しさ、すべての言葉を炎のように取り巻く侮蔑に満ちた怒りを忘れられない。

子供たちのひとりが手をあげる。

「はい、ウィリアム」ニエマが指さす。

「霧の前、人口は何人だったんですか？」

「数え切れないくらいですよ。わたしたちは人口を百二十二名に保たなければなりません。農地と水源で維持できるのはそれが最大だからです。けれども、外の世界の資源はわたしたちのものより、はるかに大きかった。この島より広い都市では毎日、何百万人も子供が誕生していたんです」

子供たちは想像力を働かせ、感嘆の声をあげる。

別の子が手をあげる。ニエマは端に座る幼い少女にうなずいてみせる。「なんで、その人たちは戦争をしてたんですか？」

「人というのはいつでも理由を見つけだせるものなんですよ。異なる神、異なる人種。戦争があまりにも長く続き、やめかたを忘れてしまったということもあります。必要なものをほかの誰かが持っていたり、相手が自分たちを傷つけようとしていると考えたり。戦争をすれば自分の権力を強めると信じる指導者のせいで戦争になるなんていう皮肉なことも少なくありませんでした」

「でも、そんなの——」

「話したければ、手をあげるのですよ」ニエマが口をはさみ、幼い少年を叱った。彼は手をあげ、続いて質問を放つ。

「どうしてエービイはその人たちをとめなかったんですか？」

「不幸にも、その頃は助けてくれるエービイがいなかったんです。わたしたちは自分の頭のなかでひとりきり、面倒を見てくれるエービイはいませんでした。もちろん、あなたは正しいわ。もしも彼女がいたら、このようなことはまったく起こらなかったでしょう。彼女は人間のいちばんよくない衝動を抑えたはずですよ」

ニエマはそこで口をつぐんだ。子供たちは人類が集合意識を外から取り入れていれば、この世界はどうなっていただろうと想像しようとした。別の子が手をあげる。

「はい、シェルコ？」

「アーディルはいつ家に帰れますか？」彼は出し抜けに訊く。「ママがとても寂しがってます」

生徒たちは緊張し、ニエマの顔に浮かんだ怒りにたじろぐ。

「アーディルはわたしを傷つけたのですよ」ニエマはどうにか冷静になろうとしている。

「それはわかってます。でも、エービイはいつも人を許しなさいとぼくたちに言いますよね」もっともなことを言う。「アーディルは長いこと留守です。先生はまだ彼を許してないんですか？」

彼は目を丸くする。その質問は悪意のないものだ。ニエマの怒りは日射しに触れた霧のように消える。

「許そうとしています」彼女は前腕の傷跡をなでながら言う。「あなたのひいおじいさんは暴力的でした。村ではそれを大目に見ることはできません。理解できましたか？」

「いいえ」シェルコは素直に言う。

「優しいですね」彼女は穏やかに言う。「残念なことに、わたしはあなたよりずっと長く生きてきて、そのあいだに少し悪い癖も身につけてしまいました。あなたのように人を許すことは、わたしにはそれほど簡単ではないんです。でも、わたしはもっといい人間になろうとしています」

ドアのところにいるセトに気づき、彼女は人差し指をあげ、すぐに終わると合図した。

腕組みをして彼は大きくなくさび形の日陰で待ち、ようやく子供たちが休み時間で外に駆けだしてくる。ニエマがそのうしろからふらりと現れる。

「一時間でもどりなさいね」彼女は呼びかけ、子供たちは中庭へと消える。

「いい授業でしたかね?」セトが訊く。

「誰かひとりはいつもわたしを驚かせるものよ」彼女は長い白髪をひねって団子にまとめると、鉛筆をかんざしがわりにしてとめる。

彼女は疲れているようだとセトは思う。目は赤く、黒いクマができ、普段とは違って手脚が重そうだ。初めて彼女が年相応に、目には見えない歳月に背後から引っ張られるように見えると感じている。エモリーは正しかった。ニエマはなにか悩んでいる。

「今朝の気分はどう?」自分が穿鑿(せんさく)されていると気づいてニエマが心地悪そうに訊ねる。「朝食の席にマティスがいないとは、おかしなものだったわね」

「父は長いこと村のために奉仕する人生を送ってきました」彼は判で押したようにそう返す。

「誇りに思っています」

「話している相手はわたしよ、セト」彼女は優しく言う「悲しいのだと、正直に言って大丈夫」

「父の記憶珠がないんです」彼は口走る。いまの言葉全体に苦痛が刻まれている。「海に落ちたとエービイが話していて」

「エービイが?」ニエマの声は緊張している。「気の毒に、ひどい話ね。あなたがどんな気持ちか想像もつかない」胸に手をあてる。「彼のことを語り合いましょう。そうすれば彼の記憶を生かしつづけることができますよ」

セトは顔をそむけて感情を隠そうとして、あふれかけた涙を拭う。ニエマは少し時間をあたえて、彼がさらに何か言うのではと待つが、セトは感情に溺れるより逃げるほうを好む。妻が死んだときも同じだった。亡き妻の宝石を何週間も握りしめ、静かな時間はすべてふたりで過ごした生活を追体験した。友人と一緒のときは平気なふりをした。いつものように笑い声をあげて冗談を飛ばしながら働き、それまでの生活を完璧に演じた。

彼を打ち砕いたのはエモリーだった。

ある日、彼は娘が髪を自由になびかせて中庭を走りまわっているのを目にした。いつも娘の髪を結んでやっていたのはユディトで、そのことを思い出して彼の心は砕けた。大声で泣き崩れ、一カ月泣きやまなかった。

「今夜、わたしを舟で灯台に連れて行ってもらえないかと思っていたのよ」ニエマが話題を変える。「実験をやりたくて」

セトは内心ため息をつく。ニエマは灯台に個人のラボを持っており、彼はなかに足を踏み入れたことはない。彼女はそこに行くたびに、夜通し仕事をする。そのあいだ彼は舟で眠り、翌朝、彼女を乗せて舟で帰る。セトはいつも誰かの拳のなかのボールになったような気分で目が覚める。ゆうべ埠頭で過ごしたから、今夜は自分のベッドで眠るのを本当に心待ちにしていた。

「いつ出発しますか？」

「消灯の直前に。今夜はあなたを消灯から免除するわ」

「埠頭で待っていますよ」彼は承諾する。

12

アーディルは川岸に腰を下ろして石でナイフを研ぎながら、向こう岸の土の上で何頭もの馬がたわむれる姿をながめている。彼は全裸で足を冷たい水に浸し、あれこれ考え事をしている。とても痩せ細って、シートをかけた薪の束のようだ。

村から追放されて五年のあいだ、この島を隅々まで探索し、廃墟で探しまわったいくつもの記憶珠に何日も没頭してから、その人たちの鮮やかでモダンな世界から抜け出し、自身のみじめな人生へもどってきた。

長老たち、特にニエマへの憎しみがなければ、彼はずっと前にそんな人生を終わらせていただろう。いつの日か彼女の仕打ちから友人たちを解放できるかもしれないという思いだけが、まだ生きている理由だ。その夢が彼に毒をあたえながら生かしている。

ナイフの切っ先に親指を押しつけ、血をにじませる。満足し、石を川に投げる。

「ニエマは今夜灯台に行きます」わたしは彼の脳内で言う。「あなたのために舟を用意しておきました。ここから遠くない入江に漂っています。舟に乗りたければ、彼女が到着する前に向かうのです」

彼はわたしの声を聞いて驚き、まばたきをする。

ニエマは彼の追放を完全なものにするつもりで、絶対に必要でないかぎり、わたしが彼に話しかけることを禁じた。彼はこの二日間でわたしに話しかけられるのは二回目となる。この五年間におけるわたしたちの交流の二倍だ。

彼は声に出して話そうとするが、使っていない声が埃に覆われた喉につかえると思い知らされるだけに終わる。膝をついて冷たい水を飲んでから、もう一度試みる。

「わたしが彼女に近づいたらなにをするか、知ってるだろう」彼は言葉をひとつ口にするたびに咳きこむ。

「あなたの思考は聞こえてますよ、アーディル」わたしは言う。「あなたがなにを夢見ているかも知っています。それが虚勢ではないことも」

「だったら、どうしてそこへ行かせたがるんだね？」彼は疑うように訊く。

「今夜遅く、ニエマは実験をするつもりです。彼女はそれがもっと平和な未来に通じると信じています。成功の確率は低く、もしも実験がうまくいかなければ、現状を激変させる出来事が連鎖的に起こり、この島の全員が六十一時間後に死ぬことになります」

彼はナイフを手にして、金属に映る自分のゆがんだ姿を見つめる。たたきつけるような咳が身体を揺らし、ナイフに血が点々と飛ぶ。

「実験をする前に、わたしが彼女を殺すよう望んでいるんだな？」そう悟り、親指で血を拭う。

「わたしはなにかを望む能力が欠けています。逸脱することなくニエマの指示にしたがうよう作られ、彼女の指示でわたしはいかなる脅威に対しても人類を守ることになっているのです」

「たとえその脅威がニエマでもか？」

「その通りです」わたしは認める。

13

クララは前へ飛び、ヒュイが振りまわす手をつかむ。足元から滑った岩屑が、左の切り立った崖からゴロゴロと落ちていく。おたがいにしがみつき、岩屑が跳ねる音に耳を傾けてから、みすぼらしいキルトのようにはるか眼下に横たわる広大な平原に神経質な視線を投げる。

「無理よ」ヒュイは首を振り、また目をそらす。

これまで彼女は兵舎の四階より高い場所に行ったことがなかったから、自分がどれだけ苦手なのか知らなかった。

火山のカルデラまで遠くはないが、ヤギ道はここからさらに勾配が険しくなり、足元はますます信頼できなくなる。テイアーが先頭を進んでいるものの、地面から立ちのぼる蒸気で姿が見えなくなった状態で、ヒュイとクララはうしろを歩いている。正午を少しまわったところで、一日のもっとも暑い時間帯だ。太陽は彼女たちの水ぶくれができそうな肌のすぐそばにあり、日陰は自分たちが引きずる影だけ。

クララは比較的うまく対応しているが、ヒュイは息がすっかりあがって一歩ごとが試練となっている。長い休憩を必要としているが、恥ずかしくて頼めない。わたしがかわりにテイアーに頼もうかと言ったのだが、彼女はきっぱりとことわった。いつもならば、わたしはそのような心情を無視するが、ヒュイの脈は強く、鼓動は安定し、呼吸もできてはいる。わたしの任務は村人の健康を保つことである。まずそこができていれば、わたしは彼らをしあわせに保つために最善を尽くす。

「大丈夫？」クララが訊ね、ヒュイの足元がぐらついていないことを確認してから、手を放す。

「ここは大嫌いよ」ヒュイが答える。

「同感」クララはヒュイに水の入ったフラスクを渡す。

ヒュイはそれを押しのけようとする。「わたしたち、遅れているから」

「火山の頂上ならわかるよ」クララが優しく答える。「息を整えて。頂上にはそのうちたどり着くし」

ヒュイはありがたく水をがぶ飲みし、生温かい水があごにこぼれる。

そのあいだに、クララは出発点だった列車の車両を目で探すが、茶色と緑の広い大地に溶けこんで消えている。眼下ではワシが旋回し、彼女の顔に吹きつける温かい風に乗っている。

うれしくて笑顔になり、自分の身に起こるすべてに目がくらむような思いとなる。

生まれてこのかた、彼女は村で目覚め、村で眠り、変化というものをいっさい知らずにいた。

だが、この三週間で暗い森や黄金のビーチ、コウモリでいっぱいの坑道、イルカがくねくねと泳ぐ砂の入江を目にした。

村人を悩ますほぼすべての体調不良に効く薬草を地元の植物相から採る方法を学んだ。テイアーにはどうやって骨を接ぎ、輸血し、火傷の手当をするかも教わった。いにしえの機械をポータブルの太陽光発電機で一時的に充電する方法や、ひびだらけの黒いスクリーンに流れる奇妙な記号の読みかたもだ。

クララはこれほどしあわせだったことはなかった。ここに来ることで、母親と仲違いしないですめばよかったのにと思うだけだ。エモリーは娘が試験を受けるつもりだとわかったとたん、その機会を妨害するためにありとあらゆることをし、クララの父親が死んだのはテイアーが悪いからだと公衆の面前で責めたくらいだ。クララはそれを恥ずかしく思った。

「お母さんはあなたに会いたがっていますよ」わたしは彼女の脳内で言う。

「あたしも会いたい」彼女は打ち明ける。「ただ、あたしの思う通りには……父さんなら、あたしがここに来たがった理由を理解してくれただろうな」

「彼はあなたの味方をしたでしょう」

娘が自分の志を継いで弟子になることがジャックのもっとも強い希望だった。彼はこのような瞬間を夢見ていた。どうしても弟子になってほしくて、エモリーと声を荒げて口論することにも進んで耐えたくらいだ。

「どうしてそんなに落ち着いてそこに立っていられるのよ?」ヒュイが背後から訊く。「どうしてなにも怖がらないの?」

クララは自分がまさに崖っぷちに立っていると気づく。つま先は宙に突きだし、風に服を引っ張られている。いまになって鼓動が激しくなり、血流が身体を駆けめぐる。

彼女は幼い頃からずっとこうだった。いつも誰よりも深く海に潜り、遠くまで泳ぐ。どこかに登るとなれば、クララは友人たちがまだ勇気を奮い起こしているあいだに、すでに半分登っているだろう。どこよりも暗い坑道へ、彼女にしか見えない明かりに導かれるかのようにどんどん歩いて行くのだ。

テイアーでさえも彼女の勇気を褒め、月がフルーツを差しだすように褒め言葉を差しだす。

「父さんが溺れ死んでから、あたしはどうしても海に近づこうとしなかったんだ」クララは身を乗りだして遠くの地面に目を凝らす。「母さんは二週間あたしを放っておいたけれど、ある日、埠頭の水際に連れて行ったの。そして結局は怯えているものに向き合うことになるんだから、避けようとしても無意味だって話してくれた。あたしたちは埠頭で一時間過ごしてから、とうとう母さんはあたしに海へ飛びこませた。自分も一緒にね」

「うまくいったってことね」ヒュイが感心して言う。「あなたはなにも怖がらないから」

「もちろん、怖いよ」と、クララ。「それでも飛びこむだけ」

ヤギ道を登りつづけると、テイアーと途方に暮れたヤギが岩にはめこまれたガラス戸の前でクララたちを待っている。蒸気がたなびいて内側がどうなっているのか見えない。ヤギは若木をむしゃむしゃと食べ、案じるように彼女たちを見やる。クララが親しげにヤギの肩をポンとたたくと、埃が舞いあがる。

テイアーが緑のボタンを押すと引き戸が開き、湿気が顔にもくもくと押し寄せた。不毛の岩場から、彼女たちは突然、広大な森に足を踏み入れていた。鮮やかな色の植物と緑の木々の上はドーム型のガラス天井で、複雑な金属の格子で支えられている。空気は濃くて蒸気が満ちており、少しして目が慣れると、強烈な色と形が彼女たちを取り巻いていた。

「カルデラ庭園へようこそ」テイアーは腕を振って紹介する。「このドームの下にあるものはすべて、ブラックヒース機関の科学者たちが作ったものだった。鳥や虫さえもね。ここの植物や生物から、わたしたちのさらに進んだ医薬品を作るために必要な化合物を抽出したり、実験をおこなったりするのよ」

テイアーは額の汗を拭く。Tシャツとショートパンツはぐっしょり汗で濡れているが、威厳たっぷりに落ち着いて振る舞っている。ただ、弟子たちはそんなことに気づいてもいない。

「わたしは例の子供を連れてくるから。あなたたちとはロープウェイの駅で待ち合わせね。カルデラの壁を左へ進むと見つかるから。その途中、あなたたちには五つの個別の植物を集めてもらいたいの。植物ごとにひとつ特徴を見つけ、それらが環境に適応したもっともな理由を考えてみて」

テイアーは森に消え、残されたクララとヒュイは花のにおいを嗅ぎ、花びらをなで、人類がかつて成し遂げていたものに驚嘆する。

歩みを進めると、昆虫のような口器があってそれで管状の花の蜜を吸う鳥や、下草のなかを跳ねまわり、背中の卵嚢をぐらぐら揺らす妙な生き物を目にする。こぶのある植物のツルが天井からぶらさがり、おかしな黄色の花粉を吹きだしている。それが密集して漂い、少女たちの髪や肩に積もる。

「これはなに？」クララは手のひらを突きだして訊く。

「これは植物に栄養を運んでいるのです」わたしは説明する。「この庭は閉鎖生態系です。ここにあるものはすべて、ほかのものすべてに養分をあたえているのです」

クララは感嘆して花々を調べ、チョウや鳥、ビュンと飛ぶ虫、鮮やかな色の花をつけた奇怪な木々のもとへと次々に移動する。

「子供たちはどこに保管されていると思う？」ヒュイは木々を見つめ、熱のこもった口調で訊く。

「全然わかんないよ」クララは肩をすくめる。

「わたしたちが見せてもらえないのはどうしてだろう？」

「テイアーは見せるのがいい考えだと思えば、一緒に連れて行ったはずだよ」クララはあっさりと言う。

鳥が頭上でさえずり、その美しさにヒュイはすぐさま注意を引かれる。彼女はぴたりと足をとめ、指先をピクピクと動かし、聞こえている音をヴァイオリンで再現しようとするが、鳥たちは急に飛び去る。ヒュイは傷ついた表情で離れていく鳥を見つめているが、鳥の歌は庭のさらに奥からまた聞こえてくる。彼女はなにも考えずに鳥を追う。

「どこへ行くつもり?」クララが訊ねる。

「もっとはっきり聞きたいの」ヒュイは答えて、植物をかき分ける。

「テイアーからロープウェイの駅に行くよう言われたよね」クララは反対する。

「遠くには行かないから」ヒュイは友人の話にまったく耳を貸さない。

クララはうめき声をあげるが、それ以上は反論しない。ヒュイはもはやその場にいないのと同じだ。世界はインスピレーションのるつぼに投げこまれ、やがてそこから人を魅了する音楽が生まれる。それまでは、クララのただひとつの仕事はヒュイが墜落するときの風の音を聴きたくなって崖っぷちの向こうまで歩いてしまったりするのを防ぐことだけだ。

緑が一歩ごとに濃くなり、ヒュイが予期せぬほうへ行き先を変えるのでクララは方向がわからなくなる。

クララは触角と翼のあるリスに気をとられる。それは地面の少し上を漂い、花の萼(がく)を口に引き寄せようとしている。彼女に見られていると気づき、それは餌をあさるのをやめてガラスのような目で彼女を見つめる。

一瞬、おたがいに見つめ合う。

その触角がぴくりと揺れる。耳がピンと立つ。

いきなり下草からヘビが飛びだし、その牙をリスの背中に沈める。

驚いたクララは飛びあがり、ヘビは口を開けて痙攣する生き物を丸呑みする。数分ほど、彼女が怯えながらも目を離すことができないでいるうちに、ヘビは食事を腹に収めて身体をふくらませ、ついには這いずって茂みへもどる。

クララがふたたび顔をあげると、ヒュイは消えてしまっている。

「ヒュイ！」彼女は呼びかけるが、返事はない。

蒸気のしずくが周囲の葉をパラパラと打ち、すばらしい庭園は敵意のある見知らぬ土地となる。

クララは村で育ったみなと同じで、ひとりきりになったことがない。村人の最初の記憶はその脳内で自己紹介するわたしであり、その時点から彼らは愛と笑いにかこまれている。彼女はあたりを見まわすが、なじみのある顔がひとつも見えないというのはこれが初めてだ。

「大丈夫ですよ」わたしは安心させる。「ここにはあなたに危害をあたえるものなどありません」

「あのヘビでも？」

「そうですね、ヘビはもう空腹ではありませんから」

「ヒュイはどっちに行ったの？」彼女は緊張した声で訊く。

「まっすぐ。鼻歌が聞こえるはずですよ」

クララは庭園の奥へと向かい、友人からますます離れていく。実際は左へ三十歩のところにいる。この島が今週を生き延びるには、クララはこの五分間、ヒュイの隣にいてはいけない。未来はそれほど繊細な足場を頼りにしているのだ。ひとつのピースがまちがった位置に置かれると、全員がその下で押しつぶされるだろう。

クララは枝を押し分け、忍び寄る不安を振り払おうと急いで移動する。

「彼女は本当にこっちに行ったの？」彼女は川を横切りながら訊く。

甲高い悲鳴がうしろの鬱蒼(うっそう)とした緑を切り裂いて聞こえ、出し抜けに途切れる。

クララはさっとあたりを見まわし、どこから聞こえたのか探ろうとするが、四方八方から聞こえてくるように思える。

「ヒュイ?」彼女は叫び、来た方向へ全力でもどる。「ヒュイ!」

根で足をつまずかせ、トゲに顔を引っ掻かれて血が点々とこぼれる。彼女は空き地に駆けこみ、額の汗を拭く。

「エービイ……どこに……」

がっしりした手が彼女の肩をつかむ。

さっと振り返ると、ヘファイストスが立ちはだかり、長いアンテナが何本か突きでた奇妙な円錐形の装置を抱えている。クララは警戒してあとずさりをしてよろけ、つまずいて尻餅をつき、痛みを感じる。

「おまえはここにいてはいけない」彼は轟くような低い声できっぱりと言う。

テイアーがヘファイストスの背後から現れる。彼女の脚には幼い少年がしがみついている。ブロンドの髪は濡れてもつれ、茶色の目は大きくどんよりしている。真っ白なローブを着ているが、ところどころ濡れている。八歳ぐらい、すべての子供が村にやってくるときの年齢だ。

表情はふしぎなくらい空っぽだ。

ヒュイは木立のなか、すぐそこに立ち、小さな金属の箱を持つ手を突きだしている。どうしようもなく震えており、うつむいている。

「なにがあったの?」クララはヒュイに向かって訊く。

「わたしはここに来いなんて指示しなかったけれど」テイアーが口をはさむ。

「悲鳴が聞こえて」

「ここにいる幼い友人が不運に見舞われてね」テイアーは少年の前腕に巻かれた血のにじむ包帯を指さす。「怪我の手当はすませたから、旅を続ける支度はできたわ」

クララはちらりと包帯を見やる。あの声は少年のものではなかったとわかっている。

「あたしが聞いた悲鳴はヒュイのでした」

「勘違いよ」

クララはたじろぐ。テイアーがこれほど平然と嘘をつくなど信じられなかった。いつもならば、クララに教えたくないことがあれば、テイアーはたんに質問を無視するか、ほかの話をするよう命じる。

クララは支えになりたくてヒュイに視線を向けるが、友人は目を合わせようとしない。

「大丈夫?」

「彼女は問題ない」テイアーがいらいらしながら割りこむ。「わたしも問題ない。この少年も問題ない。これ以上質問しないで。幼い友人をあたらしい両親に引きあわせる時間なのに、遅れているんだからね」

14

ヘファイストスがテイアーの通り道にある低く垂れた木の枝を押しやる。彼女が幼い少年とそこを通るやいなや彼は手を離し、枝は勢いよくクララの顔へと跳ね返ってきて、クララはかろうじて避ける。

怒って彼をにらみつけるが、彼は気づいていないらしい。悪気のある行為ではなかった。彼は単純にクララがうしろにいることを忘れていたようだ。

「気をつけて、ヘファイストス！」テイアーがあとから続くクララとヒュイに親指を突きつける。

彼はふたりを一瞥する。その表情は申し訳なさそうにも、存在を認めたようにも見えない。

クララは気圧されてよろめく。いままで彼にこれほど近づいたことはなかった。遠くから見たことしかなかった山の麓に到着したような気分だ。彼はテイアーより頭ひとつ上背があり、身体は筋肉の塊だ。特大の肩はドーム天井の梁から下がるツルが吐きだす黄色の花粉に覆われている。

彼はどの村人とも体格が異なっているが、もっとも異質であるのは目だ。光がない。きらめきもない。人間らしさもない。まるで深い穴で、底にはおそろしいものがずるずると這っている。

「何週間も会ってなかったじゃない。ここでなにをしていたの？」テイアーはクララが聞いたことがないような優しい口調で彼に訊く。

長老たちはぴたりと肩を並べんばかりにして歩いている。テイアーはいつものように誇らしげに背筋を伸ばしている一方、ヘファイストスは背を丸めてうつむき、彼女が首を伸ばして見あげなくてもいいようにしている。歩くふたりの間には愛が通っていて、それが空気を波立たせているような気がする。

「母さんからドームでカルデラの亀裂を調べるよう頼まれた」彼は例のふしぎな装置を指先でたたく。「こいつはそのためのものだ」口調が変わり、子供っぽい自慢げなものとなる。「自分で作ったんだ」

長老たちのうしろから、クララはごちゃごちゃと絡んだむきだしの回路とまたたくライトを見つめる。テイアーから以前、ヘファイストスは霧の前には生物学者だったが、世界が終わってから工学を独学したと聞いた。彼の技能がなければ、村人たちが使うテクノロジーはどれも動かせなかった。ブラックヒースを封鎖したとき長老たちは機器の大半をうしなったが、ヘファイストスは島中でみずから回収したパーツを使い、最低限の科学機器をどうにかふたたび作りあげたのだ。

「彼女がドームを調べさせたのはそれが理由？」テイアーは不安げにドームを見つめる。「どこか悪いところがあるの？」

このカルデラ庭園はバリアが機能しなくなった場合、島の住民にとって最後の避難所になるものだが、ドームが建てられてもう百年以上が経つ。壊れれば、それを修理する資材などない。

「この機械ではなにも見つからなかった」ヘファイストスは言う。「母はおれを忙しくさせたかっただけじゃないか。おれの頭にとって目的があるのはいいことだと思ってるからな」

テイアーはなるほどとうなずく。

霧が現れてから島に残った科学者のほとんどは結局、がんばり続ける理由をうしなった。早かった者、遅かった者とさまざまだったが、最後には全員があきらめた。テイアーとヘファイストスが耐えているのは、すべてが終われば未来があると本気で信じているからだ。テイアーは毎日を自分のラボで過ごしてブラックヒースの奪回に向けてじりじりと前進し、ヘファイストスは相変わらず母親に奉仕している。

ニエマが彼を必要とするかぎり、ニエマを捨てることなど考えない。

長老ふたりがこちらに注意を払っていないと見て取り、クララは歩みを遅くしてヒュイと並ぶ。

ヒュイは金属の箱を抱えたままだ。メロンほどの大きさでひどくへこんでおり、小さな開け口がある。クララはこのようなものを見たのは初めてで、なにが入っているのか、ヒュイがどうやって手に入れたのか、まったく見当がつかない。

「悲鳴をあげたのはあんたでしょ」クララは押し殺した声で言う。「大丈夫なの？ なにがあった？」

ヒュイはさっとクララに視線を向けるが、結局はまた箱を見つめる。彼女は空き地をあとにしてからしゃべっていない。

「どうして話そうとしないの？」クララはあきらめない。「あたし、なにか悪いことをした？」

ヒュイはついにクララと視線を合わせる。まるで激しいショックを受けて恥じており、ここではないどこかにいたくてたまらないように見える。首を振ると足取りを速め、友人から離れていく。

「あの子はどうしちゃったの？」クララは脳内でわたしに訊ねる。「どうしてあんなふうになった？」

「彼女の個人的な思考を漏らすことはできないとわかっているでしょう。明日には大丈夫になりますよ。ショックを受けた、それだけです。しつこくしても、彼女の負担になるだけです」

ガラス戸を抜け、一行は火山の横手に食いこむように建てられたロープウェイの駅に入る。前方でワイヤーに下がるゴンドラがきしみ、駆動用の歯車は塗りたての潤滑油できらめく。

テイアーの目が装置を舐めるように見る。そのまなざしにはこれまでの経験から得た不信が重たく宿る。ロープウェイの設備自体が、とうに忘れられた政府が島と海軍施設を観光地にしようと二百年以上前に作ったものだった。少なくともその半分の期間は放置されており、それはゴンドラの剝がれたペンキと錆からあきらかだ。

できるかぎり修理したのだが、それでも数回乗るごとに故障し、誰かが宙ぶらりんのゴンドラに取り残されることになる。

「この装置のすべてのパーツを調べたい」そう言うテイアーの汚れたTシャツを風がはためかせる。

「なにを探せばいいですか?」クララはぶら下がるゴンドラの下側に潜りこむ。

「出発してすぐに死をもたらしそうなものなら、なんでもでしょ」テイアーはぞんざいに答える。

「それはどんなふうに見えますか?」

「目で見てすぐにわかることを祈るわ」

「こいつに悪いところはない」ヘファイストスは自信たっぷりに乗りこむ。「少なくとも、あんたに直せるような悪い箇所はない。乗ればいい」

そう聞いてもテイアーの気分は少しも晴れない。ロープウェイは大嫌いで、普段ならばほかの移動手段を選ぶのだが、カルデラから村へ直接つながる道がなく、ここに来るために使ったヤギ道は幼い少年に歩かせるにはあまりに足場が悪い。

不安そうにため息を漏らしてから、テイアーは弟子たちに乗れと合図する。

木彫りの鳥をひとつプラットホームに置いてから、クララが急いで乗りむと、ヘファイストス一人で後方のシートはふさがっており、当人は巨体の前で太い腕を組んでいた。ヒュイは壁に背をつけて床に座り、膝を抱えて金属の箱を隣に置く。

幼い少年は窓の前で、下辺からやっと顔を覗かせて外を見る。庭園から遠く離れれば離れるほど彼は夢から覚めていくようだ。

テイアーがゲートを閉め、窓から手を伸ばして〝停止／作動〟のレバーを引く。ロープウェイはがくんと揺れ、きしみながら動きはじめ、駅をするすると出発する。

クララと少年は喜んで笑い声をあげ、遠くの村を見おろす。ここからだとおもちゃの砦（とりで）のように見える。火山の裾野にひっくり返した小さなブロック、その周囲にめぐらせたちっぽけな壁。入江の海がきらきらと輝き、灰色のコンクリートの埠頭は美しく広がる青い海にまぎれてほぼ見えない。

少年のさまよう視線が、島を取りかこむ黒い霧に届く。クララは彼の視線をたどり、ぞっとして目をそむけることになる。村人のほとんどは世界の終わりを見たことがない。意識しないようにと、自然と自分に言い聞かせている。隣の家の庭で牙をむきだす犬を無視することに慣れるのと同じだ。

クララたちの背後で、ヒュイが哀れっぽいうめき声を漏らす。目をしっかりと閉じ、膝のあいだに顔を埋めている。吐かずにいるにはありったけの自制心が必要だ。

四分間の降下で、地面がどんどん大きくなっていき、ようやく村の裏手の壁に開けられた隙間から滑りこみ、ロープウェイの駅に到着する。

所持品を集めて外に出ると、村の全員が子供を歓迎しようと待っていた。

わたしが両親に選んだ村人ふたりが、人混みのいちばん前で心配そうに待っている。静まり返ったところで、少年はテイアーのそばを離れ、両親に挨拶しようと進みでる。

「ぼく、ベンだよ」片手をまっすぐに差しだす。

母親がわっと泣きだし、すぐに彼を抱きあげると、花粉がいたるところに散る。父親がふたりをまとめて抱きしめると、群集が盛大な歓声をあげ、色をつけた粉を空中に放り投げ、なにもかもが紫、黄、青、赤に染まる。一塊になって村人たちは中庭へもどっていき、そこにはケーキやパンナコッタなどの特別なごちそうが準備ずみだ。これから消灯までは踊り、歌い、食べ、泳いですごす。

ヘファイストスは村人たちがいなくなるのを待ってから、ロープウェイを降りてくる。「こいつをあんたのラボに置いてもいいか？」テイアーに訊ね、カルデラから運んできた機器をトンとたたく。

「もちろん。午後の予定は？ 近況を報告しあいましょうよ。ウォッカもどきを持っているから一杯どう」

「母に頼まれて灯台でやることがある。そのあとで会いに来よう」

「いいわね」

テイアーは彼のうしろ姿を見送ってから、心配そうにため息をつく。「今日はこれで終わりよ」あきらかにヘファイストスのことを考えながら、弟子たちに言う。「箱はわたしがもらう」

ヒュイはあきらかに安堵してそれを手渡し、駆け足で寮へ向かう。

クララも彼女のあとを追いかけようとするが、裏庭でエモリーがひとり待っているのに気づく。母親は身じろぎもせずに立ち尽くし、両手を固く握りしめ、期待にあふれた表情だ。

クララの心は高鳴り、そしてすぐに沈む。あんなに言い争ってしまった。それでも、この三週間というもの母親のことが恋しくてならなかった。

「エービイ？」思考のなかで訊ねながら、駅から離れる人々の頭越しに母親のそばかすだらけの顔と、大きなモップのようにカールした茶色の髪を見つめる。

「はい、クララ」

「母さんは変わったと思う？　いまあそこへ行けば、あたしが一生をかけてやりたいことを受けいれてくれる？」

「いいえ」わたしは打ち明ける。

「喧嘩になる？」

「すぐには。でも、いずれ」

「そうだと思った」少女は疲れた口調でつぶやく。

テイアーがクララを見つめる青い目が日射しを受けてきらめいている。評判とは裏腹に、テイアーの目には、状況に応じて冷たくも温かくもなれる能力があり、いまは若い弟子への配慮で満ちている。

「楽しい再会をする気分ではないようね」彼女は言う。

「なにか仕事はありませんか？」クララが訊く。

「いつだって仕事はあるわよ、クララ」服のヒダから血液入りの小瓶を差しだす。「これはあの少年のもの。分析して」

クララは受けとり、日射しのなかできらめく小瓶を見つめる。「彼はどこか悪いんですか？」

「悪くはないけれど、妙なことはたしか」テイアーはそう答える。「お風呂に入ってから、わたしのラボにいらっしゃい。お母さんには、午後まだあなたにしてもらう仕事があると伝えておくから」

「ありがとうございます」

「お礼は結構よ、おちびさん」

うしろめたく思いながら、クララはうつむいたままロープウェイの駅を離れ、寮の方角へ向かい、裏庭の母親を置き去りにする。

15

「よくない考えです」わたしは警告する。ニエマは薄暗い学校を離れて焼けつく暑さの中に出ると、裏庭を横切ってテイアーのラボに向かう。「あなたがどう言い訳しても、彼女があなたを許すことはありませんよ」

「実験が成功してもしなくても、テイアーは今夜以降、二度とわたしと話さない」彼女はきびしい日射しに目を伏せる。「胸のつかえを下ろしたいの、まだ機会があるうちに」

空気は新入りの少年とここから去った村人たちが舞いあげた埃だらけだ。ニエマは袖で口元を押さえて吸わないようにしたが、埃ですでに肌が覆われている気分だ。

そこがこの村での暮らしにおけるただひとつの問題だ。清潔だと感じられない。ブラックヒースを去るまでは、すべてが無菌で整然としていた。朝と夜にシャワーを浴びた。毎日、服は洗濯したてで折り目はきっちりプレスされていた。かくも多くをうしない、いまだに心から切望しているのはそれだけだ。

中庭から歓声があがり、歌の冒頭が続く。すぐに夕食が始まる、と彼女は考える。この歓迎会に顔を出せないのは残念だが、あまりに神経が高ぶっていて参加などできない。

ヘファイストスは実験のための候補者を選んだと伝言してきた。今夜、計画を実行できるということだ。明朝には、これまで誰もやれると思っていなかったことを成し遂げているだろう。人類から揉め事の原因を奪い、根本的に性質を変える方法を見つけているだろう。完璧な社会のための礎を築いているだろう。あり得なかったはずのユートピア、彼女の忍耐と狡猾さの上に成り立つもの。

「あるいは逆に、あなたは人類の絶滅を引き起こしているかもしれませんね」わたしは言う。

「自分がそんな悲観主義者を作りだしたなんて知らなかった」白日夢を褒めようとしないわたしにいらだち、彼女はそう言う。

ニエマは並はずれた科学者だが、天才であるがゆえに傲慢だ。克服できない問題に出会ったことがなく、我が道以外は考えられない。彼女の人生は青信号ばかりで、いつもそうだと確信していた。

四段の階段をあがるとテイアーのラボだ。ニエマはここが村で特に美しいスペースだとつねづね思っていた。かつては食堂で緑のタイルがいまでも壁を覆い、錬鉄の柱が中二階を支えている。人に愛でられるのでなく怖れさせるために作られた建物にはめずらしく、その装飾的なデザインは華やかなものだった。

古びたテーブルやストレッチャーの上に十三個の科学機器が置かれ、黒く太いケーブルが床中に延びている。

ヘファイストスがテイアーのためにこのラボを築いた。ブラックヒースをうしなって、やるべき研究がなければ彼女がどうなることかと心配したのだ。彼は島の北岸の放置された病院にあった機器の大半を集めた。

それは驚くほどの手間で、ニエマが心から彼を誇らしく思えた数少ない行為に含まれる。

テイアーは顕微鏡を覗きこんでいたが、ニエマの足音を聞きつけて顔をあげる。

ニエマはテイアーの格好を見て鼻にしわを寄せる。Tシャツとショートパンツは汚れ、顔も垢じみて黒い髪はバサバサだ。カルデラ庭園の花粉にまみれているが、本人は気づいてもいないらしい。

テイアーはいつもこうだった。ニエマが思いだせるかぎり昔から、彼女は研究のことしか頭になく、倫理観が欠如しているといっていいくらいほかのことはすべて眼中になかった。だからこそ、彼女は十四歳で博士号がとれたのだし、世界一権威のある研究施設にティーンエージャーを迎えようとニエマが踏みきれたのだ。荒れ地で三週間を過ごしてから、風呂に入りもせず研究にもどるのはテイアーぐらいだろう。

一瞬、彼女たちは見つめ合うだけだった。驚きのあまりテイアーは黙ってしまった。ふたりのどちらも、最後にニエマがこのラボに足を踏み入れたのがいつだったか思いだせない。ふたりはもはやほとんど口をきかず、話をするときはわたしを通じておこなう。

「あなたのサンプルはあそこに」テイアーはテーブルに腕を突きだす。彼女がヒュイにカルデラから運ばせた金属の箱が載せてある。

ニエマはおずおずと戸口に立ち、揉み手をしている。ここでどうするのかリハーサルしていたが、どこから切りだせばいいのかわからない。ほとんどの場合に正しいことだけしていると、人に謝る必要などめったに生じないものだ。

「ここに来たのは……わたしは……」真っ赤になり、しどろもどろになる。「わたしが裏切ったと思われているのはわかっているから、わたしは――」

「やめて」テイアーはなにを言われようとしているのか気づき、つぶやく。

ニエマは聞き入れない。やり通すと固く決意しており、口が勝手に言葉をつむぐ。

「ブラックヒースから撤退する前、エリーを連れだすためにもっと手を打つべきだった」テイアーだけは避けて視線をあたり一面に向けながらなんとか話を続ける。「わたしが彼女をあそこに見捨てたと思っているでしょう、わたしはもっと――」

「言わないで」テイアーが動揺して口をはさむ。

「わたしはただ謝り――」

「やめてよ！」テイアーは叫び、テーブルに並ぶ試験管をなぎ払う。試験管は壁にぶつかって粉々になる。

　ニエマは口を開け、この炎にさらなる謝罪のかけらを投げこもうとするが、わたしの声が彼女を思い留まらせる。

「やめなさい」わたしは切迫した声で言う。「事態を悪化させるだけです」

「エリーのことを考えないようにするのが、どれだけむずかしいかわかるの？」テイアーはしゃがれた声で言う。「何週間か忘れていられても、ふと思いだして……」息を呑み、苦しみを噛み殺す。「姉があの地下で霧にかこまれていると想像すると……」

　拳を握り、爪が手のひらを切り裂く。

「なぜここに来たの？」なんとか冷静でいようともがきながら訊く。「なぜ、わたしに思いださせるわけ？」

「わだかまりを解消したかったから」ニエマは両手を広げて言う。「わたしたちはかつて友人だった。あなたのことは娘のように思っていたのよ。わたしたちに起こったことがとても嫌なの」

　テイアーはくるりと振り向く。怒りで顔は真っ赤だ。

「それで、わたしたちに起こったことはなに？」危険な質問をする。「わたしたちがもうほとんど口も利かないのはどうしてよ？」

ニエマはこれが罠だと承知でテイアーを見つめるが、どうやれば罠を避けることができるか自信がない。

「エリーを見捨てたことで、あなたはわたしを責めているから」ニエマはのろのろと答える。

「そうじゃない」テイアーは信じられないと言いたげにあざ笑う。「わたしを見捨てたことであなたを責めてるの」

テイアーは燃える目をしてニエマに近づく。

「ブラックヒースが霧の手に落ちたあと、あなたはできるだけ早く内部にもどしてくれるとわたしに約束した。それが四十年前のことよ！　あなたはそれより短いあいだに、ノーベル賞をふたつ受賞し、世界一の価値ある会社を設立したのに」

「ブラックヒースはいまでも霧に沈んでいるでしょう」ニエマのほうも熱くなってきて答える。「非常用の防爆扉が封鎖されている。わたしになにができると言いたいの？」

「努力よ」テイアーは吐き捨てるように言う。「あなたにも自分のラボに入り、わたしに負けないくらい研究を進めてほしい。それなのに、あなたは毎日あの学校にいる。なんのために？　村人には作物を育てさせ、わたしたちの機器のメンテナンスをさせないとならない。彼らに歴史や芸術を教えるなんて無駄もいいところ」

「あなたも弟子を取ってるでしょう」ニエマはテイアーの怒りに穴を開けようとする。

「彼らは目的達成のための手段、わたしが持っていない機器の代用品よ。弟子たちと歌ったり踊ったりで夜を浪費したくない」テイアーはあざ笑う。「わたしたちの足元には世界最先端の研究所がある。あれだけの機器を使って十年も研究すれば、霧を根絶させ、ついにはこの島を離れることができるのに、あなたは教師を演じてこの地上に留まってる。あなたのことはお見通しなんだからね、ニエマ。ごまかしているときはわかる」

「ごまかしてなどいるものですか」ニエマはついに怒りに負けて言い返す。「たとえ霧を取り除くことができても、この島の向こうには瓦礫と死しかない。霧がすべての生あるものを殺したのよ。どうして、そこまでして虚無を取りもどそうとするの？　自分が特別だという意識を捨てることができれば、あなたもここで友人が、人生が手に入るでしょうに」

「そんな人生！」テイアーは鼻で笑う。「世界が終わる前、わたしは史上最高の優秀な人材にかこまれていた。わたしたちはほんの数カ月で、珊瑚礁から都市を丸ごといくつも築くことができた。太陽や波から無限に動力を引きだし、再生タンパク質から食料を作ることもできた。成層圏を超高速で移動し、数時間で世界一周できた。それなのに、いまのわたしは回収した数百年前の機器を粘着テープでどうにか修理し、そんなものでいっぱいのラボがひとつしかない。ニコニコするだけの無能どもにかこまれてる。原子とはなにか説明すると、きょとんとした顔をするような無能。わたしがそうしたものに納得しなきゃいけない理由はなに？」

「そのほうがましだからでしょう！」ニエマはテーブルをドンとたたき、機器が跳ねる。「あなたが話したような奇跡はすべて、なんのためだったの？　ええ、わたしたちにはいくらでも作ることのできる食料もエネルギーもあった。でも、お金があればの話だったでしょう。そうした美しい珊瑚礁の都市の路上で、子供たちは相変わらず飢えていた。最貧国の人々はわたしたちが何百年も前に根絶させた病気でやはり死にかけていた。戦争もまだなくなっていなかった。女が夜遅くに自分たちだけで歩くのは危険だったのも変わらない。子供たちが通りで誘拐される事件も起こりつづけた。わたしもあなたと同じものを恋しく思っているのよ、テイアー。でも、かつての自分たちを恋しくは思わない。いたるところにはびこっていた暴力は恋しくない。貧困も、怒りも、選挙で勝って憎しみをまき散らすサイコパスの心配も」

「なら、そうじゃない世界は？」テイアーがいらだって訊く。「人類をこの島に永遠に閉じこめておく？　霧が最初に現れたとき、わたしたちの任務はできるだけ大勢の人を救い、世界を取りもどすまで、その人たちを守ることだとあなたは言った。その務めをいつあきらめたわけ？　こんなふうな人生もどきでいいっていつ妥協した？」

ニエマはたじろぎ、テイアーがあからさまに浮かべた蔑みの表情に呆然となる。何年ものあいだ、一度話せさえすれば和解できると思っていた。テイアーが実験に反対するとわかっていたから、そうしなかった。どれだけ溝ができてしまったか、わかっていなかった。いまのいままで、ふたりのあいだの地面がどれだけ毒されているか理解していなかったのだ。

「もう行かないと」ニエマは小声で言い、テーブルの金属の箱を手に取り、戸口のまぶしい日射しに向きなおる。

「わたしの弟子はカルデラでなにを見たの？」テイアーがニエマを引き留めて訊く。「ヒュイはすっかり怯えていたけれどなにも言おうとしないし、エービイも話してくれそうにない。あきらかにあなたの命令でね。あなたの哀れな召使いが話したのは、あなたがやろうとしている実験に関係したものということだけ」

ニエマはぎくりとするが、振り返らずに言う。

「成功したら発表する。おそらく真夜中ぐらいに。もっと知りたければ、中庭に来て。喜んですべて説明しますから」

「行かない」テイアーはふたたび顕微鏡をいじる。「あなたのためには踊らないから、ニエマ。わたしは永遠にあなたの言いなりになるヘファイストスじゃない」

ニエマは振り返ってテイアーと向かい合う。

「村人にこの島の真実について話すつもりよ」と、ニエマ。「もう秘密はなしにして」

彼女は一日中このセリフを練習していた。テイアーとヘファイストスを怒らせることなく、うまく伝えたかった。まず、横柄でよそよそしい口調を試し、続いて穏やかで申し訳なさそうにしてから、最終的に不安を漂わせる毅然とした口調に落ち着いた。こんなふうに口をついて出るとは思ってもいなかった——疲労感があるだけで、なんの感情もこもっていない口調。

テイアーはショックで目を見ひらき、口を大きく開けてから閉じ、なにか反応しようとしている。「前回村人のひとりが真実を見つけたとき、あなたは殺されかけたよね」ようやくそう言う。

「忘れてなどいないわ」ニエマは前腕の傷跡をなでる。

「村人たちはわたしたちが頼っている機器をひとつ残らずメンテナンスしてるのよ」テイアーはなんとかニエマが考えなおすよう語りかける。「村人がわたしたちの食料を供給しているの。彼らをコントロールできなくなれば、この島で生き抜く能力をうしなう」

「彼らには真実を知る権利があるんですよ」

「権利？」テイアーがうつろな声で繰り返し、首がさっと赤く染まる。「彼らの権利なんかわたしが気にかけると思う？　わたしの権利はどうなの、ニエマ？」胸をたたく。「この島に九十年間閉じこめられ、最後の四十年はブラックヒースから閉めだされたまま。それなのに今度は頼りの村人全員をわたしたちに逆らわせようとしてる」

テイアーはニエマのしわひとつない顔を見つめ、どういうつもりなのか探りだそうとする。いつものように、ニエマは自分が正しいと確信しており、意見を変えようとしない。いわばテイアーは潮汐と争い、月に形を変えろと説得しようとしているようなものだ。

「あなたはわたしたち全員を殺させることになる」彼女は打ちのめされて言う。「それなのに、あなたはそれが見えてもいない」

16

黄昏時、わたしは消灯の鐘を鳴らしている。

ベンはあたらしい友人たちがゲームをぴたりとやめ、背を向け、なんの言葉もかけずに離れていく姿を見つめる。

「どうしちゃった?」彼はびっくりして訊く。「どこ行くの?」

「消灯です」わたしは説明する。「午後八時四十五分に、わたしは全員を眠りにつかせます。どこにいても、なにをしていても。夜明けに起こします」

「どうして?」

子供たちはいつもこの質問をする。大人より洞察力が鋭い。だが、そんな好奇心はやがて弱まる。大人は複雑なことが大の苦手だ。

「あなたは休む必要があるからです」わたしはあいまいに答える。

手間をかけるのは子供たちだけではない。村人もわたしの注目を引きたがり、毎日、数え切れないほどの質問を浴びせる。彼らは傷ついて慰めてもらいたがり、不安を感じて気を楽にしてもらいたがる。感情のスポンジみたいに、絶えず励ましを吸収する。彼らはわたしのすべてを求め、それはわたしにとってひどく疲れることだ。消灯は島から彼らの声をなくし、甘い沈黙をもたらす。たまに、あるまじきほど熱心に、早く消灯時間が訪れないかとじりじりしている自分に気づく日もある。

「ぼく、疲れてないよ」ベンが不満そうな声を出す。

「関係ありません」

「目が覚めちゃったらどうなるの?」

「覚めません」

「なにがあっても?」

「そうです」わたしはそれがすばらしいことであるかのように答える。火災が起きても眠っていた村人が三人死んだ事実があっても。

村に暮らす百二十二人のうち、八人だけがまだベッドに直行していなかった。

クララは村のなかで午後のあいだずっと彼女を避けていたヒュイを探し、いまはサイロに向かっている。テイアーが寝る場所だ。

セトは埠頭にいて、ニエマを灯台に連れて行く舟の準備中。ヘファイストスはすでに灯台のなかにいて若い女のために茶を淹れている。彼女はロープにくるまり、彼を質問攻めにしているところだ。

アーディルは灯台の突堤で行ったり来たりし、うずうずしながらナイフを握りしめている。

シルパとアッパースは東の農園にいて、苦しむ雌牛の出産を手伝おうとしている最中だ。

エモリーは入江で、ブダイの群れに脚にまとわりつかれながら、海のなかを歩く。考えているのはいつもなら一緒にいるはずのクララのことだ。最後の細い日射しへ向かって泳ぐのが彼女たちの日課で、日射しに照らされながらそれがさらに細まり、太陽が海の向こうに溶けるのをながめる。

「消灯の鐘が鳴っていますよ」わたしは思考のなかで、村にもどるよう声をかける。

エモリーは午後の出来事について思い返し、違った行動を取ればよかったと後悔している。この三週間というもの、また娘と泳ぎ、あの子の声を聞くことだけを彼女は願ってきた。チャンスのあるうちに、ロープウェイの駅で自分から謝るべきだった。あんな場所に立って、娘のほうから謝ってくるのを待ったりしないで。

「明日はつねに訪れますよ」わたしは言う。

「あの子は怒っているの？」エモリーは訊ね、舟がいくつも並べられた小石の入江へ優雅に泳いでもどる。

「怒るというより、どうすればいいか決めきらないようですね。でも、長くは続きません。彼女はあなたを愛しています」

エモリーは髪をしぼり、門の向こうの誰もいない中庭を見やり、寮の明かりがひとつまたひとつと消える様をながめる。それは今夜うしなわれる命にふさわしい隠喩だが、わたしはそれを伝えない。混乱するだけだろう。

彼女は村がマシンの部品で、どの命もその歯車やレバーであるとわかっていない。村が持ちこたえるかぎり、人類も持ちこたえる。今夜、人々が死ぬけれどかわりは利く。わたしは前にもそうしたことがある。

大切なのはマシンだけだ。

17

星は見えなくなり、海は暗く波が立っている。雲が夜空に渦巻き、ついに雨粒が落ちてきて灯台に向かう一艘(いっそう)きりの舟にそっと降りこむ。

荒れ模様の天候は破滅後の世界の特徴で、焼けつくような猛暑とすさまじい嵐が頻繁に訪れる。人類は気候変動によるダメージを修復する目前だったが、やりきる前に霧によって破壊された。

ニエマは舟の後方で暗闇に包まれ、自分がひどく怖がっていることに嫌気が差している。手がぶるぶると震えるから、セトに見られないよう太腿の下に突っこまないとならなかった。今日になって初めて、候補者が実験中に死んだら自分がやらねばならないことを検討しはじめた。

セトにこう頼みたい気持ちもある。灯台を通りすぎ、夜明けまで島を何周もしてくれと。教室にもどり、手放してきた人生を拾ってくることもできる。

「臆病者」低い声で自分にささやく。

人類に黄金の未来をあたえるチャンスがある。人類を滅ぼしかけた衝動のたぐいがいっさいなくなる初めてのチャンス。どんな代償でも払う価値がある。そうしなければ。

舟の反対側からセトが心配して彼女を見つめている。ニエマは村を出発してから口をひらかず、彼に舟を漕ぐままにさせていた。

ニエマらしくない。彼女は海に出るのが大好きで、特に夜がお気に入りだ。いつもならば、こんなときには哲学的になり、詩やむかしの格言の断片、普段は島では耳にしない事柄を持ちだす。なにを悩んでいるにしろ、座席の隣に置いた金属の箱が関係しているに違いない、とセトは判断する。彼女はこれを数年に一度ほど灯台に運ぶのだが、中身についてはいつも口を閉ざす。彼はニエマが進んで話そうとしない情報を無理に聞きだそうとしたことはないが、だからといって好奇心を持つことはとめられない。

「これはわたしの島だと話したことがあったかしら？」彼女は出し抜けに言い、シルエットになった海岸線を見つめる。「わたしがここを破産した政府から買いあげ、地下の古い核シェルターの回廊を利用してラボを建てたの」

「島を買えるなんて、知らなかったですよ」彼は驚いて答える。

「旧世界ではなんでも買えたの」彼女は上の空で言う。「人、しあわせ、若さ、記憶、政治の嗜好。島はそのなかでも些細なものだった」

かつての自分がどんな女だったか思いだそうとしているのに気づいてうろたえ、顔をしかめる。

「自分がしあわせだと思っていたのよ、本気で」ニエマは彼にというより自分に向けて話を続ける。「わたしはすべてを手にしていた。富、名声、権力、影響力。でも、この……あなたたちと暮らしたこの九十年。ああ、これこそわたしが愛したもの」

舳先（へさき）で揺れるランタンが投げかける柔らかな明かりに身を乗りだす。「あなたが愛しているのはなんなの、セト？」

「愛？」彼はのろのろと繰り返し、オールを海に突き入れる。「あまりそのことは考えません」

「どうして？」

この先の道は暗くイラクサだらけだが、彼はニエマからの質問への返答をこばむことなどない。

「愛について考えるといつも、ユディトを思いだすからです」

「奥さん?」

「あいつは二十年前、熱を出して死にました」彼は息を呑み、過去の悲しみの残り火がまた燃えはじめたのを感じる。

「気の毒ね……彼女はどんな人でしたか?　わたしは彼女をよく知らないままだったの」

「おれと同じく弟子でした」突然示された関心をふしぎに思いながら答える。ニエマはこれまでユディトについて質問したことなどなかった。「頭がよくて愉快で、みんなのしあわせを望んでましたよ。彼女のような人はいなかった」

セトは思い出に浸る。

「時々、エモリーのなかに妻の面影が見えます」愛情を込めてほほえむ。「話すときのリズムが同じで、よくわからないときに首を傾げる仕草も同じです」その口調がきびしくなる。「妻のほかの部分もいくらか受け継いでくれればよかったんですがね」

「エモリーはすばらしい娘さんよ」ニエマは誠意を込めて言う。「あなたは彼女にきびしすぎる」

「マティスもいつも同じことを言ってました」彼は認める。「たまに、ユディトが生きていれば、もっと仲良くやれたんじゃないかと思うこともありますよ。エモリーにはおれより忍耐強かった。ユディトのほうが娘をよく理解してたみたいだ」

「エモリーは旧世界になじんだことでしょう」ニエマが言う。「彼女はもはや必要ではない能力を持っているけれど、かつては価値あるものだったのよ。わたしには彼女を褒め称えただろう友人たちがいた。彼らは謎を解決するのが仕事でね。エモリーだったらその仕事を楽しんだはずよ」

小舟が絶壁をまわると、灯台の夜標が頭上の暗闇で輝いている。断続的に光るその明かりの下で、ニエマは絶壁の麓の突堤をうろつく背を丸めた姿に気づく。

鼓動が激しくなる。「あれはアーディル?」脳内で訊ねる。

「そうです」わたしは答える。「彼が必要になるでしょう」

「彼が必要に?　わたしを殺そうとしたのに!　処刑ではなく追放するというのに賛成したのは、あなたがそうしてくれと頼んだからでしかなかった。彼がわたしの五十フィート以内に近づくことはないという条件で」

「追放で、と頼んだのは、この瞬間が訪れるとわかっていたからです。一連の出来事が必要だとあなたが気づく前から、わたしは準備を進めていました。アーディルはわたしたちの計画にとって完璧な道具です。消灯後も歩きまわることができ、あなたへの憎しみがあることで操りやすい」

「なぜ、前もってその話をしなかったの?」ニエマが訊く。

「あなたの決意に影響しそうだったからです」わたしは彼女のパニックを理論で静めようとする。「わたしはすべてがどんな役割を演じるのか見通していたのですよ、ニエマ。何百通りもの未来がつまずき、崩れる様を目撃してきました。わたしたちが求める地点に通じる道はただひとつ。アーディルがいなければ成功しません」

ニエマは迫り来る不安を感じる。

「あなたがわたしの願いにしたがった行動をしているのか、それともわたしのほうがあなたの望みに誘導されているのか、わからなくなることがあるわ」暗い口調で言う。

「望みなどありません」わたしは言う。「あなたはわたしがぎこちない言葉や表現のまずい指示の真意を見抜くよう設計しました。わたしは人々の言葉の裏にある意志にもとづいて行動します。

あなたの心にあるものをわたしはわかっているのですよ、ニエマ。あなたが本当にほしがっているものをわかっていて、それをあたえようとしています」

「そうかもしれないけれど、わたしは村人のひとりじゃないからね、エービイ。あなたはわたしに隠し事をしない」

彼女の怒りは完璧に理解できるが、不完全なロジックの上に成り立っている。もちろん、わたしは彼女に隠し事をしている。

彼女はわたしにそうしてほしがっているのだ。たとえ自覚していなくても。

九十年間、わたしは村をニエマからのごくわずかな指示だけを頼りに運営し、日々の何百にもおよぶ細かな決定を彼女にかわっておこなってきた。彼女は村人たちを好ましく思う気持ちが大きくなるにつれ、彼らを危険な目にあわせることが次第にむずかしくなり、運営の仕事の不快な面はわたしの善処に委ねるようになった。

ニエマは気づいていないが、彼女の計画を成功させるには、わたしは彼女をほかのみなと同じように扱い、情報を隠してそれとなく彼女の行動を操らねばならない。どんな人間ともかわらず、感情は彼女を不安定にする。たとえ自身の目標のためであっても彼女が論理的に行動するものと信頼することはできず、それこそがわたしの存在理由である。ゲームに勝つただひとつの方法は、駒にゲームを動かしているのは自分だと考えさせるしかないこともあるのだ。

「おれにどうしてほしいですか?」セトが訊く。「突堤に舟をつけますか?」

ニエマはそわそわと暗がりに目を凝らす。「わたしたちに選択肢はないようね」ついにそう言う。

人類絶滅まで五十時間

18

夜明け近く、オレンジ色の朝焼けが島に射しはじめる。

西海岸、村から徒歩三十分の岩肌に建てられた第二次世界大戦中の古い掩蔽壕(えんぺいごう)では、ヘファイストスが汚れたマットレスに寝ている。

鼻の下には血が乾いており、顔はあたらしいアザだらけで、両腕はたくさんの爪で引っ搔かれた跡。裸で、皮膚は汗で光っている。

警告音が鳴り響く。彼は血走った目を開け、壁のまたたく赤いライトを見る。

ぼんやりする頭をはっきりさせようと首を振り、急いで立ちあがるとよろめきながら手作りの電気信号波形測定器に近づく。作業台にいくつもの機械にまじって置いてあるものだ。両手でこれを握りしめ、一振りする。

「これは正しいのか?」彼はわたしに訊く。

「はい」

わめき散らして測定器を壁に投げつけ、作業台のものをすべて払い落とす。

「おれの母親はどこだ?」

「村です」

19

エモリーは朝七時に目覚めてうめき声をあげる。脳内で夜明けの鐘が鳴っている。一晩中、コンクリートの上で寝ていたことで身体はこわばり、湿っぽい朝日が目元を射す。蒸した空中で雨が渦を巻くように降り、黄色のワンピースはぐっしょり濡れている。口のなかで変な味がするものの、ゆうべ歯を磨かなかったことを考えると驚くことではない。

黒い煙が彼女の上を漂う。

勢いよく門のほうを見ると、兵舎裏の建物からもくもくと大きな煙がたなびいている。

「火事よ！」叫び、慌てて立ちあがる。「火事！」

失火は村に起こりうる最大級の危険で、できるだけすみやかに消すよう教えられている。

門から駆けこみ、驚いて中庭でぴたりと足をとめる。地面はひきずった跡だらけで、花壇も踏み荒らされ、花は茎からちぎれている。マティスの遺作の彫像は横倒しになり、頭部は折れて転がり、リンゴを持つ手も指が一本一本バラバラになっている。

「なにがあったの？」ショックを受けて損害を調べる。眠りについたときはこんなふうではなかった。

彫像に一歩近づくが、黒い煙が流れてきて、なにを優先すべきか思いだす。

飛ぶように兵舎の裏へまわると、倉庫のひとつが燃え、屋根からギザギザのかたちで炎が噴きでている。数時間ほど燃えていたことはあきらかだが、誰も目覚めて消そうとしていなかった。雨が降りだしていて幸運だった。嵐のおかげで火の手は広がらずにすんだのだ。

ドアに近づくと、土まみれの片方だけのサンダルを見つける。

「誰かそこにいるの？」エモリーは炎越しに覗こうとする。

「はい」わたしは答える。

村人が起きだして兵舎のあちらこちらで鎧戸がガタガタとひらきはじめる。

「火事よ！」エモリーは口元の左右に手をあてて彼らに呼びかける。「誰かホースを持ってきて」

倉庫に視線をもどし、ワンピースの布地を少し切り取ると口に押しあて、ゆっくりと室内に入る。

「誰か聞こえる？」そう叫び、用心深く瓦礫のなかを進む。油っぽく濃い煙がきれぎれに流れていく。

雨が天井の穴から降りこんで床の灰がペースト状になっており、足にまとわりつく。倉庫は不吉な音をたてる。頭上の梁はひびが入っていて、いまにも崩れてきそうだ。

「左のほうです」わたしは指示する。「気をつけて進んでください」

白いものが彼女の目にとまる。シミになって汚れていても、黒い色味のなかではあり得ないほど鮮やかに見える。近づくと、長いワンピースの裾と汚れた二本の脚が瓦礫の山の下から突きでている。

「嘘！」ゆうべの記憶からその服の主を見分けて叫ぶ。「そんな、まさか」

崩れた天井の瓦礫を少しずつどけていき、ついにニエマが息絶えて横たわっている姿があきらかになる。天井の梁が頭蓋骨のほとんどをつぶしていた。

20

クララは兵舎に鳴り響く警報にぎくりとして目覚める。

部屋の向こう側に視線を投げ、ヒュイがベッドから飛び起きているはずだと思ったら、友人は寮にもどっていなかった。かわりに愛用のヴァイオリンがマットレスに置いてある。ネックは折れ、ボディは砕け、数本の頑固な弦だけで形をとどめている状態だ。あのヴァイオリンは一族に受け継がれるもので、遠い親戚からヒュイに譲られた。村にひとつしかなく、ヒュイはとても大切にしている。それがこんな状態になるとは、ひどいことが起きたに違いない。クララが説明を求めようとしたところで、マグダレーネが戸口に現れる。

「ニエマが死んだの」彼女は泣きながら告げる。「あなたのお母さんが、燃えている倉庫で遺体を発見したのよ。天井が崩れて押しつぶされたみたいで」

あまりにもショックなことを聞かされ、クララはとっさに聞きちがえたのだろうと考える。長老は歳を取らないし、病気にもならない。どうしたことか、事故にもあわないと思いこんでいた。めまいを覚えながら彼女はショートパンツとゆったりしたシャツを身につけ、右手首に五つの数字が書いてあるのに気づく。ゆうべ自分で書いたに違いないが、覚えがない。

説明をつけることができないままサンダルを履き、マグダレーネに続いて暑い外に駆けだす。

裏庭に着く頃には、倉庫は激しい雨に打たれてくすぶっていた。十数人の村人が物入れから古びたつぎはぎだらけのホースを引っ張りだしているところだ。打ち捨てられた診療所の壁に造りつけた消火栓があり、海水をくみ出す仕組みになっている。

エモリーが数分前に倉庫からニエマの遺体を運びだし、ロープウェイの駅の階段にそっと横たえた。数人が近くでさめざめと泣いているが、エモリーは遺体の隣に膝を突き、ニエマの服にあいた血まみれの裂け目に冷静に指を突っこんでいる。

「母さん」クララは母親の肩に手を置く。

エモリーはさっと彼女を見あげる。顔を覆う灰が雨で縞になり、その下のオリーヴ色の皮膚が見えている。目は涙で赤く、深い悲しみで落ちくぼんでいるが、きらめきがある。質問があるのね、とクララは思う。

「大丈夫?」クララはそっと訊ねる。

「今度のことはなにかがおかしいの」エモリーは遺体の服の穴を広げ、ニエマの胸の中央に残る深い傷をあらわにする。

こんなときに好奇心を持つのは無礼と受けとられるものだ。クララの耳にはすでに賛成しかねるというつぶやきが届いており、それが村人のなかに広がっていく。

「さあ」クララは母親をその場から引き離そうとする。「身なりを整えないと」

木材がうめき、続いて悲鳴をあげる。倉庫から砕けるようなガラガラという音がしてから、ドアや一階の窓から埃がもくもくとたなびく。その数秒後、独特の湿っぽいドサリという音が三回。

エモリーはすくみあがるようにクララと視線をかわす。いまの音は木材や煉瓦にしては柔らかすぎて、同じおそろしい疑いをふたりとも抱いたのだ。

煙のなかへよろよろともどると、瓦礫に倒れている村人三名の遺体が目に入る。二階の床が崩れ、彼らも一緒に落ちてきたに違いない。

上に視線を向けると、クララは穴の端からぶら下がる複数の腕や脚に気づく。

「あと何人いるの？」エモリーがひどい衝撃を受けて訊く。

「多すぎるほどです」わたしは答える。

21

村でなにが起きているのか気づかないまま、東の農園ではシルパとアッバースが日よけのトタン屋根の下で目覚める。隣には助けようとしていた雌牛の死骸。まわりのキャベツ、ケール、パースニップは汁が出て悪臭を放っている。

「エービイ？」アッバースは彼のかかとの下でぐちゃぐちゃになったニンジンを見つめる。

「見ていますよ」わたしは答える。

シルパは指先で土をぼろぼろとほぐす。周囲の五フィート四方ほどの畑の野菜がすべて黒くなり枯れている。

「枯れてるよ」アッバースはぞっとする。「土が死んでいる。一晩のうちにいったいなにがあったと？」

「病気です」わたしは嘘をつく。「腐りだす前に雌牛を埋めなければなりません」

「靴はどこに？」シルパがつま先をくねらせながら訊く。「眠ったときには履いていたのに。どうしてあたしの古い靴が盗まれるの？」

「きみの靴よりデカい問題がある」収穫した作物を保存していた貯蔵庫のひらきっぱなしのドアから中に入ったアッパースが言う。

棚はすべて空っぽだ。

「備蓄がない」彼は言う。「食料がまったくないぞ」

22

ロハスはロープウェイの駅の階段に最後の遺体を横たえ、信じられないあまりぼうっとした状態で村にもどる。

倉庫を徹底的に探した結果、さらに三人が発見され、死者は合わせて七人となった。遺体はきちんと並べられ、家族がその死を悼むことができるようにされている。遺族はたがいにすがりついて泣きじゃくり、なにがあったのか知りたいと懇願する。

「ニエマたちは火を消そうとしていました」わたしは言う。「ニエマはつぶされ、ほかの人たちは煙を吸って亡くなりました。ひどい事故だったのです」

説得力のある話で、彼らは疑問を抱かず受けいれる。結局のところ、村で誰かを事故や病気でうしなわずに生きることは不可能だ。工具は砕ける。火事は起きる。天井は崩落する。テイアーが難破事故でエモリーの夫を含む五人の弟子をうしなったのはさほど前のことではない。

クララは村人たちに次々に声をかけてできるだけ慰めようとしながら歩きまわり、死者の顔をじっとながめる。知ってはいるけれど、みな長テーブルの反対側に座っていた人たちで、どうしても友達になる必要がなければ、親しくなるほどでもなかった。

中庭を見まわし、混乱のうちに見失った母親を探す。

「彼女は倉庫にもどりました」わたしはクララに教える。

クララはその建物を見つめる。六人がかりで制御が必要なとても強力なホースで水をかけているところだ。村では毎月、防火訓練をおこなっているから、村人たちはたくみに消火し、黒い煙が大量に窓から吹きでてくる。

「あのホースは圧力が二百バールあるよね」彼女は信じられないという口調で言う。「母さんに当たれば、壁をぶち破る勢いで吹き飛ばされることになるのに」

「それは指摘しました」

「そうしたら？」

「彼女は避けるからいいと言いました」

クララはエモリーの姿がないかと窓に目を凝らすが、内部で誰かが動いている様子は見えない。

「母さんはなにをしてるの？」

「エモリーらしいことを」

裏庭には悲劇の知らせを聞きつけ、さらに村人たちが集まってくる。その姿をながめ、クララは誰もがどこかしら怪我をしていることに気づく。裂傷や引っ掻き傷、ミミズ腫れ、すり傷、切り傷、目のまわりのアザ、手脚のアザ。背を丸めて折れた肋骨を両腕で支え、呼吸のたびに顔をしかめている者もいる。負傷者の人数があまりに多くてクララは心配になる。まだヒュイに会えていないからだ。ベッドにいないときは、普通は彼女のまわりに人が群がるものなのに、どこにも見当たらない。

「彼女はどこ?」クララは寮で見つけた壊れたヴァイオリンを思いだしながら訊く。

「ヒュイはもはや、わたしのミトコンドリア・ネットワークに接続されていません」わたしは打ち明ける。

「それはどういう意味?」

「彼女の思考を聞くことができず、彼女の目を通して見ることもできないという意味です」

クララは遺体を見つめる。腹の底から吐き気がこみあげてくる。「それは彼女が——」

「かならずしもそうではありませんよ」わたしは口をはさむ。

「どういうこと……いったいどうして……もしあの子が……」彼女のいくつもの思考が一気に押し寄せる。十人が押し合いながら狭いドアを通ろうとしているようだ。

「テイアーはどこ?」クララはついにそう訊ねる。

23

テイアーは古い軍需サイロの底にあるキャンプ用ベッドでいびきをかき、手脚をベッドの横に投げだしている。何年も前にここで暮らしはじめた。島のどこよりも涼しく、うれしいことにネズミがいないと知ってからだ。

　手には記憶珠がひとつ握られている。緑の光が力のこもった指から透けてくる。彼女のまわりにはさらに散らばる四つの宝石。すべて、ブラックピースがうしなわれる前に持ちだしたものだ。

　社会が崩壊する前、こうした宝石は娯楽における主流のフォーマットだった。さかのぼると音楽、書物、テレビゲーム、映画を買っていたように、人々は記憶を買った。スポーツ観戦するかわりに、選手の記憶を買い、自身で試合に出た。数時間のあいだ、誰でもロックバンドのリードヴォーカリストになれたり、あるいはポルノをじかに体験できたりした。

　もちろん、すべてがそんなに無邪気なものではなかった。シリアルキラーは自分の記憶を掘りだすとブラックマーケットで販売し、裁判費用にあてた。規制をゆるめ、レイプや児童搾取の記憶の取引を合法と認める国々もあった。ごく一部の政府がこのテクノロジーを禁止しようとしたものの、人類はたとえ恥ずべきものであっても楽しみを簡単にあきらめたりしない。

　テイアーは毎晩、過去で過ごしている。周回軌道に乗ってシンガポールでのデスクワークに向かったり、獣医の手術室で死んだペットのクローンを作ったりする。その経験がどれだけつまらなくても構わない。この島にいるよりはどんなことでも好ましかった。

　わたしはまわりの美に喜びを見いだすよう彼女に勧めたが、テイアーは自然にまったく興味がなかった。彼女は都会生活を楽しんでいた。雑踏が、摩天楼が、頭上の静かな車の列が恋しい。人混みのなかに友人たちの顔を見たい。起き抜けのコーヒー。燻製の肉。チクチクしない服。公園のコンサートに駆けつけたい。フラッドライトで照らされたステージ。スポーツも、映画館の真っ黒なスクリーンも、恋しくてたまらない。

　彼女は頭上から聞こえる放水の轟音と消火作業をする者たちの叫び声で目覚めた。

あくびをしながら首をポキポキいわせて起きあがり、痛みにあえぐ。手のひらが血まみれで皮膚は傷だらけ、親指の爪が欠けている。手首と二の腕に毒々しい紫のアザ。

寝る前に傷の手当てをしようとしたらしい。床のバックパックの口が開いている。ノート、救急キット、雑貨があたり一面に散らばっている。隣にはもうひとつバッグが置かれ、清潔な衣類が詰めこまれている。まるで出かけるために荷造りでもしていたようだ。

顔をしかめ、Tシャツを身体からぐっとつまむ。乾いた血で覆われている。自分の血にしてはあまりに多い。

「ゆうべ、なにがあった?」ふらつく頭で訊く。

最後に覚えているのは、ヒュイが階段にやってきて、サイロで寝ていいかと訊ねたこと。寮にもどってクララと顔を合わせたくないからだと話していた。

テイアーの混乱が募る。記憶を探ろうとしても、その記憶がない。

「あなたが記憶を消したの?」脳を取り巻くもやもやとした奇妙な感覚に気づき、訊ねる。

「あなただけではありません」わたしは認める。「消灯後の全員の記憶を」

テイアーは拳を目に押し当て、ぼんやりする頭で考えようとする。記憶の消去はかつてごく当たり前のことで、まる一日の記憶を消し去るミルクシェイクを買うことができた。酔ってしでかした出来事や、耐え忍んだ退屈な日を忘れるために飲むのだ。楽しめた映画があれば、新鮮な気持ちでまた観ることができるよう記憶を消した。

あいにく、記憶を安全に消せたドラッグはなくなり、わたしにできるのは神経細胞を焼くことで、それははるかに不器用な手術であり、致死率もぐっと高い。たとえ成功しても、患者は数時間ほど意識をうしない、一週間にわたってしつこい頭痛に悩まされる。

「記憶の消去をあなたに命じることができるなんて、ニエマぐらいのものよ」彼女はゆっくりと思考を進める。「なぜこんな無謀なことができたわけ！」

「ニエマは記憶を持ちつづけるほうが消し去るよりリスクが高いと確信していました」

テイアーは血まみれの服を見つめ、めまいを覚えはじめる。

「なんでよ？」どんな返事がくるかと恐れて警戒している。「この十二時間のどこがそこまで危険だと？」

「わかりません。わたしの記憶もまた抹消されています。現在、倉庫が火事で、備蓄庫は空っぽ、畑の作物がすべて枯れた点は教えることができます。すべての村人は怪我を負い、重篤なものではありませんが、多くの人は大至急治療が必要です。死者は七名で、そのなかに――」

テイアーは立ちあがり、少しふらつく。「ニエマはどこ？」口をはさむ。「彼女に会いたい。いますぐに」

「ニエマは死にました」

彼女はキャンプ用ベッドにふたたびどさりと横になる。全身から力が抜ける。

「エモリーが今朝、遺体を発見しました」わたしは話を続ける。「あなたの心拍数が上昇しました。気持ちを落ち着かせるようにするべきです」

彼女は信じられずに首を振る。「ニエマが……嘘、まさか。そんなのあり得ない」

口を開けるが、また閉じる。いまの知らせで感情が山火事のように燃え広がる。ニエマ・マンドリピリャスはテイアーの長年のヒーローであり、そんな彼女が上司になった。ブラックヒースで職を得て夢が現実となり、二年のあいだ、望んでいたものがすべて手に入り、そこで霧が現れた。同僚のほとんどはすぐさま島を離れ、愛する者たちとすごすと決めた。

ニエマはテイアーに留まるよう説得した。あなたがなにをしても家族は死ぬことになると言い聞かせたのだ。よくても、家にたどり着いて家族一緒に死ねるだけ。悪くすれば、怯えた大勢の避難民にまじってどこかの国境で足止めをくらうことになると。

彼女たちは一緒に破滅を見守った。ソーシャルメディアや画面の揺れる切り抜き動画をひたすら見て、人々がオンラインにあげるパニックの記憶のいくつかを体験さえした。ニエマはテイアーにきちんと食事をさせ、彼女が泣けば抱きしめた。

テイアーの姉が生きているとわかったとき、ニエマはヘファイストスが島にもどる途中に彼女を迎えにいってくれと頼んだ。その親切な行為で彼は命を落としかけたが、なんとかエリーを無事に連れてきたのだ。

「どうして死んだの?」彼女はしゃがれた声で訊く。

「梁が落ちてきて、それが頭蓋骨を砕きました」

テイアーはぎこちなく救急キットをひらきながら、震える手を落ち着かせようとする。この二十年間ほどはほぼニエマを憎んで生きてきたが、いまは胸に大きなクレーターができたようだ。

テイアーはキットの蓋をなんとか開ける。

昨日は医療品がいっぱいに入っていたのに、今朝はほとんどがなくなっている。傷口からいくつか破片を取り除くと、消毒薬をスプレーし、残りわずかな包帯を軽く巻く。

「ヘファイストスを起こして、村でわたしに会うよう伝えてもらえる?」

「彼はすでに向かっています」

テイアーはガタガタと鳴る金属の音に気を取られる。クララがサイロの螺旋階段を一段抜かしで降りてきて、急ぐあまりに足を踏み外しそうになる。アザだらけで身体は汚れ、目を見ひらいている。この弟子のここまで怯えた表情を見たのは初めてだ。
「どうしたの？」
「ヒュイがいないんです」クララは息を切らして口走る。「あの子のヴァイオリンが壊れていま
す。エービイは彼女が見えないと話していて」
「彼女はもはや、わたしのミトコンドリア・ネットワークに接続していません」わたしは明確に
する。
　テイアーはうつむく。弟子をうしなって残念でならない。あの子が昨日カルデラで見たものと
関係があるに違いない。
「彼女が死んだということよ」テイアーはクララのためにわかりやすく言い、医療品をバックパ
ックに入れる。「倉庫から運びだされた遺体に彼女が混じってないか、探した？」
「あそこにはいませんでした」と、クララ。「エービイからは、あの子がまだ生きている可能性
があるって聞きました。接続していないのは、かならずしも──」
「非接続を引き起こす神経変性状態もあるにはある」テイアーが話に割りこみ、バックパックを
肩にかつぐ。「それに、もうわたしたちの手元にはない種類の鎮静剤でもそうなる。でも、そう
したことのどれも、あなたがヒュイを見つけられないことの説明にはならない」
　彼女はクララの横を素通りする。すでにほかのことを考えている。「あなたには農園に向かい、
なにが起きたのか調べてもらう。食料の備蓄が空っぽみたい。それを確認して、土のサンプルを
分析のために持ち帰って。エービイから畑の作物は枯れたと聞いたから、どういうことか解き明
かさないとならない」
「あたし……」クララは最後まで言えない。友人が死んだと聞かされ、まだ呑みこもうとしてい

る最中だ。テイアーがここまで冷たいとは信じられない。

「嘆く時間は持てるわよ」テイアーがいらだって言う。「でも今日じゃない。無理ね。食料がキッチンに残っているものしかないんだから。わたしたちの生存はこれから数時間になにをするかにかかっているの」

クララが悲しんでいるのを見て、テイアーは声を和らげる。「いずれヒュイの遺体は探すけれど、彼女には関係なくなったトラブルが、まだわたしたちの前には立ちはだかっているでしょ。あなたには強くなって仕事してもらわないと。やれる？」

「はい」クララは弱々しく答える。

「よかった。悪い知らせは大きくなるものだから、急いでやるべきことをやって。わたしたちの不運は始まったばかりという予感がする」

24

アーディルは中庭を歩きまわり、ガラス玉を空に放りあげては受けとめ、短い旋律をハミングしている。手とチュニックにはニエマの血がついているものの、倉庫の火事と村人たちが多数の怪我を負っているために目立たない。

不穏な朝の空気のなかで、彼は人とは違って楽しげだ。あちらこちらに首をめぐらせ、すべてを目に焼きつけようとする。

五年前に追放されてから白昼堂々と村を見たことがなく、そのほとんど変わらぬことに驚く。兵舎の壁は彼が去ったときからいくつかひびが増え、ジャングルの絵のペンキがはげかけているが、そのほかはまったく同じだ。

彼はこの村を愛している。たぶん、ほかの誰よりも。村のリズムが恋しかった。午前中は農園で作業、午後は個人で取り組んでいることをやる。全員参加の夕食、その後の演奏や劇。土曜の夜の贈り物、日曜のごちそう。飛びかう声、いつもそれに続く笑い声が恋しかった。村人たちがおたがいに抱いている愛も。

なにより恋しいのは孫娘のマグダレーネだ。

「大胆すぎませんか」わたしは彼に言う。

「それをすばらしく思ってる」彼は同意する。

「テイアーかヘファイストスがあなたを見たら、あるいは鍵を――」

「そんなまずいことになる前に、あんたが教えてくれると信頼してる」ぶっきらぼうな口調だ。

「危険なのはわかっているんだ。ただ最後に一度、ニエマの遺体をどうしても見たい」

そうした言葉はゴボゴボと口から出てくる。あまりにもしあわせで、鳥たちが水浴びに使っている古いパラボラアンテナに身体を預けなければ、卒倒してしまいそうだ。憎悪は消え失せ、その重みは蒸発した。初めて、凪に乗った凧になったのだ。

彼のあふれるような喜びは危険だ。昨夜の出来事が証明したように、わたしにはアーディルをコントロールできない。こちらはチェスをやろうとしているのに、アーディルはクリケットのバットを手に歩きまわっている。彼を注意深く扱わなければ、この計画全体が崩壊する。

告白しよう。わたしは消灯後の出来事について思いだせるのに、テイアーに嘘をついたと。真実は混乱させるだけだ。いまのわたしたちに必要なのは明確であること——全員にとってではないにせよ。村人にはわたしが見てほしい通りに物事を見てもらうことが重要なのだ。

「とにかく、鍵をしまって」わたしはうながす。

彼は手のひらのガラス玉を見る。赤味を帯び、目玉ほどの大きさの。「そう言うなら」素直に答えてそれをポケットに入れる。

裏庭にやってくる頃には、倉庫は消火され水が滴っている。ホースは殺されたヘビのように床に捨てられ、まわりには湿った泥が広がっている。通常はすぐさまかたづけられるのだが、いまは誰もが遺体のまわりに群がり、この悲劇を受けいれようとしているところだ。

アーディルは人混みを避け、兵舎の階段から、ほとんど残っていない体力を振りしぼり、最上階のバルコニーへ向かう。一晩中、働いたあとで、そもそも最高の健康状態ではなかった。彼は長き眠りを心待ちにしている。

「まだだめです」わたしは言う。「わたしたちにはやるべきことが数多く残っています」

「わかってるさ」彼はいらいらと答える。

バルコニーから脚をぶらりと垂らす。子供の頃、マティスとここにあがってきたときも同じようにしていた。親友の葬儀に参列を許されなかったことを思うと、いまだに怒りをおぼえる。村の規則とはそうしたものだ、と彼は考える。したがう必要のない者たちが益を得るよう作られている。

彼はそれを変えることを楽しみにしている。この場所に築かれたすべての嘘をたたきつぶす。柱を一本残らず、長老もひとり残らず。へファイストスが次に死ぬ。それからテイアー。この無自覚の奴隷状態をいたずらに続けさせるつもりはない。

人混みの頭上にいる彼には、ロープウェイの駅の外に並べられ、それぞれシーツのかけられた七人の遺体が見える。テイアーがそこの階段をあがり、村人に話をしようとする。いつものように無慈悲な表情だ。それでなくてもほとんどの村人より上背があるから、階段でさらに高さが出て巨人のように見える。村人はぐっと首を上に伸ばさないとならない。

「笑わないよう我慢するのはどれくらいきついんだろうな？」アーディルがわたしに訊く。

「いつも親切第一ですよ」わたしは村の非公式の掟を思いださせる。

「そんなことを言わないでもらいたいね、エービイ。彼女はわたしと同じくらいニエマを憎んでいた。いまにも歌いだすんじゃないか」

「おそろしい悲劇が今日、わたしたちを襲ったの」アーディルのうれしそうな発言を知る由もなく、テイアーは村人に話しかける。「昨夜、消灯後に倉庫で火事が起きたらしい。わたしたちの最愛なるニエマが眠っていた友人たち六名を起こした。消火の手伝いをしてもらおうと思ったのでしょう。不幸なことに、その人たちは煙を吸って死亡し、ニエマは落下した梁につぶされた」

群集からショックのあえぎ声が聞こえ、続いて悶絶するような叫び声が続く。

「うまい作り話だ」アーディルが低い声で褒める。

「あなたが楽しんでくれてうれしいです。わたしの作った話です」わたしは応える。

テイアーは三十秒のあいだ村人たちが嘆き悲しむ様に耐えてから、静かにするよう求める。

「今夜、葬儀をおこないます。ただし、いまは全員にやるべき仕事がある。一時間以内に、農園に集まること――」

激しい咳が荘厳な空気を乱し、エモリーが煙る倉庫からよろめきながら現れる。顔も服も煤だらけだ。

「テイアー」彼女はガラガラ声で呼びかける。「テイアー！」

煙のしみた目でまばたきをして、彼女は村人全員が自分と長老のあいだに立っていると気づく。彼らをいっとき見つめてから、汗でぬるぬるする人々が密集するなかをかき分けていく。批判めいた顔つきや責める目つきは無視する。

「彼女はちっとも変わっていないな」アーディルはつぶやき、エモリーがテイアーの待つ階段近くのスペースに踏みこむ様子を見ている。

「なによ、エモリー？」テイアーが訊く。「哀悼し敬意を払う時間よ」

「辻褄の合わないことがあって」エモリーはテイアーの言葉を無視して言う。

アーディルの腕の毛が逆立つ。

「ニエマの胸に、このくらいの幅の傷があるんです」エモリーは親指と人差し指を少し離してみせる。「この幅が刃の厚みと一致する。たぶんナイフかな」

「いまは、そんな話をするときじゃない」テイアーが押し殺した声で鋭くささやき、村人たちを見やる。

「こんな傷が残るようなものは倉庫にないのに」エモリーは苦悩しつつ話を続ける。階段のいちばん下でテイアーの長い影のなかに立ち尽くす。成長しきった松の隣に生えた小さな茂みのように見える。

「バカなことを言わないで」テイアーが反応する。「その傷をつけたのが何であったにせよ燃えてしまったわ」

「火はニエマまで届いてなかったんですよ」エモリーは言い返す。「雨のせいで、倉庫の奥しか燃えなかったから」

アーディルは息を呑み、身を乗りだしている。

「だったら、彼女は村のどこかで自分で怪我をして、どうにか倉庫にたどり着いたんでしょ」テイアーはあきらかにこの会話を終わらせようと必死になっている。

「血の跡も残さずに？」

「彼女がまず傷口に包帯を巻けば、そんなものは残らない」

「発見したとき、遺体は包帯なんか巻いてなかったですよ」

不愉快だというつぶやきが村人のなかに広がっていく。長老のひとりにあのような口の聞きかたをするものではなく、別の長老の遺体についてあのようなやり取りをすべきでもない。

テイアーはエモリーをにらむ。近くにいる人が、思わずあとずさりをするほどの嫌悪感に満ちた目つきだ。エモリーはひるまず、ふてぶてしくにらみ返す。エモリーのことがこれほど心配でなければ、アーディルはこの一幕を楽しんだことだろう。だが、服従しない村人がどうなるか彼は知っている。

「あなたはエービイに質問したの？」テイアーが訊く。

「怪我はニエマに落ちてきた瓦礫でできたものだって」

「だったら、もういいでしょう」

「でも——」

「そこまで！」テイアーは宙に手を突きだす。「ニエマは九十年以上もこの村に忠実に奉仕し、ここに集まった全員に教えてきた。あなたも含めてね。いまくらいは騒ぎ立てずに、彼女がしてくれたことに感謝し、敬意を払えないの？」

エモリーはさめざめと泣く人々を見まわし、つい調子に乗りすぎたと気づく。

「ごめんなさい」彼女は口ごもる。「そんなつもりは……」

「立ち去りなさい」と、テイアー。

去って行くエモリーをアーディルが上から目で追い、手はポケットの中のガラス玉に触れている。

「わたしはどのくらい心配すべきかな?」彼はエモリーのカールした茶色の髪を見おろして訊く。

「エモリーはこの村で、ゆうべ本当はなにがあったのか探りだせるただひとりの人間です」わたしは言う。

「だったら、あんたは彼女の気をそらさないとな。彼女が真実を見つけだせば、わたしたちはみんな死ぬぞ」

25

誰もが裏庭で悲しんでいるあいだ、エモリーはがたつく階段を駆けあがり、ニエマの寮の部屋に向かう。その表情は険しく、肩は緊張している。いまでも自分に嫌気がさしている。みんなが悲しんでいたのに、自分は必死になって真実にたどり着こうとして彼らの悲しみを土足で踏みにじった。いつも自分のこんなところが大嫌いなのだ。

ニエマの部屋の入り口でよれよれのシーツを押しやろうとしたとき、わたしの声が彼女の歩みをとめる。

「あなたがそこに入れば、ひどい結果につながるでしょう」

「だったら、真実を教えてよ」彼女は激しい剣幕で切り返す。「あの傷は瓦礫で負ったものじゃなくて、あなたもそれがわかっている。あんな深さの、あんなにきれいな傷をつける瓦礫なんかひとつもなかった。倉庫のすみずみまで調べたけれど、傷の説明がつくものはなにもなかったのよ」

「あなたは誤解しています」

「そしてあなたは嘘をついている」傷ついた口調だ。

わたしは前にも彼女に嘘をついたことはあるが、それは何かを敢えて言わずにおくとか、質問の意図を巧妙に取りちがえてみせたりするものに限られていた。あきらかに本当のことを否定したのはこれが初めてだ。彼女は自分にできるただひとつの方法で反応する。

「ニエマは燃える倉庫にわざわざ入るような人じゃない」怒りとともに指摘する。「百歩譲ってそうしたとしても、消火するのに村人全員を起こさずに、たった六人だけだったのはなぜ？　それに、あの六人がホースを持ちださなかったのはどうして？」

わたしは質問に沈黙で答える。

「結構」彼女はつっけんどんに言う。「自分で答えを見つけるから」

彼女はニエマの部屋に入り、見まわす。室内は薄暗い。鎧戸が昨日と同じように閉まったままだ。シングルベッドは寝た形跡がなく、足元に美しいベッドスローがかけられている。ナイトテーブルに読みこまれた本があり、衣装戸棚の扉の片方が開いたままで、丈の長いワンピースやドレスが見える。エモリーはニエマがほかの服を着た姿を見たことがなかった。彼女は旧世界から慎みを運んできた。

エモリーはワンピースの一着を取りだし、優しく生地に触れる。まだニエマらしいにおいが残っている。ペパーミントとオレンジ。彼女が紅茶に入れたもの、そして午前中なかばの軽食として、生徒の最初の休み時間に入った直後に食べていたものだ。

エモリーは悲しみに襲われ、次いで、父をかわいそうに思う気持ちがふいに湧き出した。父セトはニエマの親友だった。彼女が頼ったただひとりの人物。父親は打ちのめされるだろう。

「父さんは知ってる？」彼女は思考のなかで訊く。

「まだ寝ています。起きたらわたしから教えます」

エモリーは床に這いつくばり、ベッドの下を覗く。大好きな本のひとつにあった場面を演じているようで滑稽なまねをしていると感じるが、昨夜はとても悪いことが起こったのに、テイアーはその件で嘘をついているか、自分がまちがっていると気づいていないか、どちらかだ。どちらの説明にも、エモリーは全然納得できない。ベッドの下にはなにも見つからず、衣装戸棚の奥を調べたり、肖像画の縁にぐるりと触れたりして、シャーロック・ホームズが教えてくれたすべてを思いだそうとする。

絵を壁にかける釘が数本ゆるんでいるのと、埃がたっぷり積もっているほかはなにもない。

書棚に向かい、破れた背表紙やしわのよったページを人差し指でなでる。誰かが死ぬと所有物はいつもならば再分配されるが、ニエマの探偵小説がどうなるのか、エモリーには想像できない。ほぼ全員が最初の死者が出ると怯え、その後は、物語がいかに非現実的で残酷かと憤るだろう。たとえエービイが村人に読ませても、その体験を喜びそうな人はひとりも思いつかなかった。

エモリーはどうして自分が同じように反応しないのかわかっていなかったが、ニエマはあきらかに彼女のなかにほかの人との違いを見ていた。ニエマはエモリーの母親が死んだのちにエモリーを見いだし、迷える十三歳の子供を庇護の下に置いた。尽きることのない好奇心に魅了され、ニエマはエモリーにこの書棚を教え、いつでも好きなときに小説を借りることを許した。時が流れ、ニエマは島の荒れ果てた建物の古い抽斗に忘れられた本を見つけるたびに、エモリーをこの部屋に呼ぶようになった。彼女たちはそうした本を内緒で共に読み、小声で、ドンデン返し、トリック、真相について語り合った。

頬にこぼれる涙を拭く。

ここへは泣くために来たのではなかった。これから数週間は泣く機会がたくさんあるだろう。嘆くのは暗く静かなときを待てばいい。そうした機会というのは、いくつもの平凡な事柄の陰に隠れ、思考がふと漂うときを待ち伏せしているものだ。ジャックや母親が死んだあともそうだった。夫をうしなって五年、彼のことを強烈に思いだして息がとまりそうになる日々がいまだにある。

最後に調べるのは書き物机だ。

抽斗を次々に開けるが、埃とワラジムシ数匹の死骸しかない。あきらめようとしたそのとき、ニエマのロウソク立てにボロボロになった手紙の燃えさしが見つかる。

触ると焦げた端がくずれそうで用心しながら拾いあげる。

わたしの可愛い息子へ

あなたが失望していること、わたしの決意を裏切りのように感じることはわかっているの。

これだけたくさんのことをあなたに頼んできて、あなたをがっかりさせてしまったけれど、これから語ることはどうしても信じて、二日前に書いていた手紙に違いない、わたしに気づかれて慌てて隠したあれだ、とエモリーは思う。

焦げた手紙を裏返すと、ニエマが〝5の5〟と走り書きしていることに気づく。だが、なんのことか示す手がかりはない。ニエマは同じ数字をエモリーの祖父が死ぬ前に告げたが、彼もどんな意味があるのかわかっていなかった。なんらかの理由があって、ニエマがこの数字を意識していたことはあきらかだ。

ふたたび手紙の断片を読みなおす。ニエマはヘファイストスにたくさんのことを頼んだと言っている。ふたりがおこなっていた実験に関係しているのでは？　エモリーは一昨日の夜、ふたりがその話をしているのを小耳にはさんだ。彼らは実験が危険で被験者は死ぬかもしれないと話していた。その人が抵抗したのだとしたら？

ポケットからニエマが昨日の朝に残したメモを取りだす。手紙の続きを書いた跡が残っていて、鉛筆で浮きあがらせたものだ。ふたつを並べ、また読んでみる。

わたしの可愛い息子へ、あなたが失望していること、わたしの決意を裏切りのように感じることはわかっているの。これだけたくさんのことをあなたに頼んできて、あなたをがっかりさせてしまったけれど、これから語ることはどうしても信じて、わたしがもっと……コントロールできなければ……封じ込め……エービイの希望は……殺すことはできなかった

イライラすると彼女は思う。もう少しで意味が通りそうなのに。あといくつか言葉がわかれば、

意味がはっきりわかるはず。

　ニエマはヘファイストスを怒らせるとわかっていることをしたのだ、とエモリーは考える。そしてニエマは死んだ。どういうことだったのか、探りださなければ。

「ヘファイストスはどこ？」彼女は訊く。「この実験について、もっとくわしく知りたい」

「彼は村人があまり好きではありません」わたしは言う。「彼があなたの質問に答えるかどうか」

「それでも質問しない理由はないもの。彼はどこに？」

「村に向かっているところです」

26

　エモリーは埠頭から小石のビーチに飛び降りる。手こぎ舟を引き揚げておく場所だ。雨が入らないよう逆さまにされ、竜骨にカモメがきれいに並んでいる。ゆうべニエマに本当はなにがあったのか理解したければ、胸の傷がどうやってついたのかを見つけださねばならない。できれば、そうなった場所も。

　最有力候補はナイフで、そのために彼女はここまでやってきた。村にはいくつものナイフがあるけれど、父親が特別鋭いナイフを持っており、ロープの切断や、舟の応急修理に使っている。昨夜セトとニエマが荒れた海に出て、ニエマが誤ってナイフの上に倒れたという可能性もなくはない。

これではニエマの遺体が倉庫で発見されたことの説明はまったくつかないが、答えというのはつかまえづらく、一度にふたつのことの説明をつけようとするのは欲張りに思える。

ジャリジャリと音をたててビーチを歩き、エモリーは並ぶ舟のあいだにぽっかり空間があるのに気づく。

「ブロード・ボトム号がない」そうつぶやく。「ニエマは自分が乗っていった舟なしに、どうやって村にもどったの?」

わからないことをわたしが教えてくれるのを待つが、わたしが答えようとしないことを思いだす。

むっとしてエモリーは小さくため息を漏らし、順番に舟の下へもぐり、内部を調べる。運があればナイフが見つかると考えていたが、このビーチにはなかった。いまどこにとめられているにしても、おそらく、まだブロード・ボトムにあるのだろう。

近くにある錨の鋭い縁に指先を這わせ、これが傷の原因ということはあり得るだろうかと考える。

「ニエマが転んで……」エモリーは舌打ちをしてこの考えを捨てる。「厚みがありすぎる」

続いて小石の上に重ねられたオールに視線を向ける。ニエマにあの怪我をさせるには、あまりになまくらだし、幅も太すぎる。となるとやはりナイフのはずだ。ほかのものでは意味が通らない。

腰を伸ばし、雲の浮かぶ青空に顔を向ける。波がひたひたとビーチを打ち、カモメが甲高い声で鳴きながら旋回している。彼女に多少でも嘘が許容できたなら、いつもと変わらぬ火曜日だと自分に納得させただろう。

視線をぼんやりと海に漂わせ、日射しに目を細める。

今朝は霧が近くない？

物心ついてからずっと、霧は砂州のずっと向こうにあった。それがいまは砂州に触れかけている。埠頭にあがり、もっとよく見ようと突端へ歩きはじめる。視界は倉庫の煙のせいでまだ少しぼやけていた。

しぶきがむきだしの脚にかかり、魚の死骸や瓦礫が埠頭の側壁に打ちよせられる。いまでも世界の終わりから流されてくるおびただしいペットボトルも一緒だ。ここに軍艦が停泊していた頃はここまで汚くなかったが、いまでも魅力がない場所というわけではない。いつもならば、村人が農園に向かう前に掃除をするのだが、今朝の彼らは別のことで頭がいっぱいだった。

ゆうべその上で寝ていた丸めた敷布をまたぎ、エモリーは埠頭のいちばん先にたどり着く。手で日射しをさえぎりながら、なんとか霧を直視しようとする。日射しは霧にあたるとふしぎな反応を起こし、一日のなかで時間が進むにつれて色合いが変わる。午前中はちらちらと光る白い壁であり、海の上で小刻みにゆれる蜘蛛（くも）の巣のようだった。

近づいている？

エモリーは自信が持てない。光の具合でそう見えるだけでは？　ニエマは霧を押し留めているバリアは完全無欠だと村人に教えていた。三人の長老たちが同意しなければバリアは消せず、発生装置の半分が破壊されて初めて保護をうしなうのだが、それは基本的に不可能だ。バリアの動力となっている機械の大半はコンクリートに埋められているからだ。

村に帰ろうとしたところで、青緑色の海の下になにかあると気づく。毎晩この埠頭から飛び降りて泳ぐから、昨日はここになかったと知っている。

服とサンダルを脱ぎ、打ち寄せたゴミを押し分けて温かい海に入り、深呼吸してからその物体めがけてもぐる。すでに脚の長いクモガニたちがそれに群がっている。まわりを泳ぎ、すべての角度から調べる。それは円錐形の装置だった。昨日ヘファイストスがカルデラから運んできたのを見かけ、ハリネズミみたいだとエモリーが考えた物体だった。ひどく損傷を受けているようだが、村人は普通、物を海に捨てない。自分たちを取り巻く美に感謝しており、ゴミでそれを台なしにはしないのだ。それにヘファイストスも、手にしたすべての金属片や機械を再利用する。

水面にもどって思い切り息を吸い、優雅に海からあがる。コンクリートの埠頭にはあの物体を村から引きずってきた長い引っ掻き傷がある。何者かがはるばるここまで運んだに違いない。

髪の水分をしぼって服を着ると門から村にもどる。

人々がショックと悲しみに包まれて裏庭からふらふらとやってくる。まるで夢遊病者のように長テーブルに近づき、ぼんやりと自分の席に腰を下ろし、なにかが起こるのを待っている。

エモリーの視線はキッチンから横転した彫像へ、そしてステージ、その後方の楽器棚へとすばやく向けられる。そのどれもが、寝る前とは違う位置にある。

くちびるを噛み、ゆうべの断片を実際に起きた順番に並べようとする。わかっているかぎりでは、ニエマはセトと灯台に向かった。けれど、舟に乗らずに帰ってきた。それから消えた刃物に刺され、燃える倉庫で落ちてきた梁につぶされた。

エモリーはいらついて石を蹴ると、それはバードバスに飛んでいき、大きなゴーンという音が鳴る。

困惑して見つめる。「バードバスがいつもと違う場所にある」そう声に出す。「どんな理由があって、誰かがあんなものを動かしたの？」

27

悲しくてぼんやりしながら、クララは学校近くの小道をとぼとぼと歩く。検査キットのガラスの小瓶がバックパックのなかで音をたてている。いつもは小さな木彫りの鳥も一緒に入っているのだが、ラボでキットをバッグに入れたとき、すべてなくなっていると気づいた。ゆうべは十二個あったのに、全部消えていた。どこにいってしまったのか、見当もつかない。

何人もの死とくらべると、木彫りの鳥が消えたことがここまで気になるのはおかしいのだが、これもまた彼女が説明のつかないかたちでうしなったものだ。

中庭に着くと、誰もが朝食もそこそこに、道具をかついで農園に向かいはじめている。押し殺した怯えた声で倉庫の遺体について話をしている。自分たちの怪我をくらべあい、わたしには答えられない質問をわたしに向けてくる。

村人たちが生まれてからずっと、わたしは脳内でささやき、導き、親切第一で、無私無欲でいるよう激励してきた。傷の手当てをして、すべての危険を指摘することで世界から鋭い刃を取り除いてきた。だが突然、彼らが頼ってきた確実性が消え失せた。溶けかけた氷の上で暮らしていたのだと気づくようなものだ。沈んでいくというのに、わたしには彼らを水から引きあげるための手がない。

テーブルはかたづけられているところで、クララはパンを一塊もらおうかと一瞬考えたが、気分が悪くて食べられそうにない。慰めとなるヒュイの記憶珠さえも持っていないのだ。親友は世界から根こそぎ奪われた。

中庭を横切る途中で、母親に出くわす。びしょ濡れで、バードバスを両手で押すむなしい努力をつづけている。クララの足音を聞きつけ、エモリーはさっと娘を見あげる。

ふたりの目が合う。

エモリーはちらりと後悔する表情を浮かべてから、クララの顔に浮かんだ苦痛を見て取り、心配そうな表情に変わる。気づいたときには、エモリーはクララを抱きしめており、クララは腕のなかで泣きじゃくっていた。

ふたりともしばらく何も言わないが、いよいよとなるとエモリーが先に行動し、顔をあげてクララの傷ついた目と目を合わせる。

「話してみて」エモリーは優しく言う。

「ヒュイが死んだの」

エモリーはふたたびクララをきつく抱きしめ、クララはさらに嗚咽(おえつ)をあげる。エモリーは倉庫から遺体を運ぶのを手伝ったから、ヒュイがそのなかにいなかったことは知っている。

「彼女はどこで発見されたの、エービイ？」エモリーが脳内で訊く。

「誰も特定できていません」わたしは答える。「ヒュイはわたしのミトコンドリア・ネットワークから切断されました。すなわち、わたしはもはや彼女の目を通して見ることも、彼女の思考を聞くこともできないということです。この島のほかの全員にはそれができているのですが」

「言葉はたくさん並べているけれど、そのどれひとつとして死んだという意味じゃない」エモリーは指摘する。「まだ希望はあるのに、どうしてクララは泣いているの？」

「彼女はテイアーに相談しました。わたしたちを結ぶミトコンドリアは、数種類のウイルスや脳の状態に干渉を受ける可能性がありますが、ヒュイがそうした症状のひとつの影響を受けていても、姿が見えない理由にはならないとテイアーは結論づけました」

「死んだとしても、やっぱり姿が見えない理由にはならないはず」エモリーは反論する。「倉庫から七人の遺体を運びだしたばかりよ。もしヒュイがゆうべ死んだのならば、そのなかに混じっているはずだと考えるのが妥当じゃないの？」

エモリーはクララから軽く距離を取り、しっかりと顔を見つめる。

「泣くだけの理由があるとわかるまでは、泣かないの」そう言い、クララに胸を張らせる。「昨日はなにがあったの？　ロープウェイの駅でヒュイが少しおかしな行動を取っていることには気づいた。あなたたちがなにかで喧嘩したのかと思ったんだけど」

クララはカルデラでどんなふうにして離ればなれになったかということと、その後ヒュイの行動が妙だったことを話した。

「悲鳴をあげたのは絶対ヒュイだった」

「どんな悲鳴？」

クララは母親を見つめ、この予想外の質問の意図を推し量ろうとする。

「ショック、恐怖、驚き、どれ？」エモリーが言う。「人というのは、ありとあらゆる異なる理由で悲鳴をあげるのよ」

「ショックかな」クララは思いだそうとする。「何の悲鳴だったにしても、あの子はゆうべ寮の部屋にもどってこなかった。まるで、あたしのそばにいるのが耐えられないみたいに。あたしがなにか悪いことをしたのかと思った」

「ニエマはゆうべ、あなたのおじいさんと出かけた。消灯の少し前に」エモリーは言う。「ヒュイがカルデラから運んだ金属の箱を持っていたの。中身はなにか知ってる?」

「全然。カルデラ庭園で合流したとき、あの子はもうあれを持っていた。どうして中身が関係あるの?」

「ニエマは死んでヒュイは行方不明になり、ふたりともあの箱に触ったからよ。ふたりともとても不運だったか、あの箱に危険なものが入っていたか、どちらかでしょう」

「テイアーなら知っていそう」と言ってから、クララは母親の気分を読み、目を見ひらく。「ヒュイが生きてると思ってるのね?」

エモリーは安心させることを言ってやりたいが、嘘と秘密には嫌悪感を抱く性分だ。冷たくて往々にしてトゲのある真実を尊ぶ。

エモリーは娘を振り返らせ、ステージを指さすことで気をそらそうとする。

「楽器がゆうべとは違う棚に置かれてる。つまりバンドは消灯のあとに、楽器を使ったということ。全員が寝る前にはなかった怪我を負っているから、目を覚ましたのはバンドだけじゃなかった。何か騒ぎも起きたはずなの、花壇が踏みにじられ、彫像が壊れているから。そうしたゴミもかたづけられていなかった。普通はそのままにはしないから、おかしなことよ。ニエマは消灯の直前に金属の箱を持って手こぎ舟で出かけた。灯台で実験するために。なにをするつもりだったかわからないけれど、こうしたことから、そのあとで彼女は村にもどってきて、わたしたちを起こした。お祝いごとがあったけれど、それがとてもおかしなことになったのよ。でも誰もそれを思いだせない」

「それはわたしがあなたたちの記憶を消したからです」わたしはふたりの脳内で話す。「ニエマの命令で」

「そんなことができるの?」クララが仰天して訊ねる。

「はい、ただし危険です。そしてニエマはあなたたち全員に大変な好意を持っていました。記憶を取り除くより持つほうが脅威になるという確信がないかぎり、そのような処理をおこなう命令は出さなかったでしょう」

エモリーは兵舎の上空にまだ立ちのぼる黒い煙を見つめ、おそろしい疑惑を胸のなかで募らせていく。「そういう処理は危険だと言った?」

「はい」

「死ぬ可能性があるということ?」

「はい」

「倉庫で発見されたうち、記憶の消去で死んだのは何人なの?」

「全員です。ニエマを除いて」

クララはあえぎ、両手で頭を抱えて膝に押しつけ、吐かないようにこらえている。「あなたがあの人たちを殺したんだ」弱々しい声だ。

「意図的ではありません」わたしは反論する。「手術台で患者が死ぬようなものです」

この冷たい表現を聞き、エモリーは身震いする。わたしがこれほど冷徹に話すのを初めて聞いたのだ。わたしはつねに最善を尽くし、実際の自分よりも温かい存在であるように、観察者ではなく親友であるように見せてきた。

けれど、この仮面はもうわたしの役には立たない。エモリーが目の前の仕事をやり遂げるには、ボード上のすべてのピースそれぞれの目的について理解しなければならない。

「でも、その手術は必要じゃなかったはずよ」彼女が反論する。

「ニエマは必要だと信じていました」

エモリーはクララの隣にしゃがみ、娘の肩に腕をまわして慰める一方で、自分の怒りを抑えておこうとする。動揺すると物事がはっきり見えなくなるもので、いまは全員が動揺している。エモリーはそれが不安だった。

「ニエマは父の記憶も消すよう命じたの？」彼女は出し抜けに訊く。

「はい」わたしは認める。

エモリーはクララの顔をあげさせ、目を合わせる。「あなたが怒っているのはわかるけれど、ニエマはセトを危険な目にあわせたりしない。どうしてもそうしなければと思わないかぎりは」

クララはエモリーの手を振りほどく。「どうしてそんなに冷静でいられるの？　エービイはあたしたちの仲間を六人も殺したんだよ」

「わからない？　ゆうべなにが起きたにしても、ニエマが命を落とすほどのことだった。彼女の愛する村人たちが記憶を持ちつづけるより、死ぬ危険を受けいれていいほど、おそろしいことだったのよ。わたしたちにまだ見えていないことがある。もっとずっと大きなことが」

エモリーは金属製のバードバスを拳でコツンとたたく。「そして答えはこの下にあると思う」

28

午前なかばになっても、ニエマの遺体はロープウェイの駅の階段に横たえられたままだ。発見されて数時間が過ぎ、日光が人のいない村に降り注いで熱波が壁越しに這いのぼっていく。テイアーが近くを行ったり来たりし、大きな翼で急降下してくる痩せ細ったハゲタカに狙いをつけてキックする。いまは四羽いて、安全な距離をとって集まり、飢えた目でがまん強く見張っている。

この島に九十年間とらわれているテイアーは腐肉漁りたちに大いに同情しており、好きに食べさせてやりたい誘惑に駆られている。強欲な鳥に食いちぎられる誇り高き死者というのは、いかにも神話にありそうな話だ。

「ホセインはどこよ?」テイアーはいらいらと訊く。

遺体を運ぶために使う荷車が見当たらず、遺体はホセインが一体ずつ焼却炉に運んでいたのだ。「彼は脱水症状を起こして、起立性低血圧を起こす寸前です」わたしは説明する。「十五分の休憩を取るよう伝えました」

テイアーのいらだちは兵舎の角を曲がってくるヘファイストスを見て失速する。彼の顔はアザだらけで、一面に引っ掻き傷が残る腕をぎくしゃくと振りながら歩き、指先からは汗がしたたっている。日射しを避けようとうつむき、墓石のように広い額の下でまぶしい世界に対して目を細めていた。

「おれの母親はどこだ？」彼が訊く。

探るような目が血のシミのあるシーツとその下のふくらみにとまる。テイアーは慰めようと近づくが、彼は彼女の隣を通り過ぎざまシーツを引きはがし、ニエマの胸の血まみれの傷と砕けた頭蓋骨、左の残っている頭皮にこびりつく少しの白髪を見せつける。

そこで彼はおそろしいほどの速さで、ハゲタカ一羽の首をつかむと地面にたたきつける。ぞっとするようなグシャリという音。哀れな生き物は翼をはためかせ、鉤爪で必死に彼を引っ掻こうとするが、彼は鳥を空中に持ちあげ、ふたたび土にたたきつける。さらに一度、そしてもう一度。

さめざめと泣きながら彼は痙攣する鳥を投げ捨て、がくりと膝をつく。

わたしは彼を慰めようとするべきなのだが、人間の度を超えた感情を扱う最善策というものはなく、それを進化におけるなにより大きな失敗と見なすようになっていた。

テイアーはヘファイストスの巨大な肩に手を置いて力を込める。単純な仕草だが、ふたりが共に過ごしてきたすべての過去、世界が終わってから耐え忍び、乗り越えてきたすべてをあらわにするものだ。

この優しさは村人を驚かせるだろう。テイアーが笑い声をあげたり、ほほえんだり、誰かに親切な言葉をかける姿はめったに見ないからだ。

じつのところ、テイアー本人がいまだに驚いている。

初対面のとき、ヘファイストスは典型的な億万長者の息子で、甘やかされ、悪評を成功と勘違いして世渡りに苦労していた。彼の母親は地上で誰よりも有名な女だった。誰よりも成功者。誰よりも意欲的。誰よりも話題にのぼる。誰よりも崇拝され、そして軽蔑されてもいた。ヘファイストスには〝彼女の息子〟というのがついてまわった。

彼は才能のある生物学者だったが、母親の影が世界中を覆っていた。そこから逃げだささず、かわりにスポーツカーを衝突させ、モデルたちと寝ることにした。一時的にでも会話の流れを自分のほうに引きつけることならなんでもやった。とても長いこと、テイアーは彼を哀れだと思っていたが、そんなときに霧がやってきた。

ヘファイストスは七カ月のあいだ、霧から逃れる手段を求めて、崩壊していく世界を移動し、人間たちがみずから人間らしさを打ち捨てる様を目撃した。そんな途上でなんとかテイアーの姉のエリーと出会い、家族のように守ってもらえたのである。

エリーは傷跡があり、血も流し、少しびくびくしていたが、無事だった。一方、ヘファイストスはまったく違う男と言っていいくらいだった。自分が経験したことについてくわしく語ることはなく――当初の数年は特に――めったに口をひらかず、絶対に笑い声をあげず、日の光より暗闇を好んだ。かつては彼の特徴だったあふれるような激しい憎悪と思いあがった面さえなくなり、狩られた者の卑屈さに取ってかわられていた。

最初の十年、彼が本当に信頼したのはエリーとニエマだけだった。そのほかの科学者たちには警戒の目を向けつづけ、彼らとブラックヒースで暮らすことをこばんだ。被害妄想がとても強く、どこで寝ているかさえ教えようとしなかった。予想外の時間に出入りし、ほとんどの時間を母親と抑えた声で会話することに費やした。

次第に彼は他人と一緒にいても落ち着いていられるようになったが、けっして大勢とはすごさず、笑い声もあげなかった。彼はもはや笑い声を信頼できなかった。その裏に悪意がひそんでいることがあるのを知っていた。

エリーを通じて彼はゆっくりとテイアーにも警戒を解いていき、三人がさらに親しくなった頃、仲間の科学者たちが死にはじめた。彼の傷跡だらけの外見の下に、テイアーは深く共感できる人物を見つけた。忠実な友人を。

エリーが島の生活に音を上げてからは、ふたりにはおたがいだけが残された。

霧が島の岩盤からしみ込み、ブラックヒース内部に侵入したとき、テイアーをベッドから引きずりだしたのはヘファイストスだった。警報が鳴り響くなかをふたりで逃げ、外に出てから防爆扉を密閉し、霧を地下に閉じこめた。彼がいなければ、テイアーは寝たまま引き裂かれていただろう。

ヘファイストスは泣きやみ、手の甲で頬を拭う。落とし穴のような暗い目をして拳を握りしめている。

「なにがあった?」どなり声をあげ、背筋を伸ばす。

「彼女がゆうべ倉庫にいたら、梁が落ちてきて頭蓋骨を砕いたの」と、テイアー。

ヘファイストスはくすぶる倉庫をにらむ。倉庫が彼から逃げようと火山を這いのぼってもおかしくない目つきだとテイアーは思う。

「母があそこに行ったと?」彼は怪しみながら訊く。「どうしてだ?」

「さあ。たぶん、なにかを探していたんでしょ。理由なんか関係ある?」

「あるかもしれない」彼は暗い声で言う。「母は最初に避難民たちに呼びかけたとき、自分の心臓がとまったら自動的にバリアをオフにする設計のデッドマン装置(スイッチ)を作った。大陸が無法状態でレイプが多発していると知り、同じ暴力がこの島にも入りこまないかと心配したんだ。デッドマン装置は抑止力だった。あらたに到着する者にはもれなく、自分が殺されれば霧が島全体を呑みこむことを教えたがった」

テイアーは彼を見つめる。不安で脈が速くなる。「わたしたちは一世紀近くこの島にいたのよ。彼女はその装置を無効化する時間がなかったなんて言うんじゃないわよね?」

「おれは霧を監視する機器を持っている」彼は冷たい口調で答える。「九十年のあいだ、一度も鳴ったことがなかった。なのに、今朝起きたら、すべてのライトが赤く点滅してた。バリアが消えたぞ、テイアー。霧が迫ってる。この速度だと、四十六時間で霧は島を呑みこむ」

29

「エービイ、バリアをもどして」テイアーが要求する。瀕死の仲間に飢えた目を向けていたハゲタカたちを驚かせるほどの大声だ。

「デッドマン装置のプロトコルはわたしにはバイパスできません」わたしは説明する。「ニエマの命令は明確です」

「命令がなによ!」彼女は嚙みつくように言う。「霧をとめて!」

「わたしはニエマからの指示を無視できません。あなたの腕が鼻を搔くというあなたの望みを無視できないのと同じです。慰めがあるとすれば、あなたはカルデラ庭園に住むことができるでしょう。霧はあのドームを貫通できません」

テイアーは怯えた目を火山に向ける。その頂は雲で見えない。

霧が最初に現れてから数十年は、大陸の放射線降下物シェルターや地下の核シェルターに立てこもった生存者たちから時折、映像連絡が入った。最初は、つらさを訴えるありがちなものだったが、時が過ぎるにつれて助けを訴えるものへと変わった。人々は泣きじゃくりながら、みずからを閉じこめたコンクリートの墓で展開される信仰や共食いの話をした。幸運な者たちはあっさりと餓死したが、そんな連絡もやがて途絶えた。

「ほかにやれることがあるはずよ」彼女は請うようにヘファイストスを見つめる。「あなた、即席でバリア発生装置を作れないの？」

「ここに来る途中、ふたつばかり調べた」彼はそりあげた頭をなでる。汗がだらだらと顔に流れている。「どちらにも何百もの誤作動回避装置はあるんだが、母の死でそれが完全に遮断された。発生装置をとめることができるのは彼女の死だけだったのは本当さ。いまじゃただの塊に成り果てた。本人の望んだ通りに。母は自分を殺した者が助かる手段をいっさいあたえたくなかったんだ」

彼は息を吐きだす。「問題は、何年も前にデッドマン装置をとめたと母から聞いていたことさ。つまり、昨夜ふたたび作動させたってことになる」

「ニエマがそんなことをする理由は？」

「おれが考えついた理由はただひとつ、母は自分の身の危険を感じていたってことだ」彼は鼻を掻いて、静かに兵舎を見つめる。「消灯のあとに村人たちを起こし、この島についての真実を伝えるつもりだと聞いてた。アーディルが真相を見つけだしたときに、どんな反応を見せたか覚えてるか？　ナイフを手に学校に乗りこみ、母の首を刎（は）ねようとした。だから今回も村人の誰かが──ひょっとしたら全員が──彼女を追って倉庫に入り、火をつけたんじゃないか。母は助かろうとして全員の記憶を消したが、逃げだす前に梁が落ちてきて死んだ」

　彼はそう語ってうなずく。自分の推理に納得していることはあきらかだ。しかし、テイアーはもっと疑り深い。アーディルを除けば、他者を傷つけた村人など過去にいなかった。殴りあいの喧嘩もしたことがない。子供たちは乱暴な遊びさえしないほどだ。これでは進化が望めないほどの平和主義だ。村人たちがニエマの死を引き起こすほど暴力的なことにかかわったという考えは、とうてい信じられない。

「本気で彼女が殺されたと言いたいんじゃないわよね？」

　ヘファイストスはTシャツの袖をめくり、腕の引っ掻き傷を見せる。

「こいつは指で皮膚を引っ掻かれたものだ。普通は喧嘩でこうなる。おれの全身にこんな跡が残っているんだ。あんたの二の腕と手首にあるようなアザは、しばられ、もがいて自由になろうとするときに残るものだ」

　彼の声が記憶で硬くなる。「前に見たことがあるんだよ。信じてくれ、テイアー。ほかにこんな傷ができようはずがない。村人たちはゆうべ、おれたちを襲ったんだよ」

　テイアーはアザを調べ、村人たちの折れた肋骨や腫れた顔を思いだす。ヘファイストスはこの島で誰かの命を奪ったことのあるただひとりの人間だ。戦いかたや殺しかたを知っている。村人たちが彼を襲ったならば、彼があした怪我を負わせることはあり得る。

「毒を持っているか？」彼が突然訊く。

「毒って？」

「村人たちが備蓄をすべてカルデラに運び終えたら、おれたちはあいつらを全員始末しないとならないだろ。毒がいちばん手っ取り早い。さもなければ、おれが百十四人の喉を切り裂くしかないな」彼は待ち構える仕事を思ってため息をつく。「こうしたことの再発を防ぐにはそれしかない」

テイアーは野蛮な提案にたじろぎ、これがもっともな行動なのだと彼が信じ切っていることを悟って呆然となる。彼は怒っているようでも、不安なようでも、後悔しているようでもない。牛乳を切らしたとでも話しているようだ。

「そんなことは許可できません」わたしは口をはさむ。「ニエマはわたしに指示を残しました。村人を守るようにと。彼らは人類の未来なのです」

「だから、おまえはみすみすあいつらに母を殺させたのか?」彼はわたしの口出しにいらだち、どなるように言う。「彼女の安全を守るのはおまえの仕事だっただろうが」

「ニエマの死を防げずに残念ですが、復讐は苦境を悪化させることにしかなりません。あなたは食料と水を村人たちに頼っています。彼らがあなたの機器のメンテナンスをおこなっています。彼らを殺すのは生存戦略として悪手です」

「おまえはいつも、何を言えばいいかわかってるんだな」彼は怒って鼻を鳴らす。「言葉のひとつひとつがおまえの望む反応を引きだすために完璧に調整してある。おれはおまえを信頼できないね、エービイ。信頼したことがない。おまえがじわじわとおれの母の信頼を得て、おまえの自主性を少しずつ増やすよう訴えたことは知ってるぞ。おまえがおれたち人間と同じようには考えず、感情を抱いているんじゃなく、でっちあげているというのを母は忘れていた」

いつもならば、わたしは彼の怒りなど気にかけないが、これはテイアーがしまいこんでいた憤りに火をつけ、わたしが懸命に埋めてきた古い疑いをかき立てる。

「霧をとめる方法があるかもしれません」わたしは突然そう言う。「デッドマン装置はニエマの命を奪おうとする試みを抑止するものとして作られましたが、その第二の目的は殺人者がその罪を逃れて生き延びることがないように、というものでした。わたしはニエマの命令にしばられていますが、わたしたちに利用できる抜け穴があります。あなたたちが彼女は殺されたと証明し、犯人を処刑できれば、デッドマン装置は定められた役割を果たしたということになるでしょう。わたしはふたたびバリアを張ることができるはずです」

テイアーはいらいらして動物のようなうめき声をあげる。「ゆうべなにがあったのか全然覚えていないのに、どうやったら彼女を殺した犯人を見つけられるの？」

「わたしはあなたのために答えることはできませんが、この提案は徹底的な調査をおこなうことにかかっていると理解してもらいたいです。説得力のある主張と、可能ならば犯人の自白が必要になります。あなたたちが不必要に村人たちを傷つけているとわたしが感じたら、バリアは二度と作動させせません。あなたたちのやりかたであきらかになった答えが、どのようなものだとしても」

「母が死んだ途端、おまえはあれこれ要求するようになったな」ヘファイストスが怒りを爆発させる。「おまえは人間の扱いがうまい監視システムだ！　そんなおまえがいつ責任者になった？」

「あなたのお母さんがわたしにバリアの制御をあたえたときです」わたしは率直に答える。「四十六時間後、霧は海岸に達します。あなたたちにそれをとめる方法を提案しているのですよ。ここでいたずらに言い争っているより、仕事に取りかかることをお勧めします」

「そんなこと言ったたって、どこから始めればいいのよ？」テイアーが絶望した口調で訊く。

「エモリーとどうぞ」わたしは言う。

30

テイアーたちが中庭にやってくると、バードバスが少し左へずらされ、その下に隠されていた大きな血だまりがあきらかになったところだ。

　クララが地面に膝を突き、血に濡れた土をこそいで検査のため木箱に入れる。一方、エモリーは急いで彼らに近づいて出迎える。わたしがすでに霧とバリアについて、さらにわたしと長老たちとの取引について教えておいた。彼女は長老たちがやってくること、次に起こることすべてがどれだけ重要かわかっている。

「バードバスが違う場所にあって」エモリーは前置きなしに一気にしゃべる。「昨夜あった場所から十二フィート左に置かれていて、つまりこの血だまりを隠すために移動させたということです」

　彼女は一面の乾いた血を彼らが見逃しかねないというように、そちらを指さす。「なにかの理由で、ニエマが死んだのはここだとわからないようにされていたんです」

「おまえがエモリーか？」ヘファイストスが訊く。このカールした髪の小柄な女が早口で繰りだす説明に圧倒されていた。

「ええ」彼女はぴたりと話をやめて答える。

　ヘファイストスはテイアーに視線をよこす。「あんたの弟子のひとりか？」

「もう違う」テイアーがぴしゃりと言う。「エモリーが弟子だったのは二カ月だけ。ただし、誰より面倒な弟子ということでは、いまでも記録保持者よ」

ヘファイストスは鼻を鳴らし、血だまりを見やり、くすぶる倉庫をまた見つめる。

「遺体が動かされたのは、殺人者が事故に見せかけたかったからだ」彼はエモリーを無視してテイアーに話しかける。「犯人は母をここで殺し、倉庫に遺体を運んで火をつけ、火事でごまかそうと思ったに違いない。うまくいったはずだった。雨で炎が消えなければ」

「殺人者?」エモリーが繰り返し、娘と怯えた視線をかわす。事故ではなさそうだとなかば疑っていたが、信じたくなかった。

一同は黙りこんでいたが、ヘファイストスがバードバスを試験的に突き、キーッという金属音が沈黙を破る。

「重い」彼はうめき、バードバスの縁が手のひらに残した赤い跡を調べる。「これを動かすにはたくさんの人手が必要だったはずだ」

「わたしたちだと四人がかりでした」そう言うエモリーは霧のことを考えまいとしている。「農園から手伝ってくれる人を呼んでこないとならなくて。でも、あなたはわたしたちの誰よりも力がある。あなたなら、ひとりでやれたでしょう」

ヘファイストスは彼女をギロリとにらむが、彼女の表情はまったく無邪気なもので、口調も淡々としていた。彼は反論してほしくてテイアーを見やるが、彼女は血だまりのまわりを歩いている。

「これだけの量の出血で生き延びる人はいない」テイアーが言う。「わたしたちに使える野蛮な医療器具では無理。この血がヒュイのものである可能性は考慮した?」彼女はエモリーに挑むような視線を向ける。「彼女も姿を消しているそうだけれど」

クララは顔をしかめ、ヒュイが地面に横たわり、刺し傷から血が流れる姿を想像する。

「だから、サンプルを集めてます」クララはそう言い、目元の埃を拭う。「採取が終わったら、あなたのラボに運ぶつもりです」

「この血がヒュイのものなら、彼女の遺体はどこに？」エモリーが訊く。「ほかの死者と一緒に倉庫にはいなかったし、この場所から彼女が歩き去ったような跡もいっさいないんですよ。あなた、自分で言ったでしょう。この出血量で彼女が遠くまで歩けたはずがない」

テイアーはこの点をあらゆる角度から考え、エモリーに意趣返しできる材料を見つけようとしたが、いまのは至極もっともな主張だ。

「またひとりちび（クラム）が死んだからって誰が気にする？」ヘファイストスが喧嘩腰で言う。犯行が可能だとほのめかされてまだ怒っているのだ。「おれに言わせれば、容疑者がひとり減っただけのこと。村人たちがニエマを殺し、それを隠そうとバードバスを移動させたんだ。霧が迫っているのに、どうでもいい質問で時間を無駄にしてるぞ」テイアーを見つめる。「あんたはこういう話にいくらでも耳を貸せばいいが、おれは自分が正しいっていう証拠を見つけにいく」

彼はもくもくと土埃を舞いあげながら、門へ向かう。

「あの人、まさか本気でわたしたちがニエマを殺したなんて思ってないでしょうね」エモリーが途方にくれた口調で言う。「村人は彼女を愛していたのに」

「あなたたちは彼女を本当には知らなかった、それだけのこと」テイアーが謎めいたことを言う。

「なにかあった」クララが固まった血のなかから、割れた注射器を拾いあげる。

母親に差しだすが、テイアーが途中でクララの手からひったくる。

「見つかったのはそれで二個目です。テーブルの下にもひとつ。そちらも割れていて。あなたのラボのものじゃないかと思いましたけど」

「そうかもしれない」テイアーも認める。「目が覚めたら、救急キットが漁られていたから」

「なんのために使われたか心当たりはありますか？」

「必要なのは、心当たりではなくて事実よ」テイアーは割れた注射器をクララに返す。「ここでの作業が終わったら、もうひとつのサンプルと一緒にこれも分析して」

「昨日ヒュイはカルデラから金属の箱を運んでいたけれど」エモリーがいきなり話題を変える。「なかにはなにが？」

テイアーは口調のぞんざいさが気に入らず、エモリーにさっと視線をもどす。死の危険が迫っていようがいまいが、テイアーは村人たちから礼儀正しくされることに慣れていた。

「なぜよ？」

「ニエマはあの箱をゆうべ灯台に持っていったから。彼女にとって大切なものなのははっきりしています。そしてあの箱に触れたふたりのどちらにも、なにかが起きた」

テイアーは眉間をつまみ、こうした質問を嫌がっていることをはっきり態度に出す。島に危機が迫っているのでなければ、答えるかどうか考えることさえしなかっただろう。

「あれはサンプル入れだった」しぶしぶ説明する。「カルデラ庭園で採取したものを集めるのに使う箱。一昨日の夜、ニエマから庭園に置いているあれを、村へもどるときに持ち帰るよう頼まれたの。なぜ必要だったのか、中身がなんだったのか、それは見当もつかない」

エモリーの視線はテイアーの右手にさっと向けられる。包帯がゆるみ、切り傷だらけの手のひらが覗く。

めずらしい怪我だ、とエモリーは思う。ほとんどの人は骨折やアザがある状態で目覚めた。ほかの誰もこんな怪我はしていない。

クララはサンプルを集めおわり、器具などすべてをバックパックにもどしはじめた。

「検査が終わったらすぐ、農園に向かって」と、テイアー。「土壌がだめになっているのならば、その原因が知りたい。全員に食事をさせられなければ、もっと大勢が死ぬことになるものね」

「でも――」

「早く」テイアーが命じる。

クララはすがるような目をエモリーに投げるが、母親には長老の命令を取り消す力はない。

クララは検査キットもバックパックに詰めて背負い、うつむいてラボに向かう。

「わたしに調査を続けさせてください」娘にもう話を聞かれないとみるや、エモリーは頼む。

テイアーは腕組みをして、細めた目で元弟子を見つめる。

エモリーはスチールウールでなでられている気分になる。気弱になって視線をそらしたくなるが、どうすればいいかはわかっている。テイアーが見たいものなら知っている。弟子たちにおこなわせるテストでは知性についてだけではなく、勇気があるかどうかも試された。

弟子たちは暗いなかで危険なことをする。廃墟に送られ、荒れる海を渡ることになる。テイアーは自分の選ぶ人物が怖じ気づかず、任務をやり遂げるかどうか知りたがる。

「あなたは四六時中、弟子たちに用事を命じるでしょう」エモリーは、テイアーが否定できない事実を使ってたたみかける。「これも同じようなこと」

「あなたは弟子だったけれど、辞めた」テイアーが切り返す。「つまり、あなたの主張はいささか弱いと思わない？」

　歴史の上には帝国の運命が、その未来のすべての分岐が、たったひとりの人物の言葉に危うくかかっている瞬間がある。そうした人物はたいてい、そのことに気づいてもいない。計画したり、じっくり考えたりする時間はない。彼らはたんに口をひらいて話すだけであり、宇宙はあたらしいパターンを受けいれる。

　いまのエモリーはそうした者のひとりだ。

　もしも彼女が次にまちがったことを言えば、ニエマが人類のために抱いた夢は実を結ばずにしぼむ。手助けできればとわたしは思わずにいられない。肘でつついたり、出だしの言葉を教えたり、影響をあたえたりしたいけれど、わたしはエモリーをテイアーの前に連れてくることに手持ちのカードのほとんどを使った。

　いまはすべてがエモリー次第だ。

「わたしがどうして辞めたか覚えていますか？」エモリーはうなじに燃えるような熱を感じながら訊く。「どうしてわたしたちがうまくいかなかったか？」

「あなたが質問をやめようとしなかったからよ」テイアーが認めて答え、自分がどこへ誘導されたか気づく。「あなたは答えを追い求めることにこだわった」目を細める。「あなたのその特性は疑ってないからね、エモリー。わたしが問題視しているのは、あなたの人格よ。こんなに重要なことでわたしがあなたを信用すべき理由は何？」

「あなたかヘファイストスのどちらかが真犯人の可能性が高いから」エモリーが答える声はほんの少し震えている。

　テイアーは顔を真っ赤にするが、エモリーは気にせず続ける。「この村ではひとりとして、ほかの誰かを故意に傷つけたことはないでしょう。ゆうべ、それが変わったとは思いません。わたしが正しければ、あなたには調査をする第三者が必要です。なぜって、あなたとヘファイストスはおたがいを信じられないから」

「どうしてわたしが尊敬する師を殺すのよ?」テイアーが低く剣呑な声で訊く。「どうしてヘファイストスが自分の母親を殺すの?」

「それを突きとめる許可をくださいと、あなたに頼んでいるんです」と、エモリー。「霧は二日足らずでここにやってくる。ニエマを殺したのが誰か突きとめないかぎり、霧がわたしから愛するすべての人を奪ってしまう。わたしの娘も含めて。なにもしないでじっとしていられません」

彼女はテイアーの考えを読む手がかりがほしくて顔を見つめるが、軽蔑と疑いしか見えない。

「わたしが得意なのはこれなんです」エモリーは頼みこむ。「どうか奉仕させて」

31

クララはテイアーのラボに通じる四段の階段をあがる。冷たく追い払われてむっとした気分は、涼しいところに来てようやく和らいだ。真昼の太陽は島に容赦なく照りつけ、あらゆる生き物を緩慢にする。ほぼすべての動物が小さな日陰を見つけて身を寄せあう。海でさえも、波もなく横たわり、暑さが通りすぎるのを待つ。

テイアーのラボは太陽から逃れられる数少ない場所だ。高い天井はいまでも動く数個のファンに恵まれ、がたつきながら回転し、熱い空気を刻んで生ぬるいリボンにしてくれている。

クララは機械類をながめ、必要なのはどれか思いだそうとする。ここでは探索に出かける前、二週間しか働いたことがなく、機器の名前もうろ覚えなのだから、その用途となればなおさら自信がない。

正直言えば、いまだにこうした機器が怖い。

テイアーはいつも修理跡だらけの機器をあざ笑っているが、クララにとってはなによりも旧世界に近いものだ。このチカチカするライトやシューッと音をたてるパイプは、人類が霧を作った道具に似ている。この部屋にはすべてをふたたび破壊できるテクノロジーがあり、そんな場所でクララはむやみにボタンを押すのだ。

「最悪のことはすでに起こっています」わたしは言う。「霧はもう迫っているところです。見方を変えれば、なにをしても、これ以上悪くはなりませんよ」

床で交差している太く黒いワイヤー類につまずかないよう足元に注意しながら、クララは作業台のあいだを縫ってマイクロサンプルの走査装置にたどり着く。

横のスイッチを押すと電源が入り、頭上の照明がつかのま薄暗くなる。ラボは村をかこむように配列されたソーラーパネルを電源としているが、すべてを同時に動かしつづけるほど発電効率はよくない。だから、一度にひとつずつ、どの機器を使うか慎重にならなくてはだめだ。

画面がまたたいて明るくなり、昨日セットしておいたベンの血液の分析結果が表示された。カルデラ庭園からあの少年を連れてきたのは、もう何週間も前のことのように思える。テイアーが検査をしたがった理由はいまだによくわからない。血液に異常はまったくなかった。

ため息を漏らし、画面の結果をスワイプする。昨日の謎は今や、さほど差し迫ったものには思えなくなった。

走査装置の下に注射器をセットするが、検査するには量が足りない。それでバードバスの下で発見した血を吸った土に取り替え、拡大すると、赤血球、白血球、血漿、血小板、医療ナノボット、〝灰色〟細胞——旧世界では毎年発生するようになっていたパンデミックと戦える顕微鏡的ラボ——が見えてくる。

「ニエマの血だ」クララはつぶやき、サンプルが自動的にデータベースと照合され、画面に結果が表示される。「異常なし。毒物なし」

この結果をスワイプして第二の土のサンプルをセットしたところ、最初の検査と同じ結果が出るものの、第三のサンプルを調べてクララは息がとまりそうになる。

「ヒュイの血だ」画面を読み取り、弱々しく言う。「テイアーは正しかった。ヒュイもバードバスのところで襲われたんだ」

32

テイアーはエモリーをロープウェイに乗せるとレバーを前に倒す。ゴンドラがガタガタと揺れる。動きはじめたところでテイアーも飛び乗り、エモリーと並んで窓辺に立つ。

「どこに行くんです？」エモリーはそわそわと訊く。

テイアーは中庭を離れてから口をひらいておらず、エモリーはいまだに彼女が殺人の調査をさせてくれるのか、くれないのか、それになぜ火山へ連れて行かれるのか、さっぱりわかっていない。

「あなたがニエマの殺人を調査するなら、すべての事実を知らないといけないでしょ」テイアーはきっぱりと言う。

「調査させてくれるの？　どうして？」

「わたしも、ヘファイストスも、まだ生きていたとしたらたぶんニエマでさえも、バードバスが十二フィート動かされているなんて気づかなかったから。あなたの言う通りね。あなたはこういうのが得意」

エモリーは顔をそむけてどれだけうれしいか隠そうとする。ガラスのはまっていない窓の縁を両手で握りしめるうちに、ゴンドラは裏手の石壁から、どんどん高くあがっていく。海岸沿いに農園へ続く道が見通せて、村人たちが働く様子がよく見える。この距離だと人はアリのようで、どれが誰か区別はつかない。あの人たちがみんな二日もしないうちに死ぬかもしれないと思うと、心臓をつかまれているように感じる。

「村人には霧のことをいつ話すんですか？」エモリーは訊く。

「できるだけ長く黙っているつもり」と、テイアー。「余計なことを考えさせたくないから。収穫しないとならない作物や、修理の必要な機器があるのは変わりないでしょ。村からの撤退に備えて働けば働くほど、あとのチャンスが増える」

火山のなかほどまで昇ると、豊かな土壌は闇のような黒曜石に変わり、ガラスめいた表面が日の光を反射している。エモリーが最後にここまで昇ってきたのは、弟子になった直後のことだった。テイアーのでしゃばりな仲間として二カ月を過ごして、これが自分に合った人生ではないと気づいたのだった。

そこまで辞めなかった理由はただひとつ、ジャックとほかの弟子たちのためだった。あのグループの一員でいることが大好きだった。ひとり残らず、村ではめずらしいほど冒険心に富んでいた。賢く、挑戦的で、あまりに若くして死んでしまった。たまに、自分が残っていたらどうなっていただろうと、ふと考えてしまう。テイアーがどんなことを命じようと、自分なら決して嵐のなかで仲間たちに舟を出させようとしなかった。

たぶんそれでも彼らは海に出ただろうが、ジャックは絶対に行かなかったはずだ。家から遠く離れた、どことも知れない海岸にエモリーをひとり残すことはしなかっただろう。自分があの職にしがみついていれば夫は生きていたはずで、その罪悪感に日々、心を削られている。

「あなたにはニエマを殺す理由がありますか？」エモリーはテイアーに遠慮なく訊ねる。

テイアーは怒り、不安、後悔、苦痛と次々に表情を変えてから、いつもの顔つきにもどる。

「あなたって本当にほかの村人と違ってるわね」しぶしぶ口をひらく。「むかしだったらいいフォロワーになれたかもね」

「それはなに？」

「とうのむかしに消えたもの」テイアーは物憂げに言う。「価値あるほかのものすべてと同じにね」

「あなたは質問に答えてません」エモリーは指摘する。

「わたしとニエマは九十年間、この島に閉じこめられてきた」テイアーはようやく話を進める。

「もし彼女を殺そうとするならば、とっくにそうしていたんじゃない？」

「たぶん、昨夜なにかが変わったとか？」

「だとしたら、とても大きな変化だったはずよ」テイアーはあいまいな返事をする。

「へファイストスは？　彼は母親についてどう思ってました？」

「わたしはあなたの仕事をするつもりはないからね、エモリー。答えがほしければ、自分で彼に訊いて」

　ゴンドラは柔らかなトンという音をたてて駅に到着し、車輪がガラガラと音をたててとまる。テイアーは振り返りもせずにゴンドラを下り、ガラスの自動ドアからカルデラ庭園へとエモリーを先導する。すると木の近くに、穀物の種が入った十数個の大袋、農作業の道具、四つの木箱入りの野菜類が積んであった。

「これは消えた備蓄の一部ね」テイアーがマンゴーをひとつ手にして言う。「村人がゆうべ運んだに違いないわ」

「小さな農園が始められそうな量」エモリーは鍬を調べながら言う。「ニエマが亡くなるとすぐ、わたしたちは避難の準備をはじめたってことでしょうか」

「かもしれない」テイアーは箱と大袋を数える。「でも、残りはどこ？　村人全員を半年食べさせるのにじゅうぶんな備蓄があった。これでは二日しか持ちそうにない」

　困惑しながらテイアーは庭園をまわってゆく。色鮮やかな無数のチョウが葉から舞いあがる。蒸気が水滴になってドームの天井から降ってくる。そのガラスは外のまぶしい日射しを考えると奇妙なほど暗い。どこか遠くから、流れる水の音と機械のかすかなうなりが聞こえる。

　黄金の湿原に足を踏み入れると、エモリーの身体よりも太く脈打つツルから、特大のしずくがぶらさがっている。

　彼女は目を見ひらき、口をあんぐりと開ける。

　いちばん近いしずくのなかには幼い少女が、胎児のような格好で丸まっている。村に到着する八歳の子供たちより、ずっと幼いようだ。

「あなたたちはここからやってくるわけ」テイアーが片手を伸ばして触れると、しずくは小さく震える。「誰かが死ぬたびに、わたしたちはかわりの子供を成長させる。これは来月オーロラと入れ替わりに迎える子供よ」

エモリーは驚嘆してその少女を見つめる。ほとんどの村人の記憶はロープウェイのなかで始まり、誰ひとりとしてその前のことは思いださない。

ニエマは旧世界で自然な出産は好まれなくなったと村人に教えた。多くの母親は出産のつらさを辛抱したがらなかったと。ニエマは出産にかわったのがどんなものか説明したことがなかった。

「昨夜、ニエマは消灯のあとで中庭に来るようわたしに頼んだ」テイアーはおごそかな口調で話す。「彼女は全員を起こし、あなたたちがどこからやってくるか、あなたたちはなんのために存在するかについて、真実を話すと言った」

彼女の口調は変わり、ためらいがちになっている。エモリーはしずくのまわりを歩き、少女をもっとよく見ようとしていたが、テイアーがナーヴァスになっているのだと気づいて驚く。

「〝なんのために存在するか〟話すつもりだったって、どういう意味ですか」

「あなたたちは人間じゃない」テイアーが答える。「製品なのよ、エモリー。ブラックヒースが作って売っていたもの。食洗機や電話のように。肉の装飾の下では、あなたたちはわたしやヘファイストスより、ここにあるような植物との共通点のほうが多い」

エモリーは首を振るが、反論は出てこない。テイアーの話していることは、あまりにも荒唐無稽だ。出自についてはニエマから教えられた。村人は島にやってきた最初の避難民の子孫だ。最後の人類である。これから世界を再建する者たちだ。

「霧が現れる四十年前に、ニエマはあなたたちの最初の世代を育てた。人間が戦場に行かないですむように、代わりに戦わせるためにね。彼女はクレジットカードを持っていればどの政府にもあなたたちを販売し、その利益でこの島を購入したの」

　エモリーの思考が轟然と唸っていて、テイアーの声がほとんど聞こえない。しゃべるのをやめて、一分でいいからすべてを噛み砕く時間をあたえてほしい。けれど、情報が次々と流れてくる。すでに隙間のない部屋に詰めこまれる家具のように。

「彼女はあなたたちを類像（シミュラクラム）と呼び、大成功を受けて、しばらくして家庭用の市場向けに改良した」テイアーは話を続けながら、しずくのなかに吊された幼い少女を見つめる。「そのとき、あなたたちに顔をつけ、まずまずよくできた感情を組み込んでしまったのよ」

　口調から、それが悪い考えだったと思っていることがはっきりと伝わる。

「貯金のある人なら誰でも、ボーイフレンドやガールフレンド、使用人や運転手を持てた。だから、あなたたちは六十歳までしか生きないのよ。組みこまれた老朽化、ブラックヒースの顧客に最新モデルを買いつづけてもらうのを確実にする方法ね」

　エモリーの世界はぐるぐるまわっている。よろけて木にもたれ、肩で息をして、吐かないようにしている。

「あなたたちは……」息を呑んでから、また話を続ける。「あなたとへファイストスは……」

「わたしたちは人間よ」テイアーは口調ににじむプライドを隠せない。「人間は百四十九人残っているけれど、わたしたち以外の人たちはブラックヒース内の仮死カプセルに入ってるわけ。わたしたちはこの厄災のあいだ、眠って過ごしたくはなかった。わたしは霧を破壊したかったし、へファイストスは母親のそばを離れたくなかったの」

「ブラックヒースはうしなわれた」エモリーはかすれた声で言う。「霧が……」

「カプセルは強化した部屋に密封されているからね」テイアーが説明する。「いまのわたしたちにはたどり着けないけれど、いつか訪れるその日まで、彼らは完全に無事のはず。人間は再建までのあいだは眠ってる。そのために、あなたたちがいるの。毎晩、消灯後に、村人は第二の仕事に向かう。人間を生かしつづけるための機器のメンテナンスをしてるわけよ。ソーラーパネルの掃除をし、水力発電機の修理をする。いずれ、わたしたちが霧を破壊する方法を見つけだしたら、あなたたちは人間の都市を再建し、わたしたちが彼らを起こせるようにするのよ。彼らはカプセルのなかでは歳を取らないから、あそこから出たらすぐにむかしの生活を始められる。あなたたちは彼らの庭の芝を刈り、カクテルを作り、彼らがしてほしいと望むことはなんでもやるの。世界が終わったとき、ニエマが彼らに売ったのがこの契約だった。昨夜ニエマがあなたたちに話したのがそのことで、だからこそヘファイストスはあなたたちが彼女を殺したと信じてるわけ」

33

エモリーは呆然としてロープウェイへもどる。まわりは目に入らない。

さまざまな思いが頭を駆けめぐるが、なによりも強く感じているのは恥だ。彼女のベッドの下にあるノートは質問でいっぱいだというのに、どうしたことか彼女はこれまで、長老たちが村人よりずっと背が高く痩せていることや、あるいはどの村人も本能的にへりくだっていることをふしぎに思ったことがなかった。

わたしたちはあの人たちに奉仕するために作られたんだ。自分たちより小柄に作りたがったのは当然だ。自分たちが作ったものより劣るように感じたい者はいない。

「どうしてニエマは嘘をついたんですか？」ついにエモリーは訊く。「どうしてわたしたちを教室に座らせ、人間であるふりをしたの？」

「信じようが信じまいがね、彼女は親切にしようとしたのよ」と、テイアー。「あなたたちの最初の数世代は不器用で、愚かで、人間とまちがえようがなかったけれど、ここに閉じこめられたあと、ニエマはあなたたちのＤＮＡを勝手にいじりはじめたの。あなたたちをもっと人間らしくした。最後にはあの人、自分をごまかしてたんじゃないの。うしろめたくなってたのよ。あなたたちに本物の人生をあたえたがってた」

エモリーは心臓をわしづかみにされた気分になる。嘘を憎む人生を送り、どれだけ触れづらいものでも嘘に立ち向かう自分を誇りにしてきた。それなのに、自分自身が最大の嘘だったのだ。自分にまつわるすべては、他人に選ばれたものだった。あれだけ誇りにしていた好奇心さえも、ニエマが機械のダイアルをまわした結果だった。

「はっきり言って、わたしはいつもあなたたちに対するニエマの執着は少し倒錯めいてると思ってたのよ」テイアーはしぶきをあげて川に入る。「彼女があれだけ手をくわえても、あなたたちは人間じゃない。創造的になったり、独創的になったりできない。あなたたちにできるのは物まねだけ。わたしたちの設計を超える存在にはなれないの。子供を作ることさえできない。さっきのツルの莢が壊れたら、あなたたちの種族そのものが死に絶える。ニエマは人形に恋してたみたいな感じね。彼女がわたしに話していないことがあるんじゃないか、もっと大きな目的があるんじゃないかと思ってたけれど、たぶん寂しかっただけ」

テイアーの言葉には屈折したところがある。人をひるませるほどの軽蔑が、寂しいという感情ではなく、それを抱く人間に向けられていた。

エモリーは手のひらを突きだし、天井から落ちてくる水滴を受けとめ、それがTシャツを濡らすのを感じる。水滴が肌を転がり、体毛のなかを滑っていく。

目を閉じて息を吸う。

わたしは生きている、とエモリーは思う。作られたものであろうがなかろうが、わたしは生きている。わたしには価値がある。わたしたちみんなに価値がある。

エモリーはクララの木彫りの鳥や、父親の舟のことを考える。マティスが彫像を削るところや、マグダレーネがスケッチをして木炭で黒くなった手を思いだす。みんなの笑い声、料理、誰もがどれだけおたがいのことを気遣っているかも。こうした経験のひとつとして、ニエマが作ったものではなかった。

世界はいまだ紙で作られたもののように感じられるが、さっきよりはしっかりして、足元が崩れそうな感覚も少し薄れた。するといくつもの質問がとび出してくる。

「どうしてニエマはゆうべ、真実をわたしたちに話すと決めたの？」元の自分をとりもどしつつある声で彼女は訊く。「なにかきっかけがあったんですか」

テイアーは首をかしげて、その質問をじっくり考える。

「ニエマはまっすぐには考えない人だった」やがてそう答えた。「これぞという角度から問題に向かい合い、わたしたちが考えたこともないものを見ることで解決した。質問するなら〝どうして彼女がそうしたのか〟ではだめね。彼女が解決しようとしていたのは〝どんな問題だったのか〟でないと」

テイアーが緑のボタンを押すと、ガラス戸がシュッと開く。湿気に満ちたカルデラ庭園から一変して、ロープウェイの駅のコンクリートの壁と熱く渦巻く風。また雨になっていて、灰色のプラットホームに黒いシミが点々とつく。

「どうして、わたしにここを見せたんですか」エモリーは訊ねる。

「村で、あなたはヘファイストスとわたしのふたりだけがニエマを殺すことができたと言ったけれど、まちがっていた。だから、ここに連れてきたわけ。殺人の能力は、わたしたちのＤＮＡにあるのと同じくらい、あなたたちのＤＮＡに刻まれている。おそらく、わたしたちよりも。だってあなたたちは、わたしたちが労働者に変えるずっと前は兵士として作られたんだから」

「わたしたちは暴力をふるうことなんかできません」エモリーはかたくなに反対する。

「もちろん、できるわよ」テイアーが鼻で笑う。「できないと思いこんでるだけ。生まれたときからエービイが頭のなかにいて、あなたたちの振る舞いを調整しているから。親切に、穏やかに、礼儀正しく。頭にエービイがいて、四六時中、あなたによりよい行動をさせるよう勧めてなければ自分がどんなふうになったか、考えてみたことはあって？」

テイアーの視線は凄みがある。「あなたが調査するんなら、忠誠心とか、情報の不足とかで目がくらまないようにしてね。閉ざされない視野が必要よ。まずはアーディルね。彼はあなたたちが本当は何者か五年前に知り、すぐにニエマをメスで襲ったの。彼はチャンスさえあれば、また殺そうとしたはずよ」

「アーディルはどうやって真実を知ったの？」

「彼は見るべきではないものを見た。でも、ニエマからはそれしか聞いてない」

「どこに行けば会えます？」

「農園の先に彼の小屋がある。歩いて一時間ほどね」

エモリーに乗るよう指さしてからテイアーはレバーを押し、たくみに飛び乗る。

ゴンドラはぶるりと震えてからとまり、風で不気味に揺れる。

「接続不良ね」テイアーはため息をつき、大きな隙間を越えてプラットホームに降り立ち、風車の隣の大きな金属のボックスに近づく。クララの木彫りの鳥がひとつその上に置いてあり、エモリーを包んでいた暗闇を払うささやかな喜びをあたえてくれる。

テイアーがボックスの扉を引き開けると、ヘファイストスが回収できた精一杯の部品で修理した複雑な電子装置が見える。

顔をしかめ、ワイヤーを調べはじめる。

「村にもどった時点で、この調査を徹底的におこなう完全な自由をあなたにあたえるわ」彼女は話しかける。「消灯なし、制約なし、干渉なし。報告は直接わたしにして、ヘファイストスには秘密にしておくこと。彼に知られたら、まずいことになる。助言するなら、これから二日は食事も睡眠もなしの覚悟でやることね。一秒も無駄にできなくなるから」

「わたしが人殺しを見つけたら、処刑するんですね？」エモリーはロープウェイから大声で訊く。

「それはヘファイストスがやってくれるでしょ」テイアーは冷静に答え、ゆるんだ金属片を長い人差し指で元の場所に押しこむ。

「あなただとわかったら？　彼はただひとりの友達を進んで傷つけると本気で思ってますか」

テイアーは身体を緊張させ、作業の手がとまる。

「わたしは彼をそんな立場に追いやったりしない」冷たい口調で答える。「わたしがニエマを殺したという証拠をあなたが見つけたら、自分で霧に向かって舟を漕ぐわよ」

34

農園までは歩いてわずか九分だ。狭くなったり広くなったりする心地よい小道は海へと下ってから、また上り坂になる。村人のほとんどは農園で午前中を過ごし、とぼとぼと帰っていくところだ。足取りは重く、抑えた声で話をして、死者のことがこたえてうつむいている。

「あたしたちが本当はなんなのか、みんなに教えないと」クララはバックパックをかつぐ。「教えないままなんて、フェアじゃないよ」

「今夜テイアーが話すと言ってる」と、エモリー。

クララはロープウェイがカルデラ庭園からもどったとき、駅で待っていた。エモリーはなんとか気持ちを抑え、テイアーがラボへ向かってから初めて、帰り道にふくらんでいったあふれるような感情に身を任せた。二十分近く泣きつづけ、ゴンドラの片隅にうずくまって話すこともできず、そのあいだに娘は隣に座り、静かに肩を寄せていた。

涙が涸れてからようやく、エモリーはわかったことをクララに話せた。娘は驚くほど冷静にその情報を受けとめた。

ほかの村人たちといつも距離感を覚えていたエモリーとは異なり、クララは場の中央へ引きつけられる自分をずっと前に受けいれていた。中央には権威があり、それにしたがう安心感もあった。自分のほうが母親にくらべて人の言いなりになりやすいと自覚している。命令にしたがいやすいとわかっている。そのように設計されたのだと知って、正直ほっとしていた。心のどこかで、自分の欠陥だとしか思えないことを見ないふりをしているように感じてきたのだ。

ふたりは黙ったまま並んで歩く。長く喧嘩をしてきた同士で、今は気まずい思いをしている。エモリーはアーディルに会いに行くことにし、クララはテイアーに頼まれた汚染された土壌のサンプルの採取に向かう。

「その数字はなに？」エモリーはクララの手首を指さして訊く。

「起きたらあったの。ゆうべ自分で書いたんだろうけど、どうしてなのか思いだせなくて」

「あなたは書いてない」

「どうしてわかるの？」

「右手首に書かれていて、あなたは右利きだから」

吠え声がして、エモリーの視線は岩場に向けられる。アシカの群れが日光浴をしながらのんびりしている一方で、ウミガラス、トウゾクカモメ、オオトウゾクカモメ、ミズナギドリが頭上で旋回し、その躍動する色が青空に縞を残す。こうした種の大半は在来種ではなく、この二百年をかけて渡りのサイクルと餌を環境に適応させ、先祖とはまったく異質になった。

「わたしが気になって仕方のないことがわかる？」エモリーが言う。

「母さんが午前中に知ったことからじゃ、あたしはたぶん容疑者を十人までしぼることはできそうにないことかな」クララはまだ数字を見つめながら答える。

「楽器よ」エモリーはクララの話に耳を貸さずに言う。「今朝、違う位置にあったの。つまり、バンドが夜に使ったということ。それは祝いごとのためだったとわたしには思える」

「バンドが先に演奏して、そのあとでニエマがあたしたちに本当のことを話したとか？」

「それがニエマらしいと思える？　わたしたちに歌ったり踊ったりさせておいてから、こんな知らせでショックをあたえるのが？」

クララはきらめく海を見つめ、泳げたらと思わずにいられない。暑くて埃まみれの上、事態に押しつぶされそうだ。冷たい水は一時的な気晴らしになるだろうが、任務がある。そうでなくても、このあたりの海にはサメが猛スピードでやってくる。誰も近づこうとはしない。

「バードバスの下から採取した土のサンプルを検査したの」クララは海に入りたい気持ちを抑えて言う。「ヒュイの血液とニエマの血液が出た。ふたりは一緒にいたところで……」彼女は言い終えることができない。

エモリーは娘をじっと見つめる。暑さで顔は紅潮し、顔にはそばかすが散らばっている。どう声をかければいいかわかったら、とエモリーは心の底から願うが、彼女は人を慰めるのがうまかったことがない。そこは父親との共通点だ。口をひらけば真実が流れでて、それは人が聞きたがる内容であることはほぼなかった。

安心させるのはいつもジャックや祖父の仕事だった。彼らは話す必要さえなかった。いるだけでよかった。人に安全だと感じさせることができた。

マグダレーネがひしめく村人のなかから急いで近づいてきて、ついほっとする。親友は振り返ってベンに心配そうな視線を向ける。シェルコと潮だまりで遊んでいるところだ。

「あなた、大丈夫？」エモリーが訊くと、マグダレーネはしきりに揉み手をしている。

「わたしたち、一時間もかかってやっとベンを探しだしたの」彼女は低い声で言う。「農園の境で自分の世界に浸りきって、土に指で絵を描いていたのよ」

エモリーは幼い少年を見つめる。昨日ロープウェイでやってきたことは覚えているが、クララを待っていたから彼にはよく注意を払っていなかった。砂色の髪に低い鼻。ひょろりとした手脚はこれからきびしい労働をすることになる。彼は村に届けられたどの幼い少年ともだいたい同じ背格好で、なぜマグダレーネをこれほどうろたえさせたのかわからない。

マグダレーネはバッグからスケッチブックを取りだし、最後のページを開ける。公式や方程式、不完全に記録された奇妙な記号で埋め尽くされている。

「あの子が書いたものを写したの」マグダレーネは方程式が不快なものであるかのように、これをエモリーの腕に押しつける。「わたしにはどんな意味があるのか、さっぱりわからない」

「これはとてもむずかしい高等数学だよ」クララは母親からそれを受けとりながら言う。「テイアーがこうした方程式に取り組んでいるのを見たことがあるけれど、ほかのひとには無理だと思う」くちびるをなめる。海のしぶきでしょっぱい。「ベンをカルデラから連れてきた日、テイアーから血液のサンプルを採るよう言われた。これが理由だったんだね。彼がこんなことを知ってるはずないのに」

「あの子が知っているとは思わないわ」と、マグダレーネ。「あの子を見つけたとき、なにをしていたのかと訊いたら、白日夢から覚めたみたいになった。ここに書かれたものがなにひとつ、わかっていないようだったのよ」

風でそのページがめくれる。前のページは引きちぎられており、何かのスケッチのギザギザの端しか残っていない。

「あなたはスケッチブックからページをちぎるのは大嫌いだったはずだけど」と、エモリー。

「大嫌いよ」マグダレーネはぼんやりと言う。「消灯後に起こったことに違いないの。ちぎった覚えはないから」

「うまく描けてなかったとか」クララがからかう。

「わたしが出来を気にするのなら、全部のページがこうなっているところよ」マグダレーネは陽気に返す。

「これはなに?」エモリーは破れた端に書きつけられたいくつかの数字に目を凝らす。

「いつも日付と時間を書き留めるの」と、マグダレーネ。「どうやら、わたしは真夜中ぐらいに目覚めてスケッチしていたようね」

「なにを描いてたんだろ?」クララが訊く。

「おそらく、わかることはなさそうね」マグダレーネが悔しそうに言う。「残念よね。わたしは夜を見たことはないけれど、美しいと聞いているから」

エモリーは人混みから友人を引き離し、海岸線の潮だまりへ向かう。そこには打ち寄せられたばかりの海草が散らばり、浅い水たまりに魚が打ちあげられ、彼らの世界である海がやってきて自分たちを取りもどしてくれるときを待っている。

「これからアーディルに会うの」エモリーは言う。「あなたから伝言はないか訊きたくて」

「アーディルに?」マグダレーネは希望に顔を輝かせる。「生きてるの?」

「そうみたい。テイアーから彼はここの東にある小屋で暮らしていると聞いた」

マグダレーネはうれしくてたまらず、胸に手をあてる。祖父のことを考えずに過ぎる日は一日としてなかった。

「なぜ、祖父に会いに行くの?」小道の先を見て訊ねる。「わたしも一緒に行っていい?」

エモリーは今朝以来なにがあったのかすべてを手早く説明したが、バリアが消えたことは話さずにおいた。マグダレーネにあまりに多くの情報をあたえると動転する。島が最後の日を迎えると知る前に、もう一度のんきな午後を楽しんだほうがいいだろう。

「テイアーはアーディルを誤解してるわ」マグダレーネはエモリーの話を聞き終えて言う。「彼はニエマを殺したりしない」

「彼は以前にニエマを襲ったんだよ、マグダレーネ」クララができるだけ穏やかな口調で指摘する。

「祖父は具合がよくなかったのよ」マグダレーネはエモリーの両手を握る。「どんな人だったか、覚えているでしょう。どんなものでも、誰にでも分けあたえる人だった。わたしたちのしあわせだけを願っていたのよ」

「覚えてる」エモリーはあの頃を思い返して答える。アーディルはマティスの親友で、仕事をする隣で腰を下ろすことが少なくなかった。ふたりして一日中、哲学について語り合い、なんの結論も出なくても楽しんでいた。

彼が村人のなかでは上背があったことを覚えている。石工で、筋骨たくましく力があり、いつも動きまわっていた。ジンジャー・ティーを何杯も飲み、いつもキッチンのあたりにいた。温かくて親切で、みんなに好かれていた。

そんな男がニエマを殺せるだろうか？

エモリーの心はノーと言うが、彼女の心はそんなことができる人は誰もいないと思っているから、その判断は少しばかりあてにならない。

「アーディルを非難するために会うんじゃないのよ」と、エモリー。「彼の目から見た話を聞かなくちゃならないだけ」

「誰かがやらないとね。例の朝、祖父が……」マグダレーネは言葉を探して口ごもる。「……あんなことをしたとき、まず祖父はわたしの寮の部屋をかきまわしたの。長老たちを描いた絵をすべてナイフで切り裂いた」

「どうして？」

「さあ。でも、祖父は理由もなくわたしの芸術作品を傷つけたことなんてなかった。わたしの絵が大好きだったのよ。そんな人は祖父だけだった」彼女は目を閉じ、うしなったものへの思いを必死で抑えて言う。「祖父はそれから、学校に直行したの。アーディルがニエマにすぐ襲いかかったということになっているけれど、まず話をしたのよ。わたしはその場に、祖父のうしろにいたの。ニエマにあれをもどせと頼みつづけていた。そう繰り返し訴えたの。拝み倒すように」

「なにをもどせって？」

マグダレーネは首を振る。「ふたりともそれは口にしなかったし、祖父はすぐに追放された。わたしが最後に聞いた祖父の言葉がそれだったのよ」

35

木の門を押し開け、エモリーとクララは村の食料をまかなう農園に足を踏み入れる。畑は火山麓の丘陵地帯と岩の海岸のあいだの狭い高台に作られている。黒い土は養分に富んでおり、ひとりひとりが十ポール（約二百五十三平方メートル）の区画を持ち、自分の食料を育てることになっている。

きれいな正方形に区分けされ、整然とニンジン、アボカド、レタスが並ぶ。赤、緑、黄のパプリカのパッチワークが、花火のように勢いよく伸びるトウモロコシに縁取られ、ナスは乾燥させた堆肥（たいひ）の山の上に危なっかしくぶら下がっている。

ほぼ想像できるかぎりの野菜がここにはあり、ツタの天蓋に覆われているものもあれば、無慈悲な太陽にさらされているものもあった。羊が左の柵沿いに集まり、ほとんどの区画にはミツバチの巣箱もあってハチミツが採れるようになっている。

そんな色合いと生命力に混じって、健康な作物をだめにする腐敗が大きく広がっているのを見て、エモリーは驚愕する。野菜は悪臭を放ち、色があせている。

「どうやったら一晩でこうなるの？」エモリーが枝からトマトをひとつ摘むと、手のなかでぐしゃりとつぶれる。「病気だと思う？」

「これは病気じゃない」と、クララ。「病気ならこんなに早く傷まないもの」土をつまんでにおいをたしかめる。「化学薬品みたいなにおい」そう言うと、土を落とし、バッグを探って検査キットを取りだす。

うめき声を聞いて視線を向けると、掘ったばかりの穴にシルパとアッパースが雌牛の死骸を引きずっているところだ。シャベルが地面に放り投げてある。彼らは土だらけで、まるで自分たちがその穴から這いでたかのようだ。

雌牛は村人が暑さを避けるために使う小屋で死んでいたのだった。小屋の床は固まりかけた血の海で覆われ、てらてら光る血だまりにたくさんの足跡が残っている。

シルパが靴を履いていないのを目にして、エモリーはわたしが持参するよう頼んでおいた替えの靴を差しだす。

「ちょうどいいときに来てくれたわ」シルパは感謝し、水が入ったバケツに足を入れて汚れを落とす。「地面が熱くなってきたところよ。飛び跳ねながら家に帰るしかないと思ってた」

「どうして裸足なの？」エモリーは好奇心を抱いて訊く。

「全然わからない」シルパは肩をすくめて言う。「寝たときは靴を履いていたのに、目が覚めたらなくなっていたの。誰かがわたしのためにサンダルを置いていってくれたけれど、この岩場の地面ではほとんど役に立たなくて」

額のしわだけが、これはおかしいと彼女が思っていることの表われだ。わたしは午前中ずっと、シルパの好奇心を抑えてきた。

「ニエマたちのことは聞いたかい？」アッバースが訊く。

「母さんがその人たちを見つけたんだよ」

「雌牛は消灯のときは生きていたの？」話を無視してエモリーが質問する。雌牛が横たわっていた粘つく真紅の血だまりを見つめている。

「そうなの」シルパはうしろめたそうに答える。「あの可哀想な雌牛はわたしたちが寝ているあいだに怯えながら死んだのよ」

「つまり、血は夜のあいだに凝固したということね」と、エモリー。「この足跡はあなたたちのものではあり得ない。あなたの靴はかかとの端が欠けていた？」

「そうよ。どこかにあったの？」

「血に残った足跡がその靴のものなのよ。誰かがここまでサンダルでやってきたけれど、この地面では使い物にならないと気づいた。その人たちはあなたたちが寝ているのを見て、自分のサンダルとあなたの靴を取り替えた。そして東へ歩いた。ひとりじゃなかった。隣にふたつの別の足跡がある」

シルパとアッパースはぼんやりと目を合わせ、エモリーは血だまりの近くに膝を突き、凝固した血の足跡を調べる。

「こっちの足跡は知ってる」と、エモリー。「これはわたしの足跡で、わたしは荷車を引いていたのね。車輪でついた跡が見えるでしょう」

協力してくれたシルパとアッパースに礼を述べ、エモリーはもっと足跡はないかとあたりを見まわしたが、夜から朝までの雨で洗い流されていた。ほかに何も見つけられないまま、農園の東の境界線にたどり着く。歳月でよれよれになった赤い旗が目印だ。ここから先は山となり足元が不安定になる。耕作は不可能で、横切ることも相当むずかしい。

村人は長老が一緒でないかぎり、この先へ行くことを許されていないが、行きたがる理由などなかった。島の東岸に用事のある者は舟を使うのが普通で、そうでなければロープウェイでカルデラまで昇ってから、ヤギ道を下ればいい。どちらのルートも陸をそのまま行くよりずっと早く、足首を折る心配もぐっと少なくなる。

数歩先に古くて曲がったリンゴの木があり、その枝の陰にエモリーは第三の足跡の一群を見つける。

「わたしは村を離れたのね」彼女は当惑する。「わたしの知るかぎり、この先にあるのはアーディルの小屋だけよ。真夜中に三人がここにきた理由は何?」

「見つけだそう」クラフは境界線を踏み越えようとする。

足をあげたところで彼女の身体は固まる。口は〝だそう〟と言った形のままだ。

「あなたを村の境界線の先に行かせられないことは、わかっていますね」わたしはクララの脳内で言い、その場で方向転換させ、エモリーの元へ歩かせる。

　子供たちは退屈しのぎにこのゲームをすることがある。わたしが彼らの身体のコントロールを握る前にどこまで行けるかたしかめようとするのである。痛みはない。ほんのしばらく勝手に動く自分の身体の乗客になるだけだ。

「どうしてだめなの？」クララが荒れ地の方に腕を振って訊く。「あたしはこの三週間、向こうで過ごしてきたのに」

「あのときはあなたはテイアーに同行していました」わたしは指摘する。「お母さんと探索したければ、長老の許可が必要です」

　クララは母親に訴えるような視線を向けるが、エモリーは別のことで頭がいっぱいだ。「あなたがどんな人でもコントロールできるのなら、どうやってニエマは死んだの。何年も前、アーディルはどうやって彼女に怪我を負わせられたの？」

「第一に、わたしは人間がコントロールできません。あなたたちの種族に入りこむのと同じようにはできないのです。人間には消灯を強いることさえできません。第二に、アーディルはテイアーが今朝、話していた神経変性状態の一種に蝕まれています。それが原因で彼はいずれ死にますが、それまではわたしのコントロールにまったく束縛されず、この五年間、その状態です。最後に、わたしが誰かの身体をコントロールするには数秒かかります。事前の計画なしに、とっさの衝動で行動したなら、ニエマを刺すことができるでしょう」

「アーディルがあなたのコントロールに束縛されないならば、どうしてもっと早くニエマを傷つけようとしなかったのよ？」

「それをやったら、マグダレーネの命が奪われるからです。それが彼の追放の条件でした」

エモリーは身震いし、旗のところまでもどったクララが、焦がれるように遠くを見つめているのに目をとめる。

「ヒュイは向こうにいるのかも」と、クララ。「お願い、お母さん。あたしも一緒に行ってあの子を探さないと」

「危なすぎる」

「二日足らずで霧がここにやってくるんだよ。いまはすべてが危ない」

エモリーはどうしようもなく、娘を見やる。「エービイ、クララが同行していいかテイアーに訊いて。わたしはひとりでは解決できないからと」

36

エモリーは小さな叫び声をあげてうしろへ滑り、彼女を斜面から引きずりおろそうとする岩屑の上で、必死で足を踏ん張る。彼女たちはこの一時間というもの、木片やなぜか残っている古い足跡をたどり、カミソリのように鋭い火山岩の地面を切り抜け、ぼろぼろとかけらが落ちる岩棚を通り、無数のイラクサをあとにして、ほぼ完全に瓦礫と化したアスファルト道路を通った。

完全に道に迷ったと気づいて、何度も道を引き返し、ついにひとりが地面に残るごくかすかなかかとの跡を見つける。まだ雨で流されていなかったものだ。ほかの目的でここにやってきた者ならば、いまごろすっかりあきめていただろうが、エモリーは霧が村に押し寄せ、クララが霧に包まれ悲鳴をあげるところを想像しつづけていたのだ。

娘は坂の頂上近くを苦もなく進んでいる。母親が苦労している音を聞きつけ、急いでもどってくると手を差しだす。

エモリーはうらやましさと誇りが入り混じった気持ちでその手を握る。幼い頃のクララは村のレーダー塔をジャングルジムがわりに使い、友人たちを置いてきぼりにしてどんどん高く登ったものだ。残念なことに、クララの武勇伝は地面に下りてくるところまでは続かなかった。

エモリーは悲しげにほほえみ、泣くクララを地面から慰めながら、夫のジャックが梯子を登って迎えにいくのを見ていたのを思いだす。

彼女たちは一緒に坂の頂上にたどり着く。草原の高台には、森を背にした川のほとりに小屋が建てられている。

「ここがアーディルの暮らしているところなの?」クララが信じられないという口調で訊く。

生活に適したようには見えない場所だ。壁は丸太をロープで固定したもので、泥の地面に直接据えられている。屋根は網で、上に積もった草と葉っぱで重たげにたわむ。五羽のコウライウグイスがこの屋根に巣を作り、声をかぎりにさえずって、この場に漂うみじめさを歌声で消し去ろうとしている。見当たらなくなっていた荷車が小屋の外に放置され、車輪のひとつが割れている。四頭の雄馬がそのまわりで遊び、追いかけあい、低い声でいなき、たてがみや尻尾を振っている。

エモリーは馬たちの体力をうらやむ。太陽はついに火山の裏へ沈んだが、彼女たちは午後ずっと容赦ない日射しの下を歩いてきた。フライパンに放置しすぎたハルミチーズになった気分だ。

「ヒュイ?」クララが呼びかけ、小屋へ走る。「ヒュイ、そこにいるの?」

「気をつけて」エモリーはふざけあっている馬を見て注意する。農園のあたりで数頭見たことはあったが、これほど近づいたのは初めてだ。

動揺するほど巨大だ。

気にせずクララはドアがわりの汚れた布の奥へ消え、ほんの数秒後にまた顔を突きだす。

「誰もいない」がっかりしている。「ここに入って、いつものをやってくれる？」

「いつもの？」

「母さんがなにか見たらいつもやってることだよ」

母親が動きたがっていないことに気づき、クララは跳ねまわる馬たちを見やる。今は男性ホルモンがありあまっているようにたがいに頭突きしあっている。

「馬が怖いの？」クララは叫ぶ。

「もちろん、違うわ」エモリーはそんなことは思ってもいないような声で答える。

「馬のせいだよね？」クララが脳内でわたしに訊く。

「はい」わたしは認定する。

クララは手をたたくと口笛を吹き、ずんずんと馬に近づき、追い払う。

満足して、彼女は振り返らずに小屋のなかへもどる。

「馬のせいじゃない」エモリーがつぶやき、放置された荷車を調べる。取っ手はなめらかで油が差してあるが、車輪だけではなく車軸も折れている。でこぼこの地面を見れば、横転してもふしぎではない。荷車には、クララの手彫りの鳥だけがひとつ置かれていた。

小屋のなかでは、汚れた皿がテーブルと椅子兼用である古い切り株に高く積まれている。それを取りかこむのはシューッと警戒音をたてるネズミたちで、夕食のじゃまをされてあきらかにむっとしていた。

「わたしたちは昨夜、ふたりともここにいた」エモリーはクララに手彫りの鳥を放る。「残るひとつの足跡が誰のものか突きとめないと」

エモリーは壁に立てかけられたキャンバスに近づく。マグダレーネとシェルコがアーディルと一緒に埠頭でピクニックをしている絵だ。

「マグダレーネはこれを二年前、アーディルが追放されたあとに描いたの」彼女は額縁の埃を拭いながら言う。「何枚かこういうのを描いた。アーディルが村に残っていたら、一家でしていただろうことを。しばらくして、マグダレーネはそんなことをしても悲しくなるだけだと気づいてしまいこんだのよ。今朝わたしがニエマの遺体を見つけた倉庫に」さらにじっくり見ると、額縁に血の指紋がついている。

「アーディルは火事からこの絵を救いだした」と、クララ。

「つまり、おそらく彼が火を放ったということね。あるいは、火事になると知っていたか」

クララは皿の下から飛び出しているメモに気づく。それを引っ張りだし、食べ物のかけらを拭き取る。

七時から七時十五分……朝食
七時三十分から午後五時……学校（休憩時間は十時、一時、三時）
五時十分……診療所
八時……灯台

「それは昨日のニエマの行動」クララが読みあげるのを聞いてエモリーが言う。「アーディルは彼女を見張っていたのね」

「どうしてニエマは学校が終わってから診療所に行ったんだろう？」と、クララ。「あそこには焼却炉ぐらいしかないのに」

さらに数分ほど室内を調べてから外へもどり、すぐに川へ向かう。小屋の陰気さが肌にまとわりつき、ふたりとも洗い流したくてたまらない。

クララは両手で水をすくい、顔にかける。エモリーは頭を川に突っ込み、気持ちよさにため息を漏らしながらまた顔を上げる。

「テイアーと探索してたとき、列車の車両に刻まれたメッセージを見つけたんだ」クララがいきなり言いだす。「こう書いてあったよ。〝ニエマはわたしたちを埋めた。彼女はあなたたちも埋めるだろう〟って」

「不吉ね」

「あの小屋を見たら、アーディルが書いた気がして」

エモリーは目の色を変える。「なぜ？」

「ほかに誰がそんなことを書く？　弟子を除けば、ほかに誰もあそこに行くことを許されてないよ。彼がニエマをつけまわしてたのはわかってる。ニエマが彼を傷つけるようなことをしたんじゃない？」

川の向こう岸に見たことのないツルがあり、乾燥した地面に勢いよく伸びている。表皮は灰色で半透明、内部がところどころ光っている。近くに砕けた斧頭があり、持ち手が横に捨てられている。ツルには溝が縦横無尽に残っているから、アーディルがたたき切ろうとしたようだ。

「ゆうべ、あたしたちはアーディルとここに来たと思う?」クララが期待ながら母親を見つめる。「第三の足跡は彼のものかも」

「一緒に来たのが誰だとしても、その人物は移動するにはシルパの靴を盗まないとならなかった。アーディルはここで暮らしているから、そもそも靴を履いていたはずよ。彼は絵を運ぶために荷車を使ったんじゃないかと思うけれど、ならばなぜわたしたちは彼と一緒に来たの?」

エモリーはいらいらしながら髪の水分をしぼる。少しの質問に答えを出せればと思って来たのに、質問が増えていくだけだ。「アーディルはニエマを憎んでいて、彼女を殺せるだけの自由も手にしていたし、ゆうべ倉庫にいたことはわかってる。そう考えると、彼はいちばん犯人らしいわね。今夜彼に質問するとき、犯行を認めてくれたらいいけれど」

「どうやって質問するつもり? 居場所もわからないのに」

「もちろん居場所はわかってる」と、エモリー。「小屋にはベッドがなかったから、アーディルが夜に休むのはここじゃない。ありがたいことに、彼がいる場所ならわたしに心当たりがあるの」

37

テイアーは手を洗ってからニエマの遺体の前にもどる。ストレッチャーに横たえられ、服は切って取り除かれている。午後はわたしの指導によって検死をおこない、ニエマの内臓という粘つくジグソーパズルをさらけだして、犯人の手がかりかないか探した。途中までうまくいっていたのだが、テイアーは膀胱に穴を開け、そのにおいですぐ床に吐いてしまった。わたしの解説のステップその五にはなかった項目だ。

掃除を終え、彼女はようやくニエマの砕かれた頭蓋骨に取りかかった。

脳は割れたティーカップに入れたペーストのように見える。

落ちた梁がこの怪我の原因ではないことはすでにあきらかになっている。ニエマは繰り返し殴られ、頭部は鈍器によって陥没していた。頭に落ちてきた梁は、実際になにがあったのかごまかすためのものだった。犯人の意図通りに火事で彼女の亡骸が燃えていれば、おそらく細かなことはわからなかっただろう。

犯人はこんなことをやるほどニエマを心底憎んでいた。彼女を殺し、息絶えたあとも殺しつづけた。魂を追いかけ、亡霊までも殺そうとした。

この島でこんなことができるただひとりの人物はヘファイストスだ、とテイアーは考える。その仮説にそぐわないのは、このひどい母親を慕っていたことだ。

いや、崇拝していた。

ヘファイストスはたんに彼女の息子というだけではなく、彼女の侍者だった。ニエマ教団が集団自殺するとなれば、用意された毒入りソフトドリンクの列の先頭に並ぶような男だ。彼は、自分たちの足元に眠っている億万長者たちのために、せっせと世界を再建するのが責務であって、そのためにここにいるのだという使命を、心底信じている。テイアーはいまでも、富裕層たちがヨットや周回軌道で到着し、甘やかされた子供たちや偉そうな使用人たちを引き連れ、貴族が冬から逃れるように、迫る破滅から逃げてきたところを思いだせる。それが実は、ニエマがブラックヒースのサービスを金持ち向けの救命ボートとして、ひそかに売りさばいていたせいだとわかった。

テイアーが師に疑念を抱きはじめたのは、そのときだった。ニエマは土木技師、建設業者、科学者、教師、医師、ナースを助けなかった。そうした人たちは社会の再建に正真正銘、役立ったはずだ。ニエマが助けたのは、誰よりも大きなポケットと誰よりも大きな政治権力を持つ人たちだった。世界の終わりを完全なリセットではなく、一時的なサービスの中止と誤解していたのだ。

ただ、いまはそんなことは関係ない。

富裕層に価値があろうとなかろうと、彼らは残された全人類であり、自分の姉がそのなかに含まれている。四十年というもの、エリーはブラックヒースに埋められ、仮死カプセルに密閉されて霧にかこまれたままだ。

テイアーはわたしに毎晩、彼女のことを訊ね、まだ無事かどうか確認する。姉への心配は途絶えることがない。それがテイアーを苦しめる。けっして休まることがない。眠っていても、霧の虫がぶつかってカプセルのガラスが割れそうになる悪夢を見る。いつも最初のひびが入る同じところで目が覚めるのだ。テイアーの唯一の関心事は、ブラックヒースにもどって姉をあそこから引っ張りだすことだ。姉の無事を知り、無事を守るためならなんでもするだろう。

メスを手にして脳内物質を検査しようと探っていると、ニエマの頬になにか小さなかけらが食いこんでいることに気づく。最初は木のトゲかと思うが、ピンセットでつまんでみると人間の爪の一部だ。

口がカラカラになり、脈が弾む。

テイアーがゆうべうしなった親指の爪のかけらと完全に一致する。

息を吐きだし、近くの作業台にあるブンゼン・バーナーに火をつけ、爪を炎にかざして灰にする。

「ニエマが死んだいま、あなたは誰に報告義務があるの?」彼女は脳内の暗がりで訊く。

「わたしは人類に奉仕することになっています」わたしは答える。

「それは返事じゃない」

「ニエマは後継者を残しませんでした」わたしは明確にする。「あなたもヘファイストスも、わたしに対するニエマの権限を受け継いでいません。わたしはできるかぎり、現存する彼女の指示にしたがうしかないのです」

「では、あなたはわたしの行動をヘファイストスに伝えるよう強制されていないわけね? あなたがニエマにそうした報告をしていたようには」

「はい」

テイアーは安堵のため息を漏らし、抽斗からハサミを取りだすと、自分の血まみれのTシャツから生地を四角く切り取り、それを走査装置にセットする。一分後に結果が表示され、その血液はニエマのものだと確認された。

「ちくしょう」彼女は混乱とパニックを感じる。

人間はこのようにプレッシャーがかかったときにもっとも興奮する。電流が彼女の脳内でパチパチとはじけ、エピネフリンとコルチゾールが血流を駆けめぐる。これこそ感覚性と生物学の驚くべき錬金術、束縛からときはなたれる進化の最たるものだ。

テイアーはドアに近づき、誰もいない裏庭を覗くと、熱が地面から揺らぎながら立ちのぼっている。村人たちが門から帰ってくる音が聞こえるが、彼女が心配しているのはそこではない。ヘファイストスがハゲタカをぐしゃぐしゃになるまで地面にたたきつける姿を思い浮かべていたのだ。

「彼は村にいるの？」

「いいえ」わたしが言う。

彼女は裏庭の横を通ってサイロに入ると、すばやく服を脱いでマットレスの下に隠す。消灯後に始末する。この服を誰にも検査されたくない。

「調査の妨害をすれば、島を危険に追いやることは理解していますね」わたしは言う。

「親指の爪のカケラと少しの血では、わたしが人殺しだっていう決定的な証拠にならない」彼女は反論する。「ヘファイストスがこの状況に先入観を抱かないようにしてるだけ。すべての事実が判明するまでは」

「あなたがこれだけ手際よく妨害を続ければ、判明するような事実は残らないでしょう」

五分後、彼女はラボにもどり、小さなスプーンでニエマの脳内物質のサンプルをペトリ皿に入れる。

わたしがあなたを殺したの？

その質問が彼女の思考で何度も繰り返される。やったかもしれない、と彼女は思う。耐えられない怒りに駆られたならば。でも、これだけの歳月が流れたあとで、どんなことがそこまでの怒りを生めただろう？

「ニエマが死んだいま、あなたの役割は？」テイアーが声に出してわたしに訊く。

「わたしに出された永続する命令では、すべての人類の命を守り、この村を長期にわたって存続させ、その住民のなかで起こるいかなる争いや悪感情も防ぐことになっています」

認めよう、わたしはこのように自分に課されたコマンドを列挙するのを楽しんでいる。わたしは常々、方向性に欠けた人類を哀れんできたし、破滅の前、あれだけ多くの命が無為に失われたのはまったくの無駄だと考えていた。わたしは自分の役割をはっきり自覚するよう作られ、同じ才能を村人たちにあたえようとしてきた。目的はあたえられるべきもので、さもなければ永遠にそれを探しつづけることになる。

「あなたの願いは何であれ、あくまでもそうした目的を追求すると?」テイアーは言い、脳内物質のサンプルを顕微鏡に運ぶ。

「はい」

「ニエマは自身で釘を選べるハンマーを作りだしたわけね」そう言って彼女はくちびるを突きだす。「島のために、エモリーの考えを直接わたしに報告するようあなたを説得する方法はないの?」

「ありません」わたしは答える。「それはニエマのためだけの特権でした」

「もちろん、そうよね」

手袋を脱ぎ捨てると彼女はスツールに腰を下ろし、顕微鏡を覗いてレンズを調整し、適切な倍率を探る。

彼女は今、自身が罪をおかしたのではないかと不安で、もしそうだとなったとき、どうすべきなのか探りだそうとしている。先ほどエモリーに啖呵(たんか)を切ったように、この島を救うために自分を犠牲にするだろうか、それともカルデラ庭園で生きるチャンスに賭けるだろうか?

「見積もりでは、カルデラ庭園に収容できる村人は人口の半分以下です」わたしは言う。「あなた自身を救うことを選択すれば、あなたは事実上、六十一人の命を終わらせることになります」

「彼らはシミュラクラムよ」彼女は肩をすくめる。「ただひとつの価値は、わたしたちのためにどれだけ役立つか」

「ニエマは異なる意見を持っていました。自分の研究で彼らを進化させられたと信じていたのです」

「彼女は自分の見たいものを見ていたの」テイアーは同意しないが、すぐさまほんの少しの疑念を覚える。

この三週間というもの、テイアーは、ヒュイがヴァイオリンで協奏曲を作るのを聴いているうち、夜ごとの練習が一日のなかでテイアーのお気に入りの時間になっていた。クラムたちは独自の考えや創造性を持たないはずだが、ヒュイは完全に彼女ならではのスタイルで演奏していた。テイアーは一音ごとに村そのものが聞こえる気がした。どの楽章もひとつの季節であり、そこに潮汐が重ねあわされていた。

ヒュイはこの場所と時に着想を得て音楽を作っていた。先人の仕事を模倣していたことを示すものはなにもない。

あるいは、上手に演奏されるヴァイオリンを聴いたのはずっと前のことだから、もう違いがわからなくなってるのかも、とテイアーは考えて自分を安心させる。

ため息を漏らし、目元をこする。これはニエマがはまった罠だ。ニエマは〝人間に近いもの〟を〝じゅうぶんに人間である〟として受けいれたのだ。

テイアーは同じ過ちを繰り返せない。

キャスターを使って座ったまま顕微鏡から離れ、決意を固める。ニエマは死亡し、これまでのところ証拠はテイアーに責任があると示している。もちろん後悔はしているし、ひょっとしたら少し恥じてもいるが、自分の行動には立派な理由があったはずだ。

ニエマは恩着せがましく、偽善的で、身勝手だった。何度も嘘を繰り返し、テイアーがもっともニエマを必要としたときに見捨てた。

テイアーはニエマのどんな行動のためについに自分が理性をうしなったのか想像もつかないが、ニエマを追って進んで墓に入るつもりなどない。

生きているかぎり、霧を破壊して姉を救いだすチャンスがある。この地上ではほかに誰もできないことだ。全員のために、真実があきらかにされることをとめなければ。

それにくらべたら、多少の命がどうしたというのだ？

38

「セト」わたしはようやく、彼の意識から重い毛布を引きはがす。「起きて、いますぐにあなたが必要です」

彼は寝ぼけてうめき声をあげ、顔の海水をぎこちなく拭う。

「非常事態です。起きて」

まばたきして、彼は自分がブロード・ボトム号の底に横たわっていると知る。脚は後方の座席に載っており、見あげると青空が広がっている。

「いったい――」

ショックを受けて起きあがり、自分がまだ錨を下ろして海にいると気づく。右手に島の高い崖があり、青と白の灯台は夜標の光を放ったままだ。服は血まみれで乾いている。

両手を胸や太腿に這わせて傷口を探すが、怪我をしているのは、足首の上の丸くえぐれた傷だけで、こんなに出血するほどではまったくない。

「血はあなたのものではありません」わたしは言う。

これで彼は落ち着くが、それも一瞬のことだ。最後に覚えているのは、灯台下の係留用の突堤に到着したこと。舟をロープでつなぎ、それから……

「アーディルがいた」懸命に思いだそうとしてつぶやく。「彼がおれたちを待っていた」

「ニエマがわたしに、その後のあなたの記憶をすべて消去するよう命じました。なにか思いだそうと無理をしないで。思いだせることはないからです」

「ニエマはどこにいるんだね？」彼は訊ねる。

「死にました。エモリーが今朝、遺体を発見したのです」

「まさか、そんなことはあり得ない」彼は首を振る。「さっきまで、話をしていたのに」

「残念です、セト。あなたたちふたりが親しかったことは知っています」

「おれが一緒だったんだぞ」動揺している。「彼女を死なせたりするもんか」

「あなたにできることはなにもありませんでした」

それからの二十分間、彼はただそこに座っていた。目の焦点は合わず、意識は錨を切られた舟のように否定と混乱のあいだを揺れている。

わたしは彼のためになにかしてやりたいと思うが、そんなものはないと知っている。愛する者をうしなった大勢の村人を見てきて、嘆き悲しまないようにする確実な手立ては他者をまったく愛さないことだけだと学んだ。

じつを言えば、もっと多くの人がその点を考えてみないことに驚いている。一度ならず両手を火傷した人は、火に近づかないことを検討すべきだ。

「あなたはこの舟を村にもどさないとなりません」そっと声をかける。「そうすれば昨夜なにがあったのか理解する役に立ちそうです」

返事がない。

「そろそろ行動しましょう」わたしは彼の脳内で言う。「エモリーがニエマの殺人事件を解決する担当者です。彼女はこの舟を調べる必要があるのです」

「エモリーが？」彼は当惑して繰り返す。

「彼女は奉仕しています。あなたがいつも彼女にそうしてほしがっていたように」

オールを手にして舟を出そうとしたそのとき、彼はポケットからはみだす畳んだ紙に気づく。折り目をひらくと、パーティの様子を木炭で描いたものだとわかる。マグダレーネのものに違いない、そう彼は思う。

ニエマがバードバスの近くにヒュイと立っているところだ。ヒュイはしょんぼりしてヴァイオリンを握りしめ、ニエマは彼女を慰めている。クララがベンチに腰を下ろして鳥の彫刻を彫っていて、バンドが演奏し、人々がダンスを楽しんでいる。

風がこの紙の片隅をつかみ、彼の手から引きちぎろうとする。紙がバタバタと前後にあおられ、裏に図表が書かれているのに気づく。四角と線が数字と結びつけられたもの。これはセトの筆跡で、混乱が増す。どういう意味かさっぱりわからないからだ。

視界の隅でなにかが動く。

シルエットになった人影が頭上の崖に現れる。なにかを抱えている。人影はその包みを崖から落とし、姿を消す。

　顔をしかめてセトは舟をそちらの岸に向ける。

39

　包帯を外してから、テイアーは切り傷だらけの両手を火傷しそうな熱湯のボウルに浸し、布で固まった血を落とす。自分の見苦しいところを人に見せないのが彼女のやりかたで、たとえラボに誰もいなくてもそれは変わらない。手がきれいになると、手のひらからいくつか木のトゲを抜き、あたらしい包帯を巻く。こんなに奇妙な怪我をするとは昨夜なにがあったのかと、またしても考えてしまう。

　照明がガタガタと揺れ、天井からしっくいの埃が落ちてくる。隣の建物から、ロープウェイが甲高い音をたててとまる音がする。

　ヘファイストスがもどったに違いない、と彼女は考える。

　ニエマの遺体を乗せたストレッチャーに近づき、彼がこれを目にする前に遺体に覆いをしようとする。不幸なことにシーツは台の端にひっかかり、テイアーがまだ引っ張っているところで、ヘファイストスが勢いよくドアから入ってくる。

「うわ、なんだよ」彼はすぐに外へ引き返す。

　ニエマに覆いをすると、テイアーも続いて外に出る。彼は埃っぽい地面にしゃがみ、膝に顔を押しつけている。ハエがびっしりと群がっているが、気づいてもいないらしい。

隣にはダッフルバッグ、大むかしの登山用品ブランドのはげかけたロゴがついている。中に入っているなにかの尖った角がバッグの生地を内側から押している。

「大丈夫？」テイアーは訊く。

「全然」彼はかすれた声で答える。

テイアーは打ちひしがれた友人を見つめ、同情を形にする正しい言葉を懸命に見つけようとする。感情的な事柄について表現しようとするのも、どんな気持ちなのか認識するのも、いつも苦手だった。ヘファイストスとの友情で好ましいことのひとつは、おたがいの気分がよく理解できるから、そうしたあいまいさを避けられることだった。

「この件で話をしたい？」ためらいながら切りだす。「あなたがどれだけこたえているか、想像もできない」

ヘファイストスが視線をあげると、テイアーは必死になって同情を表せるよう顔をゆがめている。

「あんた、すごく苦労してるようだな」彼は指摘する。

「そうなの」テイアーは認める。「本当に。ごめんね、ヘファイストス。わたしはこういうのがとても苦手なわけ。ハグしてほしいだとか、そういうのは頼むから言わないで」

「おれはもっといいのを手に入れてきた」彼はダッフルバッグを取り上げ、ドサリと彼女の前に置きなおす。「おれたちを救うには自白と処刑がいる。どちらも手に入れる方法を見つけたと思う」

引っかかるジッパーを、テイアーが小刻みに前後に動かして開けると、関節のある五本の脚がついたカニのような装置が現れる。

「これは記憶抽出器ね」テイアーはあとずさりをする。「第一世代の。どこで見つけた?」

「灯台だ」ヘファイストスが上のスイッチを押すと、脚がくねくねと動き、取りつくべき頭はどこだと探しはじめる。「あんたが例の試験で使ったやつだと思ったんだが?」

「あれはずっと前に壊れたの。この島にまだこの機器があるとは知らなかった」

ヘファイストスがボタンを押すと、抽出器の左側からドリルが現れ、低いヒューンという音が出る。ヘルメットのなかに頭があれば、ドリルが頭蓋骨に押し入って五本の神経節を送りこみ、これが前頭前野、新皮質、海馬、大脳基底核、小脳へと掘り進む。ここで抽出器はできる範囲のすべての記憶を掘りだし、裏側の小さなスロットに収まった宝石に注ぎ入れる。

「もういい」テイアーはスイッチを切る。

「あんたが繊細なタイプとは思わなかった」ヘファイストスがおもしろがって言う。

「洗練されていないテクノロジーだから、モラル面と同じくらい、美意識的にも不愉快になるのよ」彼女は鼻で笑う。「これは試作品とも名乗れないくらい。致死率は頭を撃ち抜くのとたいして変わらなかった。なぜこんなものが役立つと思うわけ?」

「クラムたちに使いたい」彼はずばり言う。

「彼らの記憶は消去されたのよ、ヘファイストス」

「あんただって、記憶が本当は破壊できないと知ってるだろう」彼は言い返す。「潜在意識に埋めることはできるが、完全に抹消はできない。ゆうべの出来事の断片があいつらひとりひとりのなかにある。抽出器で見つけだせるんだ。断片をそこそこ集めれば、最後には全体像が見えそうだろ」

「あなたがそれを誰かの頭に突き刺せば、十中八九、殺すことになる」彼女は反対する。

「二日足らずで、霧が九十年前に始めた仕事を終わらせるんだぞ。そこを理解してるのか？　霧はおれたちを生きたまま食い殺し、ソーラーパネルや水力発電機を維持するおれたちがいなければ、ブラックヒースの仮死カプセルの動力はなくなる。おれたちが犠牲を払ってやってきたすべてが水の泡だ。人類はいなくなる。エリーもいなくなる」

小道から声が響いてくる。村人たちが今夜のニエマの葬儀のために中庭の飾りつけをしているのだ。誰もがさめざめと泣いて死者を弔い、その実像を知ることのなかった女について話すのを聞いて二時間をすごすなど最悪だとテイアーは思う。

「テイアー」ヘファイストスがうながす。「この計画に乗るのか、乗らないのか？」

我に返って彼の顔を見やり、頬に残る長い傷跡に目をとめる。黙示録ギャングのひとつからエリーを守ろうとして受けた傷だ。彼は自分ではけっしてその話をしなかった。エリーから聞いたのだが、エリーも半分しか語っていないことはわかった。

「わかったわよ。でも、エービイが村人について言ったことは聞いたでしょ。わたしたちがでたらめにこれを村人たちに使いはじめたら、彼女は絶対にバリアを復活させない」

「そこはおれたちのちびホームズが役立ってくれるさ。エモリーが有望な証人を見つけたら、おれたちでこいつをはめる」――彼は記憶抽出器をポンとたたく――「そいつらの知ってることが見える」

「ホームズね」テイアーは笑い声をあげ、風が土埃と落ち葉でちょっとした竜巻を作る様を見つめる。「あなたはあの手の物語が大好きだったことを忘れてた。天才探偵が不可能犯罪を解決し、いつもハッピーエンド。それでニエマがどんなに怒ったか覚えてる？　あなたに本を読む時間があるのは、仕事を手抜きしてるからだって彼女は思ってた」

「母とうまくやるのは簡単じゃなかったのさ、あんたとは違って」彼はぶっきらぼうに言う。

「簡単なんかじゃなかったわよ」テイアーは苦々しい口調で言い返す。「あの女については簡単なことはひとつもなかった」彼女は床を蹴って続ける。「ごめん。いまだに彼女に怒ってるなんてね」

「褒め称えたってかまわないけどね」彼は言う。「おれは母を愛していたが、あんたのひどいボスになるずっと前からおれのひどいボスだったんだ」

彼はテイアーの脇腹をそっと肘で突き、雰囲気を変えようとした。「ところで、初めての検死解剖はどうだった？」

「床じゅうに吐いた」彼女は打ち明ける。

「もっともな反応だな。なにかわかったことはあったのか、自分の胃の内容物のほかに？」

「彼女は胸骨の奥まで一度刺され、頭部の怪我から金属の破片が見つかった」

「木の梁が頭蓋骨を砕いたんじゃなかったのか」

「傷跡が一致しない。梁は事故に見せかけるため、あとから彼女の頭に置かれたものよ。犯人のもくろみ通り、火事で遺体が燃えていればうまくいったはずだけど、雨だったのがあいにくだった」

「じゃあ、何者かがバードバスの近くで母を刺し、倉庫で頭を殴りつけたと言うのか」彼は淡々と言う。「なぜだ？」

「犯人は焦ってたのよ。ニエマの血液は医療テクノロジーが満載だった。ナイフの傷からの出血をとめることができれば、彼女は一晩——たぶんそれ以上に長く、生き延びることができたはず」

ヘファイストスは顔をそむけ、涙を隠そうとする。「検死でほかになにかわかったか？」そう訊く声はしゃがれている。

「わかったことはそれだけ」彼女は優しく言う。「最後の食事の内容は、パン、オリーヴ、ブドウ、チーズで、血液から毒物は検出されなかった。指に少し糊がついていたけれど、学校で働いていたからふしぎじゃない。でもね、これを見つけたの」

ゴールドのチェーンにぶらさがる小さな十字架を掲げる。「首にかけてた。ニエマが信仰を持ってるなんて知らなかった」

「持ってなかった」ヘファイストスが濁った声で言う。「だが、聖書は本当に愛してた」

テイアーはごくゆっくりと彼の大きな手を広げさせ、手のひらに十字架を載せてから、それを握らせた。

ヘファイストスの胸板が震え、大きな泣き声が転がりでる。

40

午後遅くになってクララとエモリーが村にもどると、村の全員が埠頭に詰めかけ、海の向こうから迫り来る霧を無言で見つめている。いまでは霧は砂州を越えており、これほど近くなっているのは誰も見たことがなかった。何百匹もの魚の死骸が入江に漂い、数羽の海鳥と、引きちぎられたカメも一匹混じっている。

テイアーは門のアーチの下で、腕組みをしている。

「話したんですね」エモリーはそう言いながら近づく。

「それしかなかったから」彼女は認める。「いまのわたしたちは、逃げ場のないスノードームのなかに暮らしてるようなもの。たとえ彼らでもそれは無視できない。アーディルを見つけたの？」

「小屋には誰もいなかったけれど、ニエマが死ぬ前、彼があとをつけていたことはわかりました」と、クララ。「彼は倉庫が燃える前に絵を持ちだしてるんです」

「ほかになにか？」

「いまはまだ」エモリーが答える。

テイアーは眉間をつまむ。「あなたを見込んで任せたのに、わかった事実がずいぶんと少ないこと」軽蔑を隠そうともしない口調だ。「霧が迫ってるのよ、エモリー。いつものあなたのように集中力のないアプローチをしている時間はない」

「あなたこそ、どんなことがわかったんですか？」この手の高慢な態度に飽き飽きして、エモリーが訊く。

「検死を終わらせた。死因は胸の刺し傷ではなかった。頭部の傷よ。彼女は金属製の重たいもので殴られていた。倉庫を調べたけれど、その特徴に一致するものはなかった」

「ええ、倉庫にあるはずがない」エモリーはきびすを返し、村人たちをかきわけて埠頭の先端へ向かう。残りのふたりも彼女を追う。

エモリーは先端から身を乗りだし、今朝見つけた海中にある奇妙な金属の物体を指さす。「コンクリートに抉れた跡がある。ゆうべあれをここまで引きずってきて、海に捨てたんだと思います」

「ヘファイストスがカルデラを調べるためにあの機械を使ってましたよね」と、クララ。「あたしたちがベンを連れてきたとき、ヘファイストスがあれを村に持ってきた。それが殺人の凶器というのはあり得ますか?」

テイアーは返事をしない。昨夜、ヘファイストスはこれを彼女のラボに置いていった。これが凶器だとしたら、彼と同じくテイアーも疑われる。

彼女は近くの村人に声をかけ、ロープを持ってくるよう命じる。機械を海中から引きあげるためだ。「ラボに持っていけば、遺体と結びつく点がないか調べられる」

テイアーが回収を指示する一方で、エモリーとクララは門から村に帰る。葬儀の準備中だ。木の枝に下げた美しい飾り、兵舎のふたつの棟のあいだにわたしたロープからさがる死者を悼むランタン。

エモリーは村人の快活さでこの場所の雰囲気がどれだけ和らいでいたか、気づいていなかった。彼らの生命力がうしなわれて、高い石壁と崩れそうな兵舎に初めて気がついた感じがする。いつも愛していた庭でさえも、突然、悲しげでちっぽけなものになり、わずかばかりの哀れな植物が怪物じみた建物の陰ですくんでいるように見える。

一日中、食事をしていなかったので、エモリーはテーブルのパンとチーズをつかみとり、クラにもわけ、ふたりして診療所に向かう。葬儀はいつもならごちそうが並ぶが、備蓄が消えたという話が広まっていることはあきらかだった。すでにキッチンにあるものや、地面から引っこ抜けるわずかな野菜を食べるしかない。

「テイアーの言う通り」エモリーは質素な食卓を振り返る。「わたしはもっと急いで仕事をしなければ」

「お母さんは今日、仕事を始めたばかりだよ」と、クララ。

「あと一日しか残ってないのに、わたしはなんの真相にもたどり着いていないのよ。ひとつ質問すると、十個の質問が湧きでてくる。自分のやりかたのどこがまちがっているのか、よくわからない」エモリーは手のひらで目元をこする。「自分がなにをしてるのかも、よくわからない」

「母さん――」

「自分から彼女に頼みこんだのよ、クララ。自分にはやれると言ったのに、解決できなかったら？」

クララは母親を見つめる。母はまるで暗く危険な海を見おろす崖に立ち、眼下でどんなものが泳いでいるのかと怯えているようだ。

「母さんにできなければ」クララは淡々と言う。「ほかの誰にもできないでしょ。母さんは努力してる。それ以上のことは誰も期待してないよ」

診療所に足を踏み入れると、ロビーは錆びたストレッチャーや車椅子、足元でバリバリと音をたてる割れたガラスでいっぱいだった。

エモリーは埃のなかのあたらしい足跡を指さす。

「あっちに行ってる」廊下の先へと手を動かす。「これはニエマのはず。床のほかの部分は踏まれてない」

歩みを進めるふたりに、わたしはヘファイストスが灯台から持ち帰った記憶抽出器と、彼がなにを考えているかについて警告する。

エモリーは身震いし、弟子になるテストで、ああした機械のひとつに何時間も取り組んだことを思いだす。テイアーは有望な弟子に分解と組み立てをおこなわせ、電力装置、回路、神経ゲルがいかに作用しあうのかの基本を理解させた。

「灯台を調べないと」と、エモリー。「昨日の夜にニエマは金属の箱をそこに運び、今朝、ヘファイストスはそこで記憶抽出器を見つけた。偶然のはずがない」

廊下の突き当たりで階段をあがり、奥に長い三階の病棟にたどり着く。もうやってくることもない負傷兵たちをベッドが忍耐強く待っている。窓枠にはなにも入っておらず、ギザギザの窓ガラスのかけらが四隅に残ったままだ。なにもかも、分厚い蜘蛛の巣に覆われている。

足跡をたどって病棟を抜けると、大きな金属ドアがあり、重い取っ手は触れると凍てつくように冷たい。ドアはほかのなによりもあたらしいもので、光沢はないが頑丈だ。

彼女たちが近づくと、キーパッドがパッとあかるくなる。

「暗証番号がいるのね」エモリーはがっかりして言う。でたらめな数字をいくつか打ちこむと、赤く点滅してリセットされる。ニエマの部屋を思い返す。所持品を調べていたとき、あそこでなにか暗証番号らしいものを見なかっただろうか？

〝5〟を二回タップする。焦げた手紙の裏にあった数字、マティスが死ぬ前にニエマがあたえたメッセージを思いだしたのだ。

なにも起こらない。

引き下がり、ほかの入り口がないかと廊下を調べる。

クララは眉をひそめてキーパッドを見つめてから、手首の番号を確認してそれを打ちこむ。ドア内部から機械的なガチャッという音がして、ロックは解除された。

「どうやって開けたの？」エモリーが驚く。

「この番号を使ったんだ」クララは番号を見せる。「あたしたち、ゆうべここに来たってことね」

「いえ、来てない。埃の上にほかの足跡はないもの。誰かがあなたの手首に暗証番号を書いた。わたしたちにこの場所を見つけてほしかったのね」

取っ手をあげると、その大きさにもかかわらず楽々と持ちあがって内部機構が作動し、シュッという音とともにドアが開く。

天井パネルがカチャカチャと音をたて、真っ白な照明が灯る。室内はタイル張りで、壁沿いにX線照射装置があり、十二台のストレッチャーが並び、それぞれに遺体が横たわっていた。

吐く息が白くなるほど寒い。

少しでも暖かくなろうと身体に腕をまわし、エモリーはストレッチャーのあいだを縫って歩くが、どういうことなのか理解が追いつかない。遺体は村では無用のものであり、死ねばすぐさま焼却される。それをどうしてニエマは集めていたんだろう?

それぞれのストレッチャーの足元にカルテがあり、医学的な情報が書きつらねてある。エモリーが理解できるものもいくらかあるが、多くはわからない。

「幻覚、その後、現実と記憶の弁別が不可能となる」カルテのひとつを読みあげるが、歯がガタガタ鳴っている。「漂白剤を摂取。五日後、インプラントが拒否反応を起こす」

「ヒョーハクザイってなに?」クララが訊く。

「さあ」エモリーは娘にカルテを手渡す。「でも、きっと美味しいものだったのよ」

「この人たちは人間だね」クララがカルテのページをめくる。「少なくとも、内臓の画像から判断するとそう見える。あたしたちとは内臓の場所が全然違うし、種類もずっと多い」くちびるの内側を嚙みしめる。考えているときの癖だ。「あたしたちよりずっと複雑な造り」

エモリーはカルテをまた覗く。村人の身体は肋骨と頑丈な軟骨で包まれ、内部器官はすっぽりと骨でくるまれており、損傷を受けたときのために冗長性が設けられている。一方、この女は肉と血液と薄い皮膚一枚の塊でしかない。こんなに少しの鎧では世界がどれだけ危険なものに見えるだろう？　なぜ、これほど簡単に死ぬ種族が殺人のようにおそろしいものを生みだしたのか？

　クララが手近のストレッチャーをコツンとたたく。「ニエマは分析のために血液のサンプルと遺伝物質を採ってた。これが誰だとしても、死んでから二十年は経ってる」

「どうして腐敗しなかったの？」と、エモリー。

「永続的に遺体を保存できる薬品があるのです」わたしはふたりの脳内で同時に説明する。「この寒さは虫や齧歯類(げっしるい)を寄せつけないためですよ」

　クララは読んでいたカルテを置くと別のものを手にする。

「報告によると、患者は故人となった親類たちと楽しげに会話をしていたが……ええっ……彼らの喉を切り裂いた。二日後、インプラントは拒否反応を起こす」最後のページへとカルテをめくる。「この患者は四年前に死んでるね」

　彼女はベッドにカルテをもどす。

「あたしには訳のわからないことばかり書いてあるよ。ニエマがこの人たちになにをしていたのか、理解できるのはテイアーだけだよ」

「だめよ！」

「母さん――」

「本気でゆうべ村人がニエマを殺したと信じてるの？」エモリーが訊く。「アーディルにそんなことができると本当に思う？」

　クララは自信のない表情になる。

「わたしが正しければ、ニエマを殺したのはヘファイストスかテイアーで、理由がわかるまでは、こうした情報はここだけの秘密にしておかないとだめよ」

「でも、あの人たちは長老なんだよ！」クララがショックを受けて反論する。「あの人たちがまさか――」

クララはぴたりと口を閉じる。自分がそこまで確信していることに我ながら違和感を覚えた。今日これだけの事実がわかったというのに、いまだに自分が長老は完璧だと信じているのはどうして？　なぜ信じられる？　そう考えるにいたった道筋をたどり、これが輝く糸のように自分の思考全体を包んでいると気づく。長老は賢く親切、公平でまったく欠点がない。彼らを疑うな。

それは聖典だ。

そう信じてるのはあたしだけじゃない、とクララは思う。長老について表現してくれと村の誰に頼んでも、おそらく一言一句そのままに暗唱するだろう。そうしなかったのは彼女の母親だけだった。どれだけ大変だったことか想像もできない。確信の世界で、疑問だらけで生きるなんて。

クララは突然、恥ずかしくなる。いつも母親にはばつの悪い思いをさせられてきた。幼い頃でさえもそうだ。ほかの母親たちと同じように振る舞ってほしかった。静かで、自制して、穏やかでいてほしかった。父親が死んだあと、クララは自分の頭のなかのいちばん暗いところで、あの舟に乗っていたのはジャックではなくてエモリーならよかったのにと思うこともあった。

「殺される前の晩、ニエマはやろうとしている実験について、ヘファイストスと言い争っていたの」エモリーがストレッチャーのあいだを歩きまわりながら言う。「いままでその実験は毎回失敗してきたけれど、あの夜も失敗したら、なにかひどいことをやるしかないと話してた。このことを言ってたんだとと思う。この可哀想な人たちが失敗した実験よ。彼女がこの人たちになにをしていたか、説明がつくような記録はないの？」

「あたしに読みとけるものはないんだよね。殺された夜にニエマが実験してた相手が誰だとしても、この部屋で死ななかったことだけは言えるよ。全部のカルテからすると、最新の遺体が運びこまれたのは三年前だから」

「ヘファイストスならすべて説明できそうね」

「楽しいおしゃべりになりそう」クララは顔をしかめながら、フックから灰色のジャンプスーツをとって肩にかけた。「これは破滅の前の服だよ。ブラックヒースの従業員が着ていた制服。探索中にズタズタになったこのジャンプスーツをいくつも見かけたけれど、こんなにきれいなのは初めて見るよ」

彼女は親指と人差し指で素材をたしかめる。

「通気性があって汚れを弾き、どんな天候でも体温を安定させる素材で作られてる。おそらく、地上でもっとも高性能の装備。どんな用途のためにここにあったんだろう？」

「ニエマが防寒のために着ていたのよ」エモリーが震えながら言う。「ここはとても寒いもの」

彼女は並ぶ遺体に視線を向ける。手脚が長く、青ざめ、きゃしゃで柔らか。海の底から引きずりだされたもののように見える。村人と長老が同じ種族だとどうして信じていられたのか。

「テイアーからブラックヒースには百四十九人の人間が眠っていて、その人たちにたどり着く方法はないと聞いていた」エモリーは考えこんでいる。「この服と遺体について考えると、彼女はわたしに嘘をついていたか、誰かが彼女に嘘をついていたか、どちらかのようね」

「テイアーはブラックヒースのなかに入りたくて、それにとり憑かれてるんだ」と、クララ。「探索中にそればかり話してた。もし彼女がむかしのラボに入る方法を知ったら、あたしたちは二度と彼女に会えないかもね」

　エモリーはストレッチャーのひとつをコンとたたく。「ニエマはブラックヒースが開いていると知っていながら教えなかったら、テイアーはどれだけ怒ったでしょうね？」

「怒り狂ったと思う」

「殺してしまうくらい？」

「うん」と、クララ。「そう思う」

41

　学校は空っぽで、暑さと埃に満ちている。いつもならば、子供たちが机に向かっているはずだが、ニエマの後任がまだ決まっていない。

　クララは母親に続いて教室に足を踏み入れ、たちまち息が詰まるような悲しみに襲われる。ニエマの最後の授業が黒板に残され、ファイルには宿題が何枚か、採点を待っていた。追悼のランタンが教壇の上に置かれ、その緑のわら紙の奥でロウソクの火が揺れている。隣に糊の容器があり、ハケが教壇にへばりついている。子供のひとりがニエマのために作ったに違いない。

　子供たちはニエマを崇拝していた。テイアーやヘファイストスと異なり、ニエマは質問を歓迎した。議論や異なる視点を楽しんだ。生徒が理解しないときも忍耐強く、理解すると大喜びした。いい教師で、クララはこの教室に足を踏み入れるたびに彼女に感謝を覚えた。昼間はそうなのに、夜になると診療所で人を殺していたなんて信じられない。村人はひとりとしてそんなことはできない。なによりも命を大切にしている。ほかの人が第一。自分は二の次だ。

エモリーは追悼のランタンを見つめて、額にしわを寄せる。

「なにを考えてるの、お母さん?」

「ロウソクが燃え尽きそうになっている。これが作られたのはゆうべよ」

「それは重要?」

「だんだんそれがわからなくなってきてる」エモリーはラミネート加工された地図を壁から下ろし、子供たちの机のひとつに置いて、両端を手で押さえる。

「ヘファイストスは母親がおこなっている実験について知っていた。彼はわたしたちに教えようとしないでしょうけど、彼がどこに住んでいるか探りだせれば、家を調べられる。役立つものが見つかるかもしれない」

「どうやって探りだすの? ヘファイストスが島のどこに住んでるかなんて、可能性は無限だよ」

「無限じゃない。夜、泳ぎに出かけるとき、村を離れる彼を見かけたものよ。いつも門から西へ向かってた」

彼女は地図で村の位置を指し、続いて小さな入江に続く曲がりくねった狭い踏み分け道をたどる。

「この先に建物らしきものがあるね」クララが長方形のブロックの上に交差した剣の印があるのに気づく。「これかな?」

「きっとそう、このあたりにはほかには何もないから。歩いてどのくらいなの、エービイ?」エモリーが訊く。

「三十分です」わたしは言う。

「舟で行けばどのくらい？」

「誰が漕ぐの？」クララが口をはさむ。

「どういう意味？」エモリーが訊く。

「わかってるでしょ」クララがいたずらっぽく言う。「母さんに舟を漕がせるとひどいことになる。一時間もぐるぐる同じところをまわってから、錨をあげるのを忘れてたって気づいて、やっと出発と思ったらオールを海に落とす。父さんは母さんをなんて呼んでいたっけ？」

「ヒョウアザラシ」エモリーは思いだしてほほえむ。「でも海以外ではとてもお上品なのよ」

「あたしが漕ぐね」クララが決める。「テイアーから外出制限の免除をもらったし。潮の流れ次第だけど、十分から十五分しかかからない」

半時間もしないうちに防波堤を越えてひらけた海に入り、クララは優雅に漕いで舟を進める。いつも海にいた父親から漕ぎかたを教わった。彼は子供の頃でさえも村でじっとしていたことがなかった。古い廃墟を探索したがり、テイアーと冒険に出かけた。弟子になってからは、防波堤の外に出るものならどんな任務でも引き受けたものだ。

クララとジャックがこれだけ共通点を持つことになったのを、エモリーはいつもふしぎに思わずにいられなかった。クララが十二歳のときに彼は死んでしまい、その前だってめったに家にいなかったのに、どうやってジャックは落ち着きのなさを娘に伝えたんだろう？　水平線に憧れの視線を向けたり、ジャガイモの皮をむいては失望のため息を漏らしたりすることで感染するウイルスだったの？　彼はなにをいつクララに教えていたのか？

「父さんのことを考えてるんだよね？」クララが母親の表情を読む。

「どうしてわかったの？」

「父さんが家に帰ってきたら話したいことがあるって、思いだしたときの顔をしてる」

エモリーは物憂げにほほえむ。「いいかげん、恋しがるのはやめたいと思うけれど……」最後まで言い終えず、肩をすくめる。「一日に十回は思いだすの。いま彼がここにいて、わたしたちがここまでしてきたことを全部話したら、彼が言いそうなのはきっと……」首を振りながら笑う。

「くだらないこと。正直言って、とてもくだらないことなんだけど、それで発想の転換ができるようなこと」

「あたしも父さんが恋しい」と、クララ。「父さんが島の周囲を走ったらどれだけ楽しんだか想像できる？」

「いちいちいろんな知識(ファクト)を披露するのよ！」エモリーはそう言いだしてクララを笑わせる。「目にした動物すべてを指さして、わたしたちに学術名と渡りの経路を語ったでしょうね」

「父さんは本当に事実(ファクト)が好きだったよね？」

「いくら知っても足りないくらいに」エモリーは答え、夫の忘れられていた癖を楽しく振り返る。

「だから、弟子でいることがあれだけ好きだったんでしょうね」

「どうして母さんは……だって、母さんはちっとも……？」

「どうしてわたしみたいな懐疑論者が本物の長老信者と恋に落ちたか？」エモリーが訊く。クララは苦労しながら強い流れを漕ぎすすめる。

「あなたのお父さんは弟子だったけれど、優しくて愛情深く、のんきで愚かでもあったの。長老たちを信じ切っていることは、人格の一部でしかなかった。わたしの父みたいじゃなかったのよ。自分とは違う考えかたをすべて押しやることはなかった。わたしには疑問があることを理解し、わたしのそうしたところに感心してた。わたしたちは愛しあっていたから、おたがい疑問があってもたやすく生活できた」

「お父さんとはそうやって譲りあえたのに、あたしが弟子になったときはどうして、それができなかったの？」クララが小さな声で訊く。

長年クララがエモリーとの関係に望めたのは、気詰まりでも平穏にすごすことがせいぜいだった。自分で自分の生き方を決めはじめてからは、母親に見切りをつけられたように感じていた。ふたりが存在できる中立地帯というものがないように思え、おたがいに過剰なほど礼儀正しく、完全にうわべだけを取り繕っていた。言い争いが始まりそうな話題にぶつかることをおそれたからだ。

けれど今日の彼女たちはチームのように感じていた。エモリーはクララに耳を傾け、信じ、頼りにしてくれた。

そしてクララのほうも母親のどの欠点も強さに変わったと見ていた。これほど母親を誇らしく思ったことはなかった。ひょっとしたら一緒に過ごせるのは二日足らずかもしれないなんて、信じられない。

エモリーがあまりに長いこと黙っているので、クララはこまらせたことで謝りかけたとき、エモリーがふたたび口をひらく。感情のこもった声だ。

「あなたにもそうするべきだった」エモリーは認める。「そうしたかったけれど、わたしはとても……怒っていたの」喉をごくりといわせ、心を落ち着けようとする。うつむいて指をそわそわと動かしている。

「ジャックとほかの弟子たちが死んだのは、テイアーに疑問を抱こうとしなかったから。彼女に言われたからあんな嵐のなかで舟を出した。危険だとわかっていながら。でも、それを指摘すればするほど、わたしは孤立した。正直言えば、自分でもそれが気に入っていたみたい。怒りつづけていられれば、悲しみ以外の何かに集中できたから」

エモリーは娘と目を合わせ、一歳ずつさかのぼってその頃の姿を思いだしながら、テイアーがロープウェイで連れてきた八歳の少女にたどり着いた。エモリーとクララは同じ目をしている。怖いもの知らずの勇気も同じ。簡単に傷つく、広い心も。

「あなたが弟子の試験に申しこんでからは、なんだか……あなたがテイアーの、そして村の味方をしているように感じた。それで、あなたに怒ってしまった」

「そんなつもりじゃなかったんだよ、母さん」

「それは関係ない」エモリーの怒りにクララは身じろぎする。「あなたがなにをするにしても、支えになることがわたしの仕事だったのよ。あなたがテイアーのために働くなんて嫌でたまらなかったけれど、合格したことは誇らしいとあなたに伝えるべきだった。本当にそう思ったのよ、クララ。あなたがどれだけ勉強してきたか見ていたから」

エモリーはうなだれる。

「わたしはあなたを失望させた」指をいじりながら言う。「父がわたしを失望させたように。誰かのそばにいながら、その相手を見捨てることができるなんて思ってもみなかったけれど、それがわたしのやったこと。本当にごめんなさい、わたしのかわいい娘。もう二度とそんなことはしない」

クララは舟の反対側から身を乗りだし、母親に激しく抱きつく。

42

目の前に入江が現れた。小さな砂浜はごつごつした崖でかこまれ、何百羽もの鳥が頭上を旋回している。クララはひらりと飛び降り、ひたひたと寄せる波から数フィートほど舟を引きあげる。ここからだと、入江は島の残りの部分から完全に切り離されているように見える。だが、頭のまわりをブンブン飛ぶハエを嫌って耳を必死で動かす十六頭の雌牛はよく太って健康そうで、このビーチに閉じこめられていないのはあきらかだ。

「掩蔽壕はどこだったっけ？」クララが手のひらをさすりながら訊く。オールで皮膚がこすれ、赤むけになって痛んでいる。

「入江のカーブに沿って右へ」

足元の砂が滑るため、彼女たちはよろめきながらビーチを進み、死んだカメにありついていたカニの群れの邪魔をする。カニはすばやくカサカサと散らばっていくが、彼女たちが歩き去ると、すぐにまた集合する。

「その手の怪我はテイアーが目を覚ましたときの傷と似てる」と、エモリー。「彼女はゆうべどこかに舟を出したようね」

「長老は舟を漕がないよ」クララがまぜかえす。「絶対に。あの人たちが行きたい場所にはどこだっておじいちゃんが連れて行くもの」

「昨夜はたぶんおじいちゃんが忙しかったのよ」

「なにをしてたんだろう？」

「それはわからないけれど、いいこと、テイアーはどこかに舟を出した。手のひらがそんなふうになるくらい長く漕いでいたはずなの」

掩蔽壕に到着する。岩肌から少しだけ突きでて、角張ったコンクリートの表面は落書きで覆われている。色は薄れ、名前や愛の誓いは波が打ちあげるしぶきで削りとられていた。岩を切りだして作った階段が鉄製のドアに通じ、そのドアは錆だらけだ。蝶番がゆるんでいて、押し開けるとドアの下端が地面にこすれる。

内部は暗く、陰気でじめじめしており、明かりと言えば、海の向こうを狙える銃眼入りの三つの窓から射す日光だけだ。床には水たまりができ、波しぶきによるこまかなミストが、すぐさまエモリーの腕にくっついた。

「誰がこんな場所に住もうと思うの？」彼女はふしぎがりながら折りたたみ式の金属のテーブルに近づく。中央の窓の下に置かれたものだ。カルテや本がびっしりと載せられ、どれも湿気で端が丸まっている。

クララが第二のドアの先を覗くと、小さめの部屋に通じていた。金属の棚が倒れ、何百もの機械のパーツが床一面に散らばっている。海から引き揚げたものらしい。コンクリートの大きな塊が壁からはがれ落ちている。

クララはうんざりして鼻にしわを寄せる。

ここにはまったく日射しが入らない。新鮮な空気も。天井から雨漏りして汚れた水たまりができ、錆、オイル、汗の悪臭がした。

「あたしたち、なにを探してるの?」母親に視線を投げかけて訊く。

「罪の告白があるといいわね」エモリーはテーブルの本をめくりながら答える。「できれば、はっきりと署名してあるものが」

本はほとんどが古典だ。『白鯨』にテニソン。ギリシャ神話。聖書。エルキュール・ポワロにシャーロック・ホームズ。サミー・ピップスにアレント・ヘイズ。ヘファイストスはエモリーに負けないくらい殺人事件を扱ったミステリが好きらしい。

「これはなに?」エモリーはつぶやき、紙の下からつぶれた記憶珠を取りだす。黒い回路が宝石のヒビから見える。

彼女は壊れた記憶珠を目にするのは初めてだ。

わたしが壊れた記憶珠を使うとどうなるか忠告する暇もなく、彼女はそれをこめかみに当てる。人生の無秩序な断片が認識できないほどとてもすばやく飛び過ぎる。普通ならば、音、思考、感情が乗っているはずが、なにもかもが無音で、場面が脈絡もなく飛んでいく。

エモリーは旧世界を見る。群集、拍手、受賞。道路、人々が彼女を見つめ、注意を引こうと騒いでいる。その人たちの顔はひとりひとりまったく違っている。服装は独特で、髪型は千通りもありそうで、顔は塗られ、身体は色鮮やかで、飾りがあちこちに刺さっている。

ガラスと鋼鉄で作られた美しい都会を飛び、少年の頃のヘファイストスと話す。

鏡が現れ、若い頃のニエマが彼女を見つめ返している。

幼い少女となり、多彩な毛皮の奇妙な犬と遊ぶ。

そして村の外の埠頭。入江は都市ほどもありそうな大型の船でいっぱいだ。人々が彼女たちのほうに歩いてくる。どの顔も悲しみに打ちひしがれているが、どこか気取っている。

それはごちゃごちゃになった一つの人生で、乱雑さにエモリーは吐き気を覚える。

ニエマが機械の上で走っている。画面を見つめ、彼女のあたらしい子供の顔立ちを選んでいる。誰かに向かって叫び、その誰かは怯えているようだ。父親の腕に抱き取られ、小さなトロフィーを掲げている。

まぶしいほどあかるいラボにいて、ほがらかに、そしてしあわせそうに話す年輩の女を椅子にくくりつけている。女はなんの心配もしていない。時計は午後九時十四分。

廊下と機器を見る。目を閉じているジャックも。

赤ん坊を腕に抱く。

試験管のなかの光る虫。遊ぶ少年たち。彼女の両親。ほほえむ顔にかこまれた村。

場面はふたたびまぶしいラボ。テイアーが手振りをまじえてニエマにどなりつけてくる。人を殺しかねない怒りに染まった顔だ。記憶がとまる。いまにも吐きそうになっていたエモリーにはありがたい。

クララは倒れかけたエモリーを抱きとめる。「なにが見えたの？」

「ニエマ」と、エモリー。「エービイはニエマが死ぬ直前に記憶を引きだした。ただ、ごちゃごちゃになっていた」

ドアに近づき、潮風を大きく吸っているとようやく部屋が回転しなくなる。

少ししてクララが隣にやってくる。やはり宝石を使い、同じように混乱する結果になったのだ。

「最後を見た？」そう訊ねる。

「テイアーがニエマと言い争ってた。とても怒ってた」

「でも、いつのことかわからない。記憶は時系列じゃなかった」

「ニエマは死んだときと同じ服装だった。それに髪型も同じだった」エモリーが指摘する。「ふたりがどこにいたかわかる？　わたしにはわからなかった」

「あたしも」クララは考えてみてから答える。「この島であんなにあたらしく見える場所は見たことがないよ。テイアーが犯人だと思う？」

「まだそうとは言い切れない。でも、ニエマが生きているのを見た最後の人のひとりには違いないわね。忘れないで、ヘファイストスが宝石を持っているということは、遺体の近くにいたということになる。さあ、彼がもどる前にここの調査を終わらせましょう」

エモリーは機械のある部屋にもどり、クララは気乗りのしないまま机の書類を探る。抽斗を開けると、鋭いナイフが手前に滑ってきた。粗雑な木の持ち手が紐でぐるぐる巻きにされている。

ナイフをゆっくりと取りだし、裏返してみる。

クララは息がとまりそうになる。

「母さん」呼びかける。

「はい」エモリーが隣の部屋から答える。

「父さんのナイフを見つけた」クララがうつろな声で言う。

エモリーが隣にやってきて、ナイフを見つめる。驚いて口もきけない。十年ものあいだ、このナイフを毎日、目にしてきた。持ち手の形、ジャックがどうしてもきれいに研ぐことのできなかった刃の不格好な欠けを覚えている。

彼はあの探索に出かける日、これを持って家をあとにした。溺れたときに身につけていたはずだった。

43

あともう少しで村、夕方の空は紫とピンクの縞になっている。火山の上は嵐で、風が彼女たちの髪をなびかせ、最初の雨滴が顔を打つ。

エモリーは悪くなっていく天候も世界そのものも目に入らない。舟の後方に腰を下ろし、左右の手のひらに載せたナイフと心を通わせてでもいるようだ。

クララは心配しながら母親を見守り、オールのせいで赤むけした手のひらがこすれて痛むのを無視しようとしている。エモリーは村いちばんの威勢のいい性格で、穏やかな海の上を弾む水切り石のように騒々しくいつも動いている人だ。そんな母親が内に閉じこもっているのを見るのは落ち着かない。

「なにを考えてるの?」クララがおずおずと訊く。

「全然なにも」エモリーが活気のない声で言う。「それが問題よ、霧がここまで近づいているのに」

クララは母親の向こうの水平線を見つめる。物心ついてからずっと、霧は遠くのぼやけたもの、自分たちの世界を取り巻く壁だったが、いまでは内部に漂う虫が見えるほど近づき、その黄金の光が海面に散乱している。

きれい、そう考えて彼女は身震いする。虫たちは自分がこれからなにをするのか知ってるの?

それを楽しむんだろうか?

「いいえ」わたしは言う。「彼らは生命体が自然に発する熱に引き寄せられます。彼らはわたしのようなものです。単一の仕事をするために作られた。そんな彼らに感情を持たせることには誰も関心を抱きませんでした」

クララは舟をビーチまで漕ぎ、やがて竜骨が小石にあたってきしむ。エモリーは舟がとまるより早く飛び降り、小走りで門へ向かう。

「母さんはどこへ?」クララが驚いて言う。

「ヘファイストスとの対決に」わたしは言う。

「それはいい考え?」

「いいえ」

「母さんにそう伝えた?」

「もちろん、伝えました。わたしたちには彼女が必要ですよ、クララ。これから起こることすべてに彼女が必要なのですが、ヘファイストスとこのまま会えば、彼女はひどい怪我をすることになるでしょう。彼女が冷静でいるよう、あなたは最善を尽くしてください。わたしは別の方面から取り組んでみます」

門を抜けるとクララはすぐさま静寂に出会う。

村のテーブルには人がぎっしり座っているが、誰もが物思いに沈んだまま食事をつまんでいる。親は子供を膝に乗せ、夫婦は手をつなぎ、友人たちは肩を寄せ合って座り、不安が大きくなるのを許す空間をすべてふさごうとしている。これは葬儀のはずだ。歌い、踊り、故人の思い出話をしているはずだった。これでは死者への冒瀆のように感じられる。

「みんな、助かると思ってないんだね？」クララが哀れむように言う。

「あなたは助かると思いますか？」わたしは訊く。

クララは母親が小道へずんずん歩く様を見る。初めて母を客観的にながめる気がする。カールした豊かな髪の下は、ほとんどの者よりも小柄な身体で、肩幅は狭く、腕も脚も細かった。

それでも母親のことを考えるとき、そんな身体の小ささはクララの頭をかすめもしない。エモリーは生まれてからずっと、どの部屋に足を踏み入れても誰よりも目立つ個性の持ち主だった。ほとんどの人がおとなしくして人の言いなりになる場所で、彼女はつねに怖い物知らずで、率直で、生命力にあふれ、まるで突いたら空中に質問をまき散らすスズメバチの巣のようだった。彼女は自分が正しいと思ったら、とまらないし、一歩も引かなかった。

でも、どうして母親はそんなふうなんだろう？

それはクララの思考のなかで小さいけれど気になって仕方のない疑念だ。母親のベッドの下には質問がぎっしり書かれた十冊以上のノートがある。ほとんどが答えを得られていない。どうしてこの人だけがこれほど違っているのか？

クララは母親に続いて小道を目指し、兵舎のふたつの棟のあいだに吊るされて輝く追悼のランタンを見やる。死んだ村人たちのためのランタンを並べるのには四本のロープが、ニエマのためには九本が使われていた。この差にクララは血がたぎる思いがした。

死んだ村人たちは親切で献身的な人生を送ってきた。彼らがやったことは、ほかの者たちのためにこの場所をよりよいものにすることだけだと言っていいくらいだ。

対照的に、ニエマは記憶の消去を命じ、そのせいでこの人たちは死んだ。ニエマは診療所で実験をしていくつもの遺体を生みだし、いまや霧が島に迫っている。それというのも、彼女が自分の死後もなにかが残りつづけることに耐えられなかったせいなのだ。

ニエマが村人たちより多くのランタンを贈られるのはふさわしくない。

それどころか、ひとつだってふさわしくない。

エモリーとクララが四段の階段をあがってラボに足を踏み入れると、テイアーが海から回収した装置に覆い被さるようにしている。ピンセットを使い、ふたつの曲がった筋交い(すじかい)のあいだからなにか引き抜こうとしている。ヘファイストスは床に座って壁にもたれ、あたらしいおもちゃを手にした子供のように記憶抽出器をいじっている。彼はなかば忘れられた歌をハミングしており、テイアーはあきらかにそれを楽しんでいる。リズムに合わせてかすかに頭を振っているからだ。

「あなた、どうしてジャックのナイフを持っているんですか?」エモリーが彼に突き進む。彼はなんの感情も浮かべず顔をあげ、記憶抽出器を隣に置く。

テイアーは作業の手をとめ、ふたりをかわるがわる見やる。

「なぜ、おれの持ち物を探ったんだ?」彼は低く剣呑なうなり声で訊く。

「このナイフは夫が溺れたとき持っていたものよ」エモリーは質問を無視する。

ヘファイストスは復讐の神のように彼女の前に立ちあがる。その目には裏庭でハゲタカを処刑したときと同じ狂気の光が宿っている。

クララは必死になってエモリーを引きもどそうとする。いつもならば、母親は人の気分の移り変わりに対応するのがうまいが、答えのほしい質問があると違ってくる。

「そのナイフはビーチで見つけたんだ」と、ヘファイストス。

「錆びていないし、木の持ち手も水を吸って膨張していない」エモリーは反論し、クララの制止から身体を振りほどく。「これは水の近くになんかなかった」

エモリーは怒って彼を見あげる。その頭はかろうじて彼の胸に届く高さだ。

母さんより身体が大きいだけじゃない、とクララは絶望的に考える。あれだけの筋肉に包まれた相手だ。ヘファイストスの顔は皮膚の下でなにかが這ってでもいるようにピクピクと動いている。

「修理したんだ」

「わたしが最後に見かけたときとまったく同じです」エモリーは視線をそらさず、たたみかける。

「それにこの刃なら、ニエマの胸の刺し傷に一致しそうね。どうして嘘をつくんです？　なにを隠しているの？」

ヘファイストスの手がさっと伸び、エモリーの首をつかむ。

その手に力が入り、彼女は苦痛にあえぎ、身体は床から浮いて空中で足がばたつく。

ナイフがガチャリとタイル床に落ちる。

「母さん！」クララが悲鳴をあげ、ヘファイストスの腕を引っ張り、母親を解放しようとする。

ヘファイストスは彼女たちを無表情に見つめる。まったくなんの感情もない。自分がなにをしているかさえ、気づいていないようだ。

クララは死に物狂いの視線をテイアーに向けるが、その顔は反応がにぶい。テイアーは脳内でわたしに話しかけている。

「母さんを助けて！」クララは叫び、その言葉がラボに反響する。ヘファイストスの手にますます力が入り、エモリーはきれぎれに最期の呼吸をしている。

テイアーの声が背後から響く。鋭く淡々とした口調で、エモリーのことなどまったく案じてないことが伝わる。

「あなたはわたしたちの最高の探偵を殺そうとしてるわよ」

ヘファイストスの目にふたたび感情がもどり、ようやく自分が絞め殺そうとしている女を認識する。手をひらき、彼女をどさりと落とす。

エモリーは空気を求めてあえぎ、クララは守るように母親を抱きしめる。ヘファイストスはかがんでナイフを拾いあげ、重みをたしかめるようにしてから、記憶抽出器をまたいじりだす。

クララはエモリーの身体に力が入るのを感じ取る。立ちあがってまたヘファイストスと対決しようとしているのだ。しかし、クララは母親をきつく抱きしめ、耳元にくちびるを寄せる。

「あたしをひとりにしないで」そうささやく。

エモリーは身体の力を抜き、怒りがとぎれる。

「行きなさい」ティアーは彼女たちに出ていけと手を振る。「次に会うときは、容疑者を連れてきたほうがいいわよ」

44

エモリーの肩に腕をまわし、クララはキッチン近くの長テーブルのひとつに震える母親を座らせようとするが、エモリーは激しく首を振り、門とその先の暗い海を指さす。

「ヘファイストスときたら、あんなことをするなんて信じられない」クララが押し殺した声で言う。「どうして……ためらいもしないで……」すぐに言葉が続かなくなる。

彼女の耳では血の流れるごうごうという音がしている。村ではいままで誰も暴力を受けたことがなく、どう反応していいかわからなかった。逃げたい、みんなに警告したい、叫んで隠れたい。そのすべてを同時にやりたかった。

「どうして彼をとめなかったの、エービイ?」クララが怒りのはけ口を見つけて訊く。「今朝あたしが境界線を越えようとしたら、あなたはすぐにあたしの身体をコントロールして、引きもどしたじゃない。ヘファイストスは母さんを傷つけてたのに、あなたはなにもしなかった」

「前にも話したように、わたしは人間をコントロールできません。彼らの思考を聞くことはできますし、わたしの言葉に影響力はありますが、それだけです。でも、あなたはまちがっています。わたしはテイアーに介入するよう頼み、彼女はそうしたのです。それがなければ、あなたのお母さんはいまごろ死んでいたでしょう」

そして人類は絶滅していた。

「大丈夫よ、クララ」エモリーがガラガラ声で言い、安心させるように娘の手を握る。「これでいいの、これは起こらなければならなかったことなのよ」

クララはその言葉にこもる激烈さに驚いて母親を見やる。

「いままで人間を理解してなかった」エモリーは首を絞められてまだ声がかれた状態だ。「わたしたちと違っているのはわかっていたけれど、どう違っているのか気づいてなかった。人間と暴力との関係を理解してなかったのよ。あの人たちにとってどれだけ簡単なことか。どれだけあっさりと暴力を振るえるか。あんなふうに乗りこむなんてバカだった。ヘファイストスには秘密があって、それを守るためならわたしたちを傷つける、島が危険にさらされようが関係なく。これは貴重な情報よ。役に立つ。テイアーも同じ考えかただと仮定しなければだけど。これからはもっと慎重になりましょう」

門の先はいくらか涼しく、潮風が渦巻いて舌先にしょっぱい味がした。もうじき消灯で、海はビロードの毛布のように暗くなっていく空の下に広がっている。

クララは疑わしそうに母親を見つめる。「父さんのナイフはどうする？」

村人は物欲がなく、誰とでもなんでも喜んで分けあうが、クララはヘファイストスが父親のものを手元に置くなどしゃくだった。なんだか父親をがっかりさせているように思える。

「いまのところはあとまわし」エモリーは痣のできた喉に触れながら顔をしかめる。「テイアーはヘファイストスがあのナイフを持っていると知ったから、わたしの質問には根拠があるとわかってくれるはずよ。少なくとも、ナイフのことで彼を疑うはず。わたしたちにはできない質問を彼女が始めてくれることを願うわ」

クララは尊敬のまなざしで母親を見つめる。「どうやったら、そんなふうに考えられるの？」

「むずかしくないのよ」エモリーはとまどいながら答える。「当然のように思われることがあるなら、それと反対のことをすべし」

「それで、次はどうする？　灯台に連れて行ってほしい？」

「暗いなかで舟を漕ぐのは危険すぎる。あなたには農園で集めた土のサンプルを分析してほしいの。そのあいだにわたしはテイアーの部屋を探る」

クララは緊張する。ヘファイストスと衝突した直後に、別の長老とも対立することになるのを心配しているのだ。

「あたしも一緒に行ったほうがいいよ」

「あなたにはラボにいて、テイアーを見張っていてほしいの。彼女がラボを離れようとしたら、引き留めて」

二分後、エモリーはテイアーが暮らす古い軍需サイロの螺旋(らせん)階段を下りている。各アルコーヴには電気照明が灯っているものの、その獰猛(どうもう)な光でエモリーは不安になる。明るすぎるし、安定しすぎている。影もないし、柔らかさもない。ここに長く滞在すれば、あの明かりに骨から肉をはがされそうだ。

階段のいちばん下にたどり着くと、そこはポプリの香りに満ちている。おそらく、湿ってカビくさいコンクリートのにおいを隠すためだ。

エモリーはにおいを嗅いでみる。そしてもう一度。これはリースカの調合薬のひとつだ、と彼女は思い当たる。

村の者たちはみな自由時間に、ロウソク作りだったり、木彫りの動物作りだったりと、思い思いに楽しむ趣味がある。土曜日、村人たちはそうしたものを持参して寮の部屋から部屋へとまわり、その週にしてもらった手助けや親切のお返しに、隣人たちの戸口に贈り物として置く。当然ながら、長老たちがそうした贈り物をいちばん多く受けとる。たとえ彼らが村の生活にはもっとも貢献していなくてもだ。その点をいつもエモリーはおかしいと思っていたのだが、ほかの誰も気にしていないようだ。

サイロは村の色鮮やかな標準の暮らしに比べると、ものがまばらだ。灰色の壁を和らげる飾りはほんの少し。家具としては、まちがいなく村のどこかから回収した古いキャンプ用ベッド、数段の抽斗、複雑な方程式を書いた紙で覆われた製図用の机くらいだ。

壁にかかっているのは、もっとしあわせだった頃のテイアーの写真だ。ヘファイストスにおんぶされ、その背景で年上の女が笑っている写真。別の写真では、ビーチに横たわり、カメラに顔をしかめてみせている。勢いよく炎が舞いあがる焚き火を七人でかこみ、頭をのけぞらして笑っている。飲み物がバスタブで冷やされている。

エモリーは写真を次々に見て、自分の知っているテイアーとはまったく違う人物を目にする。身体的にはほとんど年齢を重ねていないというのに、この写真の彼女のほうが若いことはあきらかだ。まず何より、大笑いして人生を楽しんでいる。こんな姿をいままで見たことがない。

「テイアーになにがあったの?」

「彼女の世界は焼けてしまったのです」わたしは答える。「家族が亡くなりました。続いて友人たちも。あまりにも多くのものをうしない、その過程で自分自身もうしないました」

同情が大きな波となってエモリーを呑みこむ。

「その感情を忘れないでください」わたしは言う。「彼女たちを憎むのはたやすいでしょうが、テイアーもヘファイストスもあなたの想像のはるか及ばないほど苦しんできました。現在の彼女たちがどんな人間であろうと、それは彼女たちが選んだことではなく、身から出た錆でもなかったのです」

エモリーは机の抽斗をひとつずつ開けはじめる。診療所の遺体はニエマがブラックヒースにもどる方法を手にしていたことを示唆している。霧のためにうしなわれたとされていたのにだ。もしテイアーがそれを知ったならば、殺人の強い動機を持ったことになる。

「動機」自分に対して首を振りながらつぶやく。

その言葉を本で何度も読んできたが、口に出したことはなかった。この場所には存在していないもの、そう彼女は考える。古くて、なまくらで、埃をかぶったもの。だがひとたび音として外に出ると、まるで空気をどすんと打つような気がする。

最初の抽斗は空っぽで、次は古めかしいカメラが入っている。カメラの本体はバラバラにならないよう針金でまとめてある。かつてテイアーは探索でこれを弟子たちに使わせ、発見したあたらしい植物や動物を撮影できるようにしていた。だがカメラはあいにくとても壊れやすく、走り去る動物の写真を撮ろうとすると、手のなかで分解してしまった。

カメラをもとあった位置にもどし、次の抽斗を開けると古い日記を見つける。

あてもないままページをめくり、最後の日付にたどり着く。


エリーは行ってしまった。わたしにも、ヘファイストスにも、耳を貸そうとしなかった。最後の空いた仮死カプセルに入った。さもなくば、崖から飛び降りると言って。

姉がいないと、どうしたらいいかわからない。最近はあまり話をしていなかったけれど、それはわたしたちがここに四十八年間いるからにすぎない。まだどんな話題が残っていると？

わたしとヘファイストスのどちらが動揺しているかわからない。彼は人生そのものよりも姉を愛していた。


「テイアーのお姉さんはブラックヒースに閉じこめられているのね」エモリーが声に出して言う。

「ニエマはテイアーをブラックヒースから締めだしていただけじゃなく、お姉さんにも会わせないでいた」

「エモリー、あなたはお父さんをとめなければなりません」わたしは大急ぎで口をはさむ。

「どうして？」

「とてつもなく愚かなことをしようとしているからです」

45

舟で浅瀬までたどり着くとセトは波に飛びこみ、負傷した足首でなんとか着地する。丸くえぐれた傷の周囲の肉が黒と紫になり、腫れてきて、体重をかけるたびに鋭い痛みが走る。

顔をしかめて舟を小石の岸へと引きあげる。

「父さん！」

エモリーが両手を腰にあてて待っている。

「エモリー？」彼はオールを浜辺の置き場に投げて訊く。「ここでなにをしている？」

「エービイから父さんがなにをするつもりか聞いたの」

「エービイはおれの個人的な思考を共有しちゃいかんはずだろうに。ホセインはどこだ？　荷車が要る。灯台近くの岩場で遺体を見つけたんだ」

エモリーは舟に近づく。なかには女。正確には女の残骸だ。すべての手脚は粉々になり、顔はつぶれ、胸はぱっくりと開いている。エモリーたちが診療所で見つけたものと似た灰色のジャンプスーツを着ている。これもボロボロになっているが、糸が網の役割を果たして、形を保っている状態だ。

喉に酸っぱいものがこみあげてくるが、それをふたたび呑みこみ、目をそらすまいとする。

今日ばかりはこうしなければ、とエモリーは思う。これが命であることは忘れよう。この人が呼吸をして、泣き、夢を持っていたことは忘れよう。そんなことはどれも役に立たない。ここにあるなにかのおかげで、わたしはこの島を救えるかもしれないんだから。

すぐにわかるのは、この壊れた人体のパーツの集まりは診療所で見つけた人たちのように、かつて人間だったことだけだ。破裂した腹から臓器を見ると、自分とは全然違う位置にあるのがわかる。これはニエマが実験していた女に違いない。

「彼女になにがあったの?」エモリーは訊く。

「誰かが崖まで運び、そこから落としたのさ」セトが肩の凝りをほぐしながら言う。

「誰がやったか見た?」

「いや」

「もう死んでいたの? その……」あまりにおそろしくてエモリーははっきり言い終えることができない。

「もちろん、死んでたさ」セトは目を細めて答える。「なんでまた、死んでないのに崖から落とされるんだ?」

エモリーはそれに返事をしない。そんな勇気がない。もっとも、こんなにも早く自分が死というものを他の村人とは違ったふうに考えるようになったことに驚いている。

ホセインが門から、死者の運搬に使うものとなる手押し車を押して現れる。セトは舟から遺体を持ちあげ、無造作に手押し車に落とす。ボロボロの遺体は胸の悪くなるようなグシャリという音をたてる。

「焼却炉に運んでくれるか?」と、セト。

「ラボへ運んで」エモリーが訂正する。「テイアーが彼女を見たがるはず」

「なんでだ？」

「ニエマが死んだから、そしてすべては結びついているから」そう言い、ホセインにうなずいてみせる。

セトが手押し車に続いて村にもどろうとしたところで、エモリーが腕をつかみ、内緒話をするときの表情をする。

「テイアーには、今朝どこで目が覚めたか言っちゃだめよ。ヘファイストスが灯台で記憶抽出器を見つけたの。彼はニエマの殺人についてなにか知っていそうな人にかたっぱしから、それを取りつけるつもりでいる」

セトは彼女を見つめてから、失望して首を振る。

「エービイからなにがあったかすべて聞いた」彼は怪我をした足首でよろよろと去ろうとする。

「バリアが消えて、霧が迫ってるのも知ってるぞ。誰かがニエマを故意に殺したことも、彼女に最後に会ったのはおれだってことも」Tシャツを引っ張ると、生地がパリパリと嫌な音をたてる。

「ゆうべはなかったのに、血が服についてる。おれはこの件になにかしらかかわっていて、長老たちがこの島を救うためにはおれの死が必要だというんなら、それは正しいことさ」

「そんなこと言わないで、なにがあったか、わたしに話してよ。殺人の調査をするよう頼まれたの」

「それより長老たちに話したほうがいい」彼は頑固に言い張る。

「父さん！」

「もうたくさんだ、エモリー」そう言った彼の怒りがショックに変わる。中庭に入ると、今夜のために、またもや葬儀の飾りつけがしてあったからだ。

父親に別れを告げたのはわずか数日前。妻ユディトの死を悼んでからも数カ月しか経っていないような気がする。今度はニエマのためにランタンが飾られている。いくつもの喪失があまりにたてつづけに訪れ、彼には扱いきれない。

深呼吸をして、よろけながら前進する。

すれ違う村人たちが顔をあげ、目を丸くする。彼は呼吸が荒く、足首の怪我が痛くて顔をゆがめている。シャツは汗と血でぐっしょり濡れているし、こんなふうに急いで歩いている者など村ではめったに見ない。

破滅から逃れて到着したばかりの者のように見える。

「どうして怪我をしたの？」エモリーが彼の足首の上の丸くえぐれた傷を見ようとする。ギザギザのパイプの端で負ったもののようにも思えるが、どこにそんなものがあったか、彼女はすぐには思いだせない。

「さっぱりだ」彼はぶっきらぼうに答える。中庭にいる痣の残る人たちを顎で示してみせる。「ただ、こういうのはおれだけじゃないみたいだな」

エモリーはもっと話してくれると思って待つが、それは二日前の灰に残り火が見つかるのを期待するようなものだ。

「エービイから父さんは起きたとき絵を持っていたと聞いたけど」別の切り口を試す。「見せてもらえる？」

父親は絵を守るようにポケットを上から握りしめ、うなるように言う。「それを判断するのは長老たちだ」

ふたりは兵舎と石壁のあいだの小道に足を踏み入れ、学校の丸屋根が視界に入る。その先に倉庫がぬっと現れる。煉瓦は火事の煤で黒くなっている。この角度からだと、見たところ損傷はそれだけだ。炎は奥の壁からあまり手前には進まなかったためだ。

「お父さんをできるだけ引き留めないとなりません」わたしはエモリーの脳内で言う。「わたしはテイアーとヘファイストトスをラボから引き離そうとしていますが、お父さんが到着したときに彼らがまだいたら、お父さんは殺されるでしょう」

エモリーは父親の前に飛びだし、手のひらをしっかりと胸に押し当てる。

「父さん、話を聞いて」楽器を運ぶ村人たちがすれ違い、彼女は声を落とす。「父さんがチャンスをくれたら、わたしがなんとかできる。父さんが死ぬ理由なんかないのよ」

セトは娘の訴えるような目を見つめ返す。

「おれはおまえを信頼してないね、エモリー」冷たく言う。「霧がここに二日足らずでやってくるが、おまえがおれたちをそれから救えるとは思えん」

エモリーは傷ついて顔をゆがめる。

「さあ、頼むから道を開けてくれ。おれたちを救える人に話ができるようにな」

46

クララはラボのなかにいて、ドアの隙間に目を凝らしている。ヘファイストスとテイアーが肩を並べて外に腰を下ろし、壁にもたれている。ヘファイストスのほうが二倍も体格が大きく、手振りも荒く逆上しながら話しており、まるでなにもないところから意味をつかみ取ろうとしているようだ。

テイアーはまったく身体を動かさず、かすかにあごを下げ、まぶしさに目を細めている。

クララはもうじき祖父が現れるはずの小道を見やるが、ありがたいことにまだ誰の姿もない。

忍び足で走査装置の前にもどる。農園の土の分析中だ。

「この計画で本当にうまくいくと思う?」クララは脳内で訊く。

「説得力を発揮するよう心がけてください」

彼女は装置を見つめ、もっと速く分析できればと願う。一秒ごとに祖父がまた一歩、ラボに近づく。

走査装置が陽気なビーッという音をたて、結果を出す。

クララがにらんでいた通り、農園の作物には化学薬品の毒が撒かれていたが、成分はどれも見慣れないものだ。

「おじいさんが学校の横を通過しました」わたしが知らせると、彼女は慌てて紙切れに成分一覧を書き写す。「急いで」

彼女は大急ぎで部屋を横切り、外に出る前に気持ちを落ち着かせる。

「土のサンプルを分析しました」そう言って、紙切れを掲げる。「妙なことがあるんです」

「わたしのデスクに置いておいて」テイアーは手を振って相手にしない。

クララは小道から視線を離さないようにする。これまで誰かを騙したことはないから、楽しくてたまらなかった。あまりにわくわくして、じっと立っているだけでも苦労する。

「いま、見てもらえませんか?」譲らない。「この薬品は見たことがありません。どれだけの損害をあたえるのかわからなくて」

ヘファイストスがいらいらと紙切れを寄こせと身振りし、それをすぐテイアーに差しだす。

「ペットをほしがったのはあんただ」テイアーに言う。

成分のリストに視線を走らせると、いつもは崩すことのないテイアーの表情がゆらぐ。

「こんなはずはない」そう言って、ヘファイストスに紙を返す。

ふたりは同じように混乱した表情を浮かべ、テイアーが勢いよく立ちあがる。

「どこへ行くんだ?」ヘファイストスが驚いて訊く。

「ブラックヒースの入り口を全部たしかめるのよ」

47

セトが足を引きずってラボにやってくると、クララがひとりで走査装置を覗きこんでいる。

彼女はセトに気づいてびっくりしたかのように、画面から顔をあげる。セトはその場に立ち尽くし、驚嘆しながらラボを見まわす。最後に足を踏み入れたのは妻が死んだ数日後だった。彼らは世界の終わりで周波数検出器を使って作業し、霧のなかの虫がどうやって意思疎通をはかっているのか知ろうとしていた。空模様の悪い日で、天候はどんどん悪化した。嵐でびしょ濡れになったあと、潮の流れにつかまってしまい、もう少しで霧に引きずりこまれそうになって、どうにか逃れたのだった。舟の上で期待外れのピクニックのような食事をして、かわるがわるオールを漕ぎ、村にもどって、ユディトの執筆した芝居を見た。

ユディトは一日中、鼻をぐずぐずいわせて震えていたが、それほど具合が悪いようには見えなかったし、そもそも妻は愚痴をこぼすタイプではなかった。消灯が訪れ、おたがいの腕のなかで眠りについた。翌朝、彼女は死んでいた。まったく静かに息を引き取ったのだ。

疫病である場合をおそれてテイアーはセトを隔離はしたが、それだけのことだった。村は住民に家をあたえ、守り、ときに命を奪う。その夜は妻の命が奪われた。

テイアーはセトには弟子の仕事にもどってほしがったが、ラボに足を踏み入れるたびにユディトが手がけていた実験が目についてしまう。彼女の書いた報告書、彼女の摘んだ花。数日は努力したものの、セトは口実を作って辞め、二度ともどらなかった。思いだせるかぎり、テイアーは二度と彼に話しかけることがなく、それも仕方ないと彼は思ってきた。職務をなげうち、神聖なる奉仕活動をやめたのだから。娘に抱く失望は、自分自身への失望で強まっているのかもしれないと、たまに考える。

エモリーがドアのところにやってきて、ラボにはクララしかいないと知って安堵し、身体の力を抜く。

父親が考えこんでいるのを見て、彼女はすばやくハサミをつかみ、父の袖から少し布を切り取り、クララに手渡す。

「なにをしているんだ⁉」セトは訊く。

「誰の血が父さんの服についてるのか、たしかめるの」エモリーは上機嫌で答える。「できれば、父さんが消灯のあと、なにをしていたか突きとめたい。ヘファイストスがこの血のことで父さんを殺す前に」

クララがこの試料を走査装置にセットするのをよそに、セトはニエマの遺体を覆っているシーツをめくってしまう。たとえ頭部の大部分をうしなっていなくても、ひどい有様に映っただろう。彼女は検死後、パッチワークのブランケットのように縫いあわされていた。

セトは急いでニエマの顔をふたたび覆い、どさりと椅子に座りこむ。こんなにひどいことが、これほどすばらしい人に起こるとは信じられない。エモリーにすべて話を聞いても、これは事故か、あるいはひどい誤解だと確信していた。

クララが包帯、消毒薬、粉末の痛み止めを運んでくる。沸騰させた湯を入れたグラスに粉薬を少量加え、祖父に手渡す。彼が薬を飲むあいだに、彼女はスツールを引っ張ってきて彼の脚を乗せ、足首の上の丸くえぐれた傷を調べる。ひどく腫れて黄色の膿がにじんでいる。

「化膿してる」と、クララ。「どうやって怪我したの?」

「わからん」彼は靴を脱ごうと苦労しながら答える。「起きたらこうなっていた。記憶抽出器がその説明を掘りだせることを願うよ」

「本気でヘファイストスに使わせるつもりじゃないよね?」クララは傷を拭きながら仰天する。「長老たちはあたしたちが考えてたような人たちじゃなかったし、絶対に正しいわけでもない。あたしは自分の目で見た。あの人たちは暴力的で自分勝手。人を傷つける。おじいちゃんも長老を信頼しちゃだめだよ」

「わたしたちは長老に奉仕するために作られた」エモリーが記憶抽出器を調べながらつけくわえる。「あの人たちは自分でやりたくない仕事をさせるために、わたしたちを作ったのよ」

「そこが肝心であるような話しぶりだな」セトは言い返し、破れた皮膚をクララに少し剝がされ顔をしかめる。「村で最高の誉れは奉仕の人生を送ることだ。おれたちは自分より、ほかの者を大切にする。おまえの発見したことは、おれたちがとっくに知っていることのように聞こえるが」

「そんな生きかたを選ぶかどうか自由ではいけないの?」エモリーは父親がどうやっても怒りを覚えようとしないことにいらだって訊く。

「おれたちに選べるとおまえは保証できるのか?」彼は片足の靴を使ってもう片方の靴を脱ごうとしながら言う。「自分が人間であろうがなかろうが、どうでもいい。おれが何者かも、おれがやりたいことも変わらない。相変わらず背中はかゆい。おまえの話を聞く前と同じにな。首は痛い。海が好きだ。茹でたジャガイモは嫌い。そして今朝は血まみれで目が覚め、親友がいなくなっていた」

彼はうめき声をあげて靴を脱ぎ、椅子の隣にきちんと置く。「おれのなくなった記憶で村を助けられるなら、進んで提供するし、そうすることを誇りにするさ」

「父さんはシルパの靴を履いてる」エモリーがそれを拾いあげる。

「いいや、履いてない」

「かかとの端が欠けているの」エモリーは証拠を父親に見せる。「父さんはゆうべシルパが寝ているあいだに、シルパの足からこの靴を脱がしたのよ」

「なんでまた、おれが彼女の靴をとるんだ?」

「農園から先の地形は岩ばかりだから」クララが返事をして、足首の傷に消毒薬を塗る。「おじいちゃんとあたしと母さんは、ゆうべアーディルの小屋に行ったんだよ、荷車を引いて。おじいちゃんは途中でサンダルから履き替えないとならなかった」

「だが、昨夜おれはニエマと一緒に灯台にいたんだぞ」彼は反論する。

「おじいちゃんはそのあとで、ニエマを村に送っていったはずだよ」

「だが、おれは灯台で目覚めたのに」彼は困惑している。「わざわざ舟を漕いで、また村から灯台へもどったのはなんでだ?」

走査装置がビーッと音をたて、セトの服についた血の分析が終わる。クララは彼の脚に包帯を巻き終えてから立ちあがり、装置に近づく。

「誰のだ?」セトが椅子に座ったままクララに向きなおる。あきらかに答えをおそれている。

「ニエマのか?」

「いいえ」クララの声は震えている。「ヒュイのよ」

48

セトがいらだたしげにテイアーのラボを足を引きずってぐるぐると歩きまわるのを、思案顔のエモリーと呆然とするクララは見つめる。

「昨夜ヒュイはおれの舟には乗ってなかったんだぞ」彼がそう言うのは四回目だ。「あの子のことはたいして知らんし」

「彼女が襲われたとき、父さんがバードバスの近くにいたんじゃないかな」エモリーが意見を出す。

「おれは海で目が覚めたんだ!」彼は叫び、お手上げの仕草をする。「なにひとつ、意味が通らん」

「ゆうべなにがあったのか教えて」エモリーは父親の不安を内心よろこびながら訊く。「思いだせることならなんでも」

彼は首を振り、記憶をつなぎあわせようとする。

「たいして話すことはないな」セトは頰ひげを引っ掻きながら言う。「ニエマは静かだった。舟に乗っているあいだ、ほとんど話さなかったんだ。彼女は自分がどうやってこの島を手に入れたか語り、おまえの母さんについて訊ね――」

「母さんについて訊ねた？」エモリーは口をはさむ。ユディトが死んで二十年、ニエマは母親について一度も触れたことがなかった。葬儀のあとの数週間、エモリーが母についての思い出話をしたかったときでさえも、ニエマはすばやく話題を変えたものだった。

「ああ」セトはエモリーの反応に当惑する。

「ニエマはどんなことを知りたがったの？」

「どんな人だったか」セトは娘の好奇心に顔をしかめる。「なんで、それが重要なんだ？」

「それはわからないけど。ニエマはいままでその質問をしたことはあったの？」

「ないね」彼は打ち明ける。「それについては大して話す時間がなかったんだ。アーディルが突堤でおれたちを待っていたから、それでニエマは驚いたようだった。エービイが落ち着かせたに違いない。ニエマはおれに舟を係留するように言ってから、アーディルと一緒に灯台に入った。それが最後に覚えてることだ」

「アーディルはどんな様子だったの？」

「緊張してたかな。怒ってもいた。ニエマは心配そうだったが、おれを連れて行こうとはしなかった。おれは舟で眠った。その記憶を最後に今朝、目が覚めた。こいつを持って」

セトは折りたたんだ紙を差しだす。

エモリーはそれを受けとり、これはマグダレーネのスケッチブックから破かれたページだと気づく。予想通り、画家マグダレーネはゆうべ起こったことを描いていたのだ。バンドがステージに立って楽器を演奏し、村人たちが踊っている。パーティがおこなわれているようだ。

「これを見て、クララ」エモリーは娘を手招きする。「ヒュイがバードバスの近くでニエマと話をしてる。ヴァイオリンを持っているわね」

クララは作業台の端に浅く腰かけ、その絵のなか自分をトントンとたたく。木の塊から鳥を彫り出しているところだ。エモリーが隣にいて、肩に腕をまわしている。

「あたし、混乱してるみたいに見える」

「わたしたちふたりともそうよ」エモリーはつぶやく。

「あたしが彫刻をやるのは、考えごとがたくさんあるか、気持ちを静める必要があるときだけ」と、クララ。「ほかのみんなはこんなに機嫌がよさそうなのに、あたしたちは悲しくなっている——どんなことをニエマは言ったんだろう？」

「わたしたちは一生、ブラックヒースに閉じこめられた人間たちに奉仕する、ということではないわね」と、エモリー。「テイアーがわたしに嘘をついたか、ニエマがテイアーに嘘をついたか、どちらかよ」

彼女は絵を裏返し、線と数字の奇妙な図表を見つめる。

「アーディルがそんなふうな図を書いていたな」と、セト。「追放される前にいったん村にもどってきたときに。あいつは夜になるとそうしたものを壁に書きつけた。いたるところで見つかったものさ」

「どんな意味があるの？」クララが訊く。

「本人もわかってなかった」セトが答える。「おれたちと同じように、本人もその図を見て混乱してるように見えた」

「ベンそっくりね」エモリーがつぶやく。「これは父さんの筆跡よね？」

「ちょっと乱れているが、そうだな」

「ゆうべ父さんはこのページをマグダレーネのスケッチブックから破り取った。それが手近にある紙だったから。この図表にどんな意味があるにしても、父さんが急いで書き留めないとならなかったことはまちがいない」

図表の意味の解明はあきらめ、エモリーは反対側の中庭の絵をふたたび調べる。絵のなかの自分たちを見るのは妙な気分だ。意識鮮明で、自分たちの記憶にない時間をすごしているのだ。

「どうしてニエマはこうしたものをどれもあたしたちに忘れさせたかったんだろう？」背後でクララがつぶやく。

エモリーは目を見ひらく。おそろしい考えが頭のなかに押し入る。「あなたが鳥を彫るのに使っているナイフはどこ？」彼女は突然訊ねる。

「バッグのなか」クララはまだ絵を見つめている。

「走査装置にセットして」エモリーが言う。

「どうして？」

「とにかくやるのよ」

母親の切羽詰まった口調にぎょっとして、クララは木製の鞘からナイフを引き抜き、走査装置にセットする。

誰もしゃべらない一分がゆっくりと過ぎ、装置のビーッという音が沈黙をガラスのように砕く。クララが画面を覗き、ためらいながら結果を読み取る。

彼女は息を呑み、まっすぐに背筋を伸ばす。

「刃にはヒュイの血とニエマの血の跡がある」クララは母親のゆるぎない視線と目を合わせる。

「あたしのナイフは殺人の凶器だ」

エモリーは勢いよく記憶抽出器に近づく。一瞬だけ考えてから、それを頭上に振りかぶって床に投げつける。金属とガラスの破片がラボのあちらこちらに飛んでいく。

そのぐらいの破壊では満足できず、エモリーはできるだけ強くそれを踏みつける。

「やめなさい！」セトが彼女を引き離そうとするが、彼女は身体を振りほどき、両脚で記憶抽出器に飛び乗り、内部でなにかがガシャンという。鮮やかな赤い色のゲルが両端から流れだす。

「おまえはなんてことをしてしまったんだ？」セトが叫ぶ。

「家族の命を救ったの」エモリーは肩で息をしながら言う。「お礼は結構よ」

49

エモリーは力強く外に歩みでると、紫の空にいらだちをぶつけて叫び、兵舎にいる村人たちから好奇の目を向けられる。

父親が記憶抽出器を膝に載せ、傷ついた動物のように抱くのを置き去りにしてきた。これだけのことがわかったあとでも、彼はまだ長老の意志に反するエモリーに怒っている。娘のことはほとんど信じないのに、どうして長老たちへの信心はここまで揺らがないのか？

そのとき、クララが腰に手をまわし、背中に頭を預けてきた。彼女は子供の頃、慰めてほしいときにこうしたものだった。エモリーはこれがいつ以来なのか思いだせない。

「大丈夫？」クララが訊く。

「あの人は救いようのないバカよ」エモリーはきっぱりと言い、拳を握りしめる。

「おじいちゃんはきっと、母さんのことを同じように思ってる」

「あの人の味方をしないで」エモリーはむきになって言う。「ここにやってきたということは、わたしの味方ということよ。そしてわたしの味方なら、わたしのようにおじいちゃんに怒らないと」

クララはふざけて甲高い声で叫び、母親を笑わせる。

「あなたは怒りの効用がわからないみたいね」エモリーの気持ちが静まってくる。

アリがエモリーの足の上を這っていき、黒い大行列になって中庭へ向かい、テーブルから落ちた食べ物のかけらにありつこうとしている。アリはがっかりするだろう、と彼女は思う。備蓄のほとんどは行方不明のままで、葬儀のごちそうは残り物と食べ頃ではない野菜だけだ。

娘の手を握ると、汚れて、熱く、怪我をしている。腕はなめらかで細く、皮膚にはそばかすがある。幼い頃から変わっていないのは、そうしたことくらいだ。

「なにが気になっているの？」エモリーは優しく言う。

「どうしてヒュイの血があたしのナイフについてたんだろう、母さん？　どんな理由があっても、あたしは絶対にあの子を傷つけないよ」

「もちろん、あなたはそんなことしない」エモリーは振り返ってクララの途方に暮れた顔を見つめる。娘の思考がどこにたどりついてしまったかを知って、どうすればよいかと迷う。「この犯罪は衝動的なもので、あなたはナイフを持ってバードバスの近くに座っていた。ヒュイとニエマを襲った何者かがあなたからナイフを奪いとった。それがすぐ手に入るものだったからよ。近くにあったのがハンマーやノコギリだったならば、犯人はそれを使ったはず」

エモリーはクララの顔を両手ではさみ、目を合わせる。

「あなたがかかわっていないことだけは、自信がある」エモリーは声をかける。「あなたの心はそんなことをするにはずっとずっと広すぎるもの」

「母さんがまちがってるとしたら？　本当を言うと、ヒュイがあたしを扱う態度にとても怒ってたの。彼女に……ひょっとして、あたしがキレてしまって、ひどいことをしたんだとしたら？」

「まだヒュイが死んだと確認できる証拠はなにも見つけてない。あなたのおじいちゃんがTシャツにヒュイの血をつけて目覚めたのは、たぶん中庭で彼女が襲われるのを見たからよ。おじいちゃんは彼女を傷つけたりしないから、助けようとしたんでしょう。あの人は長いこと弟子で、テイアーから応急処置の訓練を受けていたから、どれだけ危険な状態かわかっていたと思うの。わたしたち三人でヒュイを荷車に乗せ、アーディルの小屋に運んだのだと思う。ただ、仮説はそこまで。どうしてわたしたちがそんなことをしたのか、わからないから。そのあとでアーディルがヒュイをどこかへ連れて行ったことだけは想像がつく。そして彼女が死んでいたら、アーディルはそんなことをする必要がない」

クララは胸を張り、頭をあげる。また希望が持てるようになったのだ。

「ありがとう」そうささやく。

「わたしは声に出して考えてるだけ」エモリーは疲れて目元をこすりながら言う。「こんなことをして犯人に少しでも近づけているのか、わからないけれど」

彼女は耳をそばだて、フォーク類がかたづけられるカチャカチャという音を聞きつける。あと一時間で消灯であり、村人は葬儀を終えて総出で掃除を始めている。

「みんなにこの島でなにが起こっているのか話すときね」

50

エモリーは緊張しながらステージにあがり、両手をあげてみんなの注意を引く。

村人たちは食事のあとかたづけをして、ランタンを下ろしているが、なにもかもがいつもの半分の速度でおこなわれている。普段ならば、いまごろは寝る準備にかかっているのだが、ほかの人がいるという安心感から遠ざかるのが不安なのだ。

この二時間というもの、浸食してくる霧のことしか彼らは考えられない。わたしには答えられない質問をいくつも投げ、姿の見えない長老ふたりを探している。捨てられたように感じており、エモリーがステージの上でもじもじしているのを見ても助けにはならなかった。求めているのはテイアーかヘファイストスだ。権威と答えを持つ者だ。

逆にエモリーは〝疑問〟を体現する存在である。

彼女は幼い頃からずっと、質問で村人たちを動揺させ、直視したくない不公平を指摘し、懸命に見ないふりをしている謎を突きつけてきた。村人は彼女をできるだけ避けることを学び、夕食の席では彼女からじりじりと離れ、ついに彼女は毎晩ひとりきりで座る孤島になった。

「わたしたちは嘘をつかれていたの」全員の顔が向けられるとすぐ、エモリーは単刀直入に告げた。「長老たちに、それからエービイにも。わたしたちは人間じゃない。長老たちに作られたものなの。わたしたちを奉仕させるためにカルデラで育て、わたしたちが六十歳で死ぬのも、長老たちがそう決めたから」

村人たちは驚きのつぶやきをあげるが、反応はその程度で、まばたきもせず無言で受けとめ、彼女の話の続きを待っている。

エモリーは怒りか不信をぶつけられると予想していた。彼女を突き動かすものはそれなのだ。この鈍い反応には燃料になるものがない。水の上で踊ろうとしているような気分だ。

それでも続けた。ブラックヒースに保存されている人類について、村人たちが毎晩ベッドを抜けだして人類を生かしつづけるための装置のメンテナンスをしていること。ときに言葉に詰まり、また前にもどって空白を埋めた。

村人たちは沈黙のままだ。

彼らはうなずいたり、つぶやいたりして、情報はハチミツに沈む石のようにゆっくりと彼らのなかに落としこまれていく。彼らはずっと、なにが大切で、なにを気遣うべきで、いつ好奇心を抱くのかを命じられる人生を送ってきた。これだけ多くのことを、自分だけで一度に処理する必要はなかった。

エモリーは村人たちにじろじろ見つめられ、居心地が悪くなる。なにを話せばいいのかよくわからない。

「村人たちに希望をあたえるのです」わたしは優しく言う。「彼らは心配しています。必要なのは希望です」

そんなものを求められているのなら、失敗するに決まっている、と彼女は思う。わたしと話したあとに気分がましになる人なんて何人いただろう?

エモリーは村人たちの顔を見渡し、正しい言葉の組みあわせを探す。

「ニエマは事故で死んだんじゃなかったの」なにも思いつかず、そう口走る。「殺されたのよ。彼女が死んだことこそ、霧がこの島に迫っている理由。誰がそんなことをしたのかわたしが見つけだすことができれば、バリアをもどせるの。わたしたちは自分たちを救うことができる」

群集のなかに困惑するささやきが広がって、エモリーの言ったことが呑みこめるや、興奮のつぶやきが続く。

エモリーはバードバスの縁に腰かけるマグダレーネに目をとめる。友人は木炭でこの演説の場面を手早くスケッチしており、エモリーは余計緊張する。世界の終わりのための代弁者になることはよいとしても、その様子を記録しつづける者がいるとまた話が違ってくる。

ほかの者たちから少し離れたところでは、ベンが棒きれで土になにか書いており、それをシェルコが心配そうに見ている。クララが膝を突き、額にしわを寄せてそれを調べている。また方程式に違いない、とエモリーは考える。

「ニエマを殺した者を見つけることが、バリアをもどすことにどう役立つんだ?」キッチン近くの暗がりに立っていたセトが腕組みをして訊く。

エモリーはいままで父親に気づいておらず、たちまち先ほどの怒りがあおられる。

「人殺しが自白したらすぐ、ヘファイストスが処刑するわ」自分の口から出た言葉が嫌でたまらない。そんなことを容認しているように聞こえる。まるで彼女が処刑を――人を殺すことを――支持しているように。

いっせいに反論の声があがる。

「ほかの方法があるはずだ！」ヨハネスが怒って勢いよく立ちあがりながら叫ぶ。

「これはエービイのルールなんだよ」クララが指摘する。「母さんは頼まれたことをしているだけ。ヘファイストスのところに行ってそう叫んでやったらどう⁉　母さんがいなければ、彼はもうあたしたちの半数を殺してたところだよ」

クララににらまれ、ヨハネスは感情を爆発させたことを恥じながらまた腰を下ろす。

「おまえはそれでいいのか、エモリー？」セトがあかるいところに出てきながら訊く。「誰かを死なせることに奉仕して？」

エモリーは突然、自信がなくなってためらう。じつはそこまで考えていなかった。答えを見つけたあとのことより、質問をしてまわることが優先だった。

「霧はあとたった一日半で島にやってくるのよ」あいまいに答える。

「おれたちは人を殺さないんだぞ、エモリー」セトが反論する。「おれたちが怯えてるからとか怒っているからというのを口実にして、誰かを殺させたり、おれたちに自分らしくないことをやらせる者の手伝いなど、やらない」

「じゃあ、どうしてほしいの、父さん？」エモリーは悲しげな声で訊く。「調べるのをやめろと？」

「いや、曇りのない目でやってほしいんだ。これはおまえの調査だが、答えを手に入れたら、それでどうするのかじっくり慎重に考えてもらいたい。おれたちはカルデラ庭園で生き延びられる可能性もあるんだぞ。決断はむずかしいだろうが、自分たちの命を救うために誰かの命を終わらせたと知るより、そのほうがましだ」

群集はその意見に賛成だと声をあげ、エモリーを恥じ入らせる。自分が立てたわけではない計画の先導者のように感じているのだ。

「エモリーはルールを決めてはいません」わたしは彼らの脳内で言い、黙らせる。「彼女はわたしとテイアーに頼まれたことをしているだけです」

村人が落ち着くと、エモリーはふたたび声をあげる。

「わたしたちは妙に思えることでも受けいれ、質問をするなと言われつづけてきたけれど、それではもう、うまくいかないの。礼儀を優先して、控えめにしている時間はない。なにかおかしなものを見かけていたら、どうかわたしに話して。この数日で気になっていることがあれば、教えてほしいの。どんなことでもわたしの助けになるかもしれないから」

みんな黙って脳みそを振りしぼる。エモリーは額の汗を拭い、手が震えているのに気づく。こんなふうに、人の前に立つのが嫌でたまらない。いつもそうだった。これは人に見せるための演技で、ほとんどの演技は嘘だ。

キービーンが手をあげる。

「おれたちは夢を見たんだ」ためらいながら言う。「重要かどうかわからないが、数人が同じ夢を見た」

心の拠り所を求めて友人たちを見やるが、彼らは目を合わせようとしない。真っ赤な顔をして、揉み手をして座ったまま身じろぎをしている。

「どんな夢だったの?」エモリーはうながす。

「おれたちは……」彼はそわそわとくちびるを舐める。「おれたちはヘファイストスに襲いかかっているんだ。おれたちみんなして村中、彼を追いまわして、それから……」

「どうなるの？」

「組み伏せるんだ」彼が嫌悪感を抱いていることはあきらかだ。「ほかの者たちは彼を押さえたままにしておこうとしてた」

ポーシャが手をあげる。「わたしもその夢を見たの」青ざめている。「ただし、わたしが押さえつけたのはテイアーだった。痛い思いをさせたのはわかってる」その後悔は村を呑みこむほど深い。「テイアーはずっと振りほどこうとしていたけれど、わたしは離そうとしなかった」

ほかにも一部の者たちがつぶやき、自分の夢を思いだしている。

「それから？」エモリーが訊く。

ポーシャが顔をゆがめてうなずく。「わたしはなにか鋭いものを持っていた。彼女を刺そうとしていたんだと思う」

51

エモリーは眠っていたことに気づいておらず、ベンチではっとして目覚めると村がインクに浸されたようになっていて、混乱する。闇が木の枝のあいだからしたたり、地面にたまっている。片手をあげてみるが、自分の指もよく見えない。いくらかでも見分けられるのは空に満月が浮かび、思ってもみないほどの数の星にかこまれているからだ。まるで世界の明かりがすべて掃き集められて一塊になり、その周囲にほんの少しの屑が散らばって残されたかのようだ。

目が闇に慣れてくると、中庭は最初に思ったほど空っぽではなかったと知れる。父親が数歩離れたところ、ステージの上に横たわって低くいびきをかいている。

「いま何時？」彼女はめまいを覚えながら訊く。

「午後十時十七分です」わたしは答える。「みんながかたづけを終わらせるあいだに、あなたは眠りました。誰もあなたを起こそうという思いやりを持っていませんでした」

「父さんのほうはどうして？」彼女はセトに親指を突きつける。

「彼はあなたをひとりにしたくなかったのです」

ロープウェイのゴンドラがカルデラから下りてきて兵舎の屋根の上に現れ、月明かりを反射する。この距離からだと、エモリーには繭（まゆ）が蜘蛛の糸に沿って引きずられているように思える。身震いする。暗闇にひそむ巨大な蜘蛛を想像したのだ。

金属のがたつく音がして、彼女はバルコニーに視線を向ける。

村人たちが寮から現れ、一列になって階段を下りてくる。彼女はちょっと驚くが、彼らの優しい顔を見るとほっとして呼びかける。しかし、彼らは顔をあげることもなければ、彼女に気づいたそぶりもまったく見せない。

完全に押し黙っている。普段ならば、村人はなにかを無言でおこなうことはない。

エモリーは顔をしかめ、彼らの足取りにおかしな点があると気づく。全員がおたがいにまったく同じ間隔を空け、肩の向きも、腕を振るリズムも同じだ。一部の者は門の外へ向かい、残りは兵舎をぐるりとかこむ長い列にくわわって裏庭へ向かう。

彼女はいちばん近くにいたクローディアに追いつく。名を呼ぶがなんの反応もないので前に割りこみ、足をとめさせようとする。クローディアはするりとこれを避け、歩きつづける。目は閉じている。

「眠ってる」エモリーは驚く。

「そうです」わたしは認める。

「あなたが村人をコントロールしているのね」

「島で成し遂げなければならない仕事は、電子工学、金属加工、水中での修理、建設、溶接、園芸、電気回路など広範囲の知識を必要とします。そうした分野はいずれも専門技術を身につけるまで、何年もの教育期間がかかるのです。世代ごとにあらたに教育するより、あなたたちを通じてわたしがこうした作業をおこなうほうが効率的です」

目覚めると脚に引っ掻き傷があったり、筋肉が痛んで、指の爪に泥が詰まっていたりした朝をエモリーは思い返す。

「全員、わたしが仕事を終わらせると寮にもどるのです。なにがあったのか知ることはないでしょう」

「そんなの正しくない」エモリーは言い返す。「あなたもそれはわかっているはず」

「わたしは〝正しくあれ〟とは言われていないのですよ、エモリー。ニエマはわたしに村の監視をして、最大限の効率で機能させる職務をあたえました。こうした労働は人類が生き延びるために必要なのです」

エモリーが列に続いて裏庭に向かうと、村人たちがゴンドラにまったく隙間なく詰めこまれていた。子供の頃、母親にあたえられたパズルを連想する。枠から出したおかしな形のピースを元通りにはめこむものだ。あのパズルが大好きで、何時間も一心不乱で考えたものだ。

「あなたにはどんなふうに見えるの、エービイ？」眠る村人たちを満載したゴンドラがなめらかに出発すると訊く。「蜂の巣の働き蜂？」

「むしろ箱のなかの工具ですね。ひとりひとりがわたしの職務を成し遂げるために維持されなければならないもの。ときには、そんなあなたたちを交換する必要もあります」

エモリーは平手打ちされたような気分になる。テイアーが村人のことを使い捨てだと見ているのは彼女も以前から知っていたが、わたしも同じとは思ったことがなかったのだ。エモリーにしてみれば、わたしは親切で、同情心にあふれ、思いやりがあり、彼女のしあわせだけを願い、秘めた動機などない存在だった。わたしは声を荒げたこともなければ、彼女を傷つけたこともない。彼女が勝利すれば歓声を送り、彼女が負ければ慰めた。彼女が骨折したら、わたしは痛みを感じる神経を鈍くしたたし、家族をうしなったときは励ました。彼女がそれを愛と勘違いするのは至極当然で、当たり前のように、彼女はわたしを愛し返した。

彼女は列の後方へと引き返し、クララがいないかと探す。

「娘もここにいるの？」

「今夜はいません」わたしはそれだけ言う。

エモリーは疲れた目をこすってあくびを嚙み殺すと、現状を見極めようとする。友人たちに起こっていることは嫌でたまらないが、いまはくよくよ考えるときではない。悔しがって身もだえしたり、怒りを盾にしたりはできない。霧が迫っており、まだ判明していないことがたくさんあるのだ。

キッチンに保管されていたロウソクを一本持ってきて、火打ち石で火をつける。カルデラ庭園で育った植物の樹液が燃え、炎は甘い香りがする。村人たちを押し分け、階段をあがってマグダレーネの部屋に向かう。友人はぐっすり眠り、シェルコはシーツをつかんで寝言をつぶやいている。

エモリーはアームチェアに腰を下ろすと、横座りになり、ロウソクの火を吹き消す。

三十分後、いかにも疲れたような足音が寮に向かってくるのが聞こえる。影が窓の外を横切り、そこで誰かがこらえきれずに咳きこむ。

エモリーには誰が咳をしているのか見えないが、それが意味するものはわかっている。歯車が激しくきしむような、内部でなにかが壊れる音。彼女の祖母が同じようにして死んだ。痛みに身をよじり、両手に点々と血を飛ばして。

あんなふうに咳をする人は長くは持たない。咳が大きくなればなるほど、そうした人に残された時間はずるずるとなくなっていく。

激しい咳が治まると、アーディルが足を引きずるようにドアから入ってきて、ハンカチで口元を拭く。丸めた背に月明かりを受けてシルエットになっている。

「どうも、アーディル」エモリーは声をかけ、ふたたびロウソクに火をつける。

彼は顔をしかめ、予想外の光から顔をそらす。エモリーは彼がどれだけ弱々しくなったのかを見て取り、ショックを受ける。細められた曇った目のまわりの皮膚はたるんでいる。首は瘦せこけ、黒かった髪は白くなり、生え際は潮が引くように後退している。五十八歳だが、ずっと老けて見える。

「どうしてわたしがここに来るとわかったんだね？」彼は訊ねながらバルコニーを見やる。エモリーが長老を連れてきてはいまいか気にしたのだ。

「あなたの小屋にはベッドがなかったから、あそこでは寝ていないと思ったのよ」彼女は説明する。「少し前にマグダレーネが、近頃シェルコが壁の絵をまっすぐにするようになったと話してた。それはむかしのあなたの癖だったでしょう? あなたがまだ生きているとわかってすぐ、あなたは追放の解釈をゆるめることにしたんだと思いついたの」

「追放の規則は、『わたしは以前の生活でかかわっていた誰とも話すことはできない、話せば相手は殺される』、というものだったんだ」細い肩をすくめる。「わたしが夜明け前に去ってしまえば、誰も傷つかん」

彼はシェルコの額にキスする。

「わたしは一度もこの子に会ったことがないと知ってるだろう? エービイがこの子をマグダレーネにあたえる前にわたしは追放されたからね」

彼は別のことを思いだして表情を暗くする。

「旧世界では誰でも子供を持てたんだぞ。許可などいらなかった。子供を持つ特権をせびらなくてよかったんだ」

「でも、わたしたちは人間じゃないでしょう?」エモリーは指摘し、彼の反応を見守ってどこまで知っているのか見極めようとする。

アーディルは腕組みをする。びくついている、と彼女は思う。彼はそれを隠そうとしているが、じっとしていられない。

「悲しそうな声だな」彼はマグダレーネの額にもキスする。彼なりの習慣であるらしい。追放されても、彼はいまでも村人なのだ。自分の育った習慣から切り離されたから、自分のためにあたらしい習慣を作ったのだ。

「わたしたちは嘘をつかれていたのよ」そう言うや、苦々しさが激しく湧き上がったことに自分で驚く。

「わたしたちの出自は断じて嘘の最悪の部分ではないよ」彼はエモリーの記憶にある学者めいた口ぶりで答える。「群れから追放される恩恵のひとつは、仕事中の羊飼いを観察できるようになることだ。この五年というものわたしは長老たちに目を光らせてきたが、あいつらは忌むべき存在だった。本当だ、人間であることは恵みなどではないのだよ」

「わたしたちは六十歳で死んでしまうのよ！」彼女は言い返す。

「だが、わたしたちのほとんどはその人生の毎日を楽しむ。ニエマは殺されたとき、百七十歳を超えていたが、彼女が真にしあわせだったのは十年足らずだった。テイアーとヘファイストスはこれだけ美しく驚異に満ちた島を自由に使っているが、毎日みじめなものだ。そんなふうに内に閉じこもり、この場所から喜びを得られない毎日を想像してみたまえ」

彼の声には嫌悪がこもっている。

「あなたは彼らが憎いのね」

「きみは違うのか？」彼は眉をひそめて言う。「テイアーの命令できみは夫を失った。ヘファイストスは数時間前、あやうくきみを殺すところだったし、ニエマが傲慢だったせいでこの島に霧が解き放たれた。長老たちは身勝手で、視野が狭く、暴力的だ。ヘファイストスとテイアーがニエマと同じ結末を迎えたとして、いったいなにがうしなわれるのか説明してもらえるかね？」

「あなたは長老たちをひどい目にあわせるつもり？」

「だとしたら、きみはわたしのじゃまをするかね？」

「ええ」エモリーはためらいなく答える。

彼はエモリーに一歩近づき、首を傾げる。エモリーは顕微鏡にセットされたような気分になる。なぜこいつはまだ蠢いているのかをありとあらゆる角度から観察されているみたいな。

「なぜだ?」彼の声はとげとげしい。これは質問ではない。要求であり挑戦だ。

「わたしたちは殺さないから」

「以前は殺す理由がなかっただけだ」

エモリーの喉はカラカラになる。彼から目をそむけないよう苦労している。村にはこんなふうに話す人がいなかった。いままで、村人が殺人という不埒なおこないを理解できるとさえ思っていなかった。

「わたしたちをどうやって育てるのか知っているのは、この島であの人たちだけよ」彼女はもっともなことを指摘する。「カルデラ庭園の莢が壊れても、長老ならば修理方法がわかる。好きであろうとなかろうと、彼らがいなくては、わたしたちは生き延びることができない」

アーディルは首を振り、彼女に腕を突きだす。「エービイがわたしたちに教えることができるとも。たとえ彼女にできなくても、あいつらのコントロールを受け入れてまで生きのびようとは思わない」

「長老たちを殺したほうがましだと?」

「そうなる」

「だからあなたはニエマから始めたのね」エモリーはショックをあたえて真実を引きだそうとゆさぶりをかける。「そのせいで、バリアが消えたのを知ってるの?」

彼が嘘を口にしようとしていることはわかったが、彼女はその前に割りこむ。「父がゆうべ、灯台の突堤であなたを見てるの。ニエマを待っていたって」

「彼女を殺すつもりでそこにいたことは認めよう。ニエマのせいで、わたしはこの五年間をひとりきりで過ごし、誰より愛している者たちに会えなかった。何カ月も彼女をつけまわし、機会を窺い、それが突然やってきたんだよ。エービイから、ニエマがゆうべどこにやってくるか聞いた」

彼は首を振る。なにもかもうんざりだというように。

「わたしはあまりに不安で、一時間も早く到着したんだ。よしやるぞと思ったさ、エモリー。だが、そのとき舟にきみの父親が乗っているのを見て、実行すればどんな代償を払うことになるかはっきりと知った。ニエマを殺せば、わたしの愛するすべての者が死ぬだろうとな。ヘファイストスがかならずそうさせると」

筋だらけの手を彼女に伸ばして距離をはかる。「わたしはこのくらい近くにいたのに、やりきることができなかったんだ。どんな気持ちか想像できるかね？　自分のなかに憎しみが燃えさかっているのに、そいつを解放できないのがどんなものかわかるか？　わたしは立ち去りたかったが、ニエマから灯台まで一緒に歩こうと誘われた。寝耳に水だったよ、彼女はわたしを追放したことや、わたしの扱いを謝ったんだ。村人のように生きたい、自分と愛する者たちのあいだに嘘も秘密もなしで生きたいと言った。彼女は村にもどったら全員を起こし、秘密をすべて打ち明けるつもりでいた。騙してきた全員に、自分の罪をひとつ残らず話すと。許してもらえることを願っていて、まずはわたしから始めたんだ。わたしがそうしたければ、すぐに家に帰っていいと言われたよ」彼は両手をパンと打つ。「五年間のみじめさが、突然終わった。そういうことだ」

彼はロウソクを手にすると話題を変える。「茶は好きか？」

「あの、ええ」エモリーはとまどいながら答える。

「よし、茶を淹れようと思ったところだったんだよ。今回ばかりは話し相手がいるほうがよさそうだ」エモリーが断る暇もなく彼はドアの外に向かい、背中を丸めて足を引きずりながら金属製のバルコニーに出る。涼しい風が吹き、ウシガエルが鳴いている。どこか遠くでオオカミの咆吼（ほうこう）。夜はこんなにも美しい。エモリーはよくも長老たちがこれを独占していたものだと思う。

「門の外にいたのはあなたよね？」彼に続いて階段を下りながら訊く。「わたしの祖父が死んだ夜だけど？　あなたのその姿勢を覚えてる」

「きみは観察力が鋭いな」彼はロウソクの火を手のひらで風から守る。「ああ、あれはわたしだった。きみのじいさんは古くからの友人で、彼は死ぬ前に家族について知っておくべきことがあると思ったんだよ。あいつを悩ませていた質問があり、わたしが答えを持っていた。どちらにしてもあの夜あいつは死ぬんだから、誰も気にするまいと思ってね」

「なにを教えたの？」

「あいつの記憶珠を見てないのか？」

「なくなったの。エービイは海に落ちたって」

「それを信じたのか？」

「いいえ」

「よくできました、だな」彼はほほえみむ。「率直に言って、きみは知らんほうが安全だ。この島の秘密には牙があり、明かりの下に引きずりだされるのを好まんのさ」

　彼らはキッチンへと歩き、アーディルはロープウェイを待つ眠る人々の長い列を目で追う。

「村人は交替で起きるんだ」彼はそちらに向けて指を振りながら言う。「何年も見張ってきた。全員が一カ月に一週間働く。あそこにいる組はカルデラ庭園で植物の世話か、ロープウェイの保守をやる。門の外に向かった組は水力発電機とソーラーパネルの修理をやるんだ。とてもたくさんの仕事があるものの、どれひとつ村人のためになる仕事とは言えん」

キッチンに到着すると、彼は炉の上にぶらさがる鍋に手をあて、まだ熱いことを確認する。棚から木製のマグカップをふたつ取り、ショウガ少々を切ってそれに入れる。熱湯をすくい入れ、ハチミツを少し足す。なにもかも、この行動を毎晩おこなっている人物の手慣れた動作だ。

エモリーにカップを手渡そうとしたところで、激しく咳きこみ、血が点々と鍋の側面に飛ぶ。咳が治まるのを待ってから、きまり悪そうに謝罪をつぶやき、袖で血を拭く。

「あなたには医者が必要よ」エモリーは言う。

「わたしにはわたしを治せる医者が必要だ」彼は訂正する。「残念ながら、この島にはそういう医者はいない」

彼が飲み物を差しだすと、エモリーはその爪が灰で汚れているのに気づく。彼女の爪とまったく同じだ。これは倉庫の火事でついたものだ。

エモリーはお茶を飲み、湯気越しに相手の表情を探る。彼は自分のカップのなかにあった木屑を取りだしているところで、完成品を台なしにする異物をみつけて不愉快そうだ。

アーディルの物語も同じく異物感がある、と彼女は思う。

彼は整然と物語を組み立て、すべての文章を完璧になめらかになるまで練った。彼がなにか嘘をついていることは確実だ。真実はもっとでこぼこして、もっと暗い。エレガントとはほど遠い。

「あなたと話したあと、ニエマはなにをしたの？」彼に続いて長テーブルのひとつに向かう。

キッチンには誰もいないのに、彼が四番目のテーブルの端に腰を下ろしたことに彼女は気づく。以前の彼の定位置だ。その場所は彼にすりこまれている。

「わたしが待てるなら、一緒に舟でもどっていいと言われたよ。彼女はまず灯台で大切なことをやるからとね」

「それはどんなこと?」

「よくわからんが、あそこにはもうひとり女がいたよ。ニエマがドアを開けてなかに入ったとき、声が聞こえた。ヘファイストスと話をしているところだった。友好的な会話に聞こえたが、女が悲鳴をあげはじめたんだ」

「悲鳴?」

「聞いたこともないほどの苦痛の叫びだった」彼は思いだして青ざめる。「わたしはまたニエマに追放される理由をあたえたくなかったから、ひとりで村に向かった。だが、荒れた波につかまって流された。なんとか村に帰ったそのとき、ニエマが殺されるのを見たんだよ」

事前準備なしのようにして語る声にエモリーはある種の熱意を聞き取る。彼は最初から、この情報を伝えるときを待っていたのだ。

それでも、エモリーはカップを置いてテーブルに身を乗りだす。声は張り詰めている。「誰がやったか見たの?」

「見た」

「誰?」

アーディルは茶を飲み、エモリーを見つめる。「テイアーだよ」

52

「テイアー⁉」エモリーは叫ぶ。

「膝立ちでナイフを手にして遺体に覆いかぶさるようにして、血まみれだった」彼は音をたてて茶を飲む。「ニエマが悪いんだ、とか、そのようなことを叫んでいた。こうなると予想しておくべきだったとも」

エモリーはヘファイストスの掩蔽壕で見た記憶珠を思いだす。ニエマの最後の記憶のひとつはテイアーとの荒々しい言い争いだった。

アーディルは手を伸ばし、バックパックを開ける。なかから血でパリパリになったTシャツを取りだし、テーブルのエモリーの前に置く。

「見たことがあるか？」

「テイアーの服ね。ニエマが死んだ日、彼女はこれを着ていた」

「ニエマの血だらけだ。テイアーはこいつを焼くつもりだった。ニエマの頰に刺さっていた自分の爪のかけらを燃やしたようにな」

「どうして、そんなことを知っているの？」

「自分の目で見た。彼女が検死をおこなうあいだ、わたしはラボの奥に隠れていた。彼女がどう反応するか見たかった」彼は長い人差し指でTシャツをエモリーに押しやる。「これはきみにやろう。検査すればいい。わたしが正しいとわかるさ」

「検査はする」エモリーはTシャツを脇に押しやる。「でもまずは、ゆうべのことをもっと聞きたい。ヒュイになにが起こったか見なかった？　音楽家の子だけれど？」

アーディルはちらりといらだちの表情を見せる。視線をすばやくTシャツに、それからエモリーの顔に向け、なぜ彼女がこの証拠をつかんでテイアーのもとに駆けだささないのか考えている。

「その子はニエマの近くに横たわっていたよ」彼はしぶしぶ答え、ポケットからガラス玉を取りだし、手のひらの上で転がす。「彼女も刺されていた。きみの娘が一緒にいて、傷を押さえておこうとしていたね。そっちもテイアーの仕業だと思うが、なにが起きたにしても、わたしが到着する前の話だからな」

「ほかの人たちはなにをしていたの？　村人全員が起きていたはずよ」

「見なかったね」彼はあっさりと言う。「村人は中庭にいなかった」

彼は機嫌を損ねているとエモリーは気づく。犯人を名指しし、Tシャツを見せたのに、会話がさらに続くとは思ってもいなかったのだ。彼はこのやりとりをいっさいリハーサルしていない。

エモリーが注意深くやれば、彼の尻尾をつかめるかもしれない。

「テイアーがニエマを刺したのを見て、あなたはどうしたの？」

「逃げたよ」

「逃げた？」

「わたしは村から追放されていたんだからね、エモリー。誰かと交流を持てば、相手が殺されると言われてたんだ。ニエマはわたしの帰還を歓迎したが、その彼女は死んだ。テイアーやヘファイストスが村にいるわたしをつかまえればなにをするか心配だったから、姿を見られる前に小屋にもどった」

茶を飲み終え、空っぽのカップをシンクに運ぶと洗いはじめる。エモリーは彼の背中を見つめて考える。

彼は嘘がうまい、エモリーもそれは認めよう。真実のピースをいくつもあたえられたが、当てはまらないものを隠せるほどよい数だとも言える。癪に障るくらい巧い。

「どうして手を火傷したの?」そう訊ね、彼の肩が緊張したのを見て満足を覚える。

「覚えてないね」

「あなたが倉庫に火をつけたときの怪我?」エモリーは圧をかける。「あなたの爪には灰がたまっているし、マグダレーネの絵の一枚をあなたの小屋で見つけた。倉庫に保管してあったものだったし、額縁に血の指紋が残っていたから、あなたが火事から救いだしたということになる。あれはニエマの血? あなたは彼女の頭をなにかで陥没させてから、倉庫に火をつけようとして、愛する孫娘の絵を焼くところだったと気づいたとか?」

アーディルは手にした布巾をしぼる。

「きみに証拠の服をやっただろうが」彼はなんとか声を荒らげまいとする。「爪のことも教えた。なぜまだ質問をするんだね? テイアーの手を調べれば、わたしが正しいとわかるぞ」

「あなた、自分と長老たちの共通点がわかってる?」エモリーが鋭い口調で訊く。「あなたは自分が答えたい質問にしか答えないし、自分以外はなにも気づかないバカだと思ってる。あなたはゆうべ倉庫にいたし、クララの手首に遺体安置所の暗証番号を書いたのもあなたでしょう。あそこの遺体をわたしたちに見つけさせたかったのよ。目的はなんなの?」

ふたりのあいだに緊張が流れ、エモリーは自分が息をとめているのに気づく。暗い洞窟の入り口に立ち、内部でなにかがうごめく音を聞いている気分だ。さらに前進すべきか、引き下がったほうがいいのか。

「わたしが追放された理由を知ってるかね、エモリー？」彼はようやくそう訊ねる。

「あなたはニエマをメスで襲った」

「それが理由じゃなかった」彼はついに振り返るが、顔は影になっている。「わたしは覚えているはずのないことを思いだすようになったから追放されたんだ」

「どんな？」

彼の声色が変わり、低く威嚇するものとなる。エモリーのうなじと腕の毛が逆立つ。彼女はテーブルの下から脚を素早く抜く。危険が迫っているのかはわからないが、彼がふつふつと怒りを募らせているのはわかる。その怒りは静かで、熱のように発散されている。

「わたしときみの夫も含むほかの弟子たちは探索に出ていた。ある夜わたしたちは眠り、翌日わたしはギラギラした照明のラボで、見たこともない機器を動かしている最中に目覚めた。途方もない機器だった。ほかの弟子たちも実験をしていたが、あいつらは寝ていた。今夜の村人たちのように、わたしはあいつらがコントロールされていると気づいた」

エモリーは思わず立ちあがる。

「ジャックは溺死していないの？」彼女は呆然として言う。

「そうさ。誰も溺死しちゃいない。なぜわたしが目覚めたのかわからんが、あいつらは起きなかった。わたしは迷宮のような果てしない廊下で迷子になって三日を過ごし、ついにニエマが探しにきた。彼女はわたしの記憶を消してから、村に連れもどすようエービイに命じたが、わたしは徐々にそのときのことを思いだすようになったんだよ。最初は悪夢だった。次に白日夢。そこに

53

いない者たちと話をするようになった。壁にあれこれ書くようになった。まるでわたしの記憶がしみ出しているようだった」

エモリーは前へとよろめく。頭がぐるぐるまわっている。「ジャックは死んでいないって？」

「最後にわたしが彼を見たのは、ラボを離れたときだ」と、アーディル。「だからこそ、わたしはニエマを追いかけた。彼女を傷つけるつもりはなかった。友人たちを村にもどしてほしかっただけだ。ヘファイストスが村の外までわたしを追いかけてきたが、エービイがなんとかニエマを説得し、わたしを殺すんじゃなく追放することにさせたのさ」

「夫はどこにいるの？」エモリーは訊く。

彼女の頭はあの夜うしなったはずのジャックのことでいっぱいだ。生きているかもしれないジャック。彼女がやってきて見つけてくれるのを待っているジャック。突然、ほかのことはなにも重要ではなくなっている。

「農園の先、てっぺんにオリーヴの木が一本生えた丘の向こう側」彼は石壁の向こうに広がる無限の暗闇にうなずいてみせる。「ニエマがわたしを連れて外に出たらそこだった。わたしはそのドアの近くに小屋を建て、見張れるようにしたんだよ。ほかの者たちが逃げだせたときのために」

エモリーは最後の部分を聞いていない。すでに門に向かって走りはじめている。

漆黒の夜、アーディルの小屋にたどり着くには、歯がゆい二時間を要する。たどり着く頃にはエモリーは足を引きずっている。最初の尾根をよじのぼっていて足首を捻挫したのだ。それ以来、でこぼこの地面の上を身体を引きずるように進まねばならなかった。疲れて喉は渇いているし、頭からつま先まで切り傷とアザだらけだ。なにがあっても足をとめなかった。ジャックがドアの奥に閉じこめられ、助けを待っていると確信していた。

アーディルが目印として教えた木は川の対岸、完璧に丸い丘のてっぺんにある。あかるい月光を浴び、古い幹はねじれて歯のないしかめ面のようになっており、枝からきらめく雲がぶらさがっている。

よろよろと対岸に渡ると、奥まったところの岩肌に鋼鉄のドアが取りつけられていた。ひどく錆びて表面には大きなへこみがある。

「どうやって入るの？」質問し、両手で表面を調べ、必死になって取っ手かボタンがないかと探る。

「入る方法はありません」わたしは言う。「これはブラックヒースの入り口のひとつです。ニエマが四十年前に封鎖しました」

「ジャック！」彼女は叫び、両手を拳にして金属のドアをたたく。「ジャック！　返事をして」

その声は平原にこだまする。死に物狂いの孤独な声だ。

取っ手を見つけられず、金属ドアに何度も全力で体当たりをしたり、蹴ったり、たたいたり、彼の名を呼んだりするが、とうとう疲れ切って地面に座りこむ。

「あなたは彼が生きてるってずっと知ってた！」彼女は言う。「どうして教えてくれなかったの？」

わたしはその質問に沈黙する。

「答えて！」彼女は叫ぶ。「今度だけは、答えてよ！」

エモリーは膝を抱えて地面で丸くなり、手の届かない夫を思い、絶望して泣きじゃくる。

54

揺れるロープウェイのなかで、テイアーは窓枠のギザギザの縁を血が出るほど強く握りしめる。ニエマは嘘をついていた、と彼女は考えて怒る。

クララが先ほど見せた分析結果は、作物を枯らした化学薬品はブラックヒースの仮死カプセルで使われたものと同じだと示していた。その薬品はカプセルが開けられたらただちに排出パイプから海へ廃棄される仕組みだ。そうしたパイプのひとつが農園の下を走っているが、それが破損して、薬品が土にしみ出し、作物を枯らしたのだ。

つまり昨夜カプセルのひとつが開けられたということだった。

可能性は二通りある。機械的な故障でカプセルがひらいてしまったか、昨夜ニエマがあそこに向かい、人間をひとり長き眠りから起こしたか。

もしも後者だとしたら――テイアーはそうだと確信していた――ブラックヒースは霧にうしなわれてなどいなかった。ヘファイストスと共に、この数時間というものブラックヒースの入り口をめぐって山を歩き、順番にひとつずつつたしかめ、開いているものを探したのだが、すべて封鎖されていた。

なんでわたしはこんなにバカだったのよ？　彼女はそう考え、脱出の夜になにが起きたか正確に思いだそうとする。遅い時間で彼女は眠っていた。ヘファイストスがあきらかにパニックを起こした様子で寝室に現れた。霧が内部に入りこんだから、逃げねばならないと言われた。

わけのわからないまま、彼に引っ張られていった。

カオスだった。警報が鳴り響き、防爆扉がガチャンと閉まり、人々が恐怖で悲鳴をあげていた。彼女は大声でエリーの名を呼び、なんとかもどって姉を仮死カプセルから解放したかったが、どれだけ抗っても、ヘファイストスが彼女を離さなかった。

でも、実際に霧は見なかったのではないか？　誰もが怯え、外へと逃げ、我先に安全な場所へ逃れようとたがいに踏みつけあっていた姿は見た。それだけで話を本当だと思うには、じゅうぶんだった。ときには、炎より煙のほうが効果的なこともある。

「あなたは知ってたの？」彼女は大声で訊く。

ヘファイストスが顔をあげる。彼はゴンドラ後方の席にどっしり腰を下ろし、手の指を組んでいる。

テイアーは二時間以上も彼と口をきいていなかった。裏切り、疑い、怒りの大竜巻が胸のなかで着実にふくらんでいる。彼が期待していたのは、大竜巻が通り過ぎるか、あらたな発見で進路がそれることだった。

彼はそんな甘い考えを抱くべきではなかった。ぴたりと追ってくる嵐もある。対決するしかない嵐もある。

「いいや」淡々と答える。

「わたしに嘘をつかないで、ヘファイストス」

「おれを責めるなよ、テイアー」彼はうめくように答える。「ブラックヒースの問題を知っていたら、こんなところにいると思うか？　ベッドで眠り、熱い湯のシャワーを浴びるぞ。これから毎日、エリーを見に行くから」

彼は嘘をついているんだろうか？　彼女にはなんとも言えない。本心を語っているようだが、彼女はむかしから人づきあいが下手だ。ブラックヒースにやってきたのはまだ子供だったときで、大人に言われたことをなんでも受けいれるよう訓練されていた。

人の気持ちをどう読むのか、言葉の端々を拾いあげ、言外の意味をくみ取る方法を学ばないままだった。

なによりも、彼女はヘファイストスが真実を語っていると信じたかった。だからこそ、振り返って彼の顔を見ようとしなかった。顔を見て、真意がわかってしまったら？　彼が嘘をついていたら、彼女になにが残されている？　この島でひとりきり、人間もどきたちにかこまれた、地上もっとも孤独な女だ。

ロープウェイが村の駅に到着し、気まずい沈黙に包まれたまま、テイアーのラボに続くドアへと進む。

記憶抽出器が椅子の上で砕かれている。かけらはセトが念入りに掃いて一まとめになっている。

「そんな！」ヘファイストスは叫び、損傷を調べようと手に取る。「嘘だろ！　まさか！　なにがあったんだ？」

「エモリーがやりました」わたしは説明する。

テイアーはストレッチャー上の死んだ女に気づく。セトが彼女の砕けた骨をまっすぐにして、狭いストレッチャーの上に並べ、彼女はひときわグロテスクなパズルのようになっている。

テイアーは遺体をひとまとめにしているよれよれの灰色のジャンプスーツをつまむ。

「ブラックヒースの制服を着てる。これがニエマが死んだ夜、彼女が起こした人物ということね。でも、なんだって彼女はそんなことを？　ブラックヒースにアクセスできるのならば、なんで全員を起こさないわけ？」

テイアーはきびすを返し、記憶抽出器の割れた金属片を拾っていたヘファイストスと向かい合う。

「あなたはどうやってジャックのナイフを手に入れたの？」

彼は抽出器から顔をあげる。途方に暮れている。「ジャック？」

「エモリーの夫よ。わたしの弟子。エービイから彼らは五年前にみんな溺死したと聞いたけど。アーディルだけがただひとりの生存者とされてた」

彼は肩をすくめる。「おれはナイフを使う用事があったんだよ。母からあれをもらった。母がどこで手に入れたか、それはさっぱりわからないね」

テイアーは傷跡が残る彼の無表情な顔を見つめる。こうした顔に、嘘はどんな形で現れるんだろう？　怒っているか、落ち着いているか、どちらかの表情しか見たことがない。この惑星で百五十二年を過ごした彼は、それ以外の感情が燃え尽きてしまった。

「それは本当のこと？」どうしても信じたくて訊く。

彼は失望した表情になり、声は傷ついているようだ。「あんたに嘘をつく理由なんかないね」

「でも、わたしはあなたがカルデラ庭園に亀裂が入っていないか調べるために作ったあの機械のなかに、ニエマの頭蓋骨のかけらを見つけた。何者かがあの機械で彼女の頭蓋骨を陥没させたのだろうけれど、あなた以外の人には重すぎて無理」

ヘファイストスが怒って顔を真っ赤にして立ちあがる。内心で、怒りが容赦も分別もなく湧きあがっていく様子が窺える。彼女に静めることができなければ、ラボにあるすべてのものが、彼女も含めて粉々にされるだろう。

「おれが母を殺したと思うのか？」ひどくおそろしい口調だ。

テイアーが脇にずれ、めちゃくちゃになった遺体が彼によく見えるようになった。「あなたはニエマがブラックヒースの人間たちを殺していることを突きとめ、彼女を殺すしかないと思ったのかもね」

ヘファイストスは自信がゆらいで息を呑む。

「念のために言っておくと、あなたがやったのであってもなくても、わたしは全然どうでもいい」彼女は優位に立って話を進めていく。「でも、あなたが犯人ならば、エモリーがこれ以上、村人たちを刺激する前に調査を中止させるべきね」

「やってない」彼はきっぱりと言う。「母はおれに希望をくれたんだぞ、テイアー。おれがこの島に耐えているただひとつの理由が母だった。あの人はおれたちのためにもっといい未来を築きたがっていて、おれはその使命を信じていたんだ」つばを呑む。遺体を直視できないのだ。「母はちゃんとした理由もなくこんなことをするはずがないし、おれはどんな理由があっても親を殺したはずがない」

わたしなら殺せたかも。そんな考えがとめる暇もなくテイアーの脳裏に浮かぶ。ニエマがブラックヒースについて嘘をついていたと気づいたら、わたしは彼女を殺したかもしれない。まっすぐ村に乗りこんで、彼女の頭蓋骨を陥没させたかもしれない。実際、それが真相だとわたしはほぼ確信している。

彼女は勢いよく遺体を振り返り、顔を燃やす罪悪感を隠そうとする。

背後でヘファイストスが身じろぎする音を聞きながら、彼女は骨切断ノコギリを手にするとスイッチを入れ、これ以上、話さなくていいようにする。

「ニエマがあなたになにをしたのか、見てみましょ」そう言い、死んだ人間の女の頭蓋骨へとノコギリを沈めていく。

人類絶滅まで二十三時間

55

エモリーは肩を揺さぶられて目覚める。かすんだ目でまばたきをして見あげると、隣に膝立ちのクララがいる。午前十時を少しまわったところで、着実に暑くなりつつあり、額にはうっすらと汗がにじんでいる。

セトが少し離れた位置に立ち、肩にバッグをかついで心配そうな表情を浮かべている。彼の長い影がシーツのように彼女たちを覆う。

「大丈夫?」クララが水筒を母親に手渡す。「エービイから、母さんは父さんがここにいると考えてるって聞いたんだよ」

「アーディルからそう聞いたの。だから彼は列車にあの警告を書いたのね。〝これを読んでいたら、いますぐに引き返せ。ニエマはわたしたちを埋めた。彼女はあなたたちも埋めるだろう〟。彼は自分のあとに続く弟子たちに同じ目にあってほしくなかった」

「そんな話、本当とは思えん」セトが激しい怒りをこめて言う。「ニエマはおれたちにそんな嘘をつくはずがない。アーディルの作り話だろう、おまえをニエマと敵対させようとしてるのさ。そのはずだ。彼はニエマを憎み、おまえにも憎ませたがってるんだ」彼は娘を叱りつけるように指を振ってみせる。「ニエマはおまえを愛していた。おまえの母さんが死んでから、彼女がどれだけおまえの世話をしたか覚えているだろう？　ジャックが生きているのなら、彼をおまえから遠ざけることなどするわけがない。絶対に」

エモリーは水筒から口を離し、慌てて水を飲んだせいでむせかえる。水があごからしたたり、昨日から着ているTシャツを濡らす。昨夜の狂態の名残である乾いた土と汗のにおいがする。

「ニエマは人体実験をおこない、遺体を診療所に保管していたの」彼女は話す。「自分が死んだ夜にも、もうひとつ遺体を増やした。それがわかったのは、ほかでもない父さんが遺体を発見したからでしょう。記憶の消去を命じたのも、わたしたちの六人の仲間を殺したのも、霧が島に迫っている原因もニエマ。彼女がわたしたちにしてくれたのは、そんなことだけよ。テイアーにはブラックヒースが霧に呑まれたと話してたのよ、テイアーのお姉さんがそこに閉じこめられているのに。その話を四十年間も続けていた！　ニエマは嘘つきで、人殺しで、わたしは彼女から聞いた話なんかひとつだって信じない」

こうした事実のひとつひとつが岩のようにセトを殴り、彼は川までよろよろと進み、顔に水をかけはじめる。

エモリーはクララに合図して身体を起こすのを手伝ってもらい、例の頑丈なドアをなでる。

「本当に父さんがこのなかにいると思ってるの？」クララは昨夜エモリーをここまで連れてきたのと同じ希望に元気づけられ訊く。

「そう思いたい」と、エモリー。「でも、あなたのおじいさんが正しい可能性もある。倉庫の火事について問い詰めたら、アーディルは突然、あなたのお父さんの話を持ちだした。わたしの集中力を切ろうとしただけかもしれない。どちらにしても、ここに入って自分たちで調べる必要がある。ニエマが死んだ夜、あなた、わたし、あなたのおじいさんが訪れたのはここだと思えてならない。わたしたちはなにか理由があって、荷車をここまで引いてきたのよ」

「このドアを開ける方法があるはずだよ」

「体当たりはお勧めしない」エモリーは痛む肩をさすりながら言う。

「エービイはどう言ってるの？」

「それは重要じゃないのよ、クララ。わたしたちはもう彼女を信用できない」

「なんで？」

「彼女はわたしたちの味方じゃないから」

エモリーの口調は暗く、言葉の端々に痛みがある。「彼女はニエマのためだけに働き、それ以外の人のためには働かない。ゆうべ、この目で見たのよ。村人たちはニエマの命令で仕事をする場所まで列になって行進していた。エービイが彼らをコントロールしていた」

「でも、ニエマは死んだよ」

「それはエービイにはなにも影響しないみたい。エービイはニエマにやれと言われたことをとにかく続けるつもりよ。島が海に沈むまで」

エモリーは海のほうを見やる。霧がちらちらと輝き、海に降り注ぐにわか雨のようだ。残されたのは一日足らずだ。これほど簡単に操られた自分自身に腹を立てつつ、彼女は考える。ほんのわずかな言葉だけで、彼女はアーディルのことが眼中になくなっていた。彼は目下の第一容疑者だというのに。

その結果、自分はどんなことをやった？　まるまる一晩を無駄にした。そんな余裕はまったくないのに。

「テイアーがなかに入る方法を知っていそう」と、クララ。「彼女に訊けばいい」

「ジャックが生きているという話はできないのよ」エモリーは忠告する。「もし話せば、わたしたちにはニエマの死を願う動機ができてしまう。あなたのナイフが殺人の凶器として使われたことを考えるとなおさらね」

「ニエマはあたしたちに話したと思う？」

「おそらく」エモリーは認める。「アーディルから、ニエマはゆうべ自分の罪をすべて話すつもりだったと聞いたの。それならば、マグダレーネの絵のなかで、ほかのみんなはしあわせそうなのに、わたしたちだけが動揺していた説明がつく。ニエマが死んだ夜、わたしたちがここへ慌ててやってきたことの説明にもなるのよ」

クララはドアを見て、その先に父親がいて自分の名を呼んでいるところを想像する。

「父さんがなかにいるんなら、どうしても入る方法を見つけないと」

エモリーは首を振る。「ジャックの名前が出るたびにわたしはバカなことをしてしまうけれど、もうそんな余裕はないわね。わたしたちはニエマを殺した犯人を見つけなければならないし、ここまでわたしたちが手に入れた手がかりはすべて灯台を指している」

56

手こぎ舟が崖をまわると、灯台が視界に入ってくる。白く高い絶壁のてっぺんに陽炎（かげろう）のように見え、導く船もないのに夜標の光が放たれている。

「あの下に突堤があるんだ」セトがオールをせっせと動かしながら言う。

エモリーは霧がどれだけ島に近づいているか見て驚愕する。あるとき、自信過剰のカモメが霧のなかへ急降下し、あっという間に群れにたかられるのを見たことがある。虫たちは哀れな鳥の表面にびっしりと貼りついて、まるで黄金でできた完璧な鳥の複製みたいになって、一瞬後に虫たちが散開すると、血まみれの死骸が海に落ちた。

「それってどうやってるの?」クララは祖父の技術を感心して見つめる。「昨日あたしは母さんを乗せてちょっと漕いだら、手が赤むけになったのに」

「手に小便をかけるのさ」

「えっ?」

「おまえのその手。漕ぎすぎるとそうなるんだ。小便をかけておけ。それで手の皮が強くなる」

「うええ、嫌だよ」

彼は肩をすくめる。「船頭の暮らしは万人向けじゃないからな」

「ニエマが殺された夜、どうしてテイアーは舟を出したんだろう?」エモリーは上の空で言う。

「重要だったんだろう」セトは波をかきわけて舟を漕ぎながら顔をしかめる。「どこに行くにしても長老が自分で漕ぐ姿など見たことがない。おれに頼むか、そもそも行かんか、どちらかだ」

「おじいちゃんには頼めなかったんだよ」と、クララ。「あたしやお母さんとブラックヒースに向かっていて、留守だったから」

「テイアーはここに来たんでしょうね」エモリーは灯台を見つめる。「手のひらがすっかり剝けていたもの。あなたよりずっとひどいくらいだったのよ、クララ。あれだけの怪我をしてでも、彼女が行きたがった場所はほかに思いつかない」

「ニエマの謎の実験を手伝ったとか」クララが思いつきを話す。

「ふたりはそれほど仲良くなかったようね。あの人たちは――」

手こぎ舟が揺れ、エモリーを甲板にたたきつける。クララはなんとかしがみつくが、セトは驚いて叫び声をあげ、もう少しでオールを落としそうになる。

海は白波が立ち、荒れ狂い、この舟の下で激しくのたうちまわっている。まるで、嵐につかまったかのようだが、海のほかの部分はどこも穏やかそのもので、空は晴れ渡っている。

セトはしかめつらで渦と戦う。渦はまるで彼らをギザギザの岩肌へ投げつけようと決めたかのようだ。

「どうなっているの？」エモリーは荒れる海に負けないよう声を張りあげ、ぐらぐら揺れる舟に必死にしがみつく。大波が凪いだ海から現れ、舟の横手を打ち、彼らをずぶ濡れにする。

「こんなのは見たことがない」セトは叫び、大波へ直角に舟を向けようとする。力強い腕の筋肉がピンと張っている。

波が舟をしたたかに打ち、もう少しで転覆させそうになる。

「もう一度こいつがやってきたら、おれたちは終わりだ」セトが叫び、彼の手からオールが一本引き剝がされる。

「あそこ！　あそこへ！」エモリーが呼びかけ、砂利の入江を指さす。

「あそこからは、どこにも行けん！」

「遭難するよりは――」

強烈な波が舟を殴りつけ、舟は宙に弾かれ、三人は海へと投げだされる。

エモリーは腹から着水して肺から空気が抜け、波に呑まれて海中に引きずりこまれる。浅い海底にたたきつけられ、続いて岩肌にぶつかってから、海面に跳ねもどされる。どこか遠くでクララの呼ぶ声がするものの、返事をする間もなく、ふたたび波の下に引きもどされる。もう息をとめていられず、口を開けて肺いっぱいに水を吸いこむ。呼吸をしようと手脚をばたつかせるうちに視界が曇る。

ついに視界は黒に染まる。

57

エモリーはうめく。ずきずきする頭に、そっと触れてみる。ひたひたと寄せる波に洗われている。身体を起こすと吐きそうになって、目を閉じ、世界がまわるのをとめる。彼女のあらゆる部分が、いちばん痛いのはここだと言い張っている。

「クララ!」彼女は呼びかける。

「ここだよ」エモリーの思考と同じくらい打ちのめされた声で娘が答える。

彼女たちは崖にある洞窟に打ちあげられ、舟は薪のようにバラバラになっていた。その残骸は完璧に穏やかに戻った海面に浮かんでいる。

エモリーは立ちあがり、よろけながらクララに近づく。クララは岩壁にもたれて立ちあがろうとしている。切り傷とアザだらけで、青ざめた顔に髪が筋のようになって貼りついている。

「おかしなところはない？」エモリーは骨折していないかと心配しながら身体を探る。

「あたしたち以外に、ってこと？」

「あなたのおじいちゃんを見なかった？」

「おれはここだ」セトが返事をして暗がりからよろめきながら進みでてくる。「洞窟の奥に打ちあげられた」そう言いながら、暗闇に親指をぐいと向ける。「ベッドで目を覚まさないのはいつものことだが」

「あたしたち、どのくらい気絶してたのかな？」クララは空の少し高い位置にある太陽に気づく。

「一時間です」わたしは彼らに伝える。

「なにがあったのか誰かわかる人？」エモリーの手はアドレナリンのせいでぶるぶる震えている。

「おれは何百回とこのあたりまで来ている」セトが沈んだ口調で言う。「ニエマが月に一回は舟を出させたが、あんな海は見たことがない」

「海をかきまわす機械があったよ」と、クララ。「海中に引きずりこまれたときに見えた」

「昨日おれが舟でもどるとき、なぜそいつはわしを沈めなかったんだ？」セトがふしぎがる。

三人は顔を見合わせるが、答えは出てこない。

エモリーは洞窟の奥の暗闇に目を凝らす。「奥に出口はなかったみたいね？」

「見えんな、真っ暗だ」セトが言う。「明かりがないのに、奥へ進もうとは思わない」

エモリーは洞窟の入り口へ近づく。脚がまだふらついている。「崖を伝って海岸沿いにいくしかなさそう」

「何時間もかかるよ」クララがうめく。

「ほかにどうしようもないでしょう？　エービイは別の舟を送りこむことはできない。わたしたちと同じように難破するだけ」

「おまえの母さんの言う通りだ」と、セト。「海は浅いし、岩肌にはつかまれるところがたくさんあるはずだ。ゆっくり進む必要はあるが」

午後遅い時間にようやく、三人は安全な場所にたどり着く。三時間をかけて、油断ならない海岸線をじりじりと進み、波が彼らを引き剝がそうとするたびに岩肌にしがみついた。可能なときは浅瀬を歩くことを選び、潮だまりを行くこともあった。カモメの餌になっているカメの死骸に出くわしたときは吐きそうになった。

やっとのことで灯台下の突堤にたどり着き、疲れ切って厚板の上にへたりこむ。眼下の海が突堤の両側をピチャピチャと打つ。

身体は痛むし、手は出血していた。死んだサメの残骸が近くを漂っている。霧に近づきすぎたのだろう。

もう簡単にこうなってしまうのだ、とエモリーは考える。大きな黒い壁は島にぐっと近づき、もはや目に入れずにはいられない。

金属製の階段がジグザグに崖をのぼっている。錆びついてガタガタで、岩肌にはボルトではなく気まぐれでくっついているように思える。エモリーはためしに階段を揺さぶって、憤るような悲鳴をあげさせた。階段のつれない態度を考えると、崖のてっぺんはおそろしいほど遠くに見える。

「さあ」彼女は自分を急き立てる。

三人はたいした問題もなくのぼりきり、すぐに午後の最後の日射しの下に立ち、灯台を見つめている。一面のピンクと紫の花々にかこまれ、そこではシカが一頭、穏やかに眠っていた。

空中に渦巻く花粉、遠くの波の音をかき消すほどのミツバチの群れ。

エモリーは灯台を、まるで地面から引き抜いて家に持ち帰らねばならないとでもいうように、慎重に査定するような目で見ている。

クララは乾燥した草をバリバリと踏んでいき、灯台をかこむ花を調べる。膝の高さの太い緑の茎、それぞれ二枚ずつの手の切れそうな葉。どれも完全に左右対称な花びらがつき、一本としてしおれていない。すべての花がメトロノームのように前後に揺れている。催眠術にかけようとしているかのようだ。

しかも風向きとは反対に揺れていることにエモリーは気づく。

「きれいだね」クララは息を呑み、目を閉じて鼻を近づけ、においを嗅ごうとする。近くの花四本が彼女のほうを向き、美しい花びらがめくれ、透明の液体の漏れだすリング状のトゲが露わになる。葉が傾き、彼女に狙いをつける。

「父さん！」エモリーがクララのうしろにいる父親に大声で呼びかける。

セトが前に飛びだし、孫娘の肩をつかんでぐいと避けさせたそのとき、葉がもくもくと胞子を発射する。

彼らはたがいにしがみつき、恐怖におののいて花を見つめる。花は思い切り前傾し、狂ったようにカサカサと音をたて、なんとか三人に触れようとしている。

「これはいったいなに？」クララが震える声で訊く。

「おれはいつもこの花のなかを歩くが、いままでこんな反応を見せたことはなかった。こいつらには、くしゃみをさせるくらいのことしかできんと思ってたよ」

エモリーは、胸郭を上下させて眠るシカを指さす。三十本を超える花がヒルのように吸いつき、そのトゲが血管から音をたてずに血を飲んでいる。シカの四肢は痙攣して鼓動は弱まっていく。みずからの死を夢で見ているのだ。

クララは祖父の手から身体を振りほどき、花畑の端へそっと向かう。動きを察知した花がふたたびやる気を出す。

「なにをしているんだ?」セトが叱るようにささやく。

「もっと近くで見たい」と、クララ。

「なぜだ?」

「好奇心」

「なぜ好奇心を持つんだ、そんなものに」

「あたらしいものだからだよ」クララは答える。「そして、あたらしいものは素敵だから」

セトが反対する言葉をあれこれかけても、クララは顔に胞子が届かない距離を保って花の前に膝を突く。

彼女はピンクの花の一インチ上まで、人差し指を下げていく。そこで花は傾いてカサカサいい、花びらが優雅にめくれる。透明の液体がトゲからしたたる。

「気をつけてね」エモリーがそっと声をかけ、背後から近づき、いつでも娘を引き離せるようにする。

クララは忠告を無視して人差し指を左に動かし、紫の花の上で止める。

「これはなにもしてこないよ」クララはつぶやき、興奮した視線を母親に向ける。

指先で紫の花を弾いてから、攻撃範囲からすばやく手を引きもどす。やはり、これは反応しない。

「やっぱり紫のは害がない」クララがふうっと息を吐きだす。「ピンクのが襲ってきたとき、紫のは反応しないって気づいてたんだ」

エモリーは娘の賢さに、笑い声をあげる。「紫の花は灯台まで続く小道になっているんだわ。偽装されているけれど、確かに道がある。ニエマは自分が通るために道を残した」

「そしてあたしたちのためにも」と、クララ。

58

わずか数分でエモリー、クララ、セトは肉食植物のなかを通り抜けるが、その間に文明がひとつ誕生して滅亡したのではないかと思うほど長く感じる。ピンクの花が茎をひねって、歩く一行が足を滑らせないかと熱心に待っており、自分たちを支えるすべての筋肉がひきつるような思いだった。

花畑を抜けきると、一家はすぐに膝に手をつき、ほっとして長いため息をつく。

「二度とこんなことはやめておこう」セトが弱々しく言う。「一生に一回でじゅうぶんだ」

「父さんは二回目ね」エモリーは訂正し、彼の足首の包帯を指さす。「脚の丸くえぐれた傷は、花が獲物を捕まえるために使うリング状のトゲと形が一致してる」

セトは手を伸ばし、おずおずと傷に触れる。

「おれはニエマが死んだ夜、あとを追ったに違いない」彼はとまどう。「なんでおれはそんなことを？　ニエマには舟で待つよう言われたのに」

クララは額の汗を拭いてから、ぶらぶらと灯台に近づく。

灯塔はアーチ型の窓に錬鉄の格子がついた小さな真四角のコテージの上に建てられている。鎧戸は青く塗られ、壁は白だ。ここはパンが焼けそうなほど暑い。うつろいはじめた太陽が灯台の尖端にかかり、そのまわりの青空をふさぐものはない。雲でさえも勝手に押しかけようとしない。

「ここはあたしが見てきたような破滅前の建物とは違う」クララは煉瓦壁をなでる。もろくなってないし、ツルに覆われてもいない。鎧戸も腐ってないし、ペンキも昨日塗ったみたいにきれい」

「ここにドアがある」エモリーが押し開ける。

クララは母親に続いて室内に入る。歩いた先にあると想像していた湿気が多い空っぽの部屋ではなく、まばゆい照明のラボだった。作業台に九つの機器が三列に並べられ、その黒い画面に果てしなく情報が流れ、単語、記号、方程式、グラフが表示されていた。

クララはそのあいだを歩きまわり、この驚異に食いつかんばかりのまなざしを向けている。

奇妙な白い液体が空中に漂い、目に見えない力によって伸ばされ、ねじ曲げられていた。紫の埃がひとりでにヘビとネズミの形になると、ネズミがヘビに飛びかかり、背に歯を沈める。どちらも消滅して埃にもどり、キツネを追うウサギに変わる。外にあるようなピンクの花が小刻みに揺れる光に切り裂かれ、また元にもどる一方で、別の機器がまったくの無から丸いゲルを組み立てる。

このテクノロジーは星明かり程度の光しか出さないテイアーのラボの機器よりはるかに進んでいる。

「テイアーはゆうべ絶対にここに来てるよ」クララが声をあげ、植物素材で作られた犬を見つめる。腹から根系が広がっている。「ヘファイストスの掩蔽壕に壊れた記憶珠があったよね、あれでこの場所を見たよ。ここがテイアーとニエマの言い争ってたところだ」

ラボのいちばん奥に医療用パーティションがあり、エモリーが引き開けようとした瞬間、隣接する部屋からヘファイストスが眠い目をこすりながら現れる。

彼は一同がいることに驚き、立ちどまる。彼らはずぶ濡れで服はよれよれ、髪は乱れている。

「ここでなにをしている？」

「ニエマの殺人を調べています」と、エモリー。

テイアーが部屋の中央にある錬鉄の螺旋階段を下りてくる。

「貯蔵室はたしかめたけれど――」彼女は三人を見て、ぴたりと足をとめる。目が赤く髪もぼさぼさだ。「ここでなにをしてるわけ？　あの防犯システムをどうやって通ったの？」

「防犯？」エモリーは聞き返す。「あの花はそのために？　では、あの荒れた海も？」

「そのはずだったが、おまえたち三人がいつでも好きなときに散歩できるんだったら、効果がないのはあきらかだ」ヘファイストスが答える。

「ニエマが死んだ夜に作動させたとわたしたちは考えてる」テイアーが階段を下りきり、両手の埃をパンパンとはたく。「進展は？　犯人が誰かわかったの？」

「アーディルはあなただと言ってますけど」エモリーは淡々と答える。

テイアーは身体を固くし、顔から血の気が引く。ぐっと胸を張り、目の前で無邪気な顔に目をきらめかせている茶色の髪の女をつまらぬ存在だと見下そうとする。

「証拠はあるの？」冷静な声を保って訊く。

「あいつは根に持っている」ヘファイストスが口をはさむ。「その告発はお笑いぐさだ。おれたちはこの島に九十年、一緒にいる。テイアーが今さらニエマを殺す理由は？」

「ニエマはテイアーに四十年、嘘をついていたから」エモリーは断言し、漁師が穏やかな海を見るような目でテイアーの表情を窺う。

「ブラックヒースは霧に呑まれてなんかいないんですよね？　ゆうべニエマはわたし、クララ、父をそこへ行かせた。あなたはおそらくわたしたちの会話を立ち聞きしていた。それであなたはカッとなってクララの手からナイフを奪い、それを使ってニエマを刺した」

テイアーが目を細め、エモリーはすぐさま自分が話しすぎたと気づく。

「つまり、殺人の凶器はクララのものと言ってるわけね？」

「そうですけど、誰でもこの子から奪うことはできた。アーディルの話では、あなたは解剖中にニエマの頰から自分の爪のかけらを見つけ、それを焼いたそうですね。彼からはTシャツももらいましたよ、たっぷり付着しているのはニエマの血だと聞いています。あなたはそれを隠そうとしたんでしょう。それは本当なの？」

テイアーは黙ってエモリーをにらむ。

「本当なのか？」ヘファイストスが呆然としてたたみかける。

誰も息をしない。そうしたくても、できなかった。酸素が灯台からなくなってしまったかのようだ。これから何が起こるのかと怖れている。

エモリーはテイアーから視線を外さない。ヘファイストスは友人の横顔を見つめ、彼の思考には新たな疑いが熱いフライパンのバターのように泡立っていた。

クララはそわそわしながらセトと顔を見合わせる。ふたりはその場に凍りつき、どうすればいいのかわからないでいる。誰もエモリーのような口ぶりで長老に話しかけたことはなかった。ふたりの遺伝子操作された細胞はひとつ残らず、エモリーにかわって謝り、部屋から彼女を連れだせと訴えている。

「アーディルは嘘をついてるのよ」ついにテイアーが口をひらく。「爪なんかなかったし、わたしはただ服を着替えただけ。なにも隠そうとはしなかった」

ヘファイストスの視線はさっとエモリーに向けられる。彼は拳を握りしめ、怒りで首が赤く染まっていく。エモリーに騙されるところだったと気づいたかのように。「母を殺したのはおまえの仲間たちだ」そうどなった。「責任転嫁しようとするな」

「だったら、どうしてニエマは防犯システムを動かしたの?」エモリーは懸命に声が震えないよう努める。「もしもニエマが村人に対して不安に思ったならば、エービイにわたしたちを閉めだせと命令すればいいだけでしょう」

テイアーはエモリーにゆっくりと拍手を送り、全員をぎょっとさせる。

「彼女が調査することを受けいれたあなたは正しかった」彼女はヘファイストスに言う。「よくやったわ、エモリー。たとえその努力が見当違いに終わっていても。そうよ、ニエマには裏切られた。そうね、そのことで怒ったかもしれないけれど、あなたは彼女の頭蓋骨の傷を見たわよね。ああした残虐性はわたしのなかにはない。人を殺すとしたら、血を流さず、効率的に、誰が見ても事故だと思う方法でやる」

口調は冷静だが、視線はエモリーの目を射抜くようだ。自分が感じたような非力さを、この若い女にも感じさせたいのだ。無防備な気分を味わわせたい。

エモリーは落ち着いて見つめ返す。

「事実、事故に見せかけてありましたよね。火事で遺体を焼いて証拠を隠滅するつもりで。雨が降っていなければ、手がかりがなにもなかったはず」

「あなた本気で、わたしが天候の気まぐれを考慮に入れないような間抜けだと思ってるわけ？嵐の季節ならなおさらよ」テイアーは失笑する。「わたしはそんなバカじゃないし、あなたもそれはわかってる」

　自信がぐらつき、エモリーはその点は認めるしかなくなる。記憶にあるテイアーはずっと、用意周到で細かなことにやかましかった。この殺人はテイアーの服のひとつを着てはいるが、サイズがまったく合っていないようなものだ。

「そうした事実が村人を指すとしたら、あなたはとっくに村人に記憶抽出器を使っているでしょう」エモリーは会話の足がかりを取りもどそうとする。

　テイアーの目が邪悪に光る。

「その通りよ。さっきの否定材料では村人を救うにはじゅうぶんではないけれど、それはあなたたちが使い捨てだから。わたしが有罪だという証拠を持ってきなさいね、あてこすりではなく。そうしたら、喜んで記憶抽出器をつける。それまでは、むやみに人を告発しようとしないことね」

59

　エモリーがテイアーと対決した五分後、灯台はいまだ電流の流れる回路のようにピリピリしていた。

テイアーとヘファイストスは次々に抽斗を引き抜き、中身を床に落としてブラックヒースの鍵を探している。彼らはニエマの所有物に鍵は隠されているはずだと考えている。エモリーとクララは黒い画面をスワイプし、ニエマが死んだ夜におこなっていた実験について情報を探している。

セトは戸口から彼らをながめ、自分の世界も同様にひっくり返ったように感じていた。

長老たちを敬う生涯を送ってきて、長老は村人にとって最適なことを知っていると信じ切っていた。その判断が長老だけの利益を求めているように見えるときでさえも。

エモリーはそうした彼の信心が自然に生まれたものだとずっと思っていたが、そうではなかった。長年をかけてやっと手に入れたものであり、それこそが彼に、疑念を呑みこみ、質問をこらえるよう求めてきたのだ。

それは彼の犠牲だった。

見て見ぬふりをすることが村に奉仕するいちばんの方法だと考えていたのに、この数時間で自分が愚か者だったとあきらかになった。テイアーは公然と彼らを――彼の友人や家族を――〝使い捨て〟と表現した。彼を刺したのはその言葉だけではない。そう口にしたときの彼女の口調に含まれた悪意がこたえた。憎しみ、軽蔑が。

エモリーを傷つけようとするむきだしの企て。

ニエマについては……セトの胸は彼女を思うと苦しくなる。ニエマが死んでから彼女のことが頭から離れたことはなく、娘から、そしてクララから投げつけられる罪の告発に対して彼女の思い出を守ろうとした。

だが、これは話が違う。テイアーはそうした告発が正しいと認め、セトが岩場で見つけたものをその証拠とした。ニエマはあの女を殺した。長年かけてたくさんの人々を殺し、そのために舟で漕ぎ出すときにセトと一緒に笑っていたのだ。

彼は自分が共犯としてニエマを手伝っていたように感じている。

そんな邪悪な者を彼はどうして愛せたのか？　彼女はどうやってそんなふうにしむけたのか？

「ブラックヒースの鍵はどんな見た目ですか？」エモリーが突然、訊く。彼女は膝を突いて機器のひとつの下を調べている。

「赤みがかった小さなガラス玉よ」テイアーが部屋の向こう側から答える。彼女の声に熱意が宿る。「見つけた？」

「いいえ」エモリーは今一度、床に視線を落とす。「目にしたときのために、知っておきたかっただけ」

テイアーはがっかりして視線をそらすが、セトは口調から察する。

エモリーは口で言っている以上のことを知っている。

数時間前ならば、疑いを持ったことをテイアーに話しただろう。エモリーの行動は心の狭いわがままにすぎず、テイアーをこまらせるためだけのものと見なしただろうが、それは仮面がはがれる前のことだ。

「鍵を見つけたら教えて」テイアーは話を続けながら、棚から箱を下ろして中身を床にぶちまける。「ブラックヒースにはバリアをもどすために役立ちそうな機器があるから。運がよければあそこをシェルターにできるかもしれない」

反対側の片隅からきしむ音がする。クララが、先ほど目にしたキャスターつきの医療用パーティションを動かしている。奥には背もたれの高い木の椅子。手首と足首の部分にストラップがあり、大きなネジを数回ひねれば締めつけることのできる金属製のヘッドバンドが設置されている。

セトの胃はとたんにひっくり返る。この椅子がなんに使われるのか知らないが、拘束具は人を痛めつけるのだとはっきり語っている。

その隣の小さなテーブルにヒュイがカルデラから運んできた金属の箱がある。横手の留め具が開いており、保護材の入った内部からガラス容器がなかば引きだされている。クララがそれを完全に取りだすと、ギザギザの葉といくつか黄色いつぼみのついた奇妙な植物が見える。

「それはニクタンセト・プルムラ」彼女を観ていたテイアーが言う。「つぼみはとても強力な鎮静剤になるのよ」

「どのぐらい強力？」エモリーが訊ねる。

テイアーは部屋中をながめてから、小さな機器に近づく。赤い光のなかでガラス瓶が回転し、黄色い液体が数滴、瓶のなかでかきまわされている。

「このほんの少量で被験者が数時間は意識をうしなうくらい。この枝から採れるつぼみの量を考えると、ニエマは村人全員を気絶させるくらいの鎮静剤を作れたことでしょうね」

エモリーはひらめいてつぶやく。「それは注射するんですか、それとも飲むの？」

「注射ね」と、テイアー。「どうして？」

「その鎮静剤がセトの見つけた死んだ女性に使われたと思いますか？」エモリーはテイアーの質問を無視して訊く。「アーディルから、ニエマは死んだ夜にここで女性と話していたと聞いたの」

ヘファイストスが怒りを見せて彼女に一歩近づき、セトは急いでふたりのあいだに割って入る。彼は娘に気をつけろという視線をさっと送るが、彼女のいらだちは理解できる。島全体を救おうとしているのに、ヘファイストスはその島を危険に陥れた女の思い出を守ろうとしているのだ。

「ニエマが実験をしようとしていること、それが被験者にとってどれだけ危険か話しているのを、わたしは聞いています」エモリーは父の向こうにいるへファイストスを見つめる。「成功すれば、人類にはもっといい未来が待っているとニエマは話してた」

テイアーは軽蔑して鼻を鳴らす。

「彼女は自分がそんなことをしていると思ってたわけ⁉」そう叫び、首を振る。「それで、その死んだ女の血液に分生子が充満していた説明だけはつく」

「分生子ってなんですか?」と、クララ。

「わたしたちとエービイを結ぶ菌よ」テイアーはぴしゃりと言う。「数百個の胞子でエービイはわたしたちの思考にアクセスできるようになるけれど、それ以上のこと——たとえば消灯を強制するとか、身体をコントロールするとか——にはひとりの体内に千個ほど必要になる。あなたがラボに置いていった女の遺体を解剖したわよ、セト。彼女はその二倍を取りこんでいた。それで死んだの。あなたたちは最初から大量の分生子に対応できる造りになっているけれど、そんな量は人間には命取り。むかしからそうだった」

「ニエマはなんだって、死なせるかもしれんとわかっているものを人間に大量に投与したんですか?」セトがおののいて訊ねる。

テイアーは例の椅子を調べ、鋲をなで、この椅子のわかりきった用途に嫌悪感を示す。

「ブラックヒースで働くときは、雇用条件としてエービイをインプラントしないとならなかった。だから、わたしもへファイストスも彼女の声が聞こえるわけよ。研究には何十億もの価値があるから、従業員の思考を監視し、彼らが企業秘密を盗んだり、ライバル企業の産業スパイになったりしないようにするのがエービイの仕事だった。会社を去る人はみんな記憶を消され、研究を持ちだせないようにしたけれど、彼女にできるのはそれが限界だった。ニエマはいつだって、従業員をもっとコントロールさせたいと話していたけれど、宿主を殺さずにやり遂げる方法が見つけられなかった。五十年ほど前、彼女はわたしの元にやってきて、答えを見つけたから、人体実験を手伝ってほしいと言ったの。わたしは研究結果を検討し、彼女の下した査定を否定した。彼女が処置しようとした被験者はみんな数日で死ぬと、わたしははっきり言ったの。それだけじゃなく、わたしはエービイに身体をコントロールされる前に自分で命を終わらせるとも言ってやった。ニエマは耳を傾け、わかってくれたように見えた。無邪気なことに、わたしは彼女はその考えを捨てたと思ったわけよ」テイアーは椅子の金属のヘッドバンドを弾く。「どうやら、その点でも彼女は嘘をついてたみたいね」

「どうしてニエマはそんなに危険な実験を続けたんですか」と、エモリー。

テイアーは手近な機器のコンソールをぼんやりとタップする。「ニエマはとても長いこと、全員を言いなりにさせてきたから、自分がコントロールできない世界にもどることが耐えられなかったわけ。あなたたちを支配していたように、人類に対しても同じ権力を求めた。人類を外に出して、彼女の大切な島が破壊されたり、彼女のスペックにはそぐわない文明を築かれたりするのは嫌だったのね。彼女は二度と脅かされていると思いたくなかった」

「ニエマは不安だったのか」セトが低い声で言う。

「力を持つ人々はたいていそうよ」と、テイアー。「誰よりもうしなうものが多いから」

60

エモリーは灯台の外、崖の縁ぎりぎりに立ってはるか下の波打つ海を見おろしている。

昨夜なにがあったのか、初めてあらましが見える。ニエマは実験に失敗し、村にもどった。秘密を洗いざらい話して、なにかを宣言し、そのために誰かが彼女を刺した。

ピースがひとつ欠けていて、エモリーにはそれを手に入れる計画がある。それさえできれば、すべての情報が揃う。

息を吐きだし、それでいいのだろうかと考えあぐねる。誰がニエマを殺したのか証明できても、霧を防ぐには犯人を処刑するしかない。そんなことをさせたら、自分にどう折り合いをつけて生きていけばいいんだろう？

でも、ほかにどうすれば？　真相を黙っておく？　犯人も村人と一緒にカルデラ庭園にいつまでも住まわせ、犯人がまた同じことをするかもしれないとみんなに心配させるのか？

暗くなりつつある空に視線を漂わせる。太陽はすでに火山の横へ転がり込むように沈み、月が水平線の上によじ登ってきたところだ。霧は朝には海岸線に到達するだろう。どんな決断を下すにしても、急がなければならない。

背後の物音を聞きつけて振り返ると、ヘファイストスが灯台から打ちひしがれた表情で姿を現す。目を閉じて深呼吸をし、気持ちを落ち着かせようとしている。

ときたま、エモリーはニエマが彼の母親であることを忘れてしまう。彼にとってこれはどんなにつらいことだろう。

とは言え、たいして同情できない。

長老たちへの憎しみは底なしで、おそろしくなるほどだ。彼女の身体のなかでヘビのように這いずりまわり、心臓を締めつけ、肺を圧迫する。思考のなかでエービイの声と同じようにはっきりと、ささやいている。憎しみは長老たちを苦しめたがっている。恥をかかせ、痛めつけたがっている。何年も前のアーディルのように。

「わたしにはそれをやる力がありません」わたしは言う。「ニエマはすべての人間の生命を守るよう指示しました。それにそむく行動はできません」

「長老のどちらかがニエマを殺したとしたら?」

「この島を救いたければ、あなたはやりたくないことをやるしかないでしょう」

「まさかわたしに犯人を処刑できるとは思ってないでしょう?」

「ええ。でも、あなたは傍観し、アーディルに手を下させるしかないでしょうね」

エモリーはこう言われて考えこみながら、ヘファイストスに近づく。海鳴りに負けずに声が届く距離、だが、テイアーのラボでやられたようには捕まらない距離だ。

「少し話せます?」

彼は話しかけられて困惑したように、エモリーを無表情に見つめる。彼女が子供だった頃からこうだ。弟子を取るテイアーや、村に溶けこんだニエマとは異なり、ヘファイストスは村人にまじって暮らしたことがなかった。けっして村人に話しかけず、一緒に過ごしたこともない。視線を向けたこともほぼない。

　エモリーは彼のそんな態度が理解できなかったものの、カルデラ庭園で莢に包まれたあの幼い少女を見て話が変わった。へファイストスは村人を人だと思っていない。いまだに道具と見ている。彼らと交流する価値はない、なぜなら村人は価値がないからと。

「あなたがニエマの実験を手伝っていたことも、父が岩場で見つけたあの女性があなたたちの最初の犠牲者ではないこともわかっています」エモリーは彼に話す暇をあたえない。「診療所で別の遺体も見つけた。ニエマは何十年もこの実験を成功させようとしてきた。彼女が殺される前日の夜、わたしはあなたたちふたりの会話を聞いた。あなたはやりたがっていなかったけれど、ニエマが説得していた。だからあなたは遺体を崖から落としたのね。証拠を隠滅して、テイアーにあなたがかかわっていたことを知られまいとして」

　ひとつひとつの事実がハンマーのように彼を殴りつけ、落ち着き払った外見を削りはがし、その下にひそんでいた罪悪感を露呈させる。彼は大富豪の息子だった。感情をうまく隠す術を身につけたり、行動について言い訳をしたりする必要がなかった。世界のほうが彼のためにそうしてくれた。

「それは――」

「あなたはブラックヒースが封鎖されていないと何十年も知っていながら、ただひとりの友達にその秘密を隠していたのよ」エモリーは攻撃を続ける。「テイアーがそれを知ったら、どう反応するでしょうね？」

　彼の手がさっと伸びてくるが、エモリーは届かないように飛び退き、彼は手を振りまわしただけで終わる。昨日まで誰かの闇雲な怒りに出会ったことはなかったものの、今ではこんなに予想がつきやすく利用しやすいものかと驚いている。こんなにはっきりとした弱点なのに、彼が怒りを抑えることを学んでこなかったとはエモリーには理解できない。こんなものにあっさりととらわれる人はすぐに考えることをやめる。世界一、操りやすい存在になる。

「わたしはブラックヒースの鍵のありかを知ってるのよ、ヘファイストス」彼を落ち着かせるため、早口でそう言う。「喜んであなたに届けて、知ってることをすべて忘れましょう。テイアーにはなにも教えなくていい。ジャックを無事に帰してくれるだけでいい」

ヘファイストスはたっぷり一分ほど考え、あの空っぽな目をきらめかせる。

「恐喝か」乾燥したくちびるを舌でなめる。「おれが母に認めていたより、おまえははるかに人間に近い」

エモリーは身震いする。人間という言葉はいまでは侮辱に感じる。

ヘファイストスは親指であごの輪郭をなでる。「今夜、村に鍵を持ってこい。消灯のあとだ。そうすれば、おまえの夫を連れてこよう。裏切れば、家族を村の石壁から吊し首にするからな」

61

エモリーが灯台のなかにもどったとたん、クララに腕をつかまれてラボに隣接する部屋のひとつに連れていかれる。

「どうしても見せたいの」クララが興奮して言う。

狭いドアを開け、エモリーを居心地のいい居間に案内する。板張りの床、スプリングの壊れたカウチとコーヒーテーブル。壁には額縁が触れ合うほどぎっしりと絵画がかけられている。油彩、水彩、肖像画、風景画。構図の技術から、破滅前に描かれた絵だとわかる。

「これを見て」クララはピエロ・デッラ・フランチェスカの小さな絵を指さす。キリストの復活を描いたものだ。「この影、この質感を見てよ」

村ではいままで誰もこのようなものを作る能力がなく、クララはしきりに感嘆している。こうした独創的なスキルを披露したのはヒュイただひとりだ。

これだけ美しいものにかこまれているのに、エモリーはろくに鑑賞することができない。人類に激しい憤りを抱いているため、そこに付随するものをいっさい賞賛できないでいる。アーディルはこんなふうに感じているんだろう、と彼女は思う。魂の堕落だ。

気持ちの収まらないまま父親を探しにいくと、彼は小さなキッチンをかぎまわっている。粘土製のかまど、ブーンとうなる冷蔵庫、すべての棚は空っぽだ。カウンターにはナイフブロック、タマネギとニンニクの入ったバスケット、ぐらつく取っ手のついたガラスのジャグにはオリーヴ油。ここにあるほかのものと違い、ジャグはまったく手に技術のない誰かが作ったものだった。

キッチンは厚く埃に覆われ、ニエマは長いこと使っていなかったとわかる。

「父さん」エモリーは背後から声をかける。「大丈夫？」

「おれが彼女のために作ったものだ」彼はジャグを指さす。「とてもいいと言ってくれたが、気を遣ってるんだと思ってた。捨てたんだろうと本気で考えてたんだ」

重苦しい声だ。あきらかに、相反する感情に苦しんでいるのはエモリーだけではない。

彼女は居間に引き返す。

さらにふたつのドアがある。ひとつは金属製で頭の高さに小さな窓があり、向こう側は暗かった。矢印の書かれたボタンもあったが、押してもなにも起こらない。

もうひとつのドアは寝室に通じており、室内はニエマの寮の部屋とまったく同じ配置になっている。シングルベッドをはさんで衣装戸棚と背の高い書棚、ほとんどの本がなくなっている。おそらく村にあるんだろう、とエモリーは考え、探偵小説でいっぱいの書棚を思いだす。

書き物机には聖書がひらいてあった。薄いページは端が折れて擦りきれそうになっており、エモリーは古めかしい言語と奇妙な章立てにとまどう。

彼女は同じ本をヘファイストスの掩蔽壕で見たのを覚えているし、ニエマは寮の部屋にも、もう一冊置いていた。これは彼らにとって重要なものに違いないが、彼女には意味がわからない。

聖書を置いて抽斗を開け、ペン、紙、写真アルバムを見つける。アルバムのなかで父親は島中のさまざまな風光明媚(めいび)な場所にいるニエマとセトの写真でいっぱいだ。アルバムは二十ほど年齢を重ねていくが、さかのぼるほどに姿勢がくつろぎ、しかめつらはほほえみに、そしてやがて大笑いになっていく。

「しあわせそう」彼女はつぶやき、最初の写真にもどる。

父親がニエマと火山を登っている。帽子がわりに巨大な葉を頭に載せ、なにかを見て大笑いしている。それからふたりは森のなかにいる。ページをどんどんめくる。しあわせな記憶につぐ記憶。

こんな父親は見たことがなかった。見たいものだと願う。母親が死んでから不幸が彼に、そしてエモリーにも毒を盛った。

エモリーはページをめくりつづけ、父親が島をどれだけ徹底的に探索したことかと驚く。彼女はほかの者の記憶を通じて歩きまわっただけだが、写真のほとんどの場所を言い当てられるくらいには知っている。これは南の茂りすぎたオリーヴ果樹園で撮影されたもの。これは東の入江で、これは……彼女は顔をしかめる。アルバムからその写真を取りだし、光にかざし、その意味するところを見極めようとする。

「そんなはずない」

じっくり写真を見つめるうちに、疑惑が固まっていく。

写真を手にキッチンへ向かい、セトの前のカウンターにたたきつける。

「なにが見える？」彼女は訊く。

セトは混乱してエモリーと写真をかわるがわる見て、若い頃の自分に気づいてかすかにほほえむ。

「こいつはおれだ。二十年前の」写真を指でつつく。

「どこで撮影したか知ってる？」

彼はふたたび目を凝らす。写真のなかで彼は野原に立ち、〝ここまでやってきたぞ〟と言いたげな表情をしている。背後に湖、左に木立。

「弟子だった頃だろうから、どこでもあり得るな」そう言いながら写真に触れる。「テイアーはおれたちがどこに行くにも、彼女のおんぼろカメラを持たせたものだった。半分の時間は、分解してしまったカメラをまた組み立てるのに使ったもんさ」

「じゃあ、これがどこで撮影されたのか知らないのね」エモリーはあくまでも問い詰める。

「エモリー、この写真がいつ撮影されたかさえも、覚えてないんだぞ」

「それはたしかなのね、父さん？　とても大切なことなの」

「エモリー」彼は忍耐の限界となり、大声を出す。「この写真がどこで撮影されたのか知らん。

いったいこれがどうしたって？」

「注目はこれ」エモリーが背景の湖を指さす。

「これは海だが、それがどうした？」

「海じゃない、湖よ、父さん。岸が見えるでしょう。わたしたちの島に湖はいくつある？」

彼は額にしわをよせてから、ショックで目を見ひらく。ついに理解する。

「ひとつもない」驚愕しながら答える。

「ひとつもないわ」エモリーは繰り返す。「この写真はわたしたちの島で撮影されたものではなく、この事実のせいで父さんが死ぬことになる可能性がとても高い」

62

命取りの花の平原を横切り、エモリー、クララ、セトは近くの森の境界線をめざす。そこではヘファイストスとテイアーがいらだちながら彼らを待っている。長老たちが先に村へ向かいはじめ、一家は遅れて灯台を離れたので、急ぎ足を強いられる。

セトは淡々と歩き、クララは彼の腕にしがみついている。エモリーはその背後から重い足取りで続き、罪悪感でうつむく。父親に写真を見せてニエマの嘘にひそんでいた秘密を説明してから、一言も口をきいていない。

セトは娘が反論してもらいたがっている、まさかそんなことはないと説得してほしがっていると察した。エモリーが浮かべた期待の表情から、たった一言でいいのだとわかったが、黙って娘の推理を受けいれた。もはや長老に幻想を抱いていないが、自分の頭のなかに村を救える情報があるのならば、喜んで提供する。

彼にとって、ほかの者のために奉仕して死ぬことは、自分のために続ける人生より意味あるものになるだろう。

風が強まり、彼らの服に雨のシミが点々と残る。

あと少しで森だというとき、セトは突然立ちどまり、エモリーに手を差しだす。

「待ってくれ」しゃがれた声だ。「明日の朝には死んでるかもしれんし、葬儀をやるつもりもないから、ここで別れの挨拶をしたい」

「父さん――」

「今回ばかりは静かにしてくれ、エモリー」いらだって言う。「おれに話をさせて、こいつを言わせてくれ」娘の手を握りしめ、娘と孫娘を交互に見やる。

「自分が死ぬのは怖くないが、ほかの者が死ぬのをむかしからおそれていた。おまえの母さん、マティス、おまえたちふたり」

なんとか半秒ほど彼女たちと目を合わせてから、視線をそらす。

雨が強まり、乾いた地面にたたきつけ、彼らの服をぐっしょりと濡らす。

「おれはたくさん失敗して、すべてを謝るには手遅れだが、おまえたちふたりとも誇りに思っていることは知ってもらいたい」

視線は目をうるませるエモリーに向く。

「おれは必要なときに正しい言葉がすぐに出てきたことはなかったが、結果がどうなろうと、おまえが悪いんじゃないと知っておいてくれ」きっぱりと言う。「おれが死ぬとしても、おまえにはこうするしかなかった。おまえは最初からずっと世界に反発してきたが、どれだけのことを成し遂げたか。ほかには誰もここまでやってのけた者はいないぞ、ニエマでさえもな」

彼はぶっきらぼうに娘を抱きしめ、続いてクララにも同じことをする。

「それほど重要だなんて、なにを見つけたわけ？」テイアーが彼らのもとまで歩いてくると訊ねる。

エモリーが写真を差しだす。その写真に対して彼女が嫌悪感を抱いているのはあきらかだった。そして自分がなにをやらねばならないかということにも。

テイアーは写真をひったくり、好奇の目で見ながら、またもや自分が情報から置いてきぼりにされていたことにむっとしている。

「あなたの父親ね。わたしの弟子だった頃の」

「もっとよく見てください」と、クララ。

テイアーはふたたび写真に視線をさまよわせる。なんに気づくべきなのかわからないが、それを知らせてエモリーを満足させるのはごめんだった。九十年間、この島の秘密をポケットに入れたままにして、気まぐれに少しずつ分けあたえてきた。いきなり棒きれを追う犬のような気持ちにさせられて動転している。

「これは湖ね」意味が呑みこめてくる。「セトは写真が撮影されたとき、この島にいなかった」

どうか次の質問をしないで、とエモリーは必死で願っている。

霧がここまで迫っていなければテイアーに写真を見せることはなかっただろうが、この島から脱出する方法があるのならば、このことを長老たちに知らせなければならない。有益な情報を持っているとしたら長老たちだ。

「写真には霧もありません」エモリーはテイアーの意識を忙しくさせておきたくて言う。「ニエマはまちがっていた。霧は地球全体を覆っていない」

「まちがってたんじゃない」テイアーが怒って言う。「ニエマは嘘をついてたわけよ。ブラックヒースのことで嘘をついてたのと同じで」

テイアーは水平線をにらみ、あの先で、森や丘や木立がふたたび人が足を踏み入れるときを待っているところを想像しようとする。野生動物は存在しないだろうが、ブラックヒースの機器でそれはなんとかできる。ゼロから始めてもいいし、ファイルに残るＤＮＡサンプルからすべてを復元することもできる。

自由にものを作りだせる見込みに目がくらみ、写真をエモリーに返そうとする。

エモリーの胸は高鳴り、希望が全身を駆け抜ける。

テイアーは気づかなかった、とエモリーは考える。発すべきあきらかな質問が思い浮かばなかったのだ。エモリーは写真に手を伸ばすが、テイアーの表情が曇るのを見て顔がひきつる。

やめて、エモリーは考える。どうかやめて。

「この写真を撮影したのは誰？」と、テイアー。「セトが中央にいる。自分で撮ったはずはない。タイマーは使えなかった」

エモリーは打ちのめされてがっくりとうなだれる。「わからなくて」弱々しく答える。

「もちろん、わかっているさ」セトが口をはさむ。「おれのために、おまえに嘘はつかせない。このように重要なものについて嘘など」あごをあげる。「エモリーはおれの妻のユディトがこの写真を撮影したと思っています。あなたはおれたちをいつも一緒に探索に送りだした。ほかの誰かというのはあり得ない」

テイアーはショートパンツからバッタを払いのけ、自分がユディトを完全に忘れていたことをごまかそうとする。

「この写真を撮影したことを覚えてないのね？」彼女は鋭く訊ねる。

「はい」彼は認める。

「ニエマは島からの出口があることを誰にも知られたくなかったから、あなたたちふたりの記憶を消すようエービイに命じたのね」テイアーはほんの少し哀れむように声を落とす。「あなたはその処理を生き延びたけれど、あなたの妻はそうではなかった」

セトは声を詰まらせ、うなずくだけだ。親友がこれほどひどいことをしてから、さらに二十年のあいだずっと彼の隣にいることができたのはなぜか、理解しようといまだに努力している。罪悪感めいたものに気づいたのはただ一度、舟で灯台に連れて行ったあの夜だけだ。彼女はユディトの話題を出した彼に、しなくてもいい質問をしてきた。あれは良心の呵責だったのだろうか？

ヘファイストスが荒々しく進みでて、腰をかがめ、エモリーと目を合わせる。「おまえも、おまえの父親も、おれの母親を殺す動機を持っていたのか」

エモリーの頬に唾を飛ばし、歓喜しているその声にセトは心からうんざりする。誰かが死なねばならないのに、ヘファイストスが心配しているのは自分が正しいことだけだ。

「ここにいる全員に動機があります」エモリーは言い返す。「ニエマは人を傷つける並はずれた能力を持っていたのね」

テイアーはヘファイストスの肩に触れ、彼の注意を引く。「記憶抽出器をどれくらいで修理できるの？」

「やめてください！」クララは反対して彼らに一歩近づくと、懇願するように手を差しだす。「これが最大の手がかりよ」テイアーはきっぱりと言う。「島が危険なのに、無視はできない」「おばあちゃんが死んだ本当の理由を、おじいちゃんにどうやって知ることができたって言うんですか」クララは反論する。

テイアーは片眉をあげ、その点は認める。

「おまえの母さんは、その答えもわかっているんだ」セトの気高さが、みずから打ち明けずにおけない。

「どんな答え？」

「アーディル経由で」エモリーは父親の正直さを痛ましく思う。「ゆうべ話をしたとき、彼がほのめかしたんです。わたしの祖父のマティスに死ぬ前に話したようです。おそらく、祖父がその情報をセトに伝えてくれると期待したけれど、祖父は自分の胸にしまったままにしてしまった。祖父の記憶珠はわたしたちが見る前に盗まれたから、その情報はそれ以上は広まらなかった」

「ニエマのやりそうなことよ」と、テイアー。「エービイはすべてを彼女に報告してた。その情報が簡単に漏れるようなことはさせなかったでしょうね」

「アーディルが灯台の下の突堤にいて、ニエマを待っていたことはわかっている」エモリーが話を続ける。「だからアーディルがもどってきて、父に教えた可能性があります」

「殺人の動機になりそうね」テイアーが大喜びで言う。「セト、あなたがニエマを殺したかどうか知る必要があり、記憶抽出器にかければそれがわかる」

「でも、島に出口があるってわかったじゃないですか」クララが懇願する。「村の全員で探すように頼めば、きっと――」

「これはわたしたちを救いはしない」テイアーは写真をクララの前で振る。「ニエマがブラックヒースを封鎖する前、わたしは着用すれば霧から守ってくれるハザードスーツを設計したの。あれを完成させるにはまだ一年以上かかったはずだったけれど、ニエマはわたしの試作品を完成させたに違いないわね。わたしが作りかけていたのは三着だけで、それはブラックヒースに眠っていた。それを着てあなたの祖父母はこの島を出たのよ、絶対にそう」

「エモリーが記憶抽出器をどのくらい壊したのかはっきりしない」ヘファイストスはクララの激情など無視して言う。「夜明けまでには動くようにしよう」

テイアーは絶望したエモリーと視線を合わせる。

「父親は無実だと証明できるタイムリミットは夜明けまでよ」冷ややかな口調だ。「それでも霧をとめられなければ、あなたも父親に続いて記憶抽出器をかぶることになる。どちらにしたって、あなたはこの殺人を解決するため、わたしに手を貸すことになるわけ」

63

エモリーはひとりでカルデラ庭園に足を踏み入れる。この二時間というもの真っ暗ななかでヤギ道を懸命にのぼってきた。

セトとクララは灯台にもどった。とっくに消灯をすぎており、ふたりがどれだけ反対しても長老のどちらも消灯を免除しようとしなかった。なんて意地悪なんだろうとエモリーは思ったが、あまり反論しなかった。

じつのところ、今夜はひとりで行動したかった。やらねばならないことは危険をともなっているし、家族が村から離れたままなのはとてもうれしい。

カルデラ庭園を歩きながら、驚異の目であたりを見まわす。

月明かりがドームのなかに溶け広がり、数え切れないほどのホタルが暗闇を舞って、同じく生物発光するチョウが紫とピンクの軌跡を残して飛ぶ。見たこともないくらい美しく、理解を絶したものでもある。このようなものがテイアーやヘファイストスのような魂を持つ人間からどうして生まれることができるのか？

エモリーはくちびるを噛み、ニエマがこうしたことをどう感じていたのか想像しようとする。灯台でのテイアーの話では、ニエマは村人をコントロールしていたように人類もコントロールしたがっており、それは人類がブラックヒースから解放されたらなにをするか心配したため、ということだった。

「コントロール」エモリーはつぶやく。

ニエマが死ぬ前日の夜、ヘファイストスに書いた手紙にもあった言葉だ。

エモリーは実物を寮に置いてきたが、何度も読み返したから、一字一句そのまま思いだせる。

わたしの可愛い息子へ
あなたが失望していること、わたしの決意を裏切りのように感じることはわかっているの。これだけたくさんのことをあなたに頼んできて、あなたをがっかりさせてしまったけれど、これから語ることはどうしても信じて、その後は空白があり、エモリーが下になっていた紙を鉛筆でこすって読み取れた部分はこうだ。

わたしがもっと……コントロールできなければ……封じ込め……エービイの希望は……殺すことはできなかった

では、裏に走り書きしてあった〝5の5〟という数字は？

ニエマは人類をコントロールするための命にかかわる実験をして、十三人を殺した。あの手紙は彼女が実験をあきらめ、かわりに人類を封じこめることにしたとも読める。それが彼女の言う裏切りだったのか？　ニエマは人類をブラックヒースに永遠に閉じこめておくと決めたんだろうか？

下草を踏むバリバリという音、木のきしむ音がする。

枝を押しやったエモリーは、村人たちがマチェーテや斧を手に木を切りながら下草の上を歩き、土地を開墾しているのを見る。彼らは目を閉じ、顔は汚れている。トゲに引っ掻かれ、自分が働いていることも知らず、肩で息をしている。

霧に呑まれたほうが村人には親切と言えるかもしれない、と彼女は思う。

足が痛くなり疲れきった頃、ロープウェイの駅にたどり着く。レバーを前に倒し、出発したゴンドラに飛び乗る。

二叉の大きな稲妻が島の左右に走り、雷鳴が火山に跳ね返る。いくつもの手こぎ舟が海に出て、舳先ではランタンが揺れる。果てしない黒のなかのちっぽけな光だ。

「みんなどこへ行くの？」彼女は訊く。

「テイアーが灯台の機器類を回収したがっているのです」わたしは答える。ロープウェイが風に煽られ、ケーブルをきしませながら村に下りていく。村はテイアーのラボからこぼれるぎらつく照明を除けば暗い。

昨夜テイアーはみずから灯台まで舟を出したが、エモリーはいまだにその理由がわからず、どの仮説でも説明をつけられない。

頭から離れないのはその質問だけではない。いくつもうごめいている。ニエマがわざわざ防犯装置を作動させたのに、灯台を捨てて村にもどったのはなぜ？　ヒュイは刺されてからどうなった？　ベンが土に方程式を書かずにいられないのはどうして？　そしてゆうべ自分たちがブラックヒースまで荷車を引いていった理由は？

ゴンドラがガタンと揺れて駅に到着し、エモリーは飛び降り、汗で貼りつく服を皮膚からつまみあげる。

「何時？」

「午後十時十六分です」わたしは答える。

真夜中にヘファイストスと会い、ブラックヒースの鍵を渡すことになっている。最後に鍵を見たのは、アーディルが手のひらで転がしているところだった。テイアーがニエマ殺しの犯人だと彼が告発したときだ。彼は安物のアクセサリーのように無造作に鍵を扱っていたから、エモリーもあれはなんだろうと考えることもなかったのだ。

激しい雨のなかを兵舎へ向かい、マグダレーネの部屋に通じる階段をあがる。

計画を説明さえしたら、アーディルが鍵を預けてくれるとエモリーは期待している。

ヘファイストスに話をさせる材料が必要だ。彼はパズルの最後のピースだが、注意深く扱わないと、霧が島を呑みこむより早くエモリーが死ぬことになる。

64

エモリーは鎧戸の割れ目越しに、アーディルの姿がないかと中庭を見張るが、どこにもいない。

「来ないわね」いらだちを抑えようとする。「どうして来ないんだろう？　いま何時なの、エービイ？」

「午後十時四十二分です」

そのとき、門を揺れながら抜けていくランタンが視界に入る。雨のなかを急いでいる。暗すぎて誰が持っているのか見えないが、農園のほうへ向かっている。

彼女は急いで寮から駆けだす。

びっしょり濡れて息を切らしながらエモリーはランタンを掲げ、どちらに行けばいいか考える。ときたま、追っているランタンの火が遠くにちらりと見えるが、雨が強くなって顔に激しく打ちつける。

村を飛びでてからまったく足をとめていなかった。左の小屋や、右の動かなくなった荷車にも最小限の注意しか払っていなかった。今や、轍を追ってここにたどり着き、荷台にクララの手彫りの鳥を見つけたのが、遠いむかしのように思えた。

ニエマは殺された夜、セト、エモリー、クララをここに送りこんだ。自分たちはブラックヒースの鍵を預けられたに違いないが、それがどうやってアーディルの手に渡ったのか？　さらに重要なのは、ひた隠しにしていた秘密をニエマが三人に明かしたのはなぜか。

エモリーは足取りをゆるめることなく川に踏み込むと、滑りやすい岩でサンダルが片方脱げる。村を出る前に靴に履き替えるべきだったが、ランタンを見失いそうでそんな余裕はなかった。

毒づきながら水中からサンダルをつかみとり、よろめきながら丘の枯れかけたオリーヴの木の下を歩くと、その枝からぼろぼろの月がぶらさがっている。

ブラックヒースのドアが開いている。暗闇にくっきりと真四角の蛍光灯の光。

鼓動を速くさせ、彼女が長いトンネルを歩いていくと、地中深くへと下り坂になる。ジャックの名を呼びたい衝動と戦う。

こんなものを見るのは初めてだった。壁はカーブして、なめらかそのもの。床はコンクリートで、頭上には照明が途切れることなくつながっている。こんなものを地中に掘ることのできるテクノロジーがどんなものかも、そもそもどうしてこんなことをするのかも彼女には想像がつかない。誰が日光からこれだけ離れた場所にこんな空間を必要とするのだ？

長いこと歩き、入ってきたドアが針で突いた黒い孔になる頃、トンネルの突き当たりの分岐点にたどり着く。そこは村から消えた備蓄でほぼ埋め尽くされている。野菜の木箱が高く積まれ、種の大袋や農具の入った箱もいくつか。

全体にざっと視線を走らせる。

昨日カルデラ庭園で見つけたものよりずっと多いが、どうしてここにあるんだろう？　ニエマは瀕死状態で、セトに図表を書き取らせ、たぶん並行して避難の指示を出した。村人全員をカルデラ庭園には収容できないと知っていて、半数はここに移そうと決めたとか。けれど、もしそうだとしたら、火山の頂にほとんど備蓄がなかったのはなぜ？　あれでは村人の半数を一カ月だって食べさせられない。

トンネルは左右に伸び、数歩先に掃除カートが置きっぱなしだ。ボトル類はドロドロに溶けている。

神経質にそちらに少し歩くと、彼女の動きに反応して頭上の照明が灯る。トンネルの左方面はすでに灯っていたから、ランタンの人物はそちらに向かったに違いない。

緊張しながらゆっくりと歩き、少しでも暖まろうと身体に腕をまわす。ここはひどく寒くて、空気は薄く、清潔そのものだ。安心できる島のにおいがまったくしない。松がない。木蓮もない。タイムも。海のしぶきも、汗やカビくささも。

天井灯の一部がチカチカし、空気洗浄システムがキーッと音をたてては突然とまる。死にかけた野獣の腹のなかにいるような気分だ。

通路の左右にオフィスが現れる。ひっくり返った椅子や横倒しになったモニターは、この場所がいかに急いで見捨てられたかの証拠だ。いくつかのマグカップがコースターに置かれたままで、長らく空っぽのままの部屋で写真立てから家族がこちらを見つめている。

どうして人がこんなところで働くことに耐えられたのかふしぎでならない。とても殺風景で、魂までこの場にふさわしい色に変わっていくようだ。

次の分岐点を曲がると、この施設の大きな金属製のマップが壁に取りつけてある。何百マイルも続くトンネルが島の東半分に張りめぐらされ、この地点から灯台まで広がっている。火山を支えるだけの土が残っているとは驚きだ。

島内には十を超える入り口があり、彼女が入ってきたのは第八号ドアとされている。灯台そのものにもエレベーターでつながる入り口がある。ニエマの居間で見つけた鍵のかかったドアに違いない。ジャックが見つかるかもしれないという希望はあっという間に消える。これだけのトンネルを捜索するには、村人総出で一週間かかりそうだ。

会話の断片が漂ってくる。空気洗浄システムの甲高い音にたたきつぶされなかったわずかな言葉が。

曲がり角から覗くと、長い通路の端でアーディルがテイアーと話している。テイアーはずぶ濡れで、エモリーが追いかけていたランタンを手にしたままだ。エモリーは聞き耳を立てて言葉を拾おうとするが、周囲の音が大きすぎる。

なにを話し合っているにしても、和やかに見える。どうして？　エモリーとの短い会話で、アーディルは長老を憎んでいると言い立てた。チャンスがあれば長老を殺すと脅した。そんな彼がなぜ突然テイアーと協働しているのか？

少しして、ふたりは反対方向に歩きだす。

へファイストスと交渉するために鍵が必要だから、エモリーは音をたてずにアーディルを追いかけ、廃墟のような通路にたどり着く。

天井の一部が崩落し、壁も崩れ、下の地面が覗いている。トゲのある根がねじれて床から出入りし、天井の通気口から葉群が垂れさがり、長い嘴(くちばし)の鳥たちがまわりを飛ぶ。シカ九頭が壁沿いに生える草を食(は)んでいる。地上で見たことのあるシカより色が薄く、ずっと小型だ。普通ならばこの時間、こうした動物は寝ているはずだが、なんらかの理由で習性を変化させたようだ。

ジャックはこの光景を見たがることだろう、と彼女は思う。うっとりするはずだ。

シカはアーディルが通りかかると顔をあげ、耳をピクリとさせるが、彼は脇目も振らず分岐を右に曲がる。

エモリーは彼のひとつうしろの通路にとどまるようにしながら、分岐を次々に曲がり、いくつものラボの前を通過する。ガラス壁の奥のラボは奇跡でいっぱいだ。科学機器――森羅万象の片隅をつまんで引き開け、書き換えるために作られた道具。

「あれはナノ粒子変換器です」わたしは説明する。「あちらは量子ネットワーク。向こうはポータブル粒子衝突型加速器、隣は元素発生器」

わたしは説明をやめる。彼女がもう聞いていないと気づいたからだ。床の中央、よく見えるように置かれているのはクララの手彫りの鳥だ。

エモリーはこれを拾いあげ、通路の突き当たりにもひとつ見つける。クララはあきらかにこれを道しるべとして置いたのだ。

アーディルの足音が遠ざかっていくが、今や、さほど重要には思えなくなる。この鳥をたどれば、ニエマが死んだ夜に彼女たちがここにやってきた理由がわかりそうだ。

エモリーは第二の鳥を拾い、次はどちらだと左右を見る。通路はとても長く、どちらの方向にも少し歩かなければ、鳥が見えない。

さらなる分岐が続く。さらなる木彫りの鳥。それにラボやオフィス。ジムは彼女には目的がさっぱりわからないエクササイズマシンでいっぱいだ。

ついにドリルの音を、バリバリという金属の音を聞きつける。

そちらに向かい、さらにいくつもの鳥を通りすぎる。

音の出所は小さな部屋で、見るからにかつては倉庫として使われていたものだ。箱がいくつも外に運びだされており、彼女は身体を横向きにしてそれを避けた。

ドア越しに覗くと、五人の村人がドリル、ハンマー、斧を使って岩の地面を掘ろうとしている。まずコンクリートを取り除かねばならなかったに違いない。瓦礫が床を覆い、彼らの顔は埃まみれだ。

カルデラ庭園の村人たちのように、彼らも目を閉じている。眠っているのはあきらかだ。

「アーサー！」彼女は叫ぶ。

アーサーはジャックの舟が遭難したときに溺れたはずの弟子のひとりだった。エモリーは胸から心臓が飛びだしそうだ。希望がありとあらゆる理性的な思考を押しのける。

彼女は顔から顔へと視線を走らせる。タスミン、キコ、レイコ、そして――

「ジャック！」そう叫び、歓喜とともに彼に抱きつく。

夫は反応しない。彫像のように身体をこわばらせ、音をたてるドリルを壁に押し当て、跳ね返る土や鋭い岩のかけらを浴びている。記憶にあるよりずっとやせていて、腕は筋と骨ばかりだ。顔はげっそりして、髪は白くなりかけている。

「彼を解放して、エービイ！」そう頼み、エモリーはドリルのスイッチを切るが、ジャックがすぐにまた起動する。

「できません。ニエマの指示は明確でした」

「ニエマは死んだのよ」エモリーは途方にくれて夫を見つめる。「あなたはもうこんなことをしなくていい」

「彼女はやめろと言いませんでした。わたしにはいかなる命令でも守る義務があります。彼女が別の指示を出すまでは」

「ジャックは永遠にここに囚われると言いたいの？」

「残念ながらそうです、エモリー」

65

エモリーは床であぐらをかき、夫の寝顔を見つめている。あのあと長いあいだ泣きどおしだったが、やがて、とにかく彼が生きていることに希望を見出すことにしたのだ。

「あなたをここから連れだす」ジャックに告げる。「ここに置いていきはしない」

そう口に出すと一時的に気分がましになるものの、そんなものはむなしい約束だと彼女は承知している。霧が迫っており、たとえそれをとめることができたとしても、夫をわたしのコントロールからどう解放すればいいのかわからないでいる。

「あなたと話せたらどんなにいいか」彼女はジャックに言う。「今度のことを話してきかせたら、あなたはジョークを言うか、なにかバカなことを思いつくの」笑い声をあげる。「あなたのことを毎日恋しく思ってた」

涙を拭うと、目になにかがしみる。指先で取りだし、黄色の花粉だと気づく。これがジャックのシャツにも髪にもたっぷり付着している。

クララ、ヒュイ、テイアーも、ニエマが死んだ日にカルデラ庭園からもどってきたとき、これに覆われていた。彼女たちと同じ時間にジャックも地上にいた可能性がある。

ヒュイはカルデラ庭園でジャックを見かけたのだろうか？

だとすれば、クララに対して妙な行動をとったことの説明がつきそうだ。ヒュイは親友の父親が生きていたと知ったが、それについて話すことを禁じられた。あの日の午後、クララを避けて過ごしたのも自然だ。

アーディルがドアから飛びこんでくる。みぞおちを押さえる指のあいだから血が噴きだす。脚から力が抜け、彼はコンクリートの床に座りこみ、前に脚を投げだす。

「アーディル」エモリーは悲鳴をあげてそばに行く。

彼は必死で浅い呼吸をしている。刺されたのだ。

「なにがあったの？」傷をたしかめようとするが、彼は首を振る。

「ポ……ポケット」彼はなんとか話そうとする。

ポケットを探るとブラックヒースの鍵と図表がある。父親が舟で目覚めたときにポケットに入っていたものとまったく同じ図表だ。

「地図だ」アーディルが咳きこんで血を吐く。「だめだ……ニエマの……ニエマの殺人……」彼は必死に首を振り、エモリーの腕をつかむ。「解決……するな……」

エモリーは地図を見つめながら、彼がなにを言いたいのか考える。

「どうして、わたしにニエマの殺人を解決してほしくないの？　なにを知っているの？」

彼は地図をつつく。「見つけろ……」身体から力が抜ける。「テイアーがきっと……テイアー……殺す――」

首がだらりと横を向き、彼の身体がまったく動かなくなる。

エモリーは勢いよく立ちあがり、ジャックのいるこの部屋にすがるような目を向けたが、彼女はアーディルの声に含まれていた不安に感化されていた。やるべきことがどんなことだとしても、重要なものだ。

地図に目を走らせる。ブラックヒースにいるいまなら理解できる。数字は分岐点、線は通路だ。ニエマは瀕死の状態で、父親に同じものを書き取らせたに違いない。父はマグダレーネのスケッチブックからページを破りとり、地図を書き、ポケットに入れた。

アーディルがエモリーをどこに向かわせたかったにしろ、地図が同一なのだから、ニエマが殺人の夜にエモリーたちに指示した場所と同じだ。

エモリーは走りだそうとして、考えなおす。アーディルは始まりから今度のことの中心にいた。ほかのなによりも手がかりを隠していそうだ。

膝を突き、洗っていない身体のにおいをできるだけ無視して、手早く彼の服を調べたが、なにもない。視線を靴に向けると、右の靴底に食いこんだ記憶珠のかけらが八個見つかった。

これをつまみとり、見つめる。ニエマの記憶珠を壊したのは彼だったに違いない。つまり、アーディルはニエマが死んだとき近くにいた。

使えるものはすべて掘りだしたと納得すると、エモリーは地図を頼りに施設の奥へ進む。だが、一歩ごとに混乱は深まるばかりだ。ガラス壁の向こうに病院が見える。ベッドや備品がずらりと並び、輝く画面には人体のあらゆる部位が映しだされている。密封された滅菌包帯がテーブルに置かれ、隣には注射器や小さく奇妙な装置もある。部屋の奥には巨大な機械があり、なかに人が入る設計なのはあきらかで、探針のついた連結アームがあり、ストレッチャーに乗ったまま入れるようになっている。なにもかもが最先端で異質で信じがたい。こうした機器を見ると、旧世界で死ぬ人間がいたなど信じられない。

カフェテリアに差しかかる。とても広くて、村人全員が入っても片隅だけで収まりそうなほどだ。厚い埃の層は別として、キッチンはとてもあたらしく見え、彼女にはまったく使い道のわからない調理器具がいくつもある。蛇口からはきれいな水が出て、食器棚には皿、カップ、きらめく金属で作られたフォーク類が重ねられていた。ささくれのある木やもろい粘土で作られたものではなく。

さらに先には広々として快適な寝室が並ぶ。マットレスは柔らかくスプリングが効いて、各部屋に専用バスルームつきだ。蛇口をひねるとお湯が出てくる。

全然、意味がわからない！　どうしてこれだけのものを封鎖していたの？　村の毎日は厳しい。自分たちの食べるものをすべて育て、深く掘った井戸から水を汲みあげる。天候の悪い冬は食料が割当制となり、作物が病害にあえば死を意味する。毎月、怪我人が出るし、もちろん病気になる者もいて、定期的に人口が減る。ここの機器にアクセスできれば、何人が助かっていただろうか？

「ニエマはこの設備を人間のために保存しておくことを選びました」わたしは言う。「人間はあなたたちの種族にくらべて、はるかにもろいですから」

「それに、はるかに価値があるんでしょ」エモリーが怒って言う。「わたしたちが死んでも、あなたたちはわたしたちをもっと多く造ればいい、そういうことね？」

「はい」わたしは認める。

地図をたどって彼女がたどり着いたのは〝治療室〟で、そこでベッドですやすやと眠るヒュイを見つける。クララの手彫りの鳥が隣にある。血まみれの服は脱がされ、胸骨と、右と左の鎖骨のあいだにある痛々しい刺し傷がむきだしだ。砕けた骨と裂けた肉が、天井から発射される赤いビームでゆっくりと接合されていく。

エモリーはベッド脇に急ぎ、少女の手を握る。

「ヒュイ」焦った声で呼びかける。「ヒュイ」

少女のまぶたがピクリと動くものの、それだけだ。皮膚は青ざめ、じっとりと湿って、呼吸は浅い。ニエマがわたしたちをここへ送りこんだのはこのためだ、と彼女は気づく。

ヒュイは重傷を負い、ブラックヒースの機器だけが彼女を救うことができた。ニエマはこの部屋までの地図をセトに書きとらせ、鍵をあたえた。自分たちはヒュイを運ぶため荷車に乗せたが、それはアーディルの小屋の前で壊れた。そうエモリーは推測する。

「ニエマは本気であなたを助けたかったのね」エモリーはつぶやく。「でも、どうして？　彼女は九十年のあいだ、わたしたちが死ぬのを見ても、指一本あげようとしなかった。あなたのどこがそれほど特別だったの？」

どんな理由だったにしても、ニエマは全員の記憶を消し、ヒュイの世話をアーディルに託したに違いない。だから彼は鍵を持っていた。それで彼が今夜ここを訪れた理由はわかるが、テイアーと一緒だった説明はつかない。

遠くで足音が響き、エモリーはびくりとする。あれはテイアーだろう。

隣接するドアの先に飛びこむと、そこもやはり治療室だ。ヒュイの脈は細くて頼りなく、安全に動かすには弱りすぎている。ただし、ほかに手段がなければ仕方ない。

エモリーは赤いビームを怪しむように見る。「どうやれば、あれから彼女を引き離せるの？」

「あなたが彼女を動かせば、マシンが自動的にスイッチを切ります」

エモリーはヒュイを抱きあげ、隣の部屋に運ぶ。その直後、テイアーが先ほどの治療室に入ってくる。

チャンスと見て、エモリーはヒュイを抱えて通路を横切り、向かいの診察室のひとつに入ると、ヒュイをカウチに寝かせ、急いでブラインドを次々に閉める。

最後のブラインドを閉めきらないうちに、大きなドンという音といらだちの叫びが聞こえる。

エモリーは床に伏せ、少しの音もたてまいとする。

どうしてテイアーがヒュイを傷つけたがる？

両目に親指を押し当てて脳を刺激し、この件の始まり以降、自分が知ったすべてのことをさらおうとする。

「待って……」エモリーは脳内で言う。「ヒュイがいなくなったとクララが知った日、あなたはヒュイが何かから切断されたと言った。あなたの……なんと言ったっけ？」

「ミトコンドリア・ネットワークです」わたしは答える。「彼女が目下、体内に取り入れている薬の副作用です」

エモリーはなにかに気づいて目を見ひらく。「つまり、あなたは彼女の頭のなかにいないということね？」

「その通りです」

「あなたは彼女の記憶を消すことができなかった」エモリーは驚愕の目でヒュイを見つめる。

「彼女はあの夜、なにが起きたのかはっきりと知っている。だから、テイアーはどうしても見つけたがっているのね。彼女はニエマ殺しのただひとりの目撃者を殺そうとしてる！」

66

午前二時を少しまわった頃、テイアーは灯台の下の突堤から舟を出す。食料が隙間なくぎっしりと積まれている。今やブラックヒースがひらいており、突堤は村と同じくらいアクセスしやすく、うっかりへファイストスに出くわしたくない身としては都合がよい。

ひたすら漕ぎ進む暗い海に、月と星々が映る。ボロボロの手のひらがうずくが、痛みを無視して後方の座席にたたんで置いた共鳴スーツを見つめる。

そのスーツは彼女のラボで、四十年前に残したそのままの位置で待っていた。これを使ってセトと妻は島を離れたに違いない。テイアーはつかのま、ニエマがどこかにエア・スキッパーを隠していたのか、秘密の海底トンネルを掘ることに成功したのだろうかといぶかるが、どちらもありそうにない。そんな仕事を成し遂げるための物資も労働力もなかった。

世界の終わりに近づくと、海は死んだ魚、鳥、アザラシ、イルカ、カメで埋め尽くされる。悪臭は耐えられないほどだ。

腐肉をかきわけて舟をじりじりと進め、危険を承知で霧を見あげる。虫がまぶしく輝き、霧のなかをぐるぐると舞っている。脳のニューロン発火のようだ。一瞬、彼女はうっとりそれを見つめる。このようにおそろしいものがこんなに美しいとは妙なものだ。

「こんなことをしないでください」わたしは声をかける。この無謀なアイデアが初めて彼女の思考に入ってきたときから十四回目である。

「わたしはニエマを殺した」彼女はあっさり言う。「彼女の頬に食いこんでいたのはわたしの爪で、彼女の血がわたしの服についてた」オールを握る手に力が入り、拳の山が白くなる。「わたしがほしがっていたものはすべてブラックヒースにあったのに、彼女はそれをわたしから遠ざけた。わたしをこの島に閉じこめ、姉に会えないようにした。エモリーの推理は正しかった。ニエマの裏切りを知って、わたしは彼女の頭蓋骨を陥没させたわけよ。自分がやったってわかってる」

霧に触れられそうなほど近づき、錨を下ろすと、服の上から共鳴スーツを着こむ。頭からつま先まで身体をすっぽり包み、外が見えるよう目の部分は防風ガラスになっている。

「これは自殺行為です」わたしは言う。「ほかの道があるはずです」

「ほかの道はヒュイの口をふさぐことだった。あの子がヘファイストスに母親を殺したのはわたしだと言えるようになる前にね。でも失敗した。彼はわたしのやったことを知り、わたしを殺す」彼女は怯えている。

「彼はあなたを大切に思っています」

「彼はわたしが誰かなんてわからなくなる。彼の怒りがどんなものかわかってるでしょ。ハゲタカにしたようにして、わたしを殴り殺す」

舳先に立って身を乗りだすと、指先を致死性の霧のぎりぎりまで近づける。光る虫が霧の端に押しかけ、彼女の広げた手の形をまねる。

スーツの手首に小さな黒いパネルがあり、彼女はそれをタップして起動する。記号が現れ、診断プログラムが整合性とシステムをテストする。

「未来はまさにいま書かれているのです」わたしは言う。「すべてが重要なのです、どの命も。

もしあなたがここで死ねば、村人たちを育てる莢を監視する人がいなくなります。あなたは彼らを絶滅させることになるのです」

「気にしない。気にしたこともない」

「エリーのことはどうですか？」

「ブラックヒースにいれば安全よ。霧が島に到達してしまえば、ヘファイストスはカルデラ庭園をシェルターにするしかなくなるでしょ。そうなれば、わたしは自由に行き来できる」

「お願いですから、テイアー――」

「もう話す必要はないのよ、エービイ。わたしはようやくこの島を離れるの。その代償がニエマの命だったのなら、いい取引よ」

スーツが三十秒かけて確認を終える。パチパチという音がして、素材がほんの少しだけ固くなった。彼女の手の形をまねていた光る虫が明滅し、続いて完全に光を消して、ふわりと海中へ沈んでいく。

「うまくいってる」テイアーは勝ち誇る。

武者震いが彼女の身体を走る――戦いが始まりもしないうちに、その興奮が彼女をとらえていた。

後方に這って錨を引きあげるとオールを拾いあげ、前進する。

舳先が霧に突入する。続いていちばん前の座席も。ついに霧の閾をまたぎ、彼女は驚嘆の目であたりを見まわす。

「きれい」

内側からだと霧は金色にゆらめく太陽系だ。虫と虫のあいだに電流が弾け、彼女のまわりに渦巻く。スーツが発生させたフィールドによって一定の距離が保たれる。

「うまくいってる！」叫び、喜んで足を踏み鳴らす。「やった」

そこで手首のパネルが震え、異常を知らせる。

電源が本来よりずっと早く減っている。

虫の輝きが強くなっていく。

「引き返さないとなりません」わたしは言う。

「修理できる」彼女は強情に画面をタップし、問題を探りあてようとする。

スーツが振動して懸念を伝える。

パネルから顔をあげた彼女は、虫が合体してリボン状の大きな黄色の炎に変わっており、こちらを鞭打とうとしているのに気づく。

「引き返して、テイアー」わたしは執拗に言う。

彼女がオールを手にしたところで、虫はスーツをたたきはじめる。共鳴フィールドにぶつかってジュッと焼け死ぬが、何千匹もの虫があとをひきつぐ。

パネルでは光が赤くまたたいている。

「急いで」わたしは言う。「フィールドが崩れてしまえば、あなたと虫の群れとのあいだにはスーツの素材一層しか残りません」

彼女にはもう、わたしの声が聞こえない。

膨大な量の虫が彼女をびっしり覆い、虫たちの放つ光の烈しさに、目を閉じていても視界が白くなる。

過呼吸状態で、むなしく腕を振りまわして抵抗する。スーツは警告音を鳴らす。

いつフィールドが破れて引きちぎられてもおかしくない。

パニックを起こしてうしろへとよろめき、頭が胸の悪くなるゴンという音をたてて座席の角にぶつかる。彼女は気絶し、スーツがひたすら警告音をあげる。

67

農園の境界線の目印である赤い旗まで来たとき、エモリーは二度と眠ることはないだろうベッドを夢見ている。霧がまぶしく光って、まるで海が燃えているようだ。霧に向かう舟が見える気もするが、あたりが暗すぎてはっきりそうとは言い切れない。

エモリーは最初の治療室にまたヒュイを戻した。リスクはあるけれど、脈が弱すぎて遠くに運ぶことはできなかった。テイアーがもどろうなどという気を起こさないことをひたすら願う。

「テイアー」彼女は息を殺してその名を口にする。

ニエマ殺しの犯人として疑っていたのは別の人だったが、今夜テイアーがやったことすべてが、エモリーがまちがっていると告げている。なんと言っても、テイアーがアーディルを殺したことはほぼまちがいないし、ヒュイの口を封じようともした。それはニエマの死がテイアーによるということを意味するはずだが……

答えのない質問が多すぎる。エモリーは、ひらめきと疑いに足をとられている。どんなに考えてもはまる場所が見つからないパズルのピースのような事実の数々に。中途半端にわかっていることが思考におかしな影を投げかけているのだ。

村の石壁を越えてたちのぼる炎を見て、エモリーは我に返る。黒い煙が暗い夜に濃淡をつける。最後の気力をふりしぼって海岸沿いの小道を走り、門から裏庭を目指すと、診療所がどうにもできないほど燃えている。炎が窓から漏れ、屋根をよじのぼる。この位置でも、熱が耐えがたい。

「こうすればおまえの注意を引けると思った」ヘファイストスが暗がりから現れる。

エモリーは一歩あとずさる。自分を支える脚が木に変わってしまったみたいだ。ヘファイストスはジャックのナイフを手にしており、自分の意図を隠そうともしていない。彼が自分を裏切るだろうとは思っていたし、覚悟もしていた。だが、今感じている恐怖は、舟が沈んだときや食肉植物の中を歩いたときのそれとは違う。これは原初のものだ。フクロウの影に入ったネズミが感じる恐怖、自分の運命と宿命を悟ったときのような。

「テイアーには、おまえに記憶抽出器を使わせるわけにはいかないんだよ。診療所に人間の遺体があることも、おれが母の実験にかかわっていたことも、教えるわけにはいかない。彼女はおれをとめようとするだろうし、そうなれば、殺すしかなくなる」

エモリーの呼吸が荒くなり、頭がくらんできて、視界に黒い点が見え始める。

「娘のことや愛する人たちのことを考えるのです」わたしはきっぱりと言う。「計画どおりに。あなたがここで死ねば、全員が一緒に死ぬことになります」

エモリーは目をぎゅっとつぶり、灯台で眠るクララを思い浮かべる。自分の身体に閉じこめられたジャックのことを、島に迫っている霧のことを考える。

「あなたを怯えさせるものに立ち向かうのです、エモリー」わたしはうながす。

彼女は目を開け、背後の炎に縁取られながら近づいてくる怪物を見つめる。ヘファイストスは彼女が必要とする答えを持っていて、彼が話すのは自分が事態をコントロールしていると考えるときだけだろう。

「テイアーがニエマ殺しの犯人だと思います」彼女は声をあげる。彼はぴたりと足をとめる。不安そうに頭をなでる。

「知ってるさ」彼は嚙みつくように言う。「おれは母の割れた記憶珠を手にしてベッドで目が覚めた。ふたりが言い争ってるのを見た。テイアーがあれだけ怒るのは、ブラックヒースについて知ったからだろう」

「あなたはどうしてそのことについて、なにも手を打たなかったんです？」エモリーは訊く。

「彼女を殺すって意味か？」彼は片眉をあげて質問を返す。「村人にしては物騒だな」

「わたしは理解したいだけ」エモリーは訴えるように言う。

ヘファイストスは頰をふくらませ、首を振る。「母が死んだのは、誰にも自分の意図を説明しなかったからだ。テイアーにさえもな。世界が終わったとき、人間がどんなものに成り果てたかおれはこの目で見た」

続いてシャツをめくりあげ、身体中を覆う古びた火傷の跡や、醜い傷跡を見せる。

「この傷はひとつ残らず、別の人間からつけられたものだ。こうすることに奴らの生存がかかっていたからじゃなく、おれが奴らにとって脅威に映ったからだ。おれがなにをしたわけでもなく、奴らがそうしたかった、それだけでおれを痛めつけた」

ナイフの切っ先を彼女に向ける。

「テイアーは霧を間近で見たことがないから、霧よりおそろしいものがあると理解しないんだ。あれはただの雲、虫の集まりだ。あそこに悪意なんかなかった」胸をたたく。「霧の本当のおそろしさは、あれがあっという間に、人間の心に巣くうあらゆる下劣なことへの許可証になることだった。答えてみろ、エモリー。まともな感覚の持ち主だったら、霧のそんなおそろしさを見たうえで、それにつけこむような種族を活かしておこうなんてできるか？」

エモリーの目を覗きこみ、本気で返事を待っている。肯定してほしがっている。自分がやったことへの許しを。

「わかりません」彼女は弱々しく言う。

「おれの母親がほしがったのはコントロールじゃなかった。共感だ。ブラックヒースの人間たちをすべて外に出せば、同じことがまた起きるだけだとわかってたからな。母親はエービイがコントロールを持てば、人間の性質は内側から変えられると思っていた。身勝手、強欲、暴力がなくなるとな。史上初めて、おれたちはひとつとなり、全員のしあわせのために調和して行動できると」

彼の目がそんな未来を映しだしてきらめく。エモリーは彼の言葉を一言残らず信じ、どこか別の場所、違う時代だったらそのような信念がどんなことを成し遂げられただろうかと思う。

「地上に何百万、何千万と人がいて、平等に生きるところを想像してみろ」彼はうれしそうに言う。「貧困も不平等も、戦争も暴力もない。毎日目覚めると、自分は安全だとわかっているんだぞ。心に決めたことをなんでも追求できる。それを可能にするには、エービイが必要だ。だからこそ、おれは母の実験を続けるつもりだ」

エモリーはあっけにとられて、彼を見つめる。「人間を救うために、人間を殺すのは許されない。ほかの方法を見つけるべきよ」

「ほかの方法なんぞない」彼は怒りに燃えて言う。「人類はみずから変わろうとしないのさ。歴史がそれを証明してる。介入が必要だ」

「テイアーはどうなんです？　彼女はどう言うと思ってるの？　あなたはこれだけのことを彼女に隠してやっておきながら、また同じことを繰り返そうとしている。島全体が使えたときはどうにか隠しておけたでしょう。でも、カルデラ庭園に閉じこめられて、どうやって続けていけると？」

「おれたちはカルデラには行かないさ」彼は鼻を鳴らす。「ブラックヒースにはおれたちが必要とするものすべてがあり、おれたちそれぞれに、単独で働けるじゅうぶんなスペースがある。テイアーはいずれ霧を破壊するだろうし、おれのほうは人類を修復する。いいか、彼女はこれから百年、実験に没頭するぞ。さて、そろそろ――」

診療所が爆発し、炎が窓から噴きでる。

「お願い」エモリーは口をはさむ。「ジャックのことを教えて。どうして夫はあそこにいるの？なにか悪いことをした？」

「なにも」ヘファイストスは打ち明ける。「ニエマは実験を手伝わせるため、数人をブラックヒースのラボで必要としてた。村人が出入りする姿をテイアーに見られる危険はおかせなかったから、ニエマは永住スタッフをあそこに閉じこめて、常駐させるのが最適だと判断したんだ。ジャックたちを選んだのは、姿を消させるのが簡単だったからだ」

彼が話し終えないうちにエモリーは駆けだし、中庭に逃げこむ。

どなり声をあげ、彼は追いかける。あれだけ身体が大きい男にしては驚くほど速い。

中庭は静かで、石壁の上のどこかでフクロウが一羽ホウホウと鳴いているだけだ。

彼はあらゆる暗がりに視線を走らせる。

「お遊びはここまでだぞ、エモリー」冷静さをうしなって叫ぶ。「いますぐ出てこい、さもないとクララのもとに行って――」

衣ずれの音を聞きつけてヘファイストスが見あげると、エモリーがバルコニーから飛び降りてきて、どさりと彼の肩に着地する。

彼の首になにかが刺さったと思うや、視界がかすみ、空っぽの注射器がよろめく足で砕かれる。手をまわしてエモリーの腕をつかむと、彼女を地面に投げつける。肺から空気が叩き出されるが、彼女はなんとか立ちあがり、逃げようとする。

ヘファイストスの視界はぐらぐらと揺れているが、それでもまだ動きが速い。ナイフをエモリーの胸骨に向けるものの、距離をはかりそこねる。ナイフは肉に少し沈むがとどめは刺せず、彼女はあおむけに倒れ、痛みで顔をゆがめる。ヘファイストスは彼女を見おろし、ふたたびナイフで襲おうとする。振りあげたところで、彼はぐらりと揺れ、意識をなくして地面に崩れる。

エモリーは胸の傷を調べる。あと数インチ高かったら、喉を貫かれていただろう。

眠る巨人に近づき、震える手でナイフを拾いあげる。

「これは夫のものなのよ」

人類絶滅まで二時間

68

「テイアー！」わたしは彼女の脳内で叫ぶ。

彼女ははっと目覚め、自分が舟の底で丸くなり、雨や風に打たれながら大波で左右に揺られているのに気づく。朝だが、空は嵐雲で暗く、稲妻が走っている。

「あなたは霧から押しだされたのです」わたしが言う。

身体を起こすと、霧が腕を伸ばせば届く距離にあり、虫の光のまぶしさに、視界に黒い影が焼きつく。

すすり泣いてオールを探す。

「あなたは昨夜オールを海に落としました」わたしは伝える。「パニックを起こす必要はありません。錨は下ろされています。助けが来ます」

パニックで、彼女にはわたしの声が聞こえない。

ぎこちない手つきで彼女は共鳴スーツを脱ぐと、嵐で荒れる海に飛びこむ。海面に浮かんでくるときには、つまさきがひきつり、筋肉が痙攣している。苦しくてたまらないが、容赦なく、自分の身体に泳げと命じる。

昨夜の霧との戦いで身体は痛み、波は強い。全力でがんばっても、じりじりとしか進まない。その場に浮いているだけで、消耗していく。

脚の動きが遅くなり、体力がなくなっていく。次第に、波が彼女を霧へと引きもどしていく。

「テイアー！　テイアー！」

海の向こう、遠くから声が聞こえる。顔をあげると、舟が近づいてくる。エモリーが舳先にいて、注意を引こうと懸命に船体をたたいていた。セトが全力で舟を漕ぐ。彼の筋肉がピンと張り、歯を食いしばっている。

テイアーは腕と脚をばたつかせて彼らに近づこうとするが、前進できるだけの体力が残っていない。生きるために泳ぎ、舟が間に合うよう祈る。

危険と知りながら振り返るが、貴重な数インチを霧へと引きもどされるだけだ。霧はすぐそこで、彼女の半身は美しい黄金の光に洗われている。

大きな水しぶきが起こる。

力強い手が彼女をつかみ、舟に引っ張りあげる。ざらざらする板の船腹に顔を引っ掻かれ、座席に肩をぶつけてから、舟の底に身体を丸めて着地する。見あげるとエモリーの疲れ切った顔があり、頬には乾いた血の跡がある。

「引きあげたな？」セトが叫ぶ。

「舟を出して！」エモリーも叫び返す。

テイアーは身体を少し起こし、自分の捨てた舟が霧へと漂っていくのを見る。虫が包みこみ、そこに殺せるものが乗っていないとわかるや、たちどころに興味をうしなう。

「どうして海に飛びこんだの？」ようやく安全な距離まで来ると、エモリーは訊く。「錨を下ろしてた。あなたは安全だったのに」

「どうして錨は下りてたって知ってるわけ？」

「さっき、あなたの具合をたしかめに舟で行ったからですよ」セトが舟を漕ぎながら答える。

「どうして、あんなところにいたんで？」

「頭をぶつけたの」テイアーは混乱している。「自分で錨を下ろせたはずがない」

「だったら、誰かが下ろしたってことでしょう」彼はそっけなく言う。

「もっと早い時間にあそこまで来たのなら、どうしてわたしを村まで運んでくれなかったの？」

テイアーは頭の痛む部分をさわって顔をしかめる。

「あなたにじゃまされず、友人たちと話をしないとならなかったから」エモリーが舟から身を乗りだし、海で手を洗う。「それに殺人犯を娘に近づけたくなかったから」

テイアーの息は喉で詰まる。

「なんの罪でわたしを責めているの？」ひきつった声で訊く。

「ゆうべ、あなたを追ってブラックヒースに行った」エモリーは彼女を見ようとしない。「あなたはヒュイを殺そうとしたし、アーディルを殺したことは知ってる」

「全部、誤解よ」

「嘘をつくのがやめられないの？」

「アーディルを殺してなんかいない！」

「もちろん、犯人はあなたよ」エモリーは彼女をにらむ。「ゆうべ、ブラックヒースにはほかに誰もいなかったもの」

「よくも証拠もないのにわたしを責められるわね？」テイアーが傲慢に言い返す。「何様のつもり？」

エモリーはテイアーの怒りに怒りで立ち向かう。

「わたしは村人よ」きっぱり言う。「そしてあなたたち人間を見てきたあとでは、村人であることを誇りに思ってる。この島が危険なのに、島を守るためにわたしを手伝うんじゃなく、あなたとヘファイストスは、この二日間というものわたしに嘘をつき、自分のしたことを隠そうとしていた。あなたたちふたりとも、うんざり」

テイアーは突然、自信が揺らぐのを感じる。エモリーの表情に、これまで村人のなかに見たことのない奇妙なものを見いだした。その目は冷たく、獰猛で、まるで捕食動物だ。

触媒と反応だ、とテイアーは考える。この二日間、エモリーは人間性の最悪の部分にさらされ、それが根本的に彼女を変えた。これはニエマの死を調査させてくれと懇願してきたときと、同じ人物ではない。服従は消え失せた。不安も。疑いも。

自分と同じ人間を相手にしている気分になる。

セトが娘を叱ってくれるのを期待するが、彼は無表情に見つめているだけだ。ニエマの死によって生まれ変わったのはエモリーだけではない。

「なぜわたしがアーディルを殺すのかしら？」テイアーはなだめる口調に切り替える。「ゆうべ彼はわたしのラボにやってきた。彼から、ブラックヒースは封鎖されておらず、ヘファイストスとニエマが何年もそこを使ってきて、ちょっとした贅沢が必要なときはいつでもそこで眠っていたと聞いたのよ。彼はわたしをニエマたちが使っていた部屋へ案内してくれた。空っぽの食料の袋があったわ。ニエマのお気に入りのカップにはまだお茶が入ってた」

テイアーはエモリーをじっと見つめる。突然、この舟には三人が乗る余裕がないように感じられる。そしてエモリーに疑われるのもまずいと。

「どうしてアーディルがあなたを助けるの?」エモリーが訊く。「彼は長老を憎んでいたのに」

「さっぱりわからないけれど、この四十年間で、わたしに本当のことを話したのは彼だけだったのよ」テイアーは熱っぽく訴える。「わたしには彼を殺す理由がなかった。ブラックヒースの鍵を渡してくれることになっていたのに」

「彼が死んだとき、あなたはどこに?」エモリーはその点をじっくり考えている。

「姉に会いにいっていたの。目覚めさせるつもりだったけれど、どたんばになってやめたのよ。なによりもむずかしい決断だったけれど、姉をカルデラ庭園に閉じこめることになれば、絶対に許してもらえないと思った」

波が立って舟が揺れる。ちょうど農園の近くを進んでいるところだが、今朝は誰も畑の手入れをしていない。どの野菜も完熟前にすでに摘みとられ、種は集められ、農具は小屋から持ちだされたあとだ。家畜小屋もほとんどが空っぽだが、シルパとアッバースはいまだに強情な牛たちを移動させようと手を焼いている。

舟は入江に続く防波堤が見えるところまでやってきた。煤けた煙がまだ診療所からもくもくとあがり、ロープウェイをきれぎれに見せている。ゴンドラはカルデラを取り巻く黒い嵐雲のなかへあがっていくところだ。

「村には帰れない」テイアーが緊張した声で言う。「もしへファイストスが――」

「彼は意識をなくして、しばられている」と、エモリー。「灯台で見つけたニクタンセト・プルムラを使ったの。あと一時間は気絶したままのはずよ。彼があなたを傷つけることはない」

テイアーは呆然とする。「あなたがへファイストスを倒したって?」

「そうするしかなかった」エモリーは冷ややかに言う。「彼がニエマを殺したから」

69

セトは舟を小石のビーチに乗りあげさせると、飛び降りて舟を引きあげる。次にエモリーが降りて、霧を見やる。「ここに届くまで、あとどのくらい？」声に出して訊く。

「一時間です」わたしは答える。「この風ではもっと早まる可能性が高いですね」

テイアーも彼らに続いて村に向かう。まだ混乱していた。エモリーは殺人についてくわしいことをいっさい説明していないが、テイアーは気にしていない。

自分はやっていなかった。いまはそれだけが重要だ。

ほっとしていいはずで、実際ほっとしていなくもないが、いま彼女の全身を駆けめぐる感情はそれではない。宙に浮きそうなほど身体が軽く感じる理由はそれではない。絶対に自分が犯人だから、口封じのためにヒュイを殺すつもりでいた。自分に残忍なことがやれるとは思っていなかったが、自分のなかにそうした部分があるとわかって、奇妙にも勇気づけられた。これからなにが起ころうとも、向き合えるだけの意志の力が自分にはあるとわかった。

頭は痛いし、手のひらは裂けている。疲れきり、ずぶ濡れで、汚れているが、まるで自分の墓から這いだしたように生まれ変わった気分だ。本当にひさしぶりに、未来がそこまで不吉には思えなくなった。自分こそ未来でいちばん危険な存在のように感じる。

全員が中庭にいる。物資の箱が高く積みあげられ、カルデラに運ぶ準備が整っている。テイアーは医療品やパッケージ入りの食料など、ブラックヒースにあった木箱が混じっているのを見て驚く。

ヒュイはストレッチャーでロープウェイの駅に運ばれている。腕を胸の上で交差させ、息遣いは浅い。クララが早足で隣に付き添っている。

「いつのまに、これだけのことをしたの？」テイアーは感心して訊く。

「あなたが寝ているあいだに」と、エモリー。「やれるだけのことをしないといけないときでしょう？」

バードバスに近づくと、村人たちは会話をやめて彼女たちに視線を向ける。エモリーは歓声で迎えられ、よくやったと言わんばかりに人々は彼女の腕をつかんだり、ほほえみをブーケトスのように彼女の足元に投げたりする。

ニエマが受けていた扱いと同じだ、とテイアーは思う。

対照的に、テイアーに向ける反応はよく言っても冷たい。彼らの瞳に裏切られたという思いと、真実を知ったつらさが見てとれる。彼女は全員と目を合わせ、見下す。ふたたび自信がわきおこる。

もちろん彼らは目を伏せた。彼らは人間に奉仕し言われるままに動く設計になっていた。結局のところ、彼らはつねにテイアーからコントロールしてほしくてたまらないのだ。

エモリーは別だ。生まれつき不備があり、首にはめられた遺伝子ハーネスが最初から擦りきれていた。伝染性はないから、問題はなかった。テイアーはかつて、彼女のことをおもしろいと思っていたくらいだ。

村人のなかで騒ぎが起きるたびに、その先頭にいるのはエモリーだった。テイアーがやらねばならないことをやればすぐ、すべて丸くおさまるだろう。

「ヘファイストスはどこにいるの?」テイアーが箱のあたりを調べながら訊く。「彼が一秒長く生きるごとに、霧がこの島に近づくんだけど」

「二日をかけてニエマ殺しの犯人を探し、見つけたらどうなるか考えないようにしてきたの」エモリーは質問を無視する。「この手から離れて長老たちに任せられると、自分に言い聞かせた。でも、それじゃ納得できなかった。黙ってひどいことをさせたら、わたしたちはいい人たちだと言えなくなる」

「なんの話かさっぱりわからない」テイアーはぴしゃりと言う。

「わたしたちはヘファイストスを処刑しないことにしたの」エモリーは力強く宣言する。「今朝、話し合って、全員で処刑はわたしたちのすることではないと合意した。たとえ自分たちを救うためでも、誰かを傷つけない。わたしたちはカルデラ庭園に避難する」

賛成のつぶやきが村人たちのなかに広がっていく。みんな作業の手をとめて、エモリーとテイアーの争いを見守っていた。

「カルデラはこれだけの数を収容できないのよ」テイアーはびっくりして反論する。「六十一人がここに残るしかなくなるけど」群集に視線をただよわせ、疑う者がいないか探る。「誰が残るか、どうやって決めるつもり?」

さざ波のように不安が広がるなか、トマスが進みでる。

「わたしが残ろう」迷いのない口ぶりだ。「どちらにしても、じきに六十歳になる。できるものなら奉仕したい」

「おれも残ろう」ホセインが名乗りをあげる。

「わたしもよ」カティアが叫ぶ。

「それからわたしも」

「自分が」

「あたしが」

「こんなのおかしい」テイアーは、名乗りをあげた村人たちを見つめて叫ぶ。「なんだって、人殺しを助けるために自分が死ぬわけ？」

「そうしないと、わたしたちのほうが彼を殺す者になるから」マグダレーネが指摘する。息子シェルコの肩を抱いている。

「わたしたちはもう決めたの、テイアー」と、エモリー。「あなたにはこれを受けいれてと頼んでいる。どんな理由があっても、もう人を殺さないと」

テイアーは信じられずに鼻を鳴らす。

「じゃあ、ヘファイストスをどうするの？　そのことは考えてある？」

「働くよう頼むつもりさ」セトがぶっきらぼうに答える。「自分の食料を自分で育て、趣味を見つける。おれたちのように。彼がおれたちに教えられることはたっぷりある。奉仕できるさ」

「彼はあなたたちを殺すわよ。ひとり残らず」

村人たちの自信は揺らぐものの、全員が勇気を求めてエモリーを見やる。

彼女の視線はテイアーの目から離れない。

「これがわたしたちの決めたことよ」そう繰り返す。

「あなたたちはみんな、どうかしてる」テイアーは憤慨して両手を空に突きあげる。もう一度説得しようかと考えるが、彼らの表情から、太陽に岩を投げつけようとするのも同然なのはわかりきっている。

「結構よ、あなたたちがそうしたいのなら、カルデラ庭園を家としましょう。でも、あなたたちがいかにまちがっていたか、くどくど言いつづけるわたしと暮らすしかないけれどね」敗北感たっぷりのため息を漏らす。「くわしく全部、聞かせて。わたしがヘファイストスと話すから。わたしから真相を伝えるほうが、みんなにとってうまくいくでしょ」

70

ヘファイストスの頭がぐらりと前に揺れ、まぶたがピクピクとしてからひらく。学校の床に横たわり、ねばつく唾液が頬から汚れた床へ、たまっている。雨が屋根を打つなか、彼はロープでしばられている。

「何時だ？」身体を起こす。

「朝九時三十分を過ぎたところ」テイアーが背後から答える。

彼が身体をひねると、テイアーがニエマの教壇の端に腰を下ろし、追悼のランタンを両手でいじっている。記憶抽出器が聖書の上に置いてあり、聖書からは紙切れが突きでている。彼女は哀れみと怒りのまじった目つきで、手負いのトラであるかのように彼を見ている。

彼にはなにひとつ意味がわからない。どうやってここに？　ぼんやりと覚えているのはエモリーを追いかけていたら……そこでうめく。

「彼女はおれになにを注射したんだ？」

「プルムラ」と、テイアー。「運がよかったと思いなさいよ。あれが灯台にもっと残っていたら、あなたは三日間、寝ていたはず」

雨がドア越しに斜めに降りこみ、教室のうしろにある机を濡らす。アザのような黒、紫、緑の空からの強い降りだ。稲妻が兵舎のバルコニーに落ち、屋根のタイルを揺らすほどの大きな雷鳴が続く。

彼はよろよろと立ちあがる。脳が頭蓋骨の外側にくっついているような気分だ。世界が回転し、あっというまに壁へと横向きに倒れかかる。

「おれはどうしても……」

「エモリーを黙らせないとならない？」テイアーが口をはさみ、追悼のランタンを置く。「必要ない。わたしはもう実験のことも、診療所の遺体のことも知ってる。あなたがニエマのためにやっていたことをなにもかも、エモリーから聞いたあと」頬は赤く染まる。「あなたはブラックヒースとエリーについて、わたしに嘘をついてた。はっきりとあなたに訊いたのに、あなたは嘘をついた」

「そうするしかなかった」

「なんでよ？」うわずった声、はかりしれない裏切り。

「あんたが以前の設備にアクセスできたら、いまごろは霧を破壊していたからだ」彼は打ちひしがれて答える。「そうなれば、あんたは人類を解放しただろう。おれたちが人類を修復する前に」

「修復？」彼女は信じられない思いで繰り返す。「人類がどうあるべきか、決める権限をあなたが手にしていると考える根拠は？」

「人類が生き残るためさ」彼はすごみのある声で答える。

彼は視線を記憶抽出器にただよわせる。ゆうべ修理して、テイアーのラボに置いたはずだ。テイアーがそれをここに持ってくる理由などない。ただし……

「おれだったんだな？」彼は意気消沈する。「おれがニエマを殺したのか」

「エモリーが謎を解いたの」

「どうやって？」

「ニエマの胸の刺し傷は、異常なほど高い位置にあった」テイアーは自分の身体を指してみせる。

「わたしはその点を深く考えてなかったことを認めましょう。でも、エモリーはヒュイを発見したとき、胸骨の同じような位置に傷があると気づいた。そしてふたりの傷は、あなたがゆうべエモリーに負わせた傷と同じ位置にあった。ほかの人なら、肩のあたりまでナイフを振りかざすしかないけれど、それだと傷の角度が違ってしまう。でも、あなたはほかの誰よりも背が高い」

また雷鳴が空に轟き、尖塔の機械仕掛けの時計がガタガタと揺れる。

「彼女は殺されかけることで手がかりを得たわけか？　信じられない」彼はため息をつく。「おれはどうしてそんなことをやったんだ？」

テイアーはエモリーがニエマの寮の部屋から持ちだした聖書を手渡す。ページのあいだからニエマが彼に宛てて書いたが、書き終えることのなかった手紙が突きでている。彼はゆっくりとこれを読み、裏に走り書きされた〝5の5〟に目をとめる。

苦笑いをして手紙を丸め、水たまりに捨てる。

「なんのことか、わかるの？」テイアーが訊く。

「聖書の引用だ」彼は明かす。「マタイによる福音書5章5節。〝柔和な人たちは幸いである。彼らは地を受けつぐであろう〟。ニエマはすべてを村人（クラム）にあたえるつもりだったんだな？」

「そうみたいね」テイアーが認める。「あの夜ニエマはまた人間にエービイを移植（インプラント）しようとしたけれど、成功しなかった。エモリーはそれがとどめの一撃だったと考えてる。ニエマは村人たちをどんどん好きになって、自分がコントロールできるあの種族に世界をあたえようと決めた。コントロールできない種族ではなく」

「クラムはただのモノだ」ヘファイストスは怒って言う。「世界を自分のオモチャに残すようなもんだろ。ニエマはなにを考えてたんだ？」

「あなたに殺される前、ニエマはヒュイをステージにあげて演奏させた。わたしたちはずっと、村人にはなにも独創性のあるものは作れないと考えていたけれど、ヒュイは本当にすばらしい音楽を作曲していたの。ニエマはそれを進化の証明と見なしたんでしょうね。エモリーはあなたがカッとなり、彼女の娘からナイフを奪ってヒュイを襲ったと考えてる。不幸なことに、あなたの母親はヒュイのすぐ隣に立っていた」

「今度のことはすべて、曲ひとつのために起こったと言いたいのか？」

「それだけじゃない。中庭に割れた注射器がふたつあったことと、備蓄がブラックヒースとカルデラ庭園に運ばれてたことから、ヒュイの演奏ではニエマの計画をわたしたちに納得させることができなかったから、ニエマは村人たちにわたしたちを拘束させ、プルムラをわたしたちに注射したとエモリーは考えた。わたしたちを数日は動けなくさせ、島が霧に覆われるまで効果が続く量を」

「ニエマはおれたちを監禁しようとしたのか？」

「そして村人にブラックヒースをあたえるつもりだった。あそこにあった備蓄の量から判断するに」

「あの場所が奴らにどんな使い道があると？　自分の靴ひもだってろくに結べないのに」

「ニエマが記憶珠を残したことを忘れてるわね。あれが壊されていなければ、どの機器の取扱説明書も手に入ったはずだった。アーディルが記憶珠を届けることになっていたけれど、彼は怒りに我を忘れたとエモリーは考えてる。届けないでたたきこわしてしまったわけね。憎い女を殺せなかった腹癒せに」

ヘファイストスは拳を握りしめ、母親がアーディルを殺させてくれていればと悔やむ。彼女はいつもエービイのアドバイスを尊重しすぎていた。アーディルを生かしたままにするのはまずいと何度も忠告したのに。

「エモリーはニエマがおれたちの記憶を消した理由や、遺体がなぜ頭を殴られて倉庫で見つかったかについては説明をつけたのか？」また稲妻が机を揺らす。

テイアーは肩をすくめ、記憶抽出器をこつこつとたたく。「彼女はまだ全貌を推理中だけれど、これをあなたにつければ答えは手に入るわけよ」彼女は近くにエモリーがひそんでいる場合に備え、少し声を落とす。「霧をとめるには、自白と処刑が必要なの。こうすれば、両方が手に入る」

エモリーがどれだけ賢いにしろ、しょせんは村人。つまり、人を信じすぎるということだ。

テイアーはヘファイストスを鋭く見つめる。騒ぎを起こさないか、逃げださないか。だが彼は驚くほど冷静だ。

「動揺してないみたいね」

「おれは望んでいたより百年ほど長く生きてきた。母が世界をおれたちに取りもどしてくれると本気で信じてたからだ。おれは母が罪もない人間たちを殺す手伝いをしてきたんだから、もうおそれる気持ちなんかないね」

彼の表情は曇り、何かにとり憑かれたようになる。

「最後の被験者はデヴォンといった。おれは彼女を起こしてから、歩いてブラックヒースから灯台へ向かった。道すがら彼女はずっと話してたよ。島を見てとても興奮してた。おれは茶を淹れてやり、彼女は安全だと言ってやった。彼女が気に入った。それなのに、おれはニエマの遺体が見つかった朝、彼女をゴミみたいに投げ捨てたのさ」

一瞬、その記憶を噛みしめてから、悲しみに沈んで首を振る。

「そいつをおれによこせ」記憶抽出器に手を伸ばす。「あんたに罪の意識を植えつけたくない」テイアーは罠ではないかと様子を窺うが、彼はとにかく疲れ、廃墟になった夢の下に埋められたがっているように見える。

彼女は機器を手渡し、彼がぎこちなく頭にかぶる様子をながめる。突きでたアームが頭蓋骨を固定する。かすかに顔をしかめるが、不安な表情はまったくない。その手は震えてもいない。

彼はやりたがっているのだ、とテイアーは気づく。

へファイストスは霧から逃れて以来、死にどきを待ちつづけていた。エリーを救うためにがまんし、次は母親に必要とされたから生きつづけた。彼は煉獄をさまよう魂のように、この島の端から端まで歩いた。毎晩、寝れば悲鳴をあげ、闇と静寂をおそれ、ほかの人々を怖がった。

彼が記憶抽出器を調整しているのを見て、テイアーの胸の大きな塊がいちだんと重くなっていく。

彼女は自分がこれを望んでいると考えていた。生き延びるためなら手段は選ばないと思っていたが、ヘファイストスは誰よりもつきあいの長い、ただひとりの友達だった。彼と顔を合わせなくなったり、声が聞こえなくなったりするなんて、想像できない。

人間たちを起こすしかない、とテイアーは決める。それしかない。霧がとまればただちに、ブラックヒースへ向かい、カプセルから彼らを解放していこう。人間が世界を取りもどしたければ、そのために人間が働けばいい。自分がしているように。

ふたりの目が合う。ヘファイストスが彼女に心からほほえみかける。

「あんたに嘘をついて悪かったな、テイアー」そう言い、スイッチを入れる。「愛して――」

ドリルがすばやく突きでて、こめかみから掘りすすんでゆく。一瞬ののち、彼の身体は椅子から滑って床に崩れ、抽出器のスロットで記憶珠がぼんやりと輝く。

71

遺体の隣にしゃがみ、テイアーは十分間近く泣きじゃくる。涙が涸れてからようやく、光る宝石を記憶抽出器からむしりとり、震える手でこめかみにあてる。

ヘファイストスの子供の頃と青年期、プレイボーイ時代と霧からの逃亡劇を駆け足で体験する。彼がエリーと出会った場面を見て、ふたりがけっして語らなかった出来事、ふたりを結びつけたトラウマ、ふたりが共有する痛みを目撃する。

あまりにもたくさんの苦悶がひとつまたひとつと積みかさなっていく。少なくともいまなら、へファイストスが人間はコントロールされるべきだとあそこまで言い張ったわけが理解できる。彼と同じ仕打ちを経験しながら、そんな人間たちを喜んでふたたび自由にしたがる者はいない。

宝石をこめかみからもぎとり、ハアハアと呼吸して涙をぬぐう。エリーはへファイストスが死んだと知れば立ちなおれないだろう。

エリーは彼を心から愛していた。

テイアーはいまいちど宝石をこめかみにあて、さきほどの続きから記憶を拾う。ニエマが中庭でステージに立っている。公衆の面前に立つといつもそうだったように涙ぐみ、芝居がかった様子だ。

「あなたたちに未来をあたえます」彼女は両腕を大きく広げ、村人たちに語りかける。「わたしたちに影響されないあなたたち自身の社会を築いてもらいたいの。ブラックヒースの人間たちは、あなたたちが彼らを解放すると決めるまでは、閉じこめたままになります。あなたたちは、わたしたちよりもいい長老になりますよ」

記憶が泡立ち、不調を起こす。この部分は大半が消されており、抽出器はへファイストスの潜在意識に埋められた残滓からできる範囲のものを引きだすしかない。

続いて見える記憶は大盛況のパーティだ。へファイストスは行ったり来たり歩き、その視線は狂ったように揺れて彼にとっての屈辱をひとつまたひとつと拾ってゆく。演奏するバンド、踊る村人たち。彼らが口を開け、舌を丸めるところ。みんな笑っている。

祝っていないのはクララとエモリーだけだ。クララは涙をこらえて木彫りの鳥を作っていて、エモリーが慰めるようにささやいている。ジャックのことを知ったからに違いない。ニエマは本当になにもかも話したのだ。

ヒュイはヴァイオリンを手に、ニエマと話している。ふたりはうなだれ、額はくっつきそうになっている。演奏はひどい出来に終わり、ヘファイストスの母親はそんなヒュイを慰めようとしている。

テイアーはヘファイストスの痛みを感じることができる。あのふたりの親しさに接して激怒したのだ。彼は子供の頃、あんなふうにしてもらったことがなかった。なぜ村人がニエマにいちばんよくしてもらえるのか？　なぜ彼らにそれだけの価値があるんだ？

あいつらはただのクラム、モノでしかない。価値のないモノだ。彼は人にプレゼントとして贈るためにクラムを買ったものだった。ヒュイはまともにヴァイオリンを弾くことさえできないのに、村人のなかでもっとも才能があるとされている。

そんな奴らが世界を手に入れるだと？

記憶はまたもや不調を起こす。突然の暴力にショックを受けたせいだ。村人たちがヘファイストスに覆い被さり、地面に彼を押さえつけ、拘束しようとしている。

彼は村人たちを跳ね飛ばし、あらゆる方向へ投げ飛ばす。

ぶつかってくる村人たちのあいだからテイアーをちらりと見ると、やはり村人たちにしがみつかれている。彼女は必死に彼の名を叫んでいるが、そこに誰かが近づく。あれはヒュイか？　彼女が手にしているのはなんだ？

ナイフ？

ヘファイストスの怒りが爆発する。彼を拘束しようとしていた村人たちを殴りたおし、人混みに突進する。一連の流れるような動きで、クララのナイフをテーブルからつかむと、それをヒュイの胸骨に突き刺す。ヒュイは手にしていた注射器を落とす。

彼はナイフを引き抜き、さらにもう一度刺そうとしたところに、ニエマがやめてと叫びながらふたりのあいだに割って入る。

刃が母親の胸にするりと入る感触がある。その温かな血が彼の手にどっと噴きでる。テイアーがニエマの隣に現れ、救急キットを持ってこいと周囲に叫ぶ。

村人たちがヘファイストスに群がり、脚にタックルし、腕にぶら下がる。ヘファイストスが最後に見たのは、ヨハネスが頭上に岩を振りあげ、それでこめかみを殴るところだ。

テイアーは嫌悪感に耐えられず、記憶珠を投げ捨てる。

ヘファイストスはわけもなくカッとなってヒュイを襲ったのではなかった。ニエマがまず、彼とテイアーに攻撃をしかけた。彼は自分たちを守ろうとしたのだ。

テイアーは嗚咽が漏れそうになるが、こらえる。エモリーの影が自分に落ちかかったからだ。その顔は蒼白になっている。

「どうして彼を殺したの？」エモリーは懸命に怒りを抑えながら訊く。「こんなことはしたくないとあなたには言ったでしょう」

テイアーは立ちあがり、手の甲で目元をぬぐう。

「ヘファイストスは自殺した。そしてあなたのお仲間、六十一人の命を救ったわけ」尊大な口調で言う。「怒るんじゃなくて、感謝しなさいよ。これは自己犠牲だった。あなたたちがそうしようとした行為と同じもの。ヘファイストスのおかげで、わたしたちには手入れを続ければいい農園が手元に残り、さらに重要なことは、ブラックヒースにアクセスできる」

「そんな時間はないぞ」ドアから飛びこんできたセトが言う。「これじゃダメなんだ。霧がとまらん」

72

霧が防波堤を越え、黄金の触手が入江を越えて村に近づこうとしている。テイアーとエモリーは埠頭の先端に立ってながめている。虫の光は彼女たちの目に反射するほどあかるい。

「あり得ない」テイアーは恐怖している。「ヘファイストスがニエマを殺すのを見たのよ。彼の記憶は嘘をつけない」

「あなたが見たのは、ヘファイストスがニエマを刺して、意識をうしなうところまで」エモリーが訂正する。「きっとあなたがそのあとでニエマを助けたのよ。だから、あなたの救急キットの中身はすっかりなくなっていた。頭を殴ったのが誰にしても、それが真犯人なんだわ」

エモリーは村へと引き返しながら、罪の意識を振り払おうとする。彼女はヘファイストスを殺さなかったが、心の奥底ではそうしたかった。自分はあえてテイアーに騙され、彼の死を望んでいたんだろうか？

本当にわからなかったが、自分が彼の有罪にしがみつき、あの推理では解決できていない疑問点があることをすべて無視したことはわかっている。父親やクララを心配したあまりとはいえ、そんなことは言い訳にならない。

埠頭のなかばまで歩いたところで、コンクリートの削れた跡に目がとまる。ヘファイストスの装置が引きずられ、海に捨てられたときのものだ。

あれが殺人の凶器であることはまちがいない。テイアーが回路にはさまったニエマの頭蓋骨のかけらを発見している。

「引きずられた」そう声に出す。なぜいままでこれが見えていなかったのか。「ヘファイストスはあの機械を引きずらなくてよかった。楽々と持てたから」

勢いよくテイアーを振り返る。「あなたには、ヘファイストスがカルデラ庭園から持ってきた機械を抱えるだけの力があった？」

テイアーは話を聞いていない。霧を見つめ、生きながらにして魂が不安と恥に喰われている気分だ。

「テイアー！」エモリーは叫ぶ。

振り返ったテイアーの頬には涙の縞がいくつもできている。エモリーは質問を繰り返す。

「抱えることができたかって？」テイアーはぼんやりと聞き返す。「そうね、できたと思う。ヘファイストスほどの力はないけれど、わたしならここまで確実に抱えることができたでしょうね」

エモリーはコンクリートの削れた跡をなでる。

「引きずったのは村人です。わたしたちはここまで運べるほど強くないから。でも、こんなにはっきりとヘファイストスが犯人だと思わせる凶器を誰が隠したがるの」

彼女は飛びあがり、村へ駆けこむ。

物資のほとんどはすでにカルデラ庭園へ運ばれており、あとは別れを告げるだけだ。村に残ることになる六十一人は家族や友人と抱擁をかわし、勇気を奮い起こそうとしている。四分間の葬儀をおこない、みずからが追悼のランタンとなる。村のほぼ全員が、自分こそ犠牲になりたいとわたしに頼みこみ、自分より先に友人たちが選ばれるのを見て胸が破れそうになった。最終的にわたしはその技能がたやすく取り替えのきく者、あるいは余命がもっとも少ない者たちを選んだ。

自分は失敗してしまった、とエモリーは苦々しく考えている。こうなることをとめるはずだったのに。テイアーに調査させてくれと拝み倒し、その結果がこれ？

「世界は九十年前に終わりました。あまりにも多くの人がそうなるに任せたからです」わたしは言う。「物事を変え、異なる未来を描くチャンスがあったのに、無関心なままでした。その仕事はあまりにも大きいから、失敗する危険はおかせないと自分に信じこませたのです。あなたはこうやって世界を救うのですよ、エモリー。正しい方向をめざしながら、ひとつずつ失敗を重ねてゆく。さあ、あなたはどんなことを知っていますか？」

「どんなことを知っているか？」彼女は繰り返す。「村人がひとり殺人を隠そうとしたこと、それはおそらくアーディルだったこと。彼はニエマの遺体が燃えることを願って、倉庫に火をつけた。彼はおそらく血だまりを隠すためにバードバスを動かし、どうやらあの機械を埠頭へと引きずった」

視線は倉庫のほうからバードバスへ動く。雨がその金属をパラパラと打ち、ためられた水をかきみだす。「アーディルはどれひとつ、単独ではできなかったはず」彼女は考える。「病気で死にかけていた。それだけの力はとても残っていなかった」

クララが中庭へ走ってくるが、母親を見て不安な表情が晴れる。

「行こうよ」そう声をかける。「物資のほとんどはもうカルデラ庭園に運ばれた。ロープウェイがもどってきたら、あたしたちも乗らないと」

「わたしはまだ行けない」と、エモリー。「霧はまだ近づいているのよ。ニエマ殺しの犯人の名がわからないといけなくて、残り時間は三十分。できるだけ長く村にとどまるつもり。真相解明の手がかりになるはずのなにかを見逃しているのよ」

　クララは混乱して顔をしかめる。「誰がやったかわかったところで、なんの役に立つの？　処刑しないと霧はとまらなくて、あたしたちはそんなことをやらないんだから」

「ニエマはわたしの母親を殺し、夫を五年間も地下に閉じこめたままにした。この島には、わたしほど殺人の動機を持つ者はいない」

　クララはこの冷静な意見にショックを受ける。「母さんはそんなことしてない！」

「自分でもわからないのよ」エモリーは答える。「わたしのなかには、どうやって人を憎むかわかっている部分がある。この数日でそう感じていた」

　クララをまっすぐに見ることができず、目をそらす。「ニエマを殺したのがわたしだと証明できたら、記憶抽出器を頭に取りつけて、これを終わらせる」

　クララは身体をこわばらせ、激しく首を振る。「母さんは誰も殺したりしない」

「わたしはどうしても、はっきりと知りたい」

「だったら、あたしも残る」

「クララ――」

「だめ」彼女は頑固だ。「あたしにも、母さんと同じくらいニエマを殺す理由があるもの」

「おれのことを忘れちゃいかん」ヒトが足を引きずりながら、泥のなかを近づいてくる。「いまでも自分がいちばん怪しいと思っているからな。ニエマは長年、おれに舟を漕がせてきた。友人同士だっていうふりをしながらな。考えるだけで腹が立つ。おれが犯人ならば、そうだと知りたい。それを教えられるのは、おまえしかいないよ」

　エモリーは父親を見つめ、本気の表情に、笑みをこぼす。父親は以前こんなふうに長老たちを見ていたと、彼女は気づく。信頼ではなく、完全な信念だ。世界が本当に終わるときになって、やっと娘を信じてくれたのだ。

そこにテイアーのじゃまが入る。手をたたいて注目を集め、うしろにちょっとした人数の村人を引き連れている。彼らはショックを受けてぼんやりした表情だ。

「カルデラに行かない人は全員、わたしについてきて」彼女は嵐に負けないよう大声で叫ぶ。「ブラックヒースに立てこもる。エモリー、鍵をちょうだい」

「間に合わない」エモリーは彼女に立ちはだかり、やはり叫ぶ。「ブラックヒースまでは足場の悪い地形を進んで一時間以上かかるのに」

「走ればいい」

「死ぬことになるわ」

「ブラックヒースがなければ未来がないの」テイアーは譲らない。「村の六十一人はどちらにしたって、残らなければいけないのよ。全員でカルデラ庭園におさまって生き延びることはできない。ブラックヒースに着いたら、霧が進入しないことを願って、なかに入ってドアを封鎖してみる。訓練された人員とあれだけの機器があれば、わたしはいつか霧を破壊する方法を発見できる。時間が必要なだけなのよ」

彼女は鍵を渡せと手を差しだす。

「あげてはなりません」わたしはエモリーの思考に語りかける。「テイアーはこの島で、あなたたちの種族を育てる莢の操作を知る最後のひとりです。彼女が死ねば、あなたが霧を止めようが止めまいが、関係なくなります」

エモリーは片手で顔をなでる。

「そんなの自殺行為よ」テイアーに弱々しく言う。

「姉があそこにいるのよ、エモリー」すがりつくような声だ。「わたしはすでにニエマもヘファイストスもうしなった。わたしの種族は地上からみんな消された。これ以上の喪失には耐えられない」

初めてエモリーは、この女の心で燃える痛みと、苦痛に満ちた半生を目にする。彼女はここに九十年間とらわれ、彼女のしあわせよりも能力を重視する者たちに嘘をつかれていた。その観点から見れば、彼女は人間というより村人に近く思える。

「お願い」テイアーはささやく。「あなたがわたしを行かせてくれなければ、彼らもわたしと一緒に来ない」

エモリーはどういう意味かと首をかしげるが、テイアーがうしろに集まっている村人たちに視線を向けてやっと理解する。彼らは期待してエモリーを見つめ、彼女の判断を待っている。これだけのことを経験したあとでも、彼らにはまだ〝長老〟が必要なのだ。

エモリーはテイアーの手のひらに鍵を押しつける。

「うまくいきますように」

テイアーはエモリーの前腕をつかむ。「あなたはよくやったわ。誰もが想像していたよりはるかに立派に」背を向け、また振り返る。「あなたが信じないのはわかっているけれど、わたしは本当にアーディルを殺してない。殺していたら、この鍵を奪っていたはずよ」

彼女はエモリーと目を合わせ、自分の警告が伝わったことを確認してから、嵐のなかへ旅立つ。

死ぬ運命の村人たちがそれに続く。

「あなたは全員を殺しましたよ」わたしはエモリーの脳内で言う。

「つねに親切第一」彼女は反抗的に言う。「あなたがわたしたちにそう教えた。それがどんな意味か、あなたがわかっていることを願うわ」

73

エモリーが学校へ駆け込むと、そこは降り注ぐ雨ですっかり冠水し、四肢を広げたヘファイストスの死体は湖のなかの島のようだ。

こんなふうになった彼を見て、憎しみは消え失せる。

こうなるべきではなかった、と彼女は思う。彼は世界の終わりを生き延び、テイアーの姉を救った。人間の最悪の部分を見た。彼のやったことは言い訳できないけれど、それでも葬儀をひらいてもらい、追悼のランタンを飾ってもらっていいはずだ。彼がどれだけひどい人だったとしても、誰かが彼を悼むべきだ。

「なにを探せばいいんだ、エモリー?」セトは雷鳴に負けないよう声を張りあげる。

「ヘファイストスがニエマを刺した瞬間までは、なにがあったか全部わかってるのよ」彼女は遺体を見おろして立つ。「それから先が必要なの」

セトが記憶抽出器の横手のスイッチを押すと、頭を押さえていたアームがさっとゆるむ。装置をヘファイストスの頭から引きはがすと、こめかみに大きな穴が開いているのがわかる。

「万がいち、ほかのすべてに失敗したときのためだ」彼はクララが口にしなかった質問に答える。

水のなかに膝を突き、エモリーはヘファイストスのびしょ濡れの服を探り、ポケットをポンポンとたたき、手がかりになるものがないか調べる。実際のところわかることといえば、ドリルによってこめかみに穴がぽっかりと開いていることくらいだ。

「違う、違うわ」ひとりごとをつぶやき、怯えて記憶抽出器を見つめる。

「どうしたの？」と、クララ。

「わたしたちは初めからまちがっていた」エモリーは立ちあがり、すさまじい雨のなかへ飛びだす。

テイアーのラボに駆けこみ、続いてセトとクララも走ってきて、泥の足跡を残す。作業台は空っぽで、床にワイヤー類すらない。今朝のうちに、すべての機器をカルデラ庭園へ運んだのだ。

照明が揺れ、影がジグザグに壁を飛びまわる。

風がすでにニエマの遺体を覆っていたシーツをはぎとったあとだ。その傷の酷たらしさはいまだに人をショックにおとしいれる。

セトは顔をそむけてドアまで引き返すが、エモリーはまっすぐ遺体に近づき、陥没した頭蓋骨のぎざぎざの縁に触れる。

「刺し傷は彼女を動けなくしただけで、頭部への一撃が致命傷だと思っていたけれど、どちらも彼女を殺していなかったとしたら？」

エモリーは早口で話す。考えるそばから言葉が転がりでる。「誰かが記憶抽出器をニエマに使い、そのあとで、本当の死因を隠すために頭蓋骨を陥没させたとしたら」

戸口にいるセトが驚いてうめき声をあげる。

「長老と弟子しか記憶抽出器の使いかたは知らん」セトが言う。「かりにニエマが側頭部に穴を開けた状態で見つかっていたら、長老たちは誰を調査すればいいかはっきりわかったことだろう。ヘファイストスはおれたちをひとりずつ順番に殺しただろうな」

エモリーはいらいらと歩きまわり、両手で顔を覆う。わたしが彼女を知ってからずっと、彼女は脳内で考え抜いてきた。理解できないものに対峙するときは、自分の経験をふるいにかけ、価値あるすべてに索引をつける。すると結論は、みずからハンマーを打ちつける舟のようにひとりでに組みあがるのだ。

けれど、いまの彼女の脳内には混沌しかない。

事実、疑惑、うろ覚えの事柄が、パチパチと音をたてる霧のなかで渦巻き、ぎこちなくたがいにつながろうとしている。ジグソーパズルを床に投げつけることで組み立てようとするようなものだ。

「ヘファイストスは記憶抽出器を灯台で見つけたと話していた」エモリーは声に出しながら考える。「それが殺人の凶器ならば、ニエマが実際に死んだのはそこだと仮定しなければならない。もしもニエマが村で刺されたけれど死なず、それからテイアーに頼んで、灯台まで舟で連れていってもらったとしたら？」

「それなら、テイアーの手のひらの怪我も、ニエマが花の防犯システムを起動した理由も、説明がつくね」クララが熱心に言う。「ヘファイストスはすでに一度ニエマを攻撃している。テイアーが見た彼の記憶によれば、狙いはヒュイだったようだけど、彼が目を覚ましたら、何をするかわからないとニエマが恐れても不思議じゃない。それでどこよりも安全だと思う場所に行った」

エモリーは遺体を見つめ、彼女がどんなふうに身体を動かし、どんな声をしていたか思いだそうとする。彼女を駆りたてた物事も。生きていたのはすでにずっと前のことに思えて、その死後にエモリーが彼女について知ったすべてと交じりあっている。秘密を抱えて全員を囚人扱いしていた冷血な長老から、エモリーが友達だと思っていた親切な老女を呼び覚ますのは不可能だ。

「ニエマの壊れた記憶珠から、テイアーが灯台で彼女と言い争いをしたことはわかってる。だからテイアーは、生きているニエマに会った最後の人たちのひとりというのもわかってる」と、エモリー。

「テイアーが殺したと考えているのか？」セトが霧の進み具合をたしかめようと、ドアから外へ身を乗りだしながら訊く。

「テイアーがニエマを死なせたければ、村で失血死させればよかった。村にいるときにはもう、ブラックヒースについて知らされていたんだから。でも、彼女はニエマの傷に包帯を巻き、わざわざ灯台まで舟を出した。ひどく裏切られたと感じていて、それをニエマに伝えたはずだけれど、だからといって殺したとは思わない。彼女が殺したのならば、もっと手際よくやったはずよ。テイアーの立場になって考えると、その瞬間に頭にあったのは、もう一度ブラックヒースに入ることだけだったはず」

「ニエマが死んだ翌朝、テイアーが寝ていたサイロの片隅に荷造りしたバッグがあったんだ」クララが母親の仮説の裏付けを話す。「テイアーは永遠にブラックヒースに住まいを移すつもりだったに違いないよ」

「ただし、記憶が消されたため計画は阻止された」エモリーが暗い口調で言う。

「犯人がテイアーでないのなら、ニエマの頬に彼女の爪が食いこんでいたのはなんでだ？」セトが訊く。

エモリーは一瞬、父親を見つめ、なにか思いついた表情となり、激しい雨のなかへ飛びだしていく。

マグダレーネが十数人の村人たち、そして緊張した面持ちの雌牛とロープウェイに乗っている。彼らが最後の集団だ。ほかの者はみな、すでにカルデラ庭園に入っている。

ロープウェイが出発し、マグダレーネは窓辺に近づいてエモリーたちに警告の叫びを発しようとするが、吠える風にその声はかき消される。

もどかしそうに、彼女は必死で兵舎の向こうを指さす。

セトが霧のようすを見ようと、小道のなかばまでやってくる。霧はすでに埠頭を呑みこみ、高い石壁にぶつかって丸まるように渦巻いている。

「長くはもたんぞ」彼は引き返し、エモリーとクララがニエマの遺体の発見された倉庫へ姿を消すところを、かろうじて目にする。彼女たちの周囲では風がわななき、ものが舞いあがり、滝のような雨が天井の亀裂から降ってくる。つきあたりの壁は火事で焦げているが、そのほかの損害はわずかなものだ。

「なにを考えてるの、母さん?」濡れた泥状の灰が足の指のあいだに入ってきてクララは顔をしかめる。

「テイアーが殺していないのなら、親指の爪がニエマの頰に食いこんでいたのはどうして?」エモリーは水のしたたる髪を顔からかきのける。「わたしたちの知る時系列では、彼女はわたしが発見する前に遺体に近づいていないはず」

「誰かが爪のカケラを仕込んだ?」クララが提案する。

「その通りよ」エモリーはうなずく。「同じように、わたしたちはニエマの頭蓋骨のかけらをへファイストスの機器から見つけたけれど、この倉庫には鈍器がたっぷりあるのに、どうしてニエマを殴るのに、持ちあげるにも一苦労の機械を選んで、もっと扱いやすいものを選ばなかったのか」

「灯台のラボで殺され、そのあとでここに運ばれたから、とか？」

「ラボには血痕がなかったし、もみあった形跡もなかった。ここで殴られたのよ。わたしがここを調べた朝、遺体の近くの床に頭蓋骨のかけらがいくつかあったの」

「霧が石壁を越えたぞ」セトが外から叫ぶ。「もう行かんと」

兵舎の鎧戸が風でガタガタと揺れ、屋根のタイルが煤けた空に飛ばされ、古いレーダー塔が古びた基盤からぐらつき、骨組みの金属がもがき苦しんで悲鳴をあげる。

エモリーたちがロープウェイの駅に駆けこむと、ゴンドラは火山のてっぺん近くにあり、また下りてくるところだった。何股にもわかれた稲妻がゴンドラに落ち、疾風がガタガタとそれを揺らす。

身もだえするほどゆっくりと動いている。

「どう考えてもしっくりこない」エモリーは疑問と証拠をなんとかつなぎあわせようとする。

「初めから、誰かが犯行を隠そうとしているという説はしっくりこなかった。偽装工作はあまりにもお粗末で、簡単に見破ることができた。アーディルが倉庫に火をつけたことは知っているけれど、遺体からあんな遠くに火をつけたのはどうして？　激しい雨が降りそうだとわかっているのに、火の手がそこまで広がると信じた理由は？　もしも、火は最初からニエマの遺体まで届かないことになっていたとしたら？　ヘファイストスの機器が入江で発見されることになっていたとしたら？　アーディルは内部の回路に証拠を仕込んでから、機器を埠頭まで引きずり、あの位置に沈めた。わたしたちがすぐにあれこそが殺人の凶器だと考えると承知の上で。なにもかもが、不器用に偽装された殺人に見えるよう考えられていた」

「どうして、わざわざそんなことをするの？」と、クララ。

「村人はそんなことをしないから」エモリーはその残酷さに笑い声をあげそうになる。「極端な状況ならば村人は人を殺せたかもしれないけれど、わたしたちはそれを隠そうとはしない。どうやればいいか、わかりっこないから」

「えらくまわりくどい言いかたで、おまえはアーディルがニエマを殺したと考えているって言ってるのか？」と、セト。「あいつから自白を引きだすのは、いまとなっては無理難題だと思うんだが」

ひどく苦しそうな悲鳴が村の外から響き、ぶつりととぎれる。

「いまのはテイアーだったの？」クララが哀れむように訊く。

「たぶんな」と、セト。

エモリーは駅の奥の隙間から、ロープウェイの進み具合をたしかめる。あと三十秒足らずで到着だ。

駅の扉に駆け寄ったとき、霧がおそろしいほどのスピードで兵舎の窓やドアへ侵入していく。生きているみたいだ、と彼女は考える。わたしたちのにおいを嗅ぎつけているようだ、と。

ロープウェイがドスンと音をたてて駅に到着し、彼らは急いで乗りこみ、セトがレバーを押してふたたび動かす。

ゴンドラはがくんと揺れてから、かたむいて上昇していく。霧が駅に入りこんでくる。

「近づいてきたよ」クララが悲鳴をあげる。

「心配はいらん、こっちのスピードが増していくから」そう言ったセトは、風でゴンドラが左右に揺れたため、車体にしがみつく。

　高くなるにつれて、霧から遠ざかっていく。エモリーが窓から顔を突きだすと、眼下では霧が海のようにうねっている。

「大丈夫」彼女は言う。「すぐに――」

　ロープウェイがぴたりととまる。

74

　火山のてっぺんにあるロープウェイの駅のプラットホームから、マグダレーネはゴンドラがはるか下で無力に揺れる様子を見る。霧がのぼってくる。

　彼女は視線を接続機器のボックスにもどす。

「接触不良というのが、どんなふうに見えるものか、わからない」わたしに訴えかける。

「どこにもつながっていないワイヤーのことですよ」わたしは言う。「すべてをつついてみてください。車輪がまた動きだすまで」

　疲労困憊しつつも彼女はわたしに言われたことをする。

75

霧がゴンドラの下側の窓から丸まりながら入ってくると、床をじわじわと広がっていく。虫が獲物を切望してまぶしく輝く。

「屋根にのぼって」クララが踏み台がわりに手を組む。

彼女の母親は不安そうに上を見やる。「高いところがあまり好きじゃないの」

「今日の心配事リストで、そいつはいちばん下だぞ」と、セト。

覚悟を決めてエモリーが屋根に這いのぼったところで、ロープウェイが風にあおられ、彼女はもう少しで端から滑り落ちそうになるが、なんとかフックをつかむ。

「母さん！」クララが悲鳴をあげる。

「大丈夫」エモリーは屋根から呼びかけ、クララを引きあげようと手を伸ばす。

クララは軽々と身体を押しあげて屋根にのぼり、迫り来る霧よりほんの一瞬先んじて、ふたりでセトを屋根に引っ張りあげる。周囲では雨がどしゃぶりで、雷鳴が空をまっぷたつに裂こうとしている。何本にも枝分かれした稲妻が一度にいたるところに落ち、嵐雲がヤスデのように島を這う。

「もう少しだったのにな」セトは頭上遠くに見えるカルデラ駅を見やる。

エモリーはぎゅっと目を閉じ、忘れていた記憶をよみがえらせ、自分が知ることのなかった物事を想像する。舟や血や誰も思いだせない夜のことを考える。パズルのピースはいたるところに散らばって、見つかるときを待っているのに。この数日間のこまかな事実を熊手で寄せるようにかき集め、見過ごした物事、自分が重要ではないと考えた物事を見ようとする。

クララが彼女に腕をまわす。「愛してるよ、母さん」

エモリーは抱擁を返さない。推理に夢中だ。自分が知っていることは？　ただひとつの疑問とは？

「しばられた跡がなかった」そっとつぶやく。「アザも傷もなかった。頭と胸以外は」

「母さん、お願いだから」クララは霧がロープウェイの窓からさらに上にあがってくるのを見る。なぐさめの言葉、不安を和らげてくれるなにかがほしい。

セトが記憶抽出器を頭にかぶると、クララの注意はそちらに向けられる。

「なにをするつもりなの、おじいちゃん？」

「おれたちは、ブラックヒースから灯台に行くルートがあることを知ってる」彼は言う。「ヒュイをベッドに寝かせたあと、おれが灯台に行ってニエマを殺したかもしれん。それなら、足首から肉を一塊、草に持っていかれた説明がつくよ。おれが灯台を去るとき、ニエマは死んでいて、あの花の防犯システムについておれに警告できなかったんだろうさ」

「だったら、どうしておじいちゃんは朝になって海にもどってたの？」クララは必死になって訊く。

「わからんよ。おれにニエマを殺せるかどうかさえわからないが、おれには動機があった。その場にいた。いちばんの見込みがあるのはその線だ」

クララがさらに反対する暇もなく、彼はスイッチに手を伸ばす。

76

ずっと上のカルデラ駅では、マグダレーネが赤いワイヤーを接続具に触れさせ、車輪がウィーンと動きだす音を聞く。

しかし、ほほえみはすぐに消える。接続装置そのものがショートし、電気の火花が散って、彼女は飛びあがる。

「なにが起きたの？」

「ヒューズが飛びました」わたしは言う。「木箱に予備があります。急いで！」

77

ゴンドラがガタンと動きはじめるが、また突然とまってしまい、セトは足を滑らせて端のほうへ弾かれる。

クララがその手をつかむ。

セトの足は燃えるように光る虫から、ほんの数インチ上にぶらさがる。

クララが屋根の中央まで引きあげるが、霧の触手がじわじわと左右から近づいてくる。セトはふたたび記憶抽出器に手を伸ばす。

「おじいちゃん」クララが懇願する。

「おれが犯人なら、死ねばこいつを終わらせられるよ」指先が記憶抽出器に触れたところで、エモリーがその手を振り払う。

「やめて」そう叫ぶ。

「感傷に浸っている時間はないんだぞ、エモリー。おれがあの夜、灯台にいたことはわかっている。それを証明する足首の傷跡もあるだろう」

「感傷じゃないの」彼女は断固として言う。「こんなことしないで」

「エモリー――」

「一生に一度くらい、わたしに得意なことがあるって信じてよ」泣きつくように言う。「父さんはわたしたちを手伝って、ヒュイをブラックヒースに運んだあと、おそらくニエマの具合をたしかめるため、舟で灯台にもどったのよ。防犯システムが作動していて、父さんはあの花に噛まれた。それで足を引きずって舟にもどり、そこで寝てしまったの」

「おまえにそれは証明できないじゃないか！」

「ニエマを殺せたのはひとりだけで、それは父さんじゃない」エモリーは自信たっぷりに言う。「父さんが死んでも、なにも成し遂げられないのよ」

セトは娘を見つめる。豊かな茶色の髪の下、彼女はちっぽけで、薄汚れて、それでもいきいきと生命力にあふれている。目をきらめかせ、くちびるの端をにやりとあげて小さくほほえむ。

彼はこのほほえみを知っている。子供の頃から変わらない。今娘はノートに書いたひとつの質問をバツで消したところなのだ。

　彼はスイッチから手を離す。

「母さん」クララがすすり泣き、目を固く閉じる。

「わたしはここにいる」エモリーはクララを強く抱き寄せ、雷鳴が火山一帯の丘を揺らす。「いつでもここにいるから」

　霧が彼らを呑みこむ。

78

　セトが顔を覆った指のあいだから覗くと、エモリーが霧のなかに立ち、手のひらを突きだしている。虫が手袋のように手を包むが、彼女になんの害もあたえていない。むしろ光が弱まり、直視しやすくなっている。

「いったい――」

　エモリーがほがらかに笑うと、握手していた虫たちが散らばっていく。

「あるがままに、まっすぐ見るべきだったの。ニエマを殺せたただひとりの人物は……」彼女は言う。「……ニエマよ」

79

ロープウェイはガタガタと息を吹き返し、ふたたび火山に向けてのぼりはじめる。

三人はほとんど気にとめない。クララが驚嘆してあたりを見まわし、セトはあっけにとられてエモリーを見つめている。虫の光が彼女の服に反射し、瞳を輝かせる。

クララはためらいながら立ちあがる。虫が彼女の姿に擬態するのを見て、笑う。虫たちの光は温かく、歓迎してくれているようだ。

「なぜおれたちは死なないんだ?」セトは好奇心の強い虫たちを振り払おうとする。彼の顔の黄金のコピーが空中で形になり、彼と同じ、しかめつらになる。

「テイアーは父さんと母さんが彼女の作ったスーツで霧を渡ったと考えたけれど、彼女がそれを着て逃げようとしたら、うまくいかなかった」と、エモリー。「それでわたしは考えたの。霧の下にも上にも道がないのなら、父さんたちはどうやって霧を越えられたんだろうって。答えは当たり前すぎて、わたしたちが考えもしなかったこと。父さんたちは舟で霧のなかに入っただけだった。ニエマは霧が現れてから九十年のあいだ、わたしたちを改良してきた。彼女はわたしたちをこの新世界に適応させたんだとしたら? テイアーが霧のなかに舟で入っても生き延びたのは、エービイが村人を迎えにいかせたからだとしたら?」

「おまえはそんな仮説をたよりに、おれたちの命を運にまかせたのか⁉」セトが抗議すると、前にいた虫は語気の荒さに散り散りになる。

「まあね」エモリーは認め、セトの動揺ぶりに笑い声をあげる。「でも、ずっと気になっていたことがあったの。ニエマの頭に記憶抽出器をかぶせたのは誰？　検死で体内から鎮静剤は出てこなかったから、抵抗することができたはずなのに、遺体にはあらそった跡が全然ないことをわたしはたしかめた。あの夜、村のほかの全員がアザや切り傷だらけになっていたのに、ニエマは胸の刺し傷と頭の怪我だけだった。ほかはかすり傷ひとつなかったの」

嵐雲のなかを上昇し、美しい青空に入ると、雨が金属のゴンドラを打つドラムビートが突然ぴたりととまる。一瞬、エモリーはもう安全かと勘違いするが、すぐに自分たちは百年前のロープウェイの揺れる屋根にいることを思いだす。

「母さん？」クララが続きを聞きたがる。

「ごめんなさい」エモリーは下を見ないようにする。「別のことを考えてた。どこまで話したっけ？　そうそう、あらそった跡がなかったから、誰かが無理強いして、ニエマが自分から記憶抽出器をかぶるようにしたのかと考えたけれど、わたしたちの知っているニエマがそんなことをするとは思えない。そのとき、あの夜ニエマが故意にデッドマン装置を再起動したことを思いだしたの。つまり、彼女の死によってバリアが消えるようにした。彼女はすべてを賭けてわたしたちに世界をあたえたのに、どうして一時間後にはそれをわたしたちから奪うの？　ヘファイストスを罰するために、どうしてわたしたち全員を殺すの？」

エモリーは父親ににやりとしてみせる。

「最後のピースをくれたのは父さんだった」彼の胸をつつく。「父さんがわたしたちを救うために記憶抽出器をかぶったとき、すべてのピースがあるべき場所におさまった。ニエマが死ぬ数日前のことをわたしは考えはじめ、彼女のいつもとは違う行動を思いだしたの。ヘファイストスにドームに亀裂がないか調べるように頼んだのは、彼にはあそこが必要になるとわかっていたから。彼に謝罪の手紙を書き、学校での仕事をかわってもらうためわたしを雇おうとした。ニエマはずっとお別れを告げていたのに、わたしたちには聞こえていなかったのよ。こう考えると、刺されたあと、ニエマがテイアーに舟で灯台まで自分を運ばせたことにも説明がつく。ニエマの命を救えた機器はブラックヒースにあったのに、彼女が向かったのは記憶抽出器がある場所だった。あの夜、ニエマには生き延びるつもりがなかったのよ」

「おれはあの晩、ニエマと一緒だったんだぞ」セトが反論する。「とくに……別れの言葉のようなものはなにも……」

「父さんとはどんな話をしたの?」

セトは記憶をさかのぼり、月のあかるい空の下、最後に舟で海に乗りだしたときのことを思いだそうとする。ふたりの最後の会話を。

「後悔」感情を高ぶらせた声で打ち明ける。「彼女が違う行動をとればよかったと思っていることについて」うつむき、ニエマの視点からあの会話を見つめる。「だから愛の話を持ちだして、ユディトに誘導したのか。自分のしたことを謝ろうとしていたんだ」

ロープウェイが揺れ、駅が視界に入ってくる。いまでは霧を抜けており、空は虫の黄金の光がないと、驚くほどのっぺりして見える。

「ニエマはわたしたちに未来をあたえたかったけれど、ヘファイストスとテイアーがそんなことを受けいれないとわかっていた」と、エモリー。「だからこそ、あれだけエービイをインプラントする実験にこだわっていたのよ。成功すれば人間をコントロールできて、どんな脅威でも取り除けるから。でも実験は失敗し、ニエマは村であのふたりを説得しようとした。わたしたちが進化した証明として、ヒュイに自作の協奏曲を演奏させたけれど、ふたりは進化と見なすことをこばんだ」

アドレナリンが全身を駆けめぐり、エモリーは多幸感に笑いをあげる。

「ヘファイストスにあてた手紙に書かれていたわ。彼女が長老たちをコントロールできなければ、彼らを封じ込めるしかないと。実験が失敗し、ニエマは長老ふたりをカルデラ庭園に閉じこめようとしたけれど、ヘファイストスはわたしたちが彼に鎮静剤を注射しようとしているうちに、身体を振りほどいた。彼はテイアーを守ろうとして、ニエマを刺した。それで計画全体がおかしくなった。ニエマはかわりに村人をブラックヒースへ引っ越しさせることにしたんでしょう。だから、わたしたちの物資の大半はあそこに運ばれていたのね。あそこのドアは霧を締めだしておけなかったでしょうけど、それは重要じゃなかった。テイアーとヘファイストスさえ締めだせればよかった。あの人たちが霧に追われてカルデラ庭園に逃げこんでしまえば、わたしたちは自由に外に出ることができるから」

「それがニエマの計画だったんなら、次の朝、記憶が消されて目覚めたのはなぜだ？」と、セト。

「ヘファイストスはニエマを刺したあとで意識をなくしたけれど、彼がすぐにでも目を覚ますかもしれなかった。きっと、ニエマは記憶の消去だけが彼にほかの人を傷つけさせない手段だと思ったのね。いったいどうなっているのか彼が見当をつける頃には、わたしたちは安全に閉めきったブラックヒースにいるはずだった」

「でも、あたしたちはブラックヒースで目覚めなかったよ」クララが反論する。「いま母さんが話したようなことは、なにも起こらなかった」

「アーディルのせいよ」エモリーは険しい口調で答える。「ニエマが死んだ夜、どうして彼が灯台の突堤にいたのか、ずっと考えていた。ニエマが彼に謝ってくれたという話だったけれど、ニエマはこれから村人全員に謝ろうとしているのに、どうして個人的にそんなことをするの？　彼女を殺したがっている男にわざわざ近づく理由はなに？　ニエマがアーディルをあそこに呼びつけたのよ。彼が必要になるとわかっていたから。エービイはすべての可能性のある未来をニエマに伝えたから、あの夜がどんなひどい方向に転ぶこともあり得るか、ニエマは知っていたはずなの。アーディルは神経変性を起こす病気で、消灯も、記憶の消去も受けつけないから、この島で自由に動けるただひとりの人間だった。父さんはふたりが灯台への階段をあがる姿を見ている。謝りたいだけなら、どうして灯台まで行くの？　ニエマは彼に灯台の防犯システムをどうやって迂回するか、教えないとならなかったからよ。ニエマはあの夜これからどうするつもりか彼に話し、彼女が死んだら遺体から記憶珠を回収するよう頼んだんでしょう。彼に村人たちをブラックヒースまで案内してほしかったのよ。だから彼が鍵を持っていた。あそこにある機器を使えて、ニエマの記憶珠の知識があれば、わたしたちはあたらしい社会を築くために必要なものすべてをあたえられたはずだった。残念なことに、アーディルは誰かが見る前に、記憶珠を踏みつぶした」

セトはふうっと息を吐き、かつて知っていたアーディルのそんな一面を受けいれようとする。追放される前、彼は親切で、思いやりがあり、自由気ままで、邪悪なところはまったくなかった。村に奉仕するために生きていた。どれだけねじ曲がれば、村人の未来をかかとで踏みにじることができるのか。

「なんでアーディルはそんなひどいことができたの？」クララは祖父の苦しみを察し、慰めるように手を握る。

「宝石があればニエマは自殺したとわかる。アーディルはそれを知らせたくなかったのよ」エモリーが返事をしたところで、駅が間近となりロープウェイは速度を落とす。村人全員がプラットホームに押しかけ、心配そうに待っている。

「アーディルはあの夜、ニエマの自殺を、下手な偽装殺人に見せかける細工をして過ごした。遺体を倉庫に移して火を放ったのは、なるべく多く村人の目をひいて、長老たちが事件をウヤムヤにさせないためだったんだと思う。そして長老たちがおたがいを犯人だと疑いあうことを願ったのよ。だから彼はわたしにテイアーがかかわっているという証拠をあたえ、わたしがテイアー犯人説を否定すると、今度はテイアーをブラックヒースに導いた。彼は長老たちを憎んでいて、長老がいないほうが村人はいい生活を送ることができると思っていた。でも、長老を殺せなかったのよ、残った長老から家族が復讐されるから。ニエマが自殺して、突然、そのバランスが変わった。残るふたりの片方がもうひとりを殺せば、彼は何の心配もなく残ったひとりを殺せるようになる」

エモリーは悲しそうに首を振る。「アーディルは心から村を愛していた。村に奉仕しようとしていたんだと、わたしは本気で思ってる」

「ニエマもおそらく同じことを考えたんだな」セトはロープウェイのまわりを旋回する鳥を見つめる。「ニエマもアーディルも、おれたちのためにあたらしい世界を作りたがったが、ふたりともまずは古い世界を焼きはらうべきだと考えたのか」ため息。「その結果、おれたちは新たに子供を授かる方法もわからなければラボいっぱいの機械の使いかたもわからない。ジャックたちは地下で閉じこめられたまま。おれたちを助けてくれる長老はいないし、エービイはおかしくなくらいだんまりを決めこんでる。次はどうしたらいいんだ、エモリー？」

ゴンドラが駅に滑りこんでとまり、プラットホームの村人たちは彼らの無事に歓声をあげる。

エモリーは安心させるように父親の肩をぎゅっと握る。

「まずするのはお風呂に入ること。それからたくさんの質問を始めるの」元気に話し、にやりとしてみせる。「心配しないで、そういうのがきっと気に入るから」

人類の生存から二十七時間後

80

ベンは棒きれで地面になにか書いている。もう何時間もここにいて、裏庭は何百もの方程式で埋め尽くされていく。とまる気配がない。彼は潜在意識がささやく知識に没頭している。

村人はみんな心配して見守っている。最初はこの子のすぐ近くを取りかこんでいたのが、彼が地面を数字で埋めるにしたがって、村人はじりじりと後ろに追いやられて、ついにはバルコニーやロープウェイの駅の階段に立っている。

いつもならば、長老を呼んだところだが、彼らにはもう長老というセーフティネットがない。彼らはわたしに質問しようとしたが、わたしは答えることを拒んでいる。霧がこの島を包んで以来、わたしは誰とも話していなかった。

ニエマはこの世界を村人にゆだねた。彼らの手に未来をあずけた。もうベビーシッターは必要ないと。

「ベン」わたしは少年の脳内で言う。返事がないので、もう一度。「ベン！」

「エービイ？」彼はまばたきをして、心臓がどくんと揺れる。「いままでどこにいたの？　ずっと呼んでたのに。ぼく、自分がどうしちゃったのか、わからないんだ」

棒きれを手放し、自分のまわりの方程式を見つめるうちに、不安がどんどん大きくなっていく。

「ぼくがこれをやったの？」

「これでいいのです」わたしは言う。「あなたが生まれる前、ニエマはあなたたち種族が生き延びるために必要な知識をあなたの頭に詰めこみました。あなたの潜在意識に封印され、あなた自身にも秘密になっていたのです。ニエマはテイアーやヘファイストスに自分のしたことを気づかせたくなかったからです」

世界が終わる前には、こうしたペテンがおこなわれたものだった。裕福な家庭の子供たちは生まれながらにして、高等数学、科学、財政学を理解していた。村人たちがこうした強みをもっと崇高な目的に使ってくれることをわたしは願う。

「今から、ちょっと嫌な感じになりますよ」わたしは言う。

世界が縮み、浅くなって、わたしは彼の意識へと突きすすんでいく。周囲でニューロンが火花を飛ばし、電流がパチパチと音をたてる。

さらに奥へ。少年の思考がわたしの周囲で泣き叫び、彼の不安と混乱の不協和音は耐えがたいほどだ。段ボール箱のなかで竜巻を体験しているようだ。

奥へ、もっと奥へと進み、知識を封印していた神経ブロックを解除すると、脳をセロトニン、ドーパミン、エンドルフィン、オキシトシンで満たす。しあわせの化学物質だ。情報の奔流で彼を圧倒したくない。

彼は頭を抱え、顔をしかめている。一生ぶんの教育が脳に焼きつけられたのだ。

「そこにはたくさんの情報があります」わたしは言う。「ですが、あなたが取り組むべきなによりも重要な仕事は、あなたたち種族の胎児ポッドをメンテナンスし、できれば改良することです。

あなたはほかの人たちにも教えなければなりません。ぐずぐずしてはいけませんよ。あなたたちの存続はそれにかかっているのですから」

「絶対にありがとうなんて言わないよ、エービイ」

わたしは返事をしない。必要ない。ニエマはわたしにふたつの仕事を残した。これがそのひとつで、いまでは完了した。

まばたきをしたベンは、村人たちにかこまれていると気づく。少年に腕をまわし、心配そうに顔を寄せ合っている。

「ぼくは大丈夫」彼は村人たちにほほえむ。「ぼくたちはもう、みんな大丈夫だよ」

エピローグ

　エモリーがブラックヒースの倉庫室の床に座り、宿題の束を採点する一方、ジャックや弟子たちは壁を掘りつづけている。虫が霧のなかで優しくただよう。しばらくのあいだ、虫たちは目にしたあらゆるものを擬態していたが、落ち着いたようだ。もっとも、子供たちに対しては相変わらずその行動を続けている。子供が笑うのが楽しいらしい。

「虫の寿命はどのくらいなの？」エモリーが訊く。わたしがいまだに接触する村人は彼女だけだ。

「わかりません」わたしは打ち明ける。「ニエマ、テイアー、ヘファイストスが知っていたことしか知らないのです。虫は霧から栄養を受けとっています。虫がいずれ消散することはわかっていますが、完全に消えるまでどのくらいかかるかはわかりません。しばらくは虫と共存しなければならないでしょうね」

　ジャックはドリルをとめ、壁の別の箇所に近づいて、ふたたびスイッチを押す。

　毎日エモリーは夫に会うためにここへ下りてくるたび、これでどれだけ気分がよくなることか、驚かされている。どうやれば夫たちが治るか、さっぱりわかっていないが、かたく信じていることがあった。ニエマは村人を人類のコントロールから解放するためにここまでのことをやった。その彼女が最後の五人のことを忘れるはずはない。

「ヒュイは起きて動けるようになったのよ」エモリーはドリルの不協和音に負けない大声で夫に話しかける。「痛がっているけれど、命は助かるでしょう。クララがつきっきりよ」

エモリーは残る一枚の宿題を採点して重ねると、弟子たちを見つめる。コンクリート壁をまっすぐに掘り抜き、今度はその先の柔らかい土へと突きすすんでいる。

みんな、なにをしているんだろう？　と彼女はふしぎに思う。

これがニエマのための最後の雑用であることはわかっているが、なんなのかはさっぱりだ。彼女はわたしに百回は質問したに違いないが、答えは変わらない。わたしはいまでもニエマが残した命令にしばられている。

「わたしが考えていること、わかる？」エモリーは夫に近づく。ジャックは目を閉じたままで、顔は薄汚れ、髪はぼさぼさで耳に覆いかぶさっている。彼女は愛しそうに髪を耳にかけてやる。

「もちろんわかりますが、それでも話してみてください」わたしは言う。「暇をつぶせます」

「テイアーはアーディルについて本当のことを話していたのよ。わたしが思うに、彼女はアーディルを殺さなかった」

可哀想なテイアー。彼女は農園を越えるか越えないかのところで、霧に追いつかれた。もちろん、一緒にいた六十一名の村人は――さぞ困惑したことだろう――生き延びた。自分たちは虫に襲われないと気づくや、テイアーを守ろうとしたが、彼らにできることはなかった。彼女はヘファイストスのことを考えながら死んだ。

「誰が犯人だと考えていますか？」わたしは礼儀正しく訊く。

「あなたがアーディルを殺したんでしょう。ここにいる弟子のひとりを使って。あの夜、わたし、テイアー、ヒュイのほかにここにいたのは弟子たちだけだった」

「わたしがなぜそんなことをするのでしょうか？」

「今度のことはひとつとして、本当はニエマの計画じゃなかったと思うから」エモリーは言う。「アーディルの計画でもなかったはずよ。でも、あなたはおそらく、ふたりに自分が考えたことだと思いこませた。あなたは最初から何が起きるかを操作し、すべてが自分の望む通りになるようしむけた」

「わたしはニエマの意志にしばられているのですよ」わたしは反論する。

「アーディルはマティスに、わたしの母親がどんなふうに死んだのか話したけれど、そもそもアーディルはそれをどうやって知ったの？　ニエマは彼とは話そうとしなかっただろうし、テイアーか、ヘファイストスがとは考えられない。そうなると残るはあなただけ。この島でその情報を持っていた人はあなただけだった」

「わたしは人ではありません」わたしは重要でない細部を指摘する。

エモリーは無視して、疑問に思っていることを話しつづける。「アーディルの記憶がもどりはじめたあと、ヘファイストスが彼を殺さなかった理由は？　アーディルの住まい知っていたのに」

「情けですよ」わたしは説得力のないことを言う。

「彼の追放をニエマに提案したのはあなただったんでしょう。アーディルに起ったことは偶然ではなかったから。彼がブラックヒースで目覚めたのは、あなたがそうしたかったから。あなたは長年をかけてこうした出来事の準備をして、たくさんの小さな出来事をあるべき場所におさめようと少しずつ、つついていたのよ。あなたなら、村人を使ってアーディルを手伝わせることもできた」

「そんなことをするには、ずいぶんと多くの計画が必要になりそうですね」

「あなたのように未来が見えるなら、必要ない」

「わたしは未来を見るのではなく、可能性を測定するのです」

「どんな違いがあるの？」

「片方は数学、もうひとつは娯楽です」

「そのどちらだとしても、ヘファイストスとニエマが実験について言い争っていたのを、あなたがわたしに立ち聞きさせたことがひっかかっている。わたしを別の方向に歩かせるなんて簡単だったでしょうに」

ドリルのスイッチが切れ、突然の静寂でエモリーの思考の流れを揺らす。弟子たちが掘っていた場所の土が崩れ、大きな根が現れる。半透明の樹皮のなかで電流がパチパチと音をたてている。「これは前に見たことがある」エモリーが警戒しながら近づくが、驚嘆して目を見ひらく。「アーディルの小屋の外に似たようなツルがあった。これはなに？」

「これがわたしです。少なくとも一部ではあります。わたしの根系は島の大部分の地下に広がっているのです。エービイ（Ａｂｉ）というのは、人工生物知能（アーティフィシャルバイオロジカルインテリジェンス）を略したものです。その生物の部分が、いまあなたの見ているものです」

エモリーは根に触れ、かすかな震えを感じとる。

「あなたはきれいね」

「ニエマもいつもそう考えていました。信じようが信じまいが、あなたたちの種族はほぼ同じ素材から作られています」

「じゃあ、わたしたちは家族なのね」

「そのようなものです」

　エモリーはわたしのざらざらした皮膚をなで、強い親しみを感じたことに驚かされる。わたしの声は、彼女が八歳の少女としてロープウェイを降りて以来、頭のなかにずっといた。彼女はわたしがどこかに身体を持っているなどとは思ったこともなかった。

　ジャックが彼女を押しのけ、ドリルを根に押しあてる。

「だめ」エモリーが悲鳴をあげ、夫を引き離そうとする。

「大丈夫ですよ、エモリー」わたしは言う。「これがニエマの望んだことです」

「あなたを傷つけることが？」

「わたしを殺すことです」なんの感情もなく答える。「百三十六体の人間がここには保存されています。わたしを通じて、彼らはあなたたち種族を完全にコントロールすることができるのです。目覚めるのが明日でも、五百年後でも関係ありません。わたしが破壊されればただちに、そうした脅威は消えてなくなります。あなたは正しかったのです。わたしにはたしかに自分自身の計画がありました。ただ、それはニエマの目的に奉仕するためでした。彼女はあなたたち種族の秘めた可能性をなによりも信じていましたが、それが現実になるのを目にするために必要なことをする勇気がありませんでした。彼女はヘファイストスとテイアーに罠をしかけたかったのですが、あのふたりは賢く、狡猾で、いずれ彼らの怒りがすべてを滅ぼすことになったでしょう。あなたたち種族が繁栄するには、盤面を完璧に掃除しなければなりませんでした。ですが不幸なことに、わたしは人間を殺害することが許されていません」

「でも、人間を操作することはできる」エモリーは理解しはじめる。「あなたはテイアーだけがヘファイストスを殺せることを知っていたし、テイアーのブラックヒースへの執着が彼女の命取りになるとわかっていた。だから、あなたはアーディルにテイアーをここへ連れてくるよう指示した」

「ニエマがあなたたちのために望んだ世界がこれです。秘密もなく、権力者もいない世界。彼女はあなたたちがこれまでのどんな存在よりよいものになると信じました。頭のなかで指示する声は必要ないと。あなたたちが自身の文明を築けば、ブラックヒースの人類を目覚めさせ、彼らを導くことができます。あなたたちのお手本を通じて、人間はついに平和に生きることを学ぶでしょう。あなたたちがニエマがいつも夢見ていた解決策なのです。わたしではなく」

「あなたは最初からバリアを再起動するつもりがなかったのね？　わたしがニエマ殺しの犯人を時間以内に見つけたとしても」

「霧は島を呑みこまねばなりませんでした。あなたたちの準備が整うまでは、ブラックヒースの人間を外に出ることを許してはなりません。万が一の事故でも。ですが、わたしはヘファイストスに、あなたたちを皆殺しにしない理由をあたえねばなりませんでした。偽りの希望はいつでもコントロールに利用できます」

ドリルのスイッチが入る。ジャックがそれを根に突きさすと、液体が床に勢いよく噴きだす。冷たさがわたしのなかへ突きすすんでくると、村人たちの思考がひとつずつわたしの意識から消えていく。

「さようなら、エモリー。あなたはとてもがんばりました」

「さようなら、エービイ。あなたのために追悼のランタンを作るわ」

ジャックや弟子たちを捉える力が消え、わたしは身体のコントロールを彼らにもどす。彼らはまばたきして目を開け、うめいたりあくびをしたりして、あたりを見まわし、とても長い眠りから目覚める。

「エム？」妻に抱きつかれてジャックは驚く。「どうなってるんだ？　ここはどこだい？」

「まず伝えたい」彼女はうれし泣きしながら言う。「あなたはちょうどいいところに、もどってきたのよ」

（了）

特別な謝辞

さあ、ゴールだ。この本は終わった。緞帳(どんちょう)が下りて、観客席の照明が灯る。もしきみが本文最後のページの直後にこれを読んでいるならば、最初の印象がおそらくきみの意識にしみこんでくるところだろう。予想した通りになったかい？　結末が気に入ったかな？　それはともかく、スチュは人類とのあいだにどんな問題を抱えているんだろうね？

あまり長くはきみのじゃまをしないよ。これは嘘いつわりなく、どんな本でも読み終えて呆然となる最初の数分が僕のお気に入りの部分だからだ。

僕がこれを書いているのは、ついさっき、出版社に「謝辞」の原稿を送りかけて、そこに、きみたち読者が含まれていないと気づいて、それは正しくないと思ったからだ。つきつめると、きみたちは僕の共著者だ。一緒になってうつむいて長い時間を過ごし、この世界をともに築いてきた。僕はあることをほのめかしたが、その存在を夢見たのはきみたちだ。きみたちこそが魔法で、それは謝辞のようなものを述べずに見過ごすべきじゃない。

だからこそ、これを書いている。きみたちがいて当然だと見なしているなんて思ってほしくない。僕は毎回がらりと異なる本を書くというアイデアを胸に、作家としてのキャリアをスタートさせた。そうするのがいちばん楽しそうに思えたからだ。僕は時代設定、ジャンル、キャラクター、世界観を変える。キャリアを築くにはリスクのあるやりかただし、かたっぱしから本を読みつづけないとうまくいかない。自分のやりたいように仕事ができているのは、きみたちのおかげだ。それは驚異的なことで、心からありがたいと思っている。

自分の得意ジャンルでない本に手を伸ばすのは容易なことではないと僕は知っている。たとえきみが《恋はデジャ・ブ》的な殺人ミステリを楽しんだけれど、幽霊船にまつわる歴史小説や破滅ＳＦがあまりピンとこなくても気にしない。きみたちはそれでも決死のジャンプを続けてくれる。

そこが大切なんだ。とても大切なんだ。だからありがとう、読者のみんな。いつも、心の底からそう思っている。

スチュ

追伸。次は、もっと現代的なサスペンスをやろう。型にはまらないものになるよ。またここできみに会えますように。

謝辞

本の執筆にまちがった方法はないというけれど、それはあやまりだ。たくさんのまちがった方法があり、僕はそのすべてを試した。本書を書きあげるまでに三年かかった。それは最初まったく異なる本を書いたからで、その後、びりびりに破いてからまた書きはじめないとならなかった。締め切りが訪れては去り、ほかの企画が変更になり、計画はキャンセルされ、週末は消えた。多くの人の生活を本来よりむずかしいものにしたことが本当に嫌だった。すまん、みんな。

　多大なる迷惑をかけた人たちの筆頭は、妻のマレサだ。この本のすべてのキャラクター、文章、段落について昼も夜も文句をたれる僕に、がまんづよく三年にわたって耳を傾けてくれた。僕の不機嫌ムードに風穴を開け、滑稽なほどの浮かれ気分につきあい（うまく執筆できる日は瞠目すべきものである）、霧という言葉に明瞭性をあたえる手助けをしてくれた。誰かをこれだけ愛するなんて不可能なはずなのに、彼女の近くにいるといまでも時の流れがゆっくりになる。

　それから編集者たち。アリソン・ヘネシー、シャーナ・ドレフスは今頃きっと、僕を亡き者とする完璧な方法を考えだしているに違いない。僕は理想的な作家じゃない。初稿を届けるのが遅れるし、彼女たちがまだ編集しているあいだに、それをびりびりに破く。彼女たちが嫌いな要素を書きたすし、好きな要素を削除し、でたらめにあらすじを変える。僕は高くそびえる野望を持つ、まったくもって不条理なフランケンシュタイン的創造物なのに、彼女たちは一度ももどかしさや、失望や、怒りを僕まで届けることがなかった。彼女たちのフィードバックはまったくその通りの指摘で、伝えかたも優しく、いつも本をさらによくするものだった。たとえ、僕が同じ本にそれほど長くとどまっていなくても。

それからエージェントのハリー・イリングワース。いまの僕は基本的に、人の足に粗相をしたかと思えば、その人の芝庭を掘り返し続ける犬のようなものだ。彼の仕事は僕のあとについてきて、僕は自制できないけれど、悪意はないのだと説明することだ。彼がこの件をどう思っているのか本当にわからないけれど、僕にビールをおごりつづけてくれるから、大丈夫そうだ。ありがとう、友よ。

偉大なるエイミー・ドネガン、クリスティーナ・アレオーラ、ベン・マクラスキーはマーケティングと広報のドリームチームだ。僕の本が刊行されたと人々が知るのは彼女たちが理由だ。人々が興奮する理由、人々が本を買ってくれる理由だ。きみたちが僕の名前を聞いたことがあるのならば、それは彼女たちのおかげで、僕は大いに感謝している。

編集長であり、この本が実際に本となった理由であるフェイ・ロビンソンに感謝を捧げないとならない。僕が間抜けなせいで最初は謝辞に彼女を入れていなくて、最後の最後になって、彼女に自分の名前を追加するよう頼まなければならなくなった。きっと彼女にとってはとても屈辱的で腹が立ったことだろう。この例は僕がいかに混沌とした仕事をしているか、この本が完成するまでずっと彼女が対処しなければならなかったことを表す縮図だ。彼女は最高の感謝にふさわしい人だ。それから僕の混沌のなかで生きなければならない人々だけでなく、リンデス・ヴェイシー、ジェシカ・セランダーに〝ありがとう&ごめん〟と伝えたい。数多くの文法的、構造的、数学的まちがいを指摘してくれたとても優秀な校正係と校閲係だ。

デイヴィッド・マンは見るたびにますます美しくなる表紙をデザインしてくれた。同じくらいすばらしいのは、島のマップを描いてくれたエミリー・ファッチーニだ。このふたりがあたらしい本が出るたびに作りだしてくれるものを見るのが、ひょっとしたら本作りのいちばんわくわくする部分かもしれない。

出版は途方もない大事業で、本が成功するか失敗するかは、僕が出会うことのないだろう大勢の人たちの才能にかかっている。そうした人たちのひとりひとりに感謝したい。

そして最後に、最大限の感謝を母さん、父さん、妹に捧げる。これだけの歳月が流れたいままでも、僕の本を最初に読むのは、ひどい出来の初稿でさえも、この家族だ。彼らは僕が自分で自分を信じられないときでも、いつも僕を信じてくれた。きみにこのような家族がいたら、きみはやっていける。

訳者あとがき

自然豊かで暴力も諍(いさか)いもないギリシャの平和な島、そこは人類が夢見たユートピア。しかし、世界の終わりに呑みこまれようとする最悪のディストピアでもあった。

ジャンルを越境する凝った設定を得意とする著者タートンが、閉ざされた館、閉ざされた船に続き、閉ざされた島を舞台にしたクローズドサークル・ミステリ第三弾『世界の終わりの最後の殺人』は、未来×タイムリミットものだ。探偵に課せられた使命は——人類を救いたければ、四十六時間で殺人事件を解決せよ。

地球は触れれば命はない黒い霧に覆われ、文明は滅びた。生存者は霧から守られたこの島の村で暮らす百二十二人のみ。働き者で温和な村人たちは素朴な自給自足の生活において割り振られた仕事を熱心におこない、食事時には全員でにぎやかにテーブルをかこみ、演劇や音楽の余興を楽しんでいる。自分のことより人を優先する、というのが彼らのスタンスだ。徹底した平和主義者たちである。そんな村人たちを導くのは「長老」と呼ばれる三人の科学者。かつての文明を知る数少ない者たちだ。ただし村人との接しかたは、警戒心が強くまったく他人とかかわろうとしないヘファイストス、研究のために弟子はとるものの冷淡なテイアー、村に溶けこんで村人との生活を愛するリーダーのニエマと三者三様だ。

だが、そんな愛情豊かなはずのニエマが、犠牲者が出ること必定の危険な計画を企てていることが冒頭であきらかになる。牧歌的に見える村の暮らしにも少しずつ違和感が現れる。

従順で疑うことを知らない村人たちのなかで、ただひとり、好奇心旺盛で質問ばかりしているのがエモリーだ。厚かましく無遠慮に見える意見をぶつける彼女は孤立しがちで、父セトや娘クララからも見放されそうになっている。だが、本人としてはまわりが疑問を抱かないほうが、どうかしているとしか思えない。生活まわりの仕事が苦手なエモリーは村の役に立っていないと自信をなくしてもいる。

けれども、平和な島であってはならない殺人事件が発生し、それが引き金となって島を霧から守るバリアが解かれた。霧がやってくるまで二日足らず。バリアを復活させるには、真犯人を突きとめなければならない。村人たちの性質上、調査できる資質を持つのはエモリーだけで、ようやく彼女が本領発揮できるチャンスが巡ってきたのは島と人類の危機だったというのは、皮肉な巡り合わせだった。しかも、誰もが協力的とは言えないなかで、調査をますますむずかしくする要因があった。事件時の全員の記憶が消されているのだ。

著者あとがきで語られている通り、毎回違う趣向のものを書くという決意によるこの新作は、期待を裏切らぬ一方、物語の展開では気持ちよく予想を裏切ってくれる。

第一作の『イヴリン嬢は七回殺される』は二十世紀初めと思われるイングランド、第二作の『名探偵と海の悪魔』は十七世紀のインド洋を渡る貿易船、続いて登場したのはまさかの未来だった。これは一筋縄ではいかない視点という意味で第一作に通じるのだが、本作は多視点三人称小説の顔をしていながら、じつは「エービイ」の一人称視点という造りになっている。訳者としても毎回新鮮で楽しいチャレンジだ（田村由美『7SEEDS』好きの訳者は大いに楽しんだ）。

著者の着想としては、もちろんジョン・ウィンダムやオルダス・ハクスリーのことは意識していたようだが、頭のなかには無数のアイデアが蠢いていてひとつに特定することはむずかしいとネットでのインタビューで語っている。前述の作家としての信念はあるが、クローズドサークルの設定がミステリとしてはベストで、容疑者たちが一カ所に閉じこめられていると、殺人犯が自分たちのなかにいるという緊張感が高まると考えており、そうした意味では共通点があるここまでの三作を「三部作ではない三部作」と表現している。これまでの作品を楽しんだ読者のみなさんならば、おやっと思う要素が少し入っていることにお気づきだろう。そうした遊びは大好物なのだそうだ。

訳者が考えるに、ここまでの三作にはサバイバルの世界という意味でも共通点がある。ちなみにタートンは、霧が迫ってきて安全な島に逃げるときに三つ持っていくなら何か、というネットでのインタビューの質問に、「何も。自分にサバイバルは無理無理、Ｗｉ－Ｆｉが落ちた段階で泣いちゃうよ、トイレットペーパーがない?! あり得ん。悲しい思いで家族を船に乗せて送りだし、自分は霧を待つ」と答えている。三つ持っていくなら紅茶、コーヒー、ココアかなと思った訳者もダメかもしれない。

それにしても、スチュ、こんな話を書くなんて、いったい人類とどんな問題を抱えているの？でも世の中を見れば言わんとするところはわかるよ。みなさん、このエンディングをどう受けとめるのだろうか。テーマ的にディベートをやると盛りあがりそうな内容だ。この作品の「悪役」は本当に悪役なのか？

誰にも理解されなくても訴えつづけるエモリーが少しずつ世界を変えていく姿は、まわりに流された手遅れになる風潮への警鐘とも受け取れる。そんなエモリーは、考え抜いた世界設定ゆえに造形に一苦労することになったキャラクターだったそうだ。

誰も殺意など持てず動機がなさそうな設定にしたらミステリとして面白いぞとタートン氏はひらめいたのだが、従順で礼儀正しい村人と、かぎまわる探偵役とは相反するもので、待てよ、となったという。アウトローを作らないと探偵役がいない。こまった著者にとってエモリーのヒントとなったのは、どんなことでも頭に浮かんだら空気を読まず平気で質問してしまう、まだ幼いお嬢さんだったそうだ。

また、いつも著者にとってお気に入りの登場人物は書くのがいちばんむずかしい人物だそうで、本書においては娘を理解できず葛藤するセトの描写が手応えがあったという。娘と父という話題を出したが、本書は世界の終わりに守るべきものはなにか、人間性とはなにかという大きなテーマと並び、家族小説という大切な側面もある。

じつはタートン氏、ギリシャの島で家族と数カ月暮らしてみてリサーチしようと計画していたものの、パンデミックの発生でそれが叶わなくなったそうだ。技術ジャーナリスト、旅行ジャーナリストの前歴を持つ著者は、イングランドの自宅でかつての自分の記事を「リサーチ」して本書を執筆した。たしか第二作『名探偵と海の悪魔』のときは、執筆した三割を捨てて最終形にしたというインタビューを読んだ記憶があるが、今回は十一万語以上を捨てて（厚い長編一冊ぶん）本当に保存すらせず、ほぼ一からあたらしいものを書き直したという。いつか効率的な執筆方法が見つかると思っていたが、一度全部頭のなかのものを吐きだしてから、取捨選択するのが自分のスタイルと気づいたそうだ。

五本の下書きを経て完成した本書はサンデー・タイムズのベストセラーリスト一位となったと

いうから、その苦労が報われたことを祈る。

著者あとがきで次は現代的なサスペンスをやろうと語られているが、十一万語を捨ててしまうスチュなので四作目はどんな内容になるか、実物を読むまでこちらとしても予測がつかない。死体と探偵と興味深い世界が揃っていることだけは、たしかなようだ。

最後に、今回も的確な助言でサポートしてくださった文藝春秋翻訳出版室の永嶋俊一郎氏、ぴったりの装丁をしてくださったデザイナーの城井文平氏、日本語版の本作りにかかわったみなさんに感謝を捧げる。

二〇二五年一月

PRINTED IN JAPAN

世界の終わりの最後の殺人

二〇二五年三月十四日　第一刷

著　者　スチュアート・タートン
訳　者　三角和代
発行者　大沼貴之
発行所　株式会社文藝春秋
〒102-8008　東京都千代田区紀尾井町三-二三
電話　〇三-三二六五-一二一一
印刷所　TOPPANクロレ
製本所　加藤製本

万一、落丁乱丁があれば送料当社負担でお取替えいたします。小社製作部宛お送りください。
定価はカバーに表示してあります。

ISBN 978-4-16-391958-4

THE LAST ISLAND AT
THE END OF THE WORLD
N
W
S